MIRA®

Der Preis dieses Bandes versteht sich einschließlich der
gesetzlichen Mehrwertsteuer.

Umwelthinweis:
Dieses Buch wurde auf chlor- und säurefreiem Papier gedruckt.

Susan Mallery

Eine Marcelli weiß, was sie will

Roman

Aus dem Amerikanischen von
Ivonne Senn

MIRA®

MIRA® TASCHENBUCH
Band 25655
1. Auflage: Mai 2013

MIRA® TASCHENBÜCHER
erscheinen in der Harlequin Enterprises GmbH,
Valentinskamp 24, 20354 Hamburg
Geschäftsführer: Thomas Beckmann

Titel der nordamerikanischen Originalausgabe:
The Sparkling One

erschienen bei: Pocket Books, New York

Published by arrangement with
Pocket Books, a division of Simon & Schuster, Inc., New York

Konzeption/Reihengestaltung: fredebold&partner gmbh, Köln
Umschlaggestaltung: pecher und soiron, Köln
Redaktion: Daniela Peter
Titelabbildung: Thinkstock/Getty Images, München; pecher & soiron, Köln
Autorenfoto: © Harlequin Enterprises S.A., Schweiz
Satz: GGP Media GmbH, Pößneck
Druck und Bindearbeiten: CPI – Ebner & Spiegel, Ulm
Printed in Germany
Dieses Buch wurde auf FSC®-zertifiziertem Papier gedruckt.
ISBN 978-3-86278-587-2

www.mira-taschenbuch.de

1. KAPITEL

Den Teufel um ein Darlehen von einer Million Dollar zu bitten war eine Sache. Dabei einen Streit mit ihm anzufangen eine ganz andere.

Brenna Marcelli bildete sich ein, keinen allzu niedrigen IQ zu haben. Wie aber würde sie sich verhalten, wenn ihre Zukunft auf dem Spiel stand? Höflich natürlich. Und sehr liebenswürdig. Nicholas Giovanni gegenüber würde sie sich äußerst korrekt verhalten. Sie würde selbstbewusst, überzeugend und sogar ein klein wenig charmant sein. Und auf gar keinen Fall in irgendeiner Weise an Sex denken. Unter gar keinen Umständen. Ganz egal, wie gut er gewesen war.

Leider war er ziemlich gut, dachte Brenna, während sie unruhig im Empfangsraum von *Wild Sea Vineyards* auf und ab ging. Mehr als gut. Einmal hatten sie sich am Strand geliebt, und wenig später war in den Nachrichten von einer Springflut berichtet worden. Brenna hatte sich immer gefragt, ob Nic und sie dieses Seebeben ausgelöst hatten.

„Das ist eine alte Geschichte", murmelte sie und presste ihre Mappe wie einen Schutzschild vor die Brust. „Eine uralte Geschichte. Jetzt hat ein neues Jahr angefangen – sogar ein neues Jahrzehnt. Ich bin stark. Ich bin unverletzlich und verdammt noch mal total genervt, dass er mich so lange warten lässt."

Sie drehte sich um und starrte auf die Tür von Nics Büro. Als seine Assistentin sie um etwas Geduld gebeten und versprochen hatte, dass der Chef gleich für sie da wäre, hatte Brenna ihr geglaubt. Inzwischen waren zehn Minuten vergangen, die Assistentin war verschwunden, und Nic ließ sich weiterhin nicht blicken.

„Das ist nur ein kleines Machtspielchen", versuchte Brenna sich zu beruhigen und holte tief Luft. „Darauf falle ich nicht rein. Da kann er mich warten lassen, solange er will."

Sie war ruhig. Ganz ruhig. Dumm nur, dass sie ein flaues Gefühl in der Magengegend hatte. Die fünfte Tasse Kaffee war vielleicht auch nicht die allerbeste Idee gewesen. Und leider konnte sie unmöglich stehen bleiben, denn sonst würden ihre Knie womöglich anfangen zu zittern. Alles in allem war ihr Auftritt nicht ganz so professionell, wie Brenna es sich vorgestellt hatte. Sie musste wirklich …

Die Bürotür öffnete sich, und der Teufel höchstpersönlich erschien.

Okay, vielleicht war es ein wenig übertrieben, Nic als Teufel zu bezeichnen. Aber er war dunkelhaarig, gefährlich, und Brenna musste ihm heute ihre Seele verkaufen. So ganz abwegig war die Bezeichnung also nicht.

„Brenna." Er lächelte sie an, als wären sie gute alte Bekannte. „Wie schön, dich zu sehen."

Wer's glaubt, dachte Brenna. In den letzten zehn Jahren hatte sie die Giovannis gemieden wie die Pest. Und das aus gutem Grund.

„Hi, Nic."

Er zeigte auf sein Büro, und sie betrat die heiligen Hallen. Die Einrichtung hatte sich kaum verändert, seit Brenna zum letzten Mal hier gewesen war: wuchtige Möbel, mit einem Schreibtisch aus dem achtzehnten Jahrhundert als Prunkstück mitten im Raum. Der Computer war allerdings neu. Genau wie der Herrscher dieses Zimmers. Zehn Jahre zuvor hatte Nics Großvater hier seine Untertanen empfangen. Von hier aus hatte er die Geschicke von *Wild Sea Vineyards* gelenkt. Nun war der alte Mann verschwunden, und Nic leitete den Konzern.

Und offenbar leitet er ihn sehr erfolgreich, dachte Brenna mit einem Blick auf die Weltkarte, die gegenüber dem Schreibtisch hing. Neugierig betrachtete sie die farbig hervorgehobenen Besitztümer der Giovannis. In den letzten Jahren waren ziemlich viele neue Farbkleckse hinzugekommen. Typisch Nic! Es war schon immer sein Ziel gewesen, der Größte und Beste zu sein. Und das war ihm offensichtlich gelungen.

Immerhin ermöglichte ihr der Blick auf die Karte, sich von dem verdammten Schreibtisch abzulenken. Leider würde sie sich irgendwann aber doch umdrehen und dieses Monstrum aus Holz in Augenschein nehmen müssen. An sich ja kein Problem.

Wenn Nic und sie es nicht ausgerechnet auf diesem Tisch, nun ja, getrieben hätten.

Sie erinnerte sich noch genau: Es war an einem Samstagmorgen um drei Uhr in der Früh gewesen. Die kühle Nachtluft hatte sie umschmeichelt, alles war ganz still gewesen, und die ungeheure Romantik hatte Brenna schier den Atem geraubt. Kein Wunder, dachte sie jetzt höhnisch. Wenn man siebzehn und verliebt ist, findet man es sogar romantisch, dem Brot beim Schimmeln zuzusehen.

„Du kannst dich gerne setzen", sagte Nic ein wenig spöttisch.

Klar, dachte Brenna, als sie die Schultern straffte und den Kopf in Richtung Vergangenheit drehte. Nic arbeitete hier jeden Tag. Er hatte wahrscheinlich total vergessen, was es mit diesem verdammten Schreibtisch auf sich hatte. Nur sie, sie hatte es leider nicht vergessen.

Langsam ging sie auf den überdimensionalen Besuchersessel zu und nahm auf der glatten Lederoberfläche Platz. Nic ging um den Schreibtisch herum und setzte sich ihr gegenüber.

„Ich war überrascht, zu hören, dass du dich mit mir treffen möchtest", sagte er freundlich. „Mit deiner Familie ist hoffentlich alles in Ordnung?"

„Es geht ihnen gut. Sehr gut. Francesca ist verlobt." Mehr als verlobt sogar, aber das war eine andere Geschichte.

„Dein Großvater ist bestimmt sehr glücklich darüber."

Brenna nickte und ertappte sich dabei, wie sie Nic anstarrte. Ein markantes Gesicht, dachte sie. Unwillkürlich verglich sie den Mann mit dem Jungen von damals. Nic hatte schon immer bemerkenswert ausgesehen: Augen, in deren Anblick man versinken konnte, eine gerade Nase und ein ausgeprägtes Kinn, das auf einen energischen bis störrischen Charakter schließen ließ. Und dann sein Mund. Dieser Mund, dessen Lippen sie in eine andere Galaxie befördert hatten.

Trotz des warmen Augustwetters trug Nic ein langärmliges schwarzes Hemd und dunkle Hosen. Jeans und T-Shirt gehörten wohl der Vergangenheit an.

„Schick, schick."

„Alles wegen deines Besuchs."

Nic lächelte – ein träges, sexy Lächeln, das Brenna nur zu gut kannte. Mit diesem Lächeln hatte er sie davon überzeugt, dass es völlig okay war, sich spätnachts im Weinberg zu lieben. Es war ihr erstes Mal gewesen. Sie hatte ihre Jungfräulichkeit verloren, während rings um sie die Grillen gezirpt hatten und …

Hör sofort auf damit, befahl sie sich. Solche Reisen in die Vergangenheit führten nur zu Problemen. Sie war mit einem Plan hierhergekommen. Und dieser Plan hatte nichts mit irgendeinem sexy Lächeln oder der Hitze, die durch ihren Körper strömte, zu tun.

Brenna zwang sich dazu, sich entspannt im Sessel zurückzulehnen. Lässig schlug sie ein Bein über das andere. Dann sah sie Nic leicht amüsiert, fast schon ein wenig gelangweilt an. Zumindest hoffte sie das.

„Solche Umstände, nur für mich? Das glaube ich nicht."

Er lachte. „Erwischt. Ich habe später noch ein Meeting mit ein paar internationalen Vertriebsmitarbeitern. Jeans würden da wahrscheinlich eher abschreckend wirken."

Nicht wenn diese Vertriebsmitarbeiter Frauen sind, dachte Brenna. Und ärgerte sich im nächsten Moment darüber.

„Du expandierst also weiter."

„Sicher. Man muss der Beste und der Größte sein, um Erfolg zu haben."

„Die Sache mit der Größe kriegst du bestimmt hin."

„Und auf die Größe kommt es an. Sagt man das nicht?"

„Na ja. Das sagen vor allem die Leute, die mit ihren Talenten nicht richtig umgehen können." Etwa achtzehn Sekunden zu spät erinnerte Brenna sich an ihren Schwur, nicht mit Nic zu streiten.

„Tut mir leid", murmelte sie.

Nic zog die Augenbrauen hoch. „Es tut dir leid, dass du mit mir diskutierst? Das wäre ja ganz was Neues. Jetzt bin ich aber sehr gespannt, was als Nächstes kommt." Er grinste und beugte sich vor. „Also gut, Brenna. Du bist hier, du trägst ein Kostüm, und du hast einen Berg Papier mitgebracht. Vielleicht erzählst du mir mal, was du von mir willst."

Tja. Dann ging es wohl los. Brenna räusperte sich und legte ihre Mappe auf den Tisch. Im selben Moment konnte sie keinen klaren Gedanken mehr fassen. All die intelligenten, logischen und wohldurchdachten Sätze, die sie so oft geprobt hatte, waren plötzlich weg, spurlos verschwunden.

„Ich gehöre zu den Besten in unserer Branche", begann Brenna. Dann zögerte sie. Klang das vielleicht zu arrogant? Aus dem Augenwinkel beobachtete sie Nic. Zumindest war er noch nicht in hysterisches Gelächter ausgebrochen.

„Das habe ich nie bezweifelt. Ich würde es nur ungern auf einen Wettstreit mit dir ankommen lassen."

Sein Kompliment gab ihr neue Kraft. Gerade noch rechtzeitig konnte sie sich davon abhalten, wie ein eifriges Schulmädchen auf dem Sessel nach vorne zu rutschen. „Mein Großvater sagt, dass ich außer ihm die Einzige in der Familie bin, die Wein wirklich liebt. Und das tue ich. Schon mein ganzes Leben lang."

Nic wollte etwas erwidern, doch Brenna ließ ihn nicht zu Wort kommen. Auf keinen Fall durfte sie riskieren, dass er etwas über die zehn Jahre sagte, die sie weit weg von *Marcelli Wines* verbracht hatte. Jene zehn Jahre, in denen sie sich zu einer kompletten Idiotin gemacht hatte.

„Mein Großvater hat mir die Leitung unseres Weinguts übertragen", fuhr sie eilig fort. „Und ich weiß, was wir brauchen, um weiterhin erfolgreich zu sein."

„Dann bist du also nicht hier, weil du einen Job suchst."

„Nein." Sie öffnete die Mappe. „Ich bin hier, um ein Darlehen zu bekommen."

Nic zog die Augenbrauen hoch. „Wieso das denn? Ihr habt doch keine Geldsorgen, oder?"

„Nein, *Marcelli Wines* hat kein finanzielles Problem. Die Geschäfte liefen nie besser. Aber ich bin nicht die Firma. Ich arbeite für meinen Großvater. Unser Weingut gehört immer noch ihm."

„Eines Tages wirst du es erben."

Wohl kaum. Inzwischen hätte Brenna diese Erkenntnis nicht mehr wehtun sollen. Aber sie tat es doch. Sehr sogar. „Dass meine Schwestern und ich eines Tages *Marcelli Wines* erben, ist nicht mehr so sicher." Sie hielt inne. Aber Schweigen brachte nichts. Jetzt half ihr nur noch die Wahrheit. Wahrscheinlich würde Nic sowieso bald von der ganzen Angelegenheit erfahren.

„Na ja. Wie es aussieht, hatten meine Eltern schon ein Kind, bevor sie geheiratet haben. Einen Sohn. Mom und Dad waren damals noch sehr jung und gingen beide noch auf die Highschool. Als rauskam, dass meine Mutter schwanger war, haben ihre Familien sie unter Druck gesetzt. Und irgendwann haben sie das Baby dann zur Adoption freigegeben."

Nic reagierte genauso cool, wie sie es erwartet hatte. Sein Gesicht zeigte keinerlei Gefühlsregung, er lehnte sich einfach nur in seinem Stuhl zurück. „Das ändert die Dinge natürlich", erwiderte er. Wann hast du davon erfahren?"

„Bei der Party, die wir immer am 4. Juli geben. Dieses Jahr gab es eine ganz besondere Art von Feuerwerk, um es mal so zu sagen. Fakt ist: Das verloren geglaubte Baby ist inzwischen ein zweiunddreißigjähriger Mann."

Die Marcellis und die Giovannis waren sich seit drei Generationen spinnefeind. Doch obwohl ihre Familien nicht miteinander sprachen, waren Nic und Brenna auf ähnliche Weise erzogen worden. Was zählte, war die Idee einer perfekten italienischen Familie. Und deshalb würde es wohl noch einige Zeit dauern, bis der Feminismus Einzug in ihre Weingüter hielt.

Nic kapierte sofort. „Dein Großvater ist altmodisch genug, um sich einen männlichen Erben zu wünschen. Ich gehe mal stark davon aus, dass der verlorene Sohn interessiert ist?"

„Es geht um einen Haufen Geld. Wärst du da nicht interessiert?", fragte Brenna mit einer spöttischen Leichtigkeit, die so gar nicht zu ihren wahren Gefühlen passte. „Jedenfalls stehe ich auf der Erbenliste inzwischen ziemlich weit unten." Und jetzt kam der wirklich harte Teil. „Weinanbau liegt mir im Blut. Ich möchte in meinem Leben nichts anderes machen."

„Warum solltest du? Selbst wenn dein Bruder erbt, würde er dich doch das Geschäft weiterführen lassen, oder?"

„Vielleicht würde er das. Aber ich habe keine Lust, aus meiner Zukunft ein Glücksspiel zu machen. Abgesehen davon habe ich eigene Ideen und Pläne. Ich möchte meinen eigenen Wein machen."

Nic deutete auf die Mappe vor ihr. „Und das ist der Plan?"

Sie nickte. „Ich habe alles ganz genau ausgearbeitet. Welche Traubensorte ich anbauen will, die Preise für Maschinen, Fässer, Lagerraum. Und auch das Land, das ich kaufen will."

„Eine eigene Weinproduktion aufzubauen ist nicht gerade billig."

„Ich weiß."

Noch immer schaute er ihr direkt ins Gesicht. „Wen hast du sonst noch um ein Darlehen gebeten?"

„Jeden, bis auf die üblichen Kredithaie!"

Er nickte. „Lass mich raten: Sie wollten wissen, warum dir dein Großvater das Geld nicht gibt."

„Das ist ein Teil des Problems. Sie waren außerdem besorgt, dass ich keinerlei Sicherheiten habe. Ich habe ihnen erklärt, dass der Wein meine Sicherheit ist. Aber das hat sie nicht besonders beeindruckt." Sie zuckte die Achseln. „Du bist ein Mann, der gerne Risiken eingeht. Zumindest wenn er sicher sein kann, den vollen Gegenwert für sein Geld zu erhalten. Und das ist bei mir ja der Fall. Ich würde alles dafür tun. Wirklich alles."

Er zog die Augenbrauen hoch. „Tatsächlich?"

Nur zu gerne hätte sich Brenna in diesem Moment vor die Räder des nächstbesten Lastwagens geworfen. Sie spürte, wie ihr Gesicht von flammender Röte überzogen wurde. Zum Glück würde ihr eher dunkler Teint diese Tatsache vor Nic verbergen. Ein schwacher Trost, aber immerhin! Sie klammerte sich an diesen Gedanken wie an eine Rettungsleine.

„Du weißt, dass ich es schaffen kann", erwiderte sie ruhig.

„Vielleicht", sagte er. „Aber warum sollte mir daran gelegen sein, noch mehr Konkurrenz zu bekommen?"

Zum allerersten Mal, seit sie auf das Grundstück von *Wild Sea* gefahren war, entspannte sich Brenna. „Oh bitte. Mit sehr viel Glück wird meine Weinproduktion in fünf Jahren ein Zehntel deines Geschäfts ausmachen. Ich glaube kaum, dass dir der Gedanke daran schlaflose Nächte bescheren wird."

„Okay. Aber warum kommst du ausgerechnet zu mir?"

„Weil du der Einzige bist, der über das nötige Kleingeld verfügt."

„Deine Eltern hätten dir sicher geholfen."

„Höchstwahrscheinlich. Aber ich wollte nicht, dass sie sich zwischen mir und meinem Großvater entscheiden müssen. Du hast mit diesem ganzen Familienschlamassel nichts zu tun."

„Ich bin ein Giovanni. Aus deiner Sicht müsste ich doch so etwas wie der Großcousin des Teufels sein."

Verdammt, konnte er etwa Gedanken lesen? Genau das war ihr noch wenige Minuten zuvor durch den Kopf gegangen. Nur hatte sie das Verwandtschaftsverhältnis ein wenig enger definiert.

Nic um einen Termin zu bitten war eine Verzweiflungstat, hatte aber auch Vorteile. Die Marcellis und die Giovannis waren seit vielen Jahren verfeindet. Wäre sie den normalen Weg gegangen und hätte die Bank um ein Darlehen gebeten, hätte ihr Großvater das ganz sicher früher oder später herausgefunden. Wenn sie das Geld von Nic bekam, würde er es niemals merken. Grandpa Lorenzo hätte sich lieber die Zunge abgebissen, als mit einem Giovanni zu sprechen.

Brenna und ihre Schwestern hatten sich nie besonders für diese Familienfehde interessiert. Auch Nic war kein Fan von italienischen Seifenopern, das hatte er schon bei ihrem ersten Treffen deutlich gezeigt. Aber für ihre Großeltern waren diese Feindseligkeiten das reinste Lebenselixier.

„Schon irgendwie absurd, dass wir jetzt hier sitzen und uns darüber unterhalten", gab sie zu. „Ich gehe mal davon aus, dass dir das gefällt."

Er musterte sie. Zu gern hätte Brenna gewusst, was Nic gerade dachte. Obwohl, vielleicht doch lieber nicht! Ihr spontaner Entschluss, sich die Haare abzuschneiden, hatte zu einem grauenvollen Ergebnis geführt. Und die letzten Monate, die sie auf der Hazienda ihrer Großmutter verbracht hatte, wo sie täglich bekocht wurde, hatten sieben weitere Pfund zu ihrer an sich schon nicht ganz schmalen Figur hinzugefügt. Das Kostüm stand ihr ziemlich gut, fand Brenna, aber war das genug? Zwischen ihr und dem siebzehnjährigen Mädchen, das geschworen hatte, Nic von ganzem Herzen zu lieben, lagen Welten. Die Frage war nur, ob Nic diese Veränderung positiv oder negativ fand.

„Es wird gemunkelt, dass ich ein skrupelloser Bastard bin."

„Tatsächlich? Soll ich jetzt Angst bekommen?"

„Das musst du wissen."

Sie konnte sich noch genau daran erinnern, wie es war, mit Nic zusammen zu sein. Wie es sich anfühlte, von ihm berührt zu werden, seine Lippen auf ihren zu spüren, den Geruch seiner Haut wahrzunehmen. Sie kannte den Jungen von damals. Aber den Mann von heute, den kannte sie nicht. Was hatte sich geändert, was war gleich geblieben? Und war es wichtig, das zu wissen?

Egal. Skrupelloser Bastard hin oder her, sie wollte sein Geld.

„Ich bin nicht so leicht zu erschrecken." Entschlossen schob sie ihm die Unterlagen hin. „Schau dir die Sache mal an. Und dann sag mir, was du davon hältst."

Er legte eine Hand auf die Ledermappe, öffnete sie aber nicht. „Wie viel?"

Ein Schwarm von Schmetterlingen stob irgendwo in ihr auf und begann einen Formationsflug. Offensichtlich trainierten die kleinen Biester Start- und Landemanöver, jedenfalls fühlte es sich so an. Brennas Mund war plötzlich staubtrocken, ihre Handflächen waren dafür umso feuchter. Und um die ganze Sache so richtig angenehm zu machen, schien der Raum sich um sie zu drehen.

„Eine Million Dollar."

Nic verzog keine Miene. Er zwang sich, nicht zu blinzeln. Und selbstverständlich zuckte er auch nicht zusammen. Aber hinter der Fassade rumorte es: Sieh an. Die kleine Brenna Marcelli war inzwischen doch tatsächlich eine Frau mit Mumm!

Er zog seine Brieftasche heraus und öffnete sie. „Du nimmst

auch Zwanziger, oder?“

„Zwanziger sind super.“

„Leider habe ich heute nicht den vollen Betrag dabei.“

„Wie schade.“

Sie beobachtete ihn. Nur ihre großen Augen verrieten, wie nervös sie war. Brenna war am Ende, und das wussten sie beide. Wenn er sie jetzt abwies, würde sie niemals ein Darlehen bekommen. Ihr Traum von einer eigenen Weinproduktion war dann für immer ausgeträumt. Ja, klar, sie konnte einige Tonnen Trauben kaufen, sich die dazugehörige Ausrüstung leihen und irgendwo in einer Garage ein paar billige Fässer aufstellen. Vielleicht würde sie sogar den ein oder anderen Fan gewinnen, und im *Wine Spectator* würde eine kleine Besprechung erscheinen. Aber ohne eine gehörige Finanzspritze würde sie es nie wirklich schaffen.

Für ihn war das natürlich belanglos. Was ihn betraf, ging es hier ausschließlich um seine eigenen Ziele. Also musste er sich fragen, wie ihre Bitte ins große Ganze passte.

Er stand auf, umrundete den Schreibtisch, bis er direkt vor Brenna stand. Dann lehnte er sich gegen die polierte Oberfläche und verschränkte die Arme vor der Brust. Diese Haltung diente dazu, andere einzuschüchtern. Oder sie herauszufordern. Je nachdem.

Brenna reagierte, indem sie sich aufrecht hinsetzte und dann die Beine hastig wieder übereinanderschlug. Das Rascheln der Seide war in der Stille des Büros deutlich zu hören und brachte irgendwo in Nics Innerem einen Nerv zum Klingen. Nic ertappte sich dabei, wie er der Bewegung folgte und sich unwillkürlich vorstellte, was sich da so alles unter Brennas Rocksaum befand. Die Seidenstrümpfe, die ihre schlanken Beine umhüllten. Und darüber?

Das Paradies. Zumindest hatte ihr Körper ihn vor zehn Jahren genau dahin katapultiert. Warm, feucht und geheimnisvoll hatte er den Weg zur Erlösung aufgezeigt.

Jedenfalls hatte Nic das damals geglaubt. Doch schon bald war ihm klar geworden, dass er sich geirrt hatte. Von Paradies keine

Spur. Die reizende Brenna Marcelli hatte ihn direkt in die Hölle geführt. Ihretwegen hatte er sein Zuhause verlassen müssen. Er hatte im Exil gelebt – einsam, verlassen und in den Augen der Welt so gut wie tot.

Bedauerlicherweise konnte auch diese Erkenntnis das Verlangen nicht stoppen, das sich blitzartig in seinem Körper ausbreitete. Verdammt! Schnell sah er in eine andere Richtung. Das hier war die ganz falsche Art von Erinnerungen. Davon durfte er sich jetzt auf keinen Fall ablenken lassen.

„Ich sage nicht Nein“, teilte er Brenna milde mit.

„Du machst Witze!“

Sie sprang auf die Füße und kam nur Millimeter von ihm entfernt zum Stehen. Plötzlich war sie ihm so nahe, dass er die Mischung aus Gold und Braun in ihren Augen erkennen konnte. Er roch ihr Parfum. Der Duft war inzwischen ein anderer, aber seine Reaktion leider immer noch die gleiche: Irgendwo in seinem Inneren breitete sich ein Feuer aus, wurde zum Flächenbrand und wollte Nahrung, Nahrung und noch mehr Nahrung.

Nic ignorierte die Hitze und den Hunger. Hier war weder die Zeit noch der Ort für so etwas. Und Brenna Marcelli war ganz sicher nicht die richtige Frau dafür.

Wichtig war nur sein Plan. In den letzten Jahren hatte er gelernt, dass eine wohldurchdachte Strategie immer zum Erfolg führte. Und wenn es um Rache ging, tja, dann musste man eben warten können.

Brennas Bitte war ein Geschenk – so unerwartet wie ein Home Run in den ersten Sekunden eines Baseballspiels. Und mindestens genauso aufregend. Alles, was er jetzt tun musste, war, den Schläger wegzuwerfen und loszurennen. Aber sein Instinkt warnte ihn: Geh auf Nummer sicher!

„Das ist ein Haufen Geld“, entgegnete er kühl.

Sie nickte. „Ich weiß. Aber schau dir mal meine Unterlagen an. Das ganze Geld fließt in den Wein. Ich selbst bekomme kein Gehalt. Oh, Nic! Das Land, das ich im Auge habe, ist perfekt für einen Pinot Noir: ein Hang, ganz am Ende einer Bergkette, die in Richtung Ozean verläuft. Die Trauben werden Morgennebel bekommen, Mittagssonne und dann noch eine salzige Brise vom Meer. Das wird unglaublich!"

Ihre Begeisterung war so spürbar wie die Hand, die sie auf seinen Arm gelegt hatte. Nic reagierte auf den Kontakt – und die verräterische Antwort seines Körpers –, indem er einen Schritt zur Seite trat und nach ihrer Mappe griff.

„Ich werde da mal reinschauen und dich in den nächsten Tagen kontaktieren." Er zog die Augenbrauen hoch. „Wie genau mache ich das?"

Brenna grinste. „Du solltest wohl besser nicht auf der Hazienda anrufen. Aber meine Handynummer steht oben auf den Unterlagen. Wenn du mich nicht erreichst, hinterlass mir einfach eine Nachricht. Dann rufe ich zurück."

„Okay."

Sie presste die Hände zusammen. „Nic, ich weiß, dass das sehr viel Geld ist und dass du ein Risiko eingehst. Aber ich kann das schaffen. Du wirst es nicht bereuen, das verspreche ich dir."

„Da mach dir mal keine Sorgen. Wenn es so aussieht, als müsste ich irgendetwas bereuen, bekommst du eine Absage."

Nicht einmal das schien sie zu beeindrucken. „Du wirst begeistert sein. Garantiert", versicherte sie ihm mit leuchtenden Augen.

Wahrscheinlich stimmte das sogar. Außerdem, rief Nic sich in Erinnerung, ergriff ein erfolgreicher Geschäftsmann gerade die unerwarteten Chancen. Die ganze Sache hier hatte nur einen kleinen Schönheitsfehler: Wenn er auf den Deal einging, würde er ein Auge auf alles haben müssen, was Brenna tat. Anders gesagt: Er würde ein Auge auf Brenna haben müssen. Und das hatte bisher immer zum selben Ergebnis geführt.

Also riskierte er nicht nur sein Geld. War das gut oder schlecht?

Er wusste es nicht. Aber eine Sache wusste er ganz genau: Die Zeit mit Brenna würde garantiert nicht langweilig werden. Natürlich bestand die Gefahr, dass sie ihn wieder auf gefährliches Terrain führte. Doch diesmal würde sie nicht so einfach davonkommen. Diesmal hielt *er* die Zügel in der Hand.

Brenna hatte es nicht eilig, nach Hause zu kommen. Statt des direkten Wegs wählte sie die Straße, die am Meer entlangführte. Sie kurbelte die Fenster ihres alten Toyotas herunter und genoss die warme, salzige Luft auf ihrer Haut. Ihr Jackett und ihre High Heels lagen achtlos hingeworfen auf dem Beifahrersitz. Das Radio war zu voller Lautstärke aufgedreht, und Brenna sang ausgelassen einen alten Beach-Boys-Song mit. Ha! Sie kannte jede Textzeile auswendig, obwohl die Schnulze wahrscheinlich aus der Zeit der Dinosaurier stammte.

Sie fühlte sich wild, frei und so ausgelassen wie schon lange nicht mehr. Nur der Sitzgurt hielt sie noch zurück, sonst wäre sie vermutlich einfach abgehoben und losgeflogen. Sie lehnte sich zurück und lachte laut auf vor Glück.

Sie hatte es getan. *Sie hatte es wirklich getan.*

Klar. Nic hatte nicht Ja gesagt. Noch nicht. Aber ihr Bauchgefühl sagte Brenna, dass er es tun würde. Er hatte ihr zugehört. Und das, obwohl niemand anderes dazu bereit gewesen war. Mehr als diese winzige Chance brauchte sie auch gar nicht. Denn ihr sorgfältig ausgearbeiteter Plan würde Nic auf jeden Fall aus den Socken hauen. Vielleicht sogar aus der Hose.

„Ich hoffe mal, ich bin dabei, wenn das passiert", murmelte sie. Unwillkürlich musste sie grinsen, als sie sich Nicholas Giovanni unten ohne vorstellte.

Es war fast zehn Jahre her, dass sie ihn zum letzten Mal gesehen hatte. In der Zwischenzeit hätte er zu einem Mann mit Bauchansatz und vielen Falten werden können. Doch weit gefehlt! Bei seinem Anblick war Brennas Körper augenblicklich wieder in Flammen aufgegangen. Und vielleicht, nur ganz vielleicht, hatte sie da vorhin in den Augen von Mr Lover-Lover ebenfalls einen Funken von Begehren erblickt.

Was Sex betraf, waren die letzten Jahre für Brenna die reinste Wüste gewesen. Erst diese endlose, verkorkste Ehe. Dann hatte ihr Widerling von einem Mann sich auch noch urplötzlich aus dem Staub gemacht. Und selbst das letzte unverbindliche Abenteuer lag inzwischen schon neun Monate und elf lange Tage zurück. Kein Wunder also, dass schon der kleinste Hauch männlicher Bewunderung Balsam für ihre dürstende Seele war. Insbesondere wenn diese Bewunderung ausgerechnet von Nic kam.

Natürlich wird nichts zwischen uns laufen, ermahnte Brenna sich. Falls Nic ihrem Plan zustimmte, oder besser gesagt, *sobald* er ihrem Plan zustimmte, würden sie Geschäftspartner sein. Und sie war auf keinen Fall so dumm, Arbeit und Privatvergnügen zu vermischen. Nicht wenn eine Million Dollar und ihre Zukunft auf dem Spiel standen. Kein Mann war ein solches Risiko wert. Nicht mal der Sexgott Nic Giovanni höchstpersönlich.

Brenna bog in die Einfahrt des Marcelli-Weinguts ein und seufzte. Okay, soweit sie sich erinnerte, war der Sex mit Nic spektakulär gewesen. Einfach unglaublich. Bewusstseinsverändernd. Aber keine Million Dollar wert.

Unruhig rutschte sie auf ihrem Sitz hin und her. Diese ganzen Erinnerungen machten sie irgendwie total … nervös. Wäre sie eine Katze, würde sie sich jetzt wahrscheinlich am nächsten Türrahmen reiben. Dabei war die Sache doch ganz klar: In der nächsten Zeit musste sie jeglichen körperlichen Kontakt zu Nic vermeiden. Dieser Mann war nichts anderes als ihr Kreditgeber. Fertig, aus. Es ging hier nicht um Gefühle. Diesmal ganz bestimmt nicht!

Zum Glück blieb Brenna keine Zeit, weiter über ihren Entschluss nachzudenken, denn inzwischen war sie auf der Hazienda angelangt. Und die Anzahl der Autos, die auf dem Parkplatz standen, ließ nur einen Schluss zu: Die komplette Familie war mal wieder versammelt.

Der Familiensitz der Marcellis war in den späten Zwanzigerjahren erbaut worden. Das Haupthaus bestand aus drei imposanten Stockwerken im spanischen Stil. Als Vorbild hatte Brennas Urgroßvater das Anwesen eines spanischen Adligen aus dem achtzehnten Jahrhundert gedient. Die Fortpflanzung hatte offenbar zu den Hobbys dieses Spaniers gehört, denn er hatte es immerhin auf zehn Kinder gebracht. Entsprechend üppig war nun die Anzahl der Räume, die den Marcellis zur Verfügung standen. Und das ist auch gut so, dachte Brenna, als sie ihren

Wagen im Schatten einer alten Eiche parkte. Denn gegenwärtig zählten zu den Bewohnern der Hazienda ihre Großeltern väterlicherseits, die Großeltern mütterlicherseits, ihre eigenen Eltern und sie selbst.

„Peinlich, aber wahr“, murmelte sie, als sie in ihre Schuhe schlüpfte und sich das Jackett überzog. „Du bist siebenundzwanzig Jahre alt und wohnst noch zu Hause.“

Genau genommen war Brenna erst im letzten Frühjahr wieder hier eingezogen, nachdem ihr Mistkerl von Ehemann – ein frischgebackener Kardiologe ohne einen Hauch von Anstand oder Dankbarkeit – sie für ein jüngeres Model verlassen hatte. Natürlich eine ehemalige Cheerleaderin. Jetzt wartete Dr. Egomane nur noch auf den Moment, in dem die Tinte unter den Scheidungspapieren getrocknet war. Denn dann konnte er endlich sein kleines Schminktöpfchen heiraten.

Brenna trauerte ihrem Exmann in spe gewiss nicht nach. Aber ein klein wenig ausgleichende Gerechtigkeit wünschte sie sich doch. Momentan war ihre Lieblingsfantasie, dass er sich eine Geschlechtskrankheit zuzog, die ihn daran hinderte, die Hochzeitsnacht zu genießen. Für immer!

Aber abgesehen von ihren Rachegedanken war es tatsächlich höchste Zeit, sich nach einer eigenen Bleibe umzusehen. Nach einem Zuhause. Auch wenn sie es momentan sehr genoss, von so vielen Menschen umgeben zu sein, die sie liebten.

Über die Hintertreppe gelangte Brenna in die Küche. Wie üblich hatten sich hier sämtliche weibliche Mitglieder des Marcelli-Clans versammelt. Ihre beiden Großmütter waren versunken in den heiligen Kochprozess: Granny M rührte eifrig in einem großen Topf, während Grandma Tessa mit chirurgischer Präzision das Gemüse schnitt. Am Küchentisch saß Brennas Mutter, vor sich einen großen Karton mit Mustern für Hochzeitskarten. Ihr gegenüber standen mit leicht trotziger Miene Katie und Francesca.

Beim Anblick ihrer Schwestern musste Brenna unwillkürlich grinsen. Die beiden wirkten wie zwei Fünfjährige, die man beim Anmalen des Familienhundes erwischt hatte.

„Was?“, fragte Brenna. „Ich war nur zwei Stunden weg. Was ist jetzt schon wieder passiert?“

„Nichts Schlimmes“, antwortete Granny M, auch bekannt als Mary-Margaret O’Shea. „Francesca hat wundervolle Neuigkeiten.“

Brennas Mutter schien nicht ganz so begeistert. „Dabei hatten wir doch gerade ein Datum festgelegt und wollten die Einladungskarten bestellen.“

Aha. Es ging also mal wieder um Hochzeiten.

Neuerdings schien das ja das Lieblingsthema der Marcellis zu sein: Erst hatte sich Mia, Brennas jüngste Schwester, dem Altar bis auf wenige Schritte genähert – nur um dann die ganze Sache abzublasen. Dann hatte Katie sich ausgerechnet mit dem Vater von Mias ehemaligem Objekt der Begierde verlobt. Und in den letzten Monaten hatte Francesca, Brennas Zwillingsschwester, für ein wenig Aufregung gesorgt: Francesca hatte sich in den gut aussehenden Chef einer Security-Firma verliebt. So weit, so normal. Doch kurz nachdem sie sich kennengelernt hatten, hatte Mr Security herausgefunden, dass er eine ihm bisher unbekannte zwölfjährige Tochter besaß. Und Francesca hatte ihrerseits herausgefunden, dass sie schwanger war.

Brenna war die Einzige, die Amors Pfeilen bisher nicht zum Opfer gefallen war. Und das sollte gefälligst auch so bleiben. Ihr Plan war es, jegliches Herzflimmern zu vermeiden und sich auf ihre Arbeit zu konzentrieren. Ab und zu vielleicht ein klein wenig bedeutungsloser Sex. Aber das war es dann auch schon. Die große Seifenoper der Marcellis konnte gern ohne sie ablaufen. Sie hatte weder die Zeit noch die Energie für so etwas.

Brenna ging zum Küchentisch und schnappte sich auf dem Weg einen frisch gebackenen Keks. Verdammt, warum lagen in diesem Haus auch überall so leckere Dinge herum? Ihr Cholesterinspiegel war in den letzten sechs Monaten bestimmt ins Unermessliche gestiegen.

„Also“, sagte sie und blickte fragend ihre unglaublich schöne und unglaublich dünne Zwillingsschwester an.

Das Leben war einfach nicht fair! Francesca war jetzt im zweiten Monat schwanger. Aber sah sie dick aus? Nein. Nicht mal ansatzweise. Umgekehrt wäre das natürlich anders gewesen. Brenna hatte keinen Zweifel daran: Sollte sie jemals das kuschelige Zuhause einer Spermie werden, würde sie über Nacht zunehmen und einen Bauch wie eine Wassermelone bekommen. Und das wahrscheinlich ab der neunten Woche.

Francesca zuckte mit den Schultern. „Ich weiß, wir haben darüber gesprochen, dass wir noch warten wollen. Wegen des Babys und so. Aber Sam und ich haben unsere Meinung geändert. Und deshalb haben Katie und ich beschlossen, dass es eine Doppelhochzeit wird. Wenn du auch noch heiraten würdest, könnte es sogar eine Tripelhochzeit sein."

Gleichzeitig stöhnten beide Großmütter vernehmlich auf. Brennas Mutter stützte die Ellbogen auf den Tisch und legte den Kopf in die Hände. „Ich werde langsam zu alt für diesen Wahnsinn", murmelte sie.

„Eine Doppelhochzeit?" Brenna fand die Idee gar nicht so schlecht. Mal abgesehen von dem Tripel-Quatsch. So weit kam es noch! „Eine Doppelhochzeit spart doch viele Kosten", sagte sie zu ihrer Mutter, während sie das Jackett über eine Stuhllehne hängte. „Die Gäste müssen nur einmal statt zweimal gefüttert werden."

„Aber das Kleid!", Grandma Tessa hielt anklagend das Gemüsemesser in die Luft. „Wir hatten kaum Zeit, ein Kleid für Katie zu machen. Und jetzt auch noch das! Bist du sicher, Francesca, dass du in deiner Verfassung vor den Altar treten willst? Nicht, dass wir uns nicht für dich freuen. Ein hübsches Mädchen wie du braucht einfach einen Ehemann."

„Genau. Und die hässlichen Mädchen bleiben Single", murmelte Brenna.

Katie zog eine Grimasse und versuchte, das Kichern zu unterdrücken. „Wir legen den Termin einfach so weit nach hinten, dass wir noch genügend Zeit für die Vorbereitungen haben."

„Ihr könntet an Thanksgiving heiraten", schlug Brenna vor und knabberte genüsslich an ihrem Keks. „Das wäre doch ein passendes Datum. Schließlich betet die Familie seit Jahren darum, dass wir endlich unter die Haube kommen. Und zwei von vier Schwestern sind dann ja versorgt. Da kann man dem Herrn doch mal danken."

Grandma Tessa murmelte etwas, das Brenna nicht genau verstand. Vermutlich würde sie gleich den Rosenkranz herausziehen, um sich auf einen kurzen Perlentrip zu begeben. Aber ihre Großmutter begnügte sich diesmal mit einigen düsteren Blicken.

„Das Thanksgiving-Wochenende würde mir passen", erwiderte Katie. „Wir könnten am Samstag heiraten."

Francesca nickte. „Sam ist bestimmt einverstanden. Der genaue Termin ist ihm nicht so wichtig. Und was das Kleid betrifft: Ich will irgendetwas Einfaches, weit Geschnittenes."

„Da würde ich mir mal gar keine Sorgen machen", versicherte Brenna ihr. „Du gehörst zu dieser Art von Frauen, die auch im neunten Monat noch eine fantastische Figur haben."

Ihre Mutter ließ die Hände sinken. „Also, ich weiß nicht. Wir werden Tag und Nacht nähen müssen."

Es gehörte zur Tradition, dass jede Marcelli-Braut ein Kleid trug, das die weiblichen Familienmitglieder selbst genäht hatten. Theoretisch eine großartige Idee. Nur dauerte das Spitzengeklöppel leider endlos. Brenna konnte das egal sein. Sie musste sich um das Weingut kümmern und war deshalb von der Sklavenarbeit mit der Nadel befreit.

Ihre Mutter griff nach Block und Stift. „Wenn das wirklich eine Doppelhochzeit werden soll, müssen wir jetzt sofort ein paar Listen machen."

Die drei Schwestern warfen sich heimliche Blicke zu. Wenn ihre Mutter erst mal mit dem Listenmachen loslegte, war im Nu der halbe Tag vorbei. Höchste Zeit, sich zu verdrücken!

„Ich besorge uns mal was zu trinken", sagte Brenna und ging eilig in Richtung Vorratskammer.

Francesca trat einen Schritt zur Seite. „Schokolade wäre auch gut."

Katie bewegte sich unauffällig in die Gegenrichtung. „Cracker und Käse oder Kekse?"

„Kekse", antworteten Francesca und Brenna im Chor.

Kopfschüttelnd betrachtete ihre Mutter sie. „Ihr geht nirgendwohin, meine Damen. Wir müssen zwei Hochzeiten planen."

Katie schnappte sich ein Blech mit Keksen von der Arbeitsplatte, gab Granny M und Grandma Tessa einen Kuss und eilte aus dem Raum.

„Ich hab dich lieb, Mom", rief sie mit einem letzten Blick über die Schulter.

Francesca folgte ihr auf dem Fuß.

Brenna nahm sich eine Flasche Wein, den Korkenzieher und zwei Gläser. Dann öffnete sie den Kühlschrank. Wie zu erwarten, stand dort ein Krug mit gekühlter Schokomilch. Die Grannies waren sehr trickreich, wenn es darum ging, Francesca genug Kalzium zuzuführen.

„Ihr denkt wirklich an alles", sagte Brenna, während sie die Kühlschranktür mit dem Ellbogen schloss.

Ihre Mutter warf ihr einen düsteren Blick zu. „Wir müssen Pläne schmieden."

„Das tun wir doch auch. Später. Mach dir keine Sorgen, Mom", meinte Brenna aufmunternd. „Wir kriegen das alles schon rechtzeitig hin."

„Du erlaubst, dass ich da meine Zweifel habe. Und jetzt trinkt ihr auch noch am helllichten Tag Wein."

„Wir haben ja auch was zu feiern."

Der Blick ihrer Mutter hatte plötzlich Radarqualität. „Du bist ja so fröhlich heute, Schatz. Gibt es dafür einen bestimmten Grund?"

Brenna hatte nicht die Absicht, von ihrem Deal mit Nic zu erzählen. Jedenfalls nicht ihren Eltern. Natürlich würden die beiden verstehen, dass ihre Tochter gern unabhängig sein wollte. Aber trotzdem würden sie in einen Zwiespalt geraten. Denn das Familienoberhaupt der Marcellis war nach wie vor Brennas Großvater. Und der würde ganz bestimmt nicht erfreut sein. War die Katze erst mal aus dem Sack, mussten sich ihre Eltern wahrscheinlich für eine der beiden Seiten entscheiden. Also behielt Brenna die Neuigkeiten lieber für sich.

Sie lächelte ihrer Mutter zu, während sie sich möglichst unauffällig in Richtung Tür bewegte. „Zwei meiner Schwestern werden wundervolle Männer heiraten. Wenn das kein Grund zur Freude ist ..."

„Brenna, ich bin deine Mutter. Was ist los mit dir?"

„Nichts. Wirklich gar nichts. Heiliges Indianerehrenwort."

Grandma Tessa warf ihr einen scharfen Blick zu. „Lügner holt der Teufel. Genau wie Diebe. Der Herr sieht alles, junge Dame."

„Ich werde es mir merken", erwiderte Brenna treuherzig. Dann drehte sie sich um und eilte mit ihrer Beute die Treppe hinauf.

2. KAPITEL

Brenna wusste sofort, wohin Katie und Francesca sich verzogen hatten. Sie öffnete die Tür zu dem Zimmer, das sie und ihre Zwillingsschwester früher miteinander geteilt hatten. Seit der Rückkehr auf die Hazienda hatte sie ihr ehemaliges Reich für sich. Es sei denn, der Rat der Schwestern tagte mal wieder.

Vorsichtig stellte sie den Wein und die Gläser auf dem Nachtschränkchen ab und reichte die Schokomilch Francesca. Während Brenna sich mit dem Korkenzieher ans Werk machte, ließ ihre Zwillingsschwester sich seufzend auf dem einen Bett nieder. Auf dem anderen hatte Katie es sich bereits gemütlich gemacht.

„Wir sollten uns beeilen. Die lassen uns wahrscheinlich nicht lange in Ruhe“, sagte Katie und griff nach dem Glas Cabernet, das Brenna ihr reichte. „Mom hat schon recht. Es gibt noch ziemlich viel zu tun für die Hochzeit.“

„Hört, hört. Hier spricht Miss Organisationstalent persönlich“, gab Brenna zurück. Sie schenkte sich ebenfalls ein Glas Wein ein und erhob es zu einem Toast. „Auf meine beiden Schwestern und ihre Doppelhochzeit!“

Als keine Reaktion erfolgte, sah sie sich verblüfft um. Katie beobachtete sie scharf, während Francesca eher besorgt wirkte.

„Was?“, fragte Brenna, während sie aus ihren Schuhen schlüpfte und sich auf die Matratze sinken ließ. „Ihr schaut mich so komisch an, und das macht mich ganz nervös.“

„Kein Grund, nervös zu sein. Es ist nur …“ Francesca richtete sich auf und beugte sich zu ihr hinüber. „Ich mache mir Sorgen um dich. *Wir* machen uns Sorgen um dich.“

„Weil ich mitten am Tag Wein trinke? Das ist echt eine Ausnahme. Normalerweise habe ich so viel zu tun, dass ich es nicht mal schaffe, zu Mittag zu essen. Hätte nie gedacht, dass ausgerechnet ich das mal sagen würde. Na ja, wie auch immer. Jedenfalls nehme ich trotzdem nicht ab, weil die Grannies mich am Abend immer so mästen.“ Sie tätschelte sich den Bauch. „Wahrscheinlich muss ich mich mal ernsthaft ans Kalorienzählen machen.“

Ihre beiden Schwestern tauschten wissende Blicke, was Brenna genervt aufseufzen ließ. „Ich hasse es, wenn ihr hinter meinem Rücken über mich sprecht."

„Haben wir gar nicht", verteidigte sich Katie. Aber während sie sprach, zupfte sie an einer Strähne ihres rotbraunen Haars und biss sich dann auf die Unterlippe. Ein sicheres Zeichen, dass sie gerade log.

Francesca zuckte mit den Schultern. „Wir sind nur ein klein wenig besorgt."

„Wieso das denn?"

„Weil wir heiraten werden."

Brenna nahm einen Schluck von ihrem Cabernet. Im vorletzten Jahr war die Ernte ziemlich mies gewesen. Aber dieser kalifornische Wein des letzten Jahres war wesentlich besser. Die Kekse auf dem Teller schienen ihr verführerisch zuzuzwinkern. Brenna war kurz versucht, aber wahrscheinlich war es besser, erst mal die Sache mit ihren Schwestern hinter sich zu bringen.

„Es mag euch erstaunen, aber die doppelte Brautschau hat mich bisher noch nicht um den Schlaf gebracht", erwiderte sie. Die Chardonnay-Ernte kann jeden Moment beginnen. Deshalb ist es mir leider nicht möglich, am großen Nähmarathon teilzunehmen. Aber im Geiste werde ich natürlich immer bei euch sein."

„Ums Kleid geht's doch gar nicht", sagte Katie und sah Hilfe suchend zu Francesca. „Erklär du's ihr."

Francesca nahm einen Schluck Schokomilch und seufzte. „Wie soll ich es sagen? Wir wollen natürlich nicht deine Gefühle verletzen."

Herzlichen Dank! Brenna freute sich sehr über so viel schwesterliches Mitgefühl. Nur leider wusste sie überhaupt nicht, wovon die beiden sprachen. „Sagt ihr mir gerade, dass ich nicht zu eurer Hochzeit kommen soll?"

„Natürlich nicht", kam unisono die empörte Antwort.

„Und weshalb habt ihr dann Angst, mir wehzutun?"

„Du hast ja gerade niemanden, mit dem du dich triffst."

Die Sache wurde immer mysteriöser. Brenna beschloss, dass

jetzt nicht der richtige Zeitpunkt war, sich selbst zu kasteien, und griff nach einem Keks. „Wenn ihr denkt, dass ich deprimiert bin, weil ich ohne einen Mann zur Hochzeit kommen werde, kann ich euch versichern: Ihr irrt euch!" Um Männer konnte sie sich gerade überhaupt keine Gedanken machen. Na ja. Es sei denn, diese Männer hatten eine Million Dollar zu verleihen. Das war natürlich eine ganz andere Sache.

Katie schüttelte den Kopf. „Francesca, jetzt ist nicht der Moment für komischen Psycho-Talk. Sag es ihr einfach." Aber bevor ihre Schwester auch nur den Mund öffnen konnte, legte Katie selbst schon los: „Francesca und ich machen uns Sorgen, weil wir endlich so wundervolle Männer gefunden haben und weil dieser Bastard, mit dem du verheiratet warst, jetzt eine andere hat und weil du immer nur mit deinem Wein beschäftigt bist und unser komischer neuer Bruder vielleicht alles erben wird. Und was soll dann aus dir werden? Das alles macht uns eben Angst – dass wir glücklich sind und du vielleicht ganz unglücklich." Sie holte tief Luft.

Brenna biss in ihren Keks. „Beeindruckendes Lungenvolumen", murmelte sie, den Mund voller Krümel, und schluckte dann. „Mir geht's gut."

Keine ihrer Schwestern wirkte überzeugt. Brenna ließ den Blick zwischen den zwei Nervensägen hin- und herwandern. Beiden konnte man die irisch-italienischen Vorfahren klar ansehen. Katie hielt es mehr mit den Iren, hatte rötlich-braune Haare und einen blassen Teint. Francesca dagegen hatte sich auf beiden Seiten bedient: Ihre dunklen Haare stammten von den Marcellis. Und den beneidenswert schlanken Körper hatte sie eindeutig den O'Sheas zu verdanken. Bei Brenna selbst hatten die römischen Götter voll zugeschlagen: dunkle Haare, braune Augen und ein, nun ja, eher kurvenreicher Körper.

Und dann gab es da noch Mia. Beim Gedanken an die gebleichten Haare und das dramatische Make-up ihrer jüngsten Schwester musste Brenna unwillkürlich grinsen. Vor dieser Frau war kein Mascara jemals sicher. Mia glich nichts und niemand. Sie war einfach sie selbst.

Schon immer waren Brennas Schwestern ihre besten Freundinnen gewesen. Egal, was passierte, sie hielten zusammen wie Pech und Schwefel. Und das würde hoffentlich auch in Zukunft so bleiben.

„Es geht hier um euch", sagte Brenna zu Katie und Francesca. „Kein Grund, sich um mich Sorgen zu machen! Mir geht's gut. Sehr gut sogar."

Auch das schien die beiden nicht zu überzeugen. Puh. Brenna hatte eigentlich nicht vorgehabt, irgendjemandem von ihren Plänen zu erzählen, bevor die ganze Sache in trockenen Tüchern war. Aber vielleicht musste sie jetzt doch mit der Wahrheit rausrücken. Sonst glaubten ihre Schwestern womöglich noch, sie müsse ihre Sorgen in einer Kiste Marcelli-Wein ertränken. Und das würde die beiden Bräute nur um ihren Schönheitsschlaf bringen.

Francesca sah sie aus zusammengekniffenen Augen an. „Verheimlichst du uns irgendwas?"

„Eine ganze Menge."

Brenna stellte ihr Weinglas ab und stand auf. Sie ging zu ihrem Schrank, griff sich eine Jeans und ein T-Shirt und begann sich umzuziehen.

Während sie den Rock abstreifte, sagte sie: „Ich war heute bei Nic Giovanni und habe ihn um ein Darlehen gebeten. Sieht so aus, als würde er mir das Geld geben."

Sie zog das T-Shirt über den Kopf, strich sich die schulterlangen Haare zurück und drehte sich um. Fassungslos starrten ihre Schwestern sie an. Der Anblick ihrer offenen Münder und der weit aufgerissenen Augen war ziemlich komisch.

„Im Ernst?", stieß Francesca hervor. „Du bist zu Nic gegangen und hast ihn um ein Darlehen gebeten? Für deinen eigenen Wein?"

Katie hielt ihr Glas mit beiden Händen umklammert. „Um wie viel hast du ihn gebeten? Wohl kaum um den Betrag, den du neulich erwähnt hast. Das wäre ja Wahns..."

„Eine Million Dollar", antwortete Brenna grinsend und schlüpfte in ihre Jeans. „Oder eine siebenstellige Summe, wie wir Geschäftsleute so sagen."

„Quatsch!"

Francesca klang völlig entsetzt. Katie murmelte etwas vor sich hin, das Brenna nicht genau verstand. Umso besser! Ihre ach so vernünftige Schwester war bestimmt schon dabei, alles durchzukalkulieren und sich einen Notfallplan auszudenken, falls Brenna versagen sollte. Was sie natürlich nicht tun würde.

Sie hängte ihr Kostüm in den Schrank und ließ sich zurück aufs Bett fallen. „Zu Nic zu gehen war kein spontaner Einfall. Ich habe alles genau durchdacht. Das war die einzige Möglichkeit, die mir noch blieb. Die Banken geben mir einfach kein Geld. Zumindest nicht ohne die Unterstützung von Grandpa Lorenzo. Sobald ich ohne ihn aufkreuze, denken sie, dass da was faul ist. Und selbst wenn es klappen würde, wäre die Sache ziemlich schwierig. Ich habe einfach keine Sicherheiten. Das Land, das ich kaufen werde, könnte man natürlich verpfänden. Aber sonst habe ich keinen Cent. Und das wird sich nach der Scheidung von Jeff leider auch nicht ändern."

Ihre Schwestern wirkten leicht benommen. Erste Anzeichen von Panik machten sich auf ihren Gesichtern breit.

„Und was ist mit Unterhalt? Jeff muss doch bestimmt zahlen?"

„Viel zu wenig." Brenna schüttelte den Kopf. Klar, ihr zukünftiger Exmann würde ihr jeden Monat Geld überweisen müssen. Geschah dem undankbaren Mistkerl ganz recht, nachdem sie ihm das verdammte Medizinstudium finanziert hatte. Aber das Geld würde nicht reichen. Nicht für eine eigene Weinproduktion. Falls Nic zu seinem Wort stand – schnell überkreuzte sie Zeige- und Mittelfinger –, konnte sie mit dem Unterhaltsgeld gerade mal die Zinsen zurückzahlen.

„Das funktioniert. Ihr werdet schon sehen", versicherte sie ihren Schwestern.

„Nic Giovanni." Kates Stimme war plötzlich leicht belegt. „Du bist einfach zu ihm gegangen und hast ihn um ein Darlehen gebeten? Du kennst ihn doch noch nicht mal. Wieso glaubst du, dass er da mitmacht?"

Brenna griff nach ihrem Weinglas und räusperte sich. „Er ist ein Mann, der gern Risiken eingeht. Vor einigen Jahren hat er sich schon mal an der Neugründung eines Weinguts beteiligt. Ich habe damals davon gelesen. Und jetzt ist es mir wieder eingefallen."

Und dass sie Nic nicht kannte ... Tja, dazu wollte sie sich lieber nicht äußern. Zehn Jahre zuvor hatte sie ihn ziemlich gut kennengelernt. Aber davon wussten ihre Schwestern nichts. Ihre Gefühle für Nic hatte Brenna gut verborgen.

Am Anfang hatte sie geschwiegen, weil sie davon ausgegangen war, dass Nic nur eine kurze Affäre wollte. Dann war ihre Beziehung ernster geworden. Aber Brenna gefiel der Gedanke, dass Nic und sie ein Geheimnis hatten. Also hatte sie weiter geschwiegen. Und als dann das schreckliche Ende kam, war sie einfach viel zu beschämt gewesen, um mit irgendjemandem darüber zu reden.

„Eine Million Dollar ist verdammt viel Geld", sagte Francesca. „Was machst du, wenn es nicht klappt? Wenn irgendetwas total schiefgeht?"

Brenna zuckte mit den Schultern. „Dann mache ich wahrscheinlich ein ziemlich dummes Gesicht."

„Mit Schulden von einer Million Dollar."

„Das ist mir egal. Ich muss es einfach versuchen. Klar, die ganze Sache kann völlig in die Hose gehen. Aber trotzdem wäre es schlimmer, einfach nichts zu tun. Und überlegt mal – selbst wenn Grandpa *Marcelli Wines* verkauft oder unserem merkwürdigen neuen Bruder vermacht: Wir werden ja immer noch etwas erben. Natürlich nicht eine Million Dollar. Aber einen Teil meiner Schulden werde ich schon abbezahlen können."

„Dann warte doch", erwiderte Katie. „Warte, bis wir das Geld wirklich haben. Und dann kannst du loslegen."

Brenna schüttelte den Kopf. „Jetzt ist der richtige Moment. Das spüre ich einfach. Diese zwei Hektar Land, die ich gefunden habe, werden nicht ewig zum Verkauf stehen. Außerdem gibt es da draußen schon ein paar Wagenladungen Pinot Noir und Chardonnay-Trauben mit meinem Namen drauf. Ich weiß genau, wie ich daraus eine perfekte Cuvée machen kann. Und sowieso: Ich habe die letzten zehn Jahre beinah ausschließlich mit Warten verbracht. Und jetzt möchte ich endlich etwas tun."

„Und was machst du, wenn Nic dir das Geld nicht leiht?", fragte Francesca.

Darüber wollte Brenna lieber nicht nachdenken. Aber es konnte natürlich passieren. „Dann muss ich eben doch noch warten. Aber ich glaube einfach nicht, dass die Sache schiefgeht. Macht euch nicht solche Sorgen! Ich habe einen perfekt ausgearbeiteten Plan. Ich kenne mich mit Wein aus und habe kein Problem damit, vierundzwanzig Stunden am Tag zu schuften. Vertraut mir einfach, ich schaffe das schon!"

Ihre Schwestern wechselten einen letzten Blick und sahen dann Brenna an.

„Dann mal los!" Francesca hob ihre Schokomilch zu einem Toast. „Du machst das schon. Und wenn du Hilfe brauchst, sag mir einfach Bescheid."

„Das werde ich."

Katie nahm sich ein Stück Schokolade und ließ es genießerisch auf der Zunge zergehen. „Und wie war er nun, unser böser, böser Nachbar? Ich habe ihn ewig nicht mehr gesehen. Aber ich erinnere mich noch gut an das letzte Mal. Bei seinem Anblick hat mein Herz einen kleinen Salto gemacht."

Francesca grinste. „Genau. Ich habe ihn irgendwann im Frühjahr mal in der Stadt getroffen. Er kam gerade aus dem Feinkostladen. In so einer schwarzen Lederjacke und mit Sonnenbrille. Hielt mir die Tür auf und lächelte mich an. Und ich stand da mit heruntergeklapptem Unterkiefer, bis er irgendwann auf seinem Motorrad davongefahren ist."

Brenna verdrehte die Augen. „Ihr zwei seid doch echt jämmerlich."

„Komm schon", entgegnete Katie. „Als ob du nie von Nic Giovanni geträumt hättest. Keine Frau kann sich ihm auf hundert Schritte nähern, ohne an Sex zu denken. Jedenfalls habe ich nie von so einer Frau gehört. Ich glaube keine Sekunde lang, dass du völlig immun gegen seine Ausstrahlung bist."

Treffer versenkt. „Er sieht ganz gut aus", gab Brenna zu.

„Uhhh." Francesca zog die Augenbrauen hoch. „Wenn das mal nicht die Untertreibung des Jahrhunderts ist. Ein großer, dunkelhaariger, geheimnisvoller Mann, der schätzungsweise genau weiß, was er im Bett tut. Was willst du denn noch, Brenna?"

„Ich dachte, du liebst Sam heiß und innig."

„Tue ich auch." Francesca wirkte kein bisschen beschämt. „Aber ich bin eine Frau. Und beim Anblick von Nic Giovanni geraten meine Hormone eben in Wallung. Katie und Mia geht es genauso. Und dir bestimmt auch. Du gibst es nur nicht zu. Warum eigentlich nicht, Brenna?"

Wallende Hormone. Ob das die richtige Beschreibung für ihren Zustand war?

Katie kuschelte sich in die Kissen. „Also los, Brenna. Gibt es da nicht die eine oder andere Nic-Fantasie, die du mit uns teilen möchtest?"

„Na klar. Dass er mir eine Million Dollar leiht."

„Vielleicht etwas Interessanteres?"

Brenna nippte an ihrem Wein. Etwas Interessanteres? Das konnten sie haben.

„Nic war der erste Mann, mit dem ich geschlafen habe."

Im Zimmer herrschte plötzlich Totenstille. Francesca saß reglos da, das Glas mit der Schokomilch halb erhoben. Katie hatte die Hand nach dem Keksteller ausgestreckt. Doch irgendwie schien sie die Kekse ganz vergessen zu haben. Brenna fühlte sich, als hätte sie den Pausenknopf bei einer DVD gedrückt.

Francesca fand zuerst die Sprache wieder. „Nic? Nic Giovanni? Nic, unser Nachbar, der Urenkel des verhassten Salvatore? Und ihr beide habt Romeo und Julia gespielt?"

„Mhhh."

„Mit ihm geschlafen?", fragte Katie. „Im Sinne von ... Sex?"

„Mhhh."

„Und du hast nie etwas gesagt?" Jetzt klang Katie wirklich beleidigt. „Ich bin deine Schwester!"

„Hey, ich bin ihre Zwillingsschwester. Mir hat sie auch kein Sterbenswörtchen verraten."

Brenna lehnte sich auf dem Bett zurück. „Da gab es nicht so

viel zu erzählen."

Sie duckte sich, als Francesca ein Kissen nach ihr warf.

„Erzähl es uns", befahl ihre Zwillingsschwester. „Fang ganz von vorne an. Und versuch bloß nicht, irgendwelche interessanten Details auszulassen!"

„Besonders den Sex nicht", fügte Katie hinzu. „Du hast mit ihm geschlafen? Ich kann es einfach nicht glauben. Weißt du noch? Damals auf der Highschool haben wir alle drei davon geträumt, Sex mit ihm zu haben. Und du hast es einfach getan. Wie kann das sein?"

„Weiß ich auch nicht so genau. Es ist einfach passiert."

Brenna stellte ihr Weinglas auf das Nachtschränkchen, zog die Knie an den Oberkörper und umfasste sie mit den Händen. So viel Zeit war vergangen. Und trotzdem war es ganz schön schwierig, diese Geschichte zu erzählen. Nicht weil sie sich nicht erinnerte oder weil es so eine große Sache war. Aber sie hatte sich einfach daran gewöhnt, alles für sich zu behalten.

Andererseits: Die Sache war zehn Jahre her. Warum sollte sie den Menschen, die sie am allermeisten auf der Welt liebte, nichts davon erzählen?

„Es fing an, als ich siebzehn war und Nic zwanzig. Ich wusste natürlich, wer er war und all das, aber wir hatten noch nie wirklich miteinander gesprochen. Er hat mich erwischt, als ich auf dem Gelände von *Wild Sea* rumschlich. Der Wein war noch in den Fässern. Aber mir war klar, dass sie ihn bald in Flaschen abfüllen würden. Also wollte ich vorher noch mal rausfinden, was es mit den verhassten Giovannis und ihrem ach so großen Erfolg auf sich hatte."

Francesca sah sie schockiert an. „Du hast dich da echt reingeschlichen?"

„Ja. Durch den Hintereingang. Das ging ganz einfach. Jedenfalls hat Nic mich dann erwischt, als ich gerade einen ihrer Cabernets probierte."

Das war zehn Jahre zuvor gewesen. Und noch immer konnte sich Brenna an jedes Detail erinnern. An den intensiven Geschmack des Weins auf der Zunge. Die Hitze des Sommernachmittags. Und ihre Panik, als sie plötzlich jemand am Arm gepackt hatte. Sie hatte sich umgedreht und plötzlich Nic gegenübergestanden. Und bevor sie auch nur die kleinste Chance hatte, sich irgendwie aus der Sache rauszureden, versank sie schon in seinen unglaublich braunen Augen.

Die Welt um sie herum hatte stillgestanden, und sie hatte jede Einzelheit registriert. Seine Größe. Die Art, wie er seine Haare zurückgekämmt hatte. Die einzelne Locke, die ihm in die Stirn fiel. Die Stoppeln auf seinem Kinn und die Staubkörner, die im Sonnenlicht tanzten. Draußen sangen die Vögel. Und von irgendwoher erklangen gedämpfte Stimmen einer Unterhaltung.

„Und war er wütend?“, unterbrach Francesca ihre Gedanken.

„Eher neugierig. Ich habe ihm einfach die Wahrheit gesagt: dass ich nichts Böses will. Und warum ich mich bei *Wild Sea* eingeschlichen habe.“ Sie erinnerte sich daran, wie Nic mit aller Macht versucht hatte, sich das Lachen zu verkneifen. Ihre forsche Art hatte ihn offenbar sehr amüsiert. „Ich hatte gerade zwei Goldmedaillen für meine Weine gewonnen und war ziemlich von mir selbst überzeugt. Also habe ich ihm gleich auch noch erklärt, dass es Quatsch ist, neue Eichenfässer zu benutzen. Weil das Vanillearoma dadurch einfach zu stark wird. In einem Chardonnay ist das natürlich großartig. Aber doch nicht in einem Cabernet Reserve. So ein Wein muss ganz leicht nach Beeren und Schokolade schmecken. Vielleicht auch noch ein klein wenig nach Pflaume und …“

Sie hielt inne und blickte ihre Schwestern an. Katie hatte die Hände vors Gesicht geschlagen, und Francesca war auf dem Bett zusammengesunken.

„Was ist?“

Katie ließ die Hände sinken. „Das mag für dich vielleicht komisch klingen. Aber der Wein ist nicht das Spannende an dieser Geschichte. Komm endlich zur Sache, Brenna. Zu der Sache mit Nic.“

„Banausen“, murmelte Brenna. Für sie gehörten Nic und der Wein einfach zusammen. Dachte sie an den einen, dachte sie auch an den anderen. Aber das würden ihre Schwestern wohl kaum verstehen.

„Also: Statt mich rauszuschmeißen, hat Nic mich seine Weine probieren lassen. Ich habe ihm dann zu jedem meine Meinung gesagt. Manchmal waren wir uns einig. Manchmal nicht. Wobei ich natürlich immer recht hatte."

„Natürlich", erwiderte Francesca lachend.

Brenna grinste. „Wir haben den restlichen Tag zusammen verbracht. Und irgendwie gab es immer neue Gesprächsthemen. Klar, ich wusste schon, dass er ziemlich süß ist und all das. Aber damals war mir der Wein viel wichtiger als jeder Mann. Wahrscheinlich ist das immer noch so."

Katie griff nach ihrem Glas. „Du brauchst ganz dringend eine Therapie. So viel ist klar."

„Vielleicht gibt mir Francesca ja eine Ermäßigung."

Ihre Zwillingsschwester schüttelte den Kopf. „Ich behandle keine Familienmitglieder. Das wäre auch gar nicht zulässig. Aber zurück zu Nic. Wie ging es weiter? Ihr habt den Tag zusammen verbracht. Es war großartig. Und dann?"

„Einige Tage später war ich draußen im Weinberg. Plötzlich ist er auch aufgetaucht. Dann haben wir wieder stundenlang geredet. Ich habe einen Sonnenbrand bekommen, weil wir so lange geblieben sind. Und am Ende haben wir uns verabredet."

Brenna erinnerte sich noch genau an diesen märchenhaften Sommer. Wenn Nic da war, war der Himmel mit einem Mal blauer und der Salzgeschmack des Meers intensiver. Sie lachte öfter, schlief ruhiger, und das Atmen fiel ihr plötzlich leichter.

„Wir wurden Freunde", fuhr sie zögerlich fort. Es war gut, ihren Schwestern von der Sache zu erzählen. Aber je mehr sie erzählte, desto mehr wurde sie von der Vergangenheit eingeholt. Und das war gefährlich. „Wir sind auf seinem Motorrad an den Strand gefahren und haben gepicknickt, wir …"

„Du bist auf seinem Motorrad gefahren?" Francesca klang entrüstet. „Das ist so unfair! Genau das wollte ich auch immer."

„Wenn ich Nic das nächste Mal treffe, werde ich es ihm ausrichten, versprochen."

Francesca verdrehte die Augen. „Das war *damals*. Ein Teenagertraum. Außerdem hat er dieses Motorrad wahrscheinlich gar nicht mehr."

„Vielleicht ist es jetzt ein anderes Model, aber ein Motorrad hat er immer noch", entgegnete Brenna. „Ich habe ihn vor Kurzem damit gesehen." Dass bei diesem Anblick ihr Blut zu kochen begonnen hatte und ihre Kehle wie ausgedörrt gewesen war, erwähnte sie lieber nicht. Genauso wenig wie die Tatsache, dass Nic in seiner schwarzen Lederjacke unzählige Erinnerungen in ihr hervorgerufen hatte. Mit siebzehn in Nicholas Giovanni verschossen zu sein ging ja gerade noch. Mit siebenundzwanzig war es dagegen einfach nur noch peinlich.

„Also. Wie ging es weiter?", drängelte Katie. „Ihr hängt zusammen rum. Und dann?"

„Es ging so weiter, dass er mich eines Tages geküsst hat. Das hat mich echt total überrascht. Ich habe zwar für ihn geschwärmt, aber eigentlich dachte ich, er hält mich für ein Kind, einfach irgendein kleines Mädchen."

Nic hatte immer wieder mal erwähnt, dass sie ja noch ein Küken war. Und sie hatte ihn empört darauf hingewiesen, dass drei Jahre kaum einen Unterschied machten. Besonders dann nicht, wenn man erst mal älter wurde.

„Er kann gut küssen, oder?", bohrte Katie nach.

„Nicht schlecht."

„Francesca warf Katie einen Blick zu. „Brenna ist so eine Heuchlerin. Nicht schlecht. Dass ich nicht lache! Nic kann garantiert fantastisch küssen! Genug Übung hat er ja ganz sicher gehabt."

„Erzählst du die Geschichte oder ich?"

Francesca zuckte mit den Schultern. „Mach weiter."

„Er küsste mich also, ich war völlig geschockt, und dann sagte er mir, dass er mich sehr mochte. Und ich sagte ihm, dass ich ihn auch sehr mochte. Dann ging die ganze Sache immer weiter, und irgendwann haben wir miteinander geschlafen."

Francesca sah plötzlich ziemlich ernst aus. „Du warst gerade mal siebzehn."

„Ich weiß. Erst hatte ich Angst, aber Nic war einfach großartig. Und der Sex mit ihm wurde immer besser."

„Du hast uns nie was davon erzählt. Nicht mal *ich* wusste davon." Francesca klang verletzt. „Natürlich ist das dein gutes Recht. Ich meine nur …"

Brenna verstand. Francesca und sie waren Zwillinge. „Ich konnte einfach nichts sagen. Einerseits wollte ich euch nicht in Schwierigkeiten bringen, und …" Sie lächelte. „Und andererseits hat es mir einfach gefallen, ein Geheimnis zu haben. Das hat alles so besonders gemacht. Ich weiß, das klingt lächerlich. Und wahrscheinlich war es das auch. Aber irgendwie wollte ich Nic ganz für mich allein haben."

„Komm schon, Francesca. Hättest du uns davon erzählt, wenn du mit Nic zusammen gewesen wärst?", fragte Katie. „Wenn dir klar gewesen wäre, dass wir hinter deinem Rücken tuscheln, Witze machen und alles ganz genau beobachten?"

Brennas Zwillingsschwester grinste. „Hm. Wenn ich die Wahl gehabt hätte, euch alles zu erzählen oder Nic für mich zu behalten? Da fällt die Entscheidung nicht so schwer." Sie sah Brenna an. „Okay, ich vergebe dir."

„Super! Dann kann ich ja heute Nacht ruhig schlafen."

Katie richtete sich auf und griff nach der Weinflasche. „Ich verstehe, warum du es für dich behalten wolltest. Aber dass du es tatsächlich geschafft hast, wundert mich schon. Niemand hat auch nur den kleinsten Verdacht geschöpft."

„Mir war klar, dass es sonst ein unglaubliches Theater geben würde. Die Marcellis und die Giovannis sprechen seit drei Generationen nicht miteinander. Und Grandpa legt sowieso keinen Wert auf meine Meinung. Kannst du dir vorstellen, was da abgegangen wäre, wenn ich ihm gesagt hätte, dass ich Nic liebe?"

„Du hat ihn also geliebt?"

„Und wie."

„Und warum habt ihr euch dann getrennt?"

„Nic ging an die Uni. Und ich blieb hier. Wir haben uns einfach nicht mehr gesehen."

Brenna nahm Katie die Flasche weg und goss sich mehr Wein

ein. Dann nahm sie einen großen Schluck.

Es stimmte schon. Damals hatten Nic und sie sich nicht mehr gesehen. Aber es gab da etwas, das ihre Schwestern nicht wussten. Dass Nic und sie sich nämlich trotzdem geschrieben hatten. Und dass sie sich auf eine offene Beziehung geeinigt hatten, solange er an der Uni war. Bis heute wusste Brenna nicht, ob Nic sich tatsächlich mit anderen Frauen getroffen hatte. Sie jedenfalls hatte keine Dates gehabt. Nach Nic waren die Jungs an der Highschool einfach nur ein schlechter Witz gewesen. Und noch etwas hatte sie ihren Schwestern verschwiegen. Dass die Beziehung nämlich weitergegangen war, nachdem Nic die Uni beendet hatte. Er war zurückgekehrt, und sie hatten genau da wieder angefangen, wo sie aufgehört hatten. Und als diesmal Schluss gewesen war, war es viel, viel schlimmer gewesen. Denn diesmal war Nic nicht einfach an die Uni verschwunden. Diesmal war es eine richtige Trennung gewesen. Und schuld daran war leider sie.

„Was hat er gesagt, als du bei ihm wegen des Darlehens aufgetaucht bist?"

„Dass er darüber nachdenken wird."

„Ist das ein Ja?"

„Es ist kein Nein. Er will sich in den nächsten Tagen bei mir melden."

Francesca schüttelte den Kopf. „Bist du dir bei der Sache auch ganz sicher? Denkst du nicht, dass es ein klein wenig gefährlich sein könnte, sich eine Million Dollar vom Familienfeind Nummer eins zu leihen?"

„Nehmen wir diesen ganzen Quatsch mit der Familienfehde auf einmal ernst?"

„Nein." Francesca nahm sich einen Keks. „Ich würde dir natürlich wünschen, dass dein Plan funktioniert. Vielleicht leiht er dir das Geld ja um der alten Zeiten willen."

„Eine Million für eine Teenieliebe? Das glaube ich kaum", erwiderte Katie.

Brenna war klar, dass ihre Schwester recht hatte. Und dabei wusste Katie noch nicht mal, dass es eine Zeit gegeben hatte, in der Nics Liebe sich in abgrundtiefen Hass verwandelt hatte. Nicht, dass sie ihm das vorwerfen konnte. Umgekehrt hätte sie ihm auch nie verziehen, wenn er sie so gedemütigt hätte.

Zum ersten Mal, seit sie an diesem Morgen bei ihm aufgekreuzt war, verspürte Brenna eine düstere Vorahnung. Wenn Nic sich rächen wollte, hatte sie ihm gerade alle Mittel dazu in die Hand gegeben.

Nein, dachte sie. Das war ausgeschlossen. Rachegelüste würden bedeuten, dass Nic immer noch etwas für sie empfand. Und seit dem Ende ihrer Beziehung waren zehn Jahre vergangen. In der Zwischenzeit hatte Nic wahrscheinlich haufenweise wundervolle Frauen getroffen. Sie war für ihn einfach nur eine alte Bekannte, sein Interesse an ihr war rein finanzieller Natur.

Francesca lächelte sie an. „Okay, Brenna. Wenn du entschlossen bist, das durchzuziehen, dann wünsche ich dir einfach nur viel Erfolg." Sie erhob das Glas. „Auf dich und deinen Wein!"

Auch Katie hob das Glas. „Ja, auf dich! Und auf die vielen begeisterten Besprechungen im *Wine Spectator*."

Brenna griff nach ihrem Glas. „Auf uns! Und auf einen neuen Anfang."

Nic betrat die Chefetage von *Wild Sea Vineyards* und begrüßte die Mitarbeiterinnen, die im Vorzimmer saßen. Mit großen Schritten ging er auf die Tür zu, an der ein Schild verkündete, dass sich hier das Büro von M. Moore, Finanzchef, befand. Er klopfte und trat ein.

Maggie Moore, eine große, schlanke Frau mit wunderschönen roten Haaren und einem Gehirn wie ein Computer, sah auf und grinste. „Kaum kommst du vorbei, steigt der Lärmpegel da draußen. Du bist ein Störfaktor."

„Tja. Sie tun eben alle ihr Bestes, um einen Blick auf meinen Hintern zu erhaschen."

Maggie schüttelte den Kopf. „Ich hätte dir nie verraten sollen, was sie über dich sagen. Oder über deinen Hintern, um genau zu sein."

„Warum nicht? Ich habe mich geschmeichelt gefühlt."

„Ja, klar. Und seitdem stolzierst du hier rum wie ein aufgeblasener Gockel."
„Kann ich was dafür, dass sie mich unwiderstehlich finden? Außerdem habe ich im Laufe der Jahre auch schon das ein oder andere Hinterteil bewundert. Also ist das hier nur der gerechte Ausgleich."
„Du Armer. Zum Sexobjekt degradiert. Aber du bist unglaublich tapfer und trägst dein schweres Los mit Fassung."
„Genau."
Sie lachte, und ihre großen grünen Augen funkelten.
Maggie hatte schon immer gern Witze über sein Ego gemacht. In den letzten acht Jahren hatte sie dafür gesorgt, dass Nic sich nicht zu ernst nahm. Selbst das Ende ihrer Affäre hatten sie dank Maggies unerschütterlichem Humor unbeschadet überstanden. Inzwischen waren sie einfach Kollegen, und damit kamen sie beide bestens klar.
Er nickte in Richtung ihres Computers. „Und, machen wir gerade Millionen?"
„Ich gebe mein Bestes. Hast du inzwischen entschieden, wann wir mit der Ernte beginnen?"
„Nächste Woche fangen wir mit dem Chardonnay an."
„Und soll ich bis dahin um Regen beten oder um Sonnenschein?"
„Bete, dass es während der Ernte nicht regnet. Und wenn du schon mal dabei bist, könntest du gleich auch noch um warmes Wetter für den Cabernet und den Merlot bitten." Er nahm sich einen Stuhl und setzte sich ihr gegenüber an den Schreibtisch.
„Irgendwie habe ich Schwierigkeiten, mir das alles zu merken."
„Das kommt davon, dass du keine Weintrinkerin bist."
Sie legte den Finger auf die Lippen. „Wehe, du verrätst das jemandem. Das ist mein düsteres Geheimnis."
„Eben. Und eines Tages werde ich dich damit erpressen."
„Kann ich was dafür, dass ich keinen Wein mag? Ich liebe eben Milchshakes und alle Getränke, die mit einem Cocktailschirmchen serviert werden. Hauptsache, man schmeckt den Alkohol nicht."

„Strawberry Daiquiri. Ein echtes Mädchengetränk."
„Ich bin ein echtes Mädchen. Vielen Dank."
„Du bist ein hoffnungsloser Fall. Und das, obwohl ich jahrelang versucht habe, deine Geschmacksnerven zu schulen."
Maggie wirkte kein bisschen erschüttert. „Als Unternehmer solltest du mal etwas globaler denken. Weltweit mögen viel mehr Menschen Softdrinks als Wein." Sie blickte auf ihren Computer, speicherte die Datei und schloss das Programm.
„Okay", sagte sie und wandte sich ihm wieder zu. „Erzähl mir, wie es gelaufen ist. Werden wir in Zukunft unseren Wein auch nach Übersee verkaufen?"
„Ganz ehrlich: Wir werden so viele Bestellungen haben, dass wir mit den Lieferungen kaum nachkommen."
Schnell fasste er die Ergebnisse seines gestrigen Meetings für sie zusammen. Das Treffen mit den Vertriebsmitarbeitern hatte bis spät in die Nacht angedauert. Und als Nic dann irgendwann nach Hause gefahren war, war *Wild Sea Vineyards* der neuste Weinlieferant für die Länder in Fernost.
„Dennis wird dir noch die genauen Zahlen geben", beendete er seinen Bericht. „Wir müssen uns jetzt so schnell wie möglich um die ganzen verdammten Formalitäten kümmern und klären, wie wir den Wein nach Übersee verschiffen. Von dir brauche ich dann noch ein Update über unsere Finanzen."
„Kein Problem." Maggie machte sich ein paar Notizen. „Mit dem Sales-Team habe ich schon gesprochen. Dennis und ich treffen uns sowieso heute Mittag. Ich setze deine Punkte gleich noch mit auf unsere Agenda." Sie sah auf und musterte Nic. „Warum freust du dich eigentlich nicht?"
„Tue ich doch."
„Aha. So sieht bei dir also Freude aus: ernste Miene und angespannte Körperhaltung. Was ist eigentlich los mit dir, Nic? Du hast ein Jahr lang wie wild für diesen Deal geschuftet. Jetzt hast du es geschafft. Aber von Champagnerlaune keine Spur."
Er zuckte mit den Schultern. „Ich habe bekommen, was ich wollte. Und nun ist es Zeit für neue Ziele."
„Vielleicht ist es eher mal Zeit, kurz innezuhalten und sich zu

freuen?“ Sie stützte die Ellbogen auf dem Schreibtisch ab und beugte sich vor. „Nic, du vergräbst dich in deiner Arbeit. Fang doch endlich mal an zu leben.“

„Ich habe ein ganz normales Leben.“

„Du hast ein Weingut, das neunzig Prozent deiner Zeit in Anspruch nimmt. Und die restlichen zehn Prozent verbringst du auf diesem verdammten Motorrad. Oder du triffst dich mit irgendwelchen Frauen, die dir in Wahrheit völlig gleichgültig sind. Gibt es da nicht vielleicht irgendwas, was dich wirklich interessiert?“

„Du hast mich eben für alle anderen Frauen verdorben.“

„Quatsch. Du warst derjenige, der Schluss gemacht hat. Schon vergessen?“

„Das kann gar nicht sein. So was hätte ich nie getan. Ich bin viel zu klug, um eine Frau wie dich einfach gehen zu lassen.“

„Na toll. Das sagst du mir jetzt, nachdem ich glücklich verheiratet bin und ein Baby habe?“ Sie wurde plötzlich ernst. „Als wir uns kennenlernten, hattest du so viele Träume. Und so viele Pläne. Es kann doch nicht sein, dass es dabei immer nur um Geschäfte ging. Du hast in den letzten sieben Jahren all deine Ziele erreicht. Vielleicht kannst du dich jetzt ja mal um ein paar andere Bereiche deines Lebens kümmern.“

„Wow. Vielen Dank für diesen Vortrag, Mom.“

„Ich meine es ernst.“

„Ich weiß. Und ich bin auch ganz gerührt über deine Sorge.“

„Aber du wirst nicht auf mich hören“, erwiderte sie resigniert.

„Natürlich nicht.“

Sie seufzte. „Warum bist du nur so verdammt stur? Egal, was ich sage, es prallt alles an deinem Dickschädel ab.“

„Mach dir nichts draus. Du bist eine Frau mit großem Herz und großem Helferkomplex. Aber ich brauche keine Hilfe.“

„Du brauchst irgendetwas, das dir wichtig ist.“ Gedankenversunken trommelte sie mit ihrem Stift auf dem Schreibtisch herum. „Wie wäre es mit einem Hund?“

Er lachte. Maggie fand immer die richtigen Worte, auch wenn er sie manchmal nicht so gerne hörte. Sie wollte, dass er rundum glücklich war. Und er wollte seine Kämpfe gewinnen – was ihm bisher auch gelungen war. Er hatte all seine Ziele erreicht. Bis auf dieses eine, von dem Maggie noch nichts wusste.

Und was die Frauen betraf: Dauerhafte Bindungen waren einfach nichts für ihn. Sollten sich doch die anderen mit diesem ganzen Beziehungskram rumschlagen. Er hatte seine Lektion vor langer Zeit gelernt. Jemand zu lieben hieß, sich zu öffnen. Und das führte unweigerlich dazu, dass man hintergangen und betrogen wurde. Wozu also die ganze Mühe?

„Ein Hund? Vielleicht ist das gar keine so schlechte Idee", sagte er. „Ich werde darüber nachdenken."

„Du könntest so einen Beiwagen für dein Motorrad kaufen. Wäre das nicht toll? Und dann vielleicht so eine Hunde-Sonnenbrille und eine kleine Lederjacke."

Nic zuckte zusammen. „Nur über meine Leiche! Ein Hund ist doch keine Barbiepuppe. Und überhaupt: Weiß Jason eigentlich, was für merkwürdige Vorlieben du hast?"

„Mein Ehemann betet mich an."

Nic war froh, das zu hören. Als er damals nach achtzehn Monaten im französischen Exil zurückgekehrt war, hatte Maggie gerade als Buchhalterin angefangen. Sie war neu in der Stadt gewesen, fünf Jahre älter und unglaublich mitfühlend. Kaum hatte sie herausgefunden, dass er an einem gebrochenen Herzen litt, hatte sie sich auch schon ans Werk gemacht. Ihre Heilungsmethode beinhaltete alles – von langen Gesprächen bis zu langen Nächten mit unglaublich gutem Sex.

Sechs Monate später war Nic wieder auf den Beinen gewesen. Und Maggie hatte klugerweise die Sache beendet, bevor es unangenehm wurde. Seitdem waren sie Freunde. Einige Zeit später hatte Maggie Jason getroffen, sich in ihn verliebt und ihn geheiratet. Nic freute sich für sie. Maggie war schon immer der häusliche Typ gewesen.

„Wie liquide sind wir eigentlich momentan?", fragte er, um dem Gespräch eine weniger persönliche Richtung zu geben.

„Was willst du kaufen? Noch mehr Weinberge? Oder vielleicht eine kleine Insel irgendwo in der Südsee?"

„Sehr witzig. Nein, ich denke über ein Darlehen nach."

„Du willst Geld verleihen? An wen denn?"

„Ich kenne da jemand, der ein paar Weine auf den Markt bringen will."

„Und du möchtest gerne der Konkurrenz dabei helfen, zu expandieren?"

Nic zuckte mit den Schultern. „Wie viele neue Firmen schaffen es schon?"

Ungläubig blickte Maggie ihn an. „Verstehe ich das richtig? Du willst dein Geld einer Firma leihen, von der du denkst, dass sie pleitegeht?"

„Ich denke nicht, dass sie pleitegeht." Tatsächlich dachte er das nicht. Andererseits war es lange her, dass Brenna etwas mit Wein zu tun gehabt hatte. Zehn Jahre zuvor hätte er jederzeit auf ihren Erfolg gewettet. Aber jetzt? Jetzt war er sich nicht mehr so sicher.

„Soll das ein privates Darlehen sein, oder willst du Firmengelder verleihen?"

„Was würdest du denn empfehlen?"

„Das hängt von den Vertragsbedingungen ab. Auf die Steuer hat es so oder so Auswirkungen. Von wie viel Geld sprechen wir denn?"

Nic lehnte sich zurück, um das Spektakel so richtig genießen zu können. „Eine Million Dollar."

Im nächsten Moment sprang Maggie wie von der Tarantel gestochen auf. Ihre Augen waren weit aufgerissen, und das Gesicht war fast so rot wie ihre Haare. Sie stemmte die Hände in die Hüften. „Bist du wahnsinnig geworden?"

„Spricht man so mit seinem Boss?"

„Ja, das tue ich. Zumindest wenn er dringend mal eine Therapie bräuchte. Du möchtest eine Million an ein Unternehmen verleihen, das vielleicht pleitegeht?"

Er lächelte milde. „Wäre doch eine gute Abschreibungsmöglichkeit."

„Es wäre vor allem superdumm. Im Ernst, Nic! Das hier ist deine Firma, und du kannst mir natürlich befehlen, Geld aus dem Fenster zu schmeißen. Aber trotzdem: Diese Idee ist einfach völlig verrückt."

„Habe ich dich jemals gebeten, Geld aus dem Fenster zu schmeißen?"

„Nicht direkt. Aber du hast schon häufiger meine Ratschläge in finanziellen Dingen ignoriert."

„Und vielleicht tue ich das wieder." Er stand auf und warf ihr im Gehen einen Blick zu. „Mach mir einfach ein paar Vorschläge, wie ich an das Geld komme. Ob Privatkapital oder Firmengelder ist mir egal. Am besten, du berücksichtigst beide Varianten."

„Nic, warum tust du das?"

Er grinste. „Weil ich es kann."

3. KAPITEL

Gnadenlos brannte die heiße kalifornische Sonne auf Brenna herab. Das T-Shirt klebte ihr am Rücken. Sie trug einen Hut mit breiter Krempe, und eigentlich hätte sie auch Handschuhe tragen sollen. Aber ohne die dummen Dinger hatte sie einfach mehr Gefühl in den Fingern. Dafür nahm sie auch die blauen Flecken, die abgebrochenen Fingernägel und die völlig zerkratzten Hände in Kauf.

Sie kniete zwischen den Reihen von Weinreben und atmete tief das köstliche Aroma reifer Chardonnay-Trauben ein. Vorsichtig griff sie nach einem der schweren Beerenbündel und schnitt es ab. Unglaublich! Sie konnte den hellen grünlichen Saft schon vor sich sehen, der durch das Pressen dieser kleinen Schätzchen entstehen würde. Der Chardonnay Reserve von *Marcelli Wines* war einer der besten im ganzen Land, und diese Ernte war wirklich rekordverdächtig.

Während Brenna die Trauben abschnitt und in den Korb vor sich legte, lief ihr innerer Taschenrechner auf Hochtouren: Wie viele Tonnen Trauben pro Hektar würden sie wohl ernten? Und wie viele Flaschen pro Tonne kamen dabei raus? Das Ergebnis ließ sie einmal tief Luft holen.

Als Brenna zum ersten Mal bemerkt hatte, wie gut diese Ernte werden würde, war ihr eine Idee gekommen. Warum nicht einen Teil der Trauben für eine völlig neue Weinsorte nutzen? Eine Cuvée, bei dem sich die verschiedenen Traubensorten zu einem ganz neuen Geschmack vermischten. Einen eigenen Wein zu erfinden war schon immer Brennas großer Traum gewesen. Und jetzt war definitiv der richtige Zeitpunkt. Selbstverständlich sah ihr Großvater das ganz anders. Er hatte ihr noch nicht mal richtig zugehört. Stattdessen war sofort der Vortrag losgegangen, dass die Marcellis schon *immer* die besten Trauben für ihren Chardonnay Reserve genutzt hatten. Und das würde auch dieses Jahr wieder so sein. Es kam gar nicht infrage, dass ein Teil der Ernte für irgendwelche merkwürdigen Experimente verschwendet wurde, bla, bla, bla.

„Sturer Esel“, murmelte Brenna, während sie sich aufrappelte und zum nächsten Weinstock ging.

In den Reihen neben ihr waren die Erntehelfer eifrig am Werk. Seit Anfang der Woche pflückten sie die Trauben – und das in einem völlig absurden Tempo. Jedenfalls kam es Brenna so vor. In der Zeit, in der sie einen Korb füllte, hatten die anderen bereits drei geschafft. Wahrscheinlich hatte sie nicht genug Übung, um wirklich effizient zu sein. Und irgendwie ging ihr die Arbeit diesmal auch besonders schwer von der Hand.

Tags zuvor hatten sie die ersten Trauben zum Keltern gebracht. Brenna war dabei gewesen, als sie vorsichtig auf das Fließband verladen wurden, das sie zur Presse transportierte. Sie hatte beim Sortieren geholfen, den Ablauf überwacht und schließlich den ersten Saft des Herbstes probiert. Schon beim ersten Schluck hatte sie gewusst: Dies war ein wirklich gutes Jahr.

Die Erkenntnis, dass es auch das letzte Jahr für *Marcelli Wines* sein könnte – falls ihr Großvater das Weingut wirklich verkaufte oder ihrem unbekannten Bruder vermachte –, hatte Brenna irgendwann hinaus auf die Felder getrieben. Seitdem arbeitete sie hier draußen. Doch so langsam wurde sie wirklich nervös. Jetzt war es schon drei Tage her. Und Nic hatte noch immer nicht angerufen.

Verflixt! Sie war sich so sicher gewesen, dass er ihr das Geld leihen würde. Aber mit jeder Stunde, die verstrich, nahm ihre Zuversicht ab. Ohne Nic würde es die *Four Sisters Winery* nicht geben. Ohne ihn war sie ganz auf sich allein gestellt. Selbst wenn sie alles zusammenkratzte, was sie besaß, kam sie nur auf ein paar Tausend Dollar. Seit sie sich von Jeff getrennt hatte und wieder zu Hause lebte, hatte sie zwar einiges ansparen können – außerdem würde ihr Ex ja auch bald Unterhalt für sie zahlen müssen –, aber all das reichte nicht mal annähernd.

Vor ihr erstreckten sich die Weinreben in endlos langen Reihen. Brenna zwang sich, sich auf die Trauben zu konzentrieren. Sie prüfte, welche reif waren, schnitt sie ab, legte sie in den Korb. Und dann ging es weiter zur nächsten Rebe. Ihre Schultern schmerzten höllisch. Als sie gerade überlegte, wie sich das wohl erst am Abend anfühlen würde, klingelte das Telefon. Garantiert war das wieder Mia.

Brennas jüngste Schwester befand sich gerade auf dem Rückweg von einem Japanischkurs in Washington D. C. Nachdem ihr Flug an diesem Morgen gestrichen worden war, saß Mia auf dem Dulles Airport fest und vertrieb sich die Zeit mit Telefonieren. In den letzten zwei Stunden hatte sie Brenna bereits zweimal angerufen, um von ihren Abenteuern zu berichten. Jedes Mal, wenn es klingelte, war sich Brenna ganz sicher gewesen, dass Nic dran war. Diesmal würde sie nicht so dumm sein! Ohne auf die Nummer zu schauen, nahm sie ab.

„Ich habe zu tun", sagte sie und streckte sich. „Also hör auf, mich dauernd anzurufen."

„Störe ich?"

Tief, männlich und verboten sexy – das klang ganz und gar nicht nach ihrer achtzehnjährigen Schwester. Trotzdem war die Stimme Brenna nur allzu vertraut.

„Nic?"

„Ich kann später zurückrufen."

Brenna blickte sich um. Versteckten sich da vielleicht irgendwelche Lauscher hinter der nächsten Weinrebe? Aber die anderen Erntearbeiter hatten sie längst überholt und waren fast am Ende der Reihe angekommen. Jetzt oder nie! Kurz entschlossen ließ sie sich auf den Hintern plumpsen.

Immerhin konnte sie noch atmen. Auch wenn da so ein merkwürdiger Druck auf ihrer Brust war. Die Spannung war kaum auszuhalten: Würde Nic Ja sagen?

„Nein, nein. Alles bestens. Ich helfe gerade bei der Ernte und brauche sowieso mal eine Pause."

„Du bist draußen auf den Feldern?"

„Mhhh. Ich bin total verschwitzt und bekomme gerade einen Sonnenbrand. Aber sonst ist alles super."

„Wieso das denn? Solltest du nicht auf dem Gut sein, wenn die Trauben angeliefert werden?"

„Eigentlich schon. Aber mein Großvater und ich hatten mal wieder eine Meinungsverschiedenheit. Er hat mich echt wütend gemacht. Also bleibe ich hier draußen, bis ich mich wieder eingekriegt habe."

„Pech für ihn."

„Das sehe ich auch so." Brenna wischte sich den Schweiß vom Gesicht. Wenn ihr Herz weiter so schnell schlug, würde sie demnächst tot umfallen. „Also, Nic, ich ... bist du zu einer Entscheidung gekommen?"

„Ja, bin ich. Ich werde mir einen Hund kaufen."

Brenna warf einen misstrauischen Blick in Richtung Sonne. War sie wirklich schon so lange hier draußen? War ihr Hirn bereits verschmort?"

„Okay", sagte sie langsam und deutlich. „Du willst also einen Hund, Nic. Hunde sind nette Tiere. Soll es eine spezielle Rasse sein?"

„Ich dachte an einen Golden Retriever. Keine besonders originelle Wahl. Aber ich möchte einfach einen großen Hund mit gutem Charakter."

„Tolle Idee."

„Es gibt einen Züchter in Ojai, und ich werde heute Mittag mal hinfahren und ihn mir ansehen. Eine der Hündinnen hat vor Kurzem Junge bekommen. Von den Welpen sind zwar einige schon vergeben, aber drei oder vier sind noch übrig."

Kein Zweifel – einer von ihnen war verrückt. Brenna atmete tief durch. Was sollte dieses ganze Gerede über Hunde? Dachte Nic allen Ernstes, dass sie das gerade interessierte? Oder hoffte er, sie mit seiner Tierliebhabernummer so zu rühren, dass sie ihm eine Absage verzieh?

„Das klingt großartig. Ich wünsche dir viel Spaß."

Brenna musste mehrfach blinzeln, bis ihr klar wurde, dass ihr die Augen brannten. Jetzt bloß nicht anfangen zu weinen! Jedenfalls nicht, solange Nic sie hören konnte. Brenna schluckte, doch der Kloß in ihrem Hals war hartnäckig. Verdammt, sie war sich so sicher gewesen, dass Nic ihr das Geld gab. Und was jetzt? Sie hatte ja noch nicht mal einen Plan B. Oder besser gesagt: Nic war bereits dieser Plan B.

Aus und vorbei. Das war das Ende ihres Traums. Brenna

wurde übel. Am liebsten hätte sie sich zusammengerollt und wäre für immer hier liegen geblieben.

„Tja, Nic. Ich muss jetzt wirklich zurück an die A…"

„Ich dachte, du würdest vielleicht gerne mitkommen."

„Ich brauche gerade keinen Hund."

„Auf der Fahrt könnten wir uns in Ruhe unterhalten."

Schlagartig ging es Brennas Magen besser. Sie verspürte einen ersten Anflug von Hoffnung, der sich zu einem wahren Orkan entwickelte und alle andere Gefühle hinwegfegte. „Gibt es denn etwas zu besprechen?"

„Ich habe noch einige Fragen. Wenn mir deine Antworten gefallen, dann ja. Ich würde sagen, dann müssen wir definitiv einige Dinge besprechen."

Gut, dass sie sich schon gesetzt hatte. Sonst wäre Brenna jetzt einfach umgefallen. „Du willst mir das Geld leihen?"

„Wie schon gesagt, du musst mich in einigen Punkten noch überzeugen. Aber ich bin mir zu siebzig Prozent sicher. Es ist jetzt fast elf Uhr. Warum duschst du nicht kurz und kommst dann zu mir rüber? Ich fahre um zwölf nach Ojai, und wir können alles Weitere auf der Fahrt besprechen."

„D…das klingt super. Ich werde da sein."

„Also bis gleich."

Brenna hörte ein Klicken und schaltete ihr Handy aus. Dann ließ sie sich mitten im Dreck auf den Rücken fallen und begann zu lachen.

„Heilige Scheiße", rief sie in Richtung des blitzblauen kalifornischen Himmels. „Er sagt Ja!"

Dreißig Minuten später stand Brenna vor ihrem Badezimmerspiegel und versuchte, gleichzeitig mit Föhn und Rundbürste klarzukommen. Normalerweise ließ sie ihre Haare einfach an der Luft trocknen. Seit diesem unglücklichen Friseurbesuch nach der Trennung von Jeff war eigentlich auch alles egal. Außerdem gab es auf der Hazienda und in den Weinkellern niemanden, den sie mit ihrem Aussehen beeindrucken konnte. Also hatte Brenna in den letzten Monaten ihr Styling auf die morgendliche

Dusche und etwas Pflegelotion reduziert.

Doch jetzt war ein umwerfender Look gefragt. Dezent, aber gleichzeitig attraktiv und selbstbewusst. Die Frage war nur, wie das ging. Was trug eine Frau, die einem Mann eine Million Dollar wert war?

Während sie mit der Bürste herumhantierte und versuchte, doch noch etwas Volumen und Glanz in ihr Haar zu bringen, ging Brenna die verschiedenen Möglichkeiten durch: Kostüm, Kleid, Jeans, Shorts. Nichts.

Unwillkürlich musste Brenna grinsen. Nichts – vielleicht gar keine so schlechte Idee. Aber andererseits war es zehn Jahre und sieben Kilo her, dass Nic sie zum letzten Mal nackt gesehen hatte. Wahrscheinlich sollte sie ihr neues kurvenreiches Selbst nicht ohne Vorwarnung entblößen. Außerdem ging es hier ja nicht um Sex. Es ging ums Geschäft. Also sollte sie vielleicht doch ein Kostüm anziehen?

Aber es war August, verdammt heiß, und sie fuhren zu einer Hundezüchterin, um sich einen Welpen anzuschauen. Vielleicht würden ein Rock und Pumps da etwas übertrieben wirken?

Nachdem sie ihr Haar in eine Art von Frisur gezwungen hatte, ließ Brenna Föhn und Bürste fallen und griff nach dem Make-up. Wenigstens ihre Haut war ganz in Ordnung. Die leichte natürliche Bräune machte Concealer und Foundation überflüssig. Also trug sie rasch ein wenig Lidschatten, Mascara und Lipgloss auf und eilte dann in Richtung Schrank.

Drei Minuten später hatte sie sich für ein Outfit entschieden, das die Dame von Welt hoffentlich im Hundezwinger trug: Kaki-Shorts, ein türkisfarbenes Polo-Shirt und Sandalen. Dazu ihre Armbanduhr und ein Paar schlichte Silberkreolen. Ein letzter Blick in den Spiegel, dann schnappte sich Brenna ihre Handtasche und die Autoschlüssel und lief aus der Tür.

Es war genau 11.58 Uhr, als sie in die Einfahrt von *Wild Sea Vineyards* einbog. Der Familiensitz der Giovannis sah noch genauso aus wie zehn Jahre zuvor. Aber inzwischen waren zu dem Wohnhaus eine Menge Gebäude hinzugekommen. In der Ferne konnte Brenna die Halle für die Weinverkostung erkennen, vor der ein Haufen Touristen ihre Autos geparkt hatten. Links und rechts von ihr erstreckten sich bis zum Horizont die Weinfelder.

Sie stieg aus dem Auto hinaus in die brütende Mittagshitze und nahm die Sonnenbrille ab. In der letzten Stunde war sie so in Eile gewesen, dass ihr keine Zeit für Nervosität geblieben war. Aber jetzt hatte sie plötzlich ein komisches Gefühl im Magen. Offenbar waren die Schmetterlinge zurück. Und natürlich übten sie gerade mal wieder Sturzflüge. Brenna hatte schrecklichen Durst, ihr war heiß, und ihr ganzer Körper schmerzte vor Anspannung. Wären ihre Gefühle eine Flüssigkeit gewesen, dann garantiert so eine von der schleimigen grünlichen Sorte. Mit kleinen Bläschen drin.

Das Gefühlsgebräu wurde noch schlimmer, als Nic aus dem Haus trat. Er trug Jeans und ein T-Shirt. Seine Augen waren hinter einer Sonnenbrille verborgen.

Brenna hatte ihn bestimmt schon hundertmal in diesem Aufzug gesehen. Vielleicht öfter. Energisch rief sie sich selbst zur Ordnung: Na und, dann war Nic eben groß, muskulös und unglaublich attraktiv. Sie interessierte sich nur für sein Geld. Der Mann an sich war ihr völlig egal. Großes Indianerehrenwort!

Sie steckte die Autoschlüssel in die Tasche und seufzte. Leider war sie keine gute Lügnerin. Nicht mal sich selbst konnte sie täuschen. Seit Nic und sie etwas mehr als Freunde gewesen waren, mochten zehn Jahre vergangen sein. Aber trotzdem erinnerte Brenna sich an jeden Moment ihrer gemeinsamen Zeit. Besonders jene Zeit, die sie gemeinsam im Bett verbracht hatten.

Es war, als könnte sie noch immer die Wärme seiner Haut spüren. Sie hatten sich oft im Freien geliebt, und seitdem verband sie Hitze mit Nic. Dumm nur, dass es in Kalifornien fast immer heiß war. Aber selbst der Regen erinnerte Brenna an ihn, an das sinnliche Vergnügen, das die kühlen Tropfen ihnen auf ihren heißen Körpern bereitet hatten. Das war im Juni gewesen. Im Juli hatten sie sich dann am Strand geliebt und im August, mitten in der Nacht, im Schutz der Weinreben.

Der Gärkeller war ihr Lieblingsort gewesen, falls sie doch einmal eine Nacht drinnen verbrachten. Bis zum Herbst drohte dort keine Störung. Der Raum war dunkel, still und erfüllt vom magischen Aroma des neuen Weins. Manchmal, wenn Brenna an den Gärkellern der Marcellis vorbeiging und diesen Geruch einatmete, hatte sie wieder Nic vor Augen, sein Körper an ihrem, seine Hände auf ihrer Haut und das Verlangen, das sie alles andere vergessen ließ.

Zehn Jahre und eine verpfuschte Ehe später erinnerte sie sich immer noch an … viel zu viel.

„Du hast es also geschafft", sagte Nic. Er nahm die Sonnenbrille ab und lächelte sie an.

„Ich war sehr motiviert", erwiderte Brenna. Jetzt kam es drauf an, möglichst cool zu bleiben. Sie durfte sich auf keinen Fall etwas anmerken lassen. „Außerdem war ich neugierig", fuhr sie fort. „Ich hätte nie gedacht, dass du ein Fan von Haustieren bist."

„Ich wollte schon länger einen Hund. Und das scheint mir eine gute Gelegenheit zu sein. Bist du so weit?"

Brenna nickte und folgte ihm zu der großen Garage. Bei jedem Schritt drohten ihr die Knie nachzugeben, was das Laufen nicht gerade einfach machte. Daran hatte sie noch gar nicht gedacht. Dass sie ja auch noch kommen mussten – hinkommen, also nach Ojai natürlich. Und das hier war Nic. Der Mann mit dem Motorrad.

Vor ihrem geistigen Auge sah sie, wie sie hinter Nic saß, die Arme fest um ihn geschlungen, und den Fahrtwind in den Haaren spürte. Sie hatte sich so eng an ihn geschmiegt, dass sie jeden seiner Atemzüge spüren konnte. Irgendwann würden ihre Herzen beginnen, im Gleichklang zu schlagen. Die ganze Sache würde unglaublich spaßig, aufregend, intim und auch ein klein wenig gefährlich werden.

Sie konnte es kaum erwarten!

Nic betrat die Garage und drückte auf einen Knopf. Mit einem Schlag war es taghell. Geblendet kniff Brenna die Augen zusammen. Als sie sie wieder öffnete, standen vor ihr ein Jaguar-Coupé – von der richtig schnittigen Sorte –, ein Landrover und drei Motorräder. Zwei mehr als beim letzten Mal. Umso besser!

Erwartungsvoll blickte Brenna sich nach den Motorradhelmen um. Doch was war das? Nic ging schnurstracks auf den Landrover zu und öffnete ihr die Beifahrertür! „Falls wir mit einem Welpen zurückkommen“, sagte er. „Sonst zerkaut mir der kleine Kerl noch die Ledersitze im Jaguar.“

Leb wohl, Motorradbraut! Mit einem lauten Plumps kehrte Brenna auf den Boden der Tatsachen zurück: ja, klar. Nic wollte einen Hund kaufen. Dazu holte man nicht das Motorrad aus der Garage. Das wäre auch völlig unverantwortlich. So ein kleiner Welpe hatte ja noch nicht mal einen Helm. Und am Fahrer festklammern konnte er sich auch nicht. Mit dem Motorrad einen Hund abholen – so ein Quatsch! Was hatte sie sich nur dabei gedacht?

Nichts. Ich habe mir gar nichts dabei gedacht, erkannte Brenna, als sie in den Landrover einstieg. Die Vergangenheit und ihre Gefühle hatten sie einfach überwältigt. Und das war ziemlich dumm! Denn hier ging es um ihre Träume, um ihr ganz großes Ziel. Die Fahrt nach Ojai war *die* Gelegenheit, um das Geld zu bekommen. Darauf musste sie sich jetzt konzentrieren.

Von jetzt ab geht es nur noch um geschäftliche Dinge, ermahnte Brenna sich, als Nic neben ihr auf dem Fahrersitz Platz nahm. Sie holte tief Luft, um ihn auf das Darlehen anzusprechen. Doch er kam ihr zuvor.

„Hast du schon mit der Chardonnay-Ernte begonnen?“, fragte er.

„Ja, gestern.“

Nic steckte den Zündschlüssel ins Schloss und startete den Motor. Dann drehte er sich zu ihr um. „Und?“

„Die Trauben sind einfach fantastisch“, musste sie zugeben. „Perfekt gereift und genau richtig, was den Grad der Süße angeht. Nur ein kompletter Vollidiot würde daraus keinen Spitzenwein machen können. Und was ist mit dir? Sind deine Trauben auch so weit?“

„Fast alle. Ich habe die Erntehelfer schon losgeschickt.“

Sie fuhren aus der Garage. Nic schloss die Tür mit der Fernbedienung, wendete und fuhr die Auffahrt runter in Richtung Highway.

„Und?“, fragte Brenna und grinste ihn herausfordernd an. „Wird es bei dir auch ein fantastisches Jahr?“

„Sieht so aus.“

Das überraschte Brenna nicht. Soweit sie gehört hatte, war diese Ernte ein Glückstreffer für alle. Auch für die Konkurrenz. Aber besser so, als dass alle mit Missernten zu kämpfen hatten. Nur ungern erinnerte sie sich an die Zeit vor vier Jahren zurück. Damals hatte das Wetter in Kalifornien verrückt gespielt, und die Cabernet-Trauben waren nicht richtig gereift. Ausnahmsweise war Brenna froh gewesen, zu diesem Zeitpunkt weit weg vom Marcelli-Weingut zu sein.

Von der Seite warf Nic ihr einen Blick zu. „Also, sag schon. Worüber hast du dich mit deinem Großvater gestritten?“

„Ich wollte einen Teil seiner heiligen Trauben für eine Cuvée verwenden. Aber er besteht darauf, dass nur Chardonnay daraus gemacht wird. Der alte Sturkopf!“

Nic schien sich ein Grinsen verkneifen zu müssen. „Kalifornien ist berühmt für seinen Chardonnay. Warum willst du denn unbedingt etwas Neues machen?“

„Weil ich glaube, dass Cuvée-Weine immer beliebter werden. *Columbia Crest* war mit der Mischung aus Cabernet und Merlot sehr erfolgreich. Die Leute wollen nicht immer denselben alten Kram trinken. *Qupe Winery* hat eine Cuvée auf den Markt gebracht, die sofort ausverkauft war.“

„Gib es doch zu, Brenna. Du liebst einfach Experimente.“

Sie zuckte mit den Schultern. „Ja, klar. Aber es ist mehr als das. Ich möchte den perfekten Weißwein machen. Leicht, mit einem fruchtigen Aroma. Er soll vor allem sehr frisch schmecken. Nicht zu süß im Abgang und mit einem winzigen Hauch von Eiche. Ein Wein, der kühl schmeckt. Selbst wenn es draußen heiß ist.“

„Wow. Da hast du dir ja einiges vorgenommen.“

„Ich kann das schaffen. Vorausgesetzt, du gibst mir das Geld, Nic. Ich habe mir alles genau überlegt: Ich werde Chardonnay-Trauben von *Schuler's* kaufen. Oben in Napa habe ich mir schon einige Tonnen Voignier-Trauben reservieren lassen. Mit der richtigen Mischung und einer guten Fassgärung werde ich ganz bestimmt …"

„Du willst deinen Wein in Fässern gären?"

Nur mit Mühe gelang es Brenna, nicht die Augen zu verdrehen. „Jetzt klingst du genau wie mein Großvater. Ja, ich will Fassgärung. Ich weiß, dass es teuer und zeitaufwendig ist. Aber der Geschmack ist dann einfach runder und die Farbe intensiver."

„Und was ist mit deinem Pinot Noir?" Nic bog auf die Ausfahrt nach Ojai ab.

„Ich war letzte Woche draußen und habe mir die Trauben angesehen. Die brauchen noch einen Monat."

„Du weißt, dass es höllisch schwer ist, einen guten Pinot zu machen."

Wie lange sollte dieses Verhör eigentlich noch weitergehen? Offenbar wollte Nic sie einschüchtern. Doch so leicht würde ihm das nicht gelingen! Gelassen erwiderte Brenna seinen Blick. „Ich weiß, dass ein guter Pinot schwierig ist. Aber die Herausforderung nehme ich gerne an."

Er grinste. „Okay, also ein Chardonnay, eine Cuvée und ein Pinot. War's das schon, oder gibt es noch mehr Punkte auf deiner Liste?"

So knapp wie möglich schilderte sie ihm ihre Pläne für den perfekten Cabernet. Leider musste die Begeisterung dabei irgendwie mit ihr durchgegangen sein. Denn beim nächsten Blick auf die Uhr bemerkte Brenna mit Schrecken, dass sie die letzten zehn Minuten ohne Punkt und Komma geredet hatte. Hoffentlich war Nic nicht schon eingeschlafen!

Hastig beendete sie ihre Ausführungen: „… jedenfalls soll es ein hochwertiger, aber kein zu teurer Wein werden. Ich will einen Cabernet, der nach drei Jahren gut und nach vier Jahren perfekt ist."

„Wollen wir das nicht alle?"

Aha. Immerhin war Nic noch wach. Brenna erlaubte sich ein kleines Lächeln. „Klar wollen wir das alle. Aber der Unterschied ist, dass ich weiß, wie es geht."

„Und ich weiß es nicht?"

„Habe ich das gesagt? Bei dir läuft es doch großartig. Die Weine von *Wild Sea* werden im ganzen Land verkauft."

„Aber du findest Qualität wichtiger als Quantität."

Da war es wieder. Ihr altes Streitthema.

Brenna atmete tief durch. „Nic, ich habe deine Firma in den letzten Jahren genau beobachtet. Du weißt, was ich denke: Ihr konzentriert euch zu sehr darauf, alles aus den Trauben rauszuholen. Aber diese letzten zehn Prozent machen den Wein nicht besser. Ihr solltet damit aufhören. Oh. Und dann habt ihr letztes Jahr auch die falschen Fässer für den Merlot genommen."

„Interessant. So willst du also ein Darlehen von mir bekommen. Indem du meine Arbeit beleidigst und meine Weine schlechtmachst."

Brenna rutsche auf ihrem Sitz hin und her und zerrte wild an ihrem Sitzgurt. Warum musste das verdammte Ding sich ausgerechnet jetzt verhaken? Endlich gab der Gurt nach, und sie wandte sich zu Nic. „Du wolltest doch meine Meinung hören. Sonst hättest du mich ja wohl nicht gefragt."

„Ich habe dich nach deiner Meinung gefragt? Daran erinnere ich mich gar nicht."

„Du hast über Qualität und Quantität gesprochen. Und am Ende bist du so mit der Stimme hochgegangen. Also war das eine Frage."

Er warf ihr einen Blick zu. „Du bist noch immer eine Nervensäge."

„Mag sein, aber ich habe recht. Ihr verkauft viermal so viel wie *Marcelli Wines*. Aber wir gewinnen dreimal so viele Preise. Und sicher muss ich dich nicht an die vielen positiven Besprechungen erinnern, die wir bekommen."

„Nein, musst du nicht. Aber wie sieht es mit den Einnahmen aus? Soll ich dir von unseren erzählen?"

Brenna zog eine Grimasse. „Besser nicht. Sonst fange ich womöglich an, auf deine Sitze zu sabbern."

„Vielleicht überlassen wir das lieber dem Hund."

Kurz darauf hatten sie die Landstraße nach Ojai erreicht. Im August gab es in Kalifornien kaum Regentage. Die Sonne schien fast ununterbrochen, und die ganze Natur verwandelte sich in ein Meer von Brauntönen.

Während die ockerfarbenen Felder an ihnen vorüberglitten, studierte Brenna Nics markantes Profil und die Art, wie er sicher den Wagen lenkte.

Es war das erste Mal seit vielen Jahren, dass sie so viel Zeit zusammen verbrachten. Eine Menge Dinge machten Brenna gerade nervös. Aber gleichzeitig war sie merkwürdig entspannt. Vielleicht weil es mit Nic so unkompliziert war. Sie hatten beide sehr unterschiedliche Ansichten – über Wein, Politik, einfach alles. Und deshalb stritten sie auch die ganze Zeit. Aber es war nie aggressiv oder böse, mehr so eine Art Hobby. Sie diskutierten leidenschaftlich und warfen sich manchmal Schimpfwörter an den Kopf. Aber das war alles nur Spaß, nie wirklich ernst gemeint. Zumindest war das früher so gewesen. Momentan diskutierten sie einfach nur.

Was genau hat Nic eigentlich in den letzten zehn Jahren getrieben? überlegte Brenna. Einiges wusste sie natürlich: Er hatte achtzehn Monate in Frankreich verbracht, nachdem sein Großvater ihn rausgeworfen hatte. Doch darüber wollte sie am liebsten nicht allzu lange nachdenken. Denn dass Nic sein Zuhause verloren hatte und in der Fremde leben musste, war ihre Schuld gewesen.

Am Ende hatte er den Kampf jedenfalls gewonnen. Sein Großvater hatte ihn angefleht, zurückzukommen und das Weingut der Familie zu leiten. Nic willigte ein und übernahm das Tagesgeschäft. Und als der alte Mann starb, erbte Nic alles.

In den letzten sieben oder acht Jahren war *Wild Sea Vineyards* stetig gewachsen, hauptsächlich durch Zukäufe. Wenn eine Weinfirma pleiteging oder einem Winzer die Arbeit zu viel wurde, war Nic sofort zur Stelle – mit einem unwiderstehlichen Angebot in der Tasche. Es war immer sein Ziel gewesen, der Größte und Beste zu sein. Und das war ihm in fast jeder Hinsicht gelungen.

„Wieso willst du dir so viel Stress machen?“, fragte Nic und holte Brenna unsanft in die Gegenwart zurück. „Du könntest eine Bruchlandung machen und mir am Ende eine Million Dollar plus Zinsen schulden."

Mist! Sie hatte schon beinahe vergessen gehabt, warum sie hier war. Und jetzt war plötzlich Showtime. Was sollte sie nur antworten? In ihrem Kopf überschlugen sich die Gedanken.

„Es war idiotisch, dass ich vor zehn Jahren *Marcelli Wines* verlassen habe", antwortete Brenna nach einer kurzen Pause. „Mir ist erst später klar geworden, dass mein Herz so sehr daran hängt. Ohne den Wein bin ich einfach nicht ich selbst."

„Und dabei dachte ich, du wärst glücklich verheiratet."

Wollte Nic sich über sie lustig machen? War das seine Rache? Aber eigentlich klang es nicht so. Vielleicht war es tatsächlich nur eine simple Feststellung.

„Ich dachte auch, ich wäre glücklich verheiratet. Aber das war nur eine Illusion. Seit ich zurück bin, ist mir das ganz klar geworden. Deshalb will ich auch auf keinen Fall noch mal das Land oder den Wein verlieren. Nur hat mein Großvater inzwischen leider andere Pläne, und was bleibt mir da schon anderes übrig, als ein Risiko einzugehen? Aber das ist auch okay. Denn ich bin mir absolut sicher, dass ich nicht scheitern werde."

„Manche Leute würden das arrogant nennen."

„Es ist mir total egal, was die Leute über mich denken. Ich weiß, was ich tue. Mein Plan ist gut. Und ich habe keine Angst davor, sehr hart zu arbeiten."

„Und wovor hast du Angst?"

Sie richtete sich in ihrem Sitz auf und blickte durch die Windschutzscheibe auf die Straße. „Interessante Frage. Ich glaube, ich habe Angst davor, dumm zu sein. Alles aufzugeben für etwas, das es nicht wert ist."

Kaum dass sie die Worte ausgesprochen hatte, hätte Brenna sich am liebsten auf die Zunge gebissen. Der Preis für die idiotischste Bemerkung zum unpassendsten Zeitpunkt ging damit wohl an sie. Herzlichen Glückwunsch! Nach diesem Eigentor war endgültig klar, dass Nic ihr das Geld nicht leihen würde.

„Dann haben wir ja etwas gemeinsam", erwiderte er ruhig.

Brenna schloss die Augen und öffnete sie hastig wieder. „Nic, ich …"

„Reg dich ab“, unterbrach er sie.

„Aber ich muss dir wirklich …“

„Nein, musst du nicht. Die Vergangenheit interessiert mich nicht. Sie ist einfach nur langweilig. Viel interessanter finde ich die Zukunft. Mal angenommen, du überstehst das erste Jahr. Was dann?“

Brenna wusste nicht, was sie sagen sollte. Es gab da Dinge, die sie Nic unbedingt erklären musste. Doch leider wollte er genau diese Dinge nicht hören. Was also tun? Vielleicht war es am besten, einfach seine Frage zu beantworten.

„Ich kaufe mehr Trauben und mache mehr Wein. Außerdem werde ich mich im zweiten Jahr so richtig um den Verkauf kümmern. Die Vertriebsleute kenne ich ja schon. Also sollte es kein Problem sein, mit meinen Weinen in Restaurants und Geschäfte reinzukommen.“

Nic schwieg. Verdammt, verdammt, verdammt! Er würde Nein sagen, da war sich Brenna inzwischen ganz sicher. Mit einem einzigen Satz hatte sie es geschafft, die Chance ihres Lebens zu vermasseln. Warum konnte sie nicht einfach mal nachdenken, bevor sie den Mund aufmachte? Es war doch eigentlich gar nicht so schwer. Sie hatte doch ein funktionierendes Gehirn. Meistens jedenfalls.

„Ich will eine Rückrufklausel.“

„Was?“

„Wir machen einen Vertrag. Mit einer Rückrufklausel. Du bekommst einen Zeitplan für die Rückzahlung und einen vernünftigen Zinssatz. Ich werde dir sogar eine Schonfrist für die ersten beiden Jahre gewähren. In dieser Zeit musst du mir erst mal gar nichts zurückzahlen. Dafür unterschreibst du dann aber die Rückrufklausel, und ich kann mir mein Geld jederzeit wiederholen. Wenn ich merke, dass du ins Straucheln gerätst, warte ich nicht auf die große Bruchlandung. Ich kündige dann einfach und nehme mir alles, was du hast.“

Blackout. Sie hatte ein totales Blackout. Eben waren da noch Gedanken durch ihr Hirn gewirbelt. Und jetzt war alles weg. Brenna verkrampfte die Hände ineinander, plötzlich fror sie wie verrückt. Dann kehrten die Gedanken langsam zurück und mit ihnen die Wärme. Brenna hob die Arme und presste die Hände flach gegen das Dach des Landrovers.

„Hast du gerade gesagt, dass du mir das Geld leihen wirst?", erkundigte sie sich vorsichtig.

„Mhm."

Sie drehte sich zu Nic um und sah, dass er lächelte. „Wirklich? Das glaube ich nicht!"

„Heißt das, ich hätte den Vertrag heute Morgen nicht aufsetzen sollen?"

„Nein. Bitte. Mach Verträge, so viel du willst."

Brenna begann zu lachen. Am liebsten hätte sie sich auf Nic geworfen und ihn geküsst. Nur ein allerletzter Rest Verstand und der Sitzgurt hielten sie davon ab. Stattdessen öffnete sie ihr Fenster und streckte den Kopf hinaus in die heiße Nachmittagssonne.

„Ich bekomme eine Million Dollar!", schrie sie den Bäumen zu. „Hey, Leute. Ich werde meinen eigenen Wein machen!"

Pure Glückseligkeit durchströmte sie. Ihre große Chance ... Nun war sie endlich gekommen. Brenna ließ sich zurück in den Sitz sinken, schloss das Fenster und warf Nic einen unsicheren Blick zu.

„Ganz im Ernst?"

„Du hast es doch soeben der ganzen Welt verkündet. Wie könnte ich da noch Nein sagen?"

Ihr ganzer Körper schien vor Glück zu blubbern wie ein Champagner der teuersten Sorte. „Ich glaube es noch immer nicht. Du hast also wirklich eine Million Dollar, die du einfach so verleihen kannst."

„Ich habe noch viel mehr als das."

„Alter Angeber."

„Hey, wie wäre es mit etwas Dankbarkeit? Ich lehne mich hier ziemlich weit aus dem Fenster für dich."

Brenna seufzte. „Ich bin dir ja auch sehr dankbar, Nic. Du machst dir keine Vorstellung, wie sehr." Forschend betrachtete sie sein Gesicht. „Warum machst du das eigentlich?"

„Weil du ziemlich gut bist.“

Oh! Nach zehn Jahren mit Jeff, dessen Beruf ja ach so viel wichtiger als ihrer gewesen war, und den ständigen Nörgeleien von Grandpa Lorenzo ließen diese Worte Brenna doch glatt erröten.

„Ja?“

„Ja. Du weißt, was du tust. Mit etwas Glück und ziemlich viel Arbeit kann die Sache ein Erfolg werden. Und ich bekomme mein Geld plus Zinsen zurück. Das ist doch eine klassische Win-win-Situation.“

„Meine allererste Flasche Wein werde ich dir schenken“, sagte Brenna. „Als spezielles Dankeschön.“

„Nur eine mickrige Flasche?“, fragte Nic und grinste. „Du schuldest mir mindestens eine Kiste.“

„Gut. Dann eine Kiste.“

Eine Kiste Wein? Das war doch ein Klacks! Brenna hätte ihm auch eine Niere versprochen, wenn Nic das gewollt hätte. Allerdings schien er mit seinen eigenen Organen ganz zufrieden zu sein. Umso besser.

4. KAPITEL

Die Hundezüchterin lebte in einem alten Farmhaus am Rande eines Orangenhains. Nic lenkte seinen Wagen neben einen zerbeulten Jeep und schaltete den Motor aus.

„Ich habe am Telefon mit einer Frau namens Sara gesprochen. Sie meinte, wir sollen einfach dem Gebell folgen, dann würden wir die Scheune schon finden."

„Klingt logisch." Brenna warf ihm einen zweifelnden Blick zu. „Dir ist schon klar, dass Welpen nicht stubenrein sind? Sie haben die Angewohnheit, mitten in der Nacht einfach so loszupinkeln. Außerdem zerkauen sie Schuhe und so."

Er zuckte mit den Schultern. „Damit kann ich umgehen."

Sie grinste. „Selbstverständlich, großer Meister."

„Du machst dich über mich lustig."

„Ich bin eben einfach gut gelaunt. Ist doch klar, unter diesen Umständen."

Während sie sprach, nahm sie die Sonnenbrille ab, und Nic sah das übermütige Funkeln in Brennas dunklen Augen. Ihre Mundwinkel waren zu einer Art Dauerlächeln verzogen, und vor lauter Aufregung konnte sie kaum still sitzen. Er hatte seine Gründe, ihr dieses Darlehen zu geben. Gründe, von denen Brenna nichts ahnte. Aber darüber wollte er jetzt nicht nachdenken … wenigstens nicht an diesem Nachmittag.

„Lass mich raten", sagte sie zu ihm. „Du willst einen Rüden."

„Natürlich."

„Das ist doch wieder typisch Mann."

„Und was ist daran so falsch?"

„Nichts. Aber du könntest etwas kreativer bei deinen Auswahlkriterien vorgehen."

„Es gibt weibliche Hunde und männliche Hunde. Wie kreativ kann man da schon sein?"

Er stieg aus dem Wagen. Kaum war er draußen, konnte er vor lauter Hundegebell kaum noch sein eigenes Wort verstehen. Brenna ging um den Landrover herum und stellte sich neben Nic.

„Okay“, schrie sie gegen den Lärm an. „Jetzt verstehe ich, warum diese Hundeladys am Ende der Welt wohnen. Als Nachbarn sind sie vermutlich nicht so beliebt.“

„Wahrscheinlich nicht.“

Sie folgten dem gepflasterten Pfad, der sie näher an das Gebell heranführte. Hohe Bäume spendeten Schatten für die Zwinger. Dahinter befand sich ein großer Scheunenkomplex.

Nic sah sich um und entdeckte eine Tür, auf der „Gäste“ stand. Er öffnete sie und folgte Brenna in den hell erleuchteten Empfangsbereich. Hinter einem alten Schreibtisch saß ein junges Mädchen. Es sah auf und lächelte.

„Hi. Sie sind Nic, oder? Ich sage Sara Bescheid, dass Sie da sind.“

Sie verschwand durch eine Holztür. Brenna ging zu einer der Scheunenwände und betrachtete die Fotos, die dort hingen.

„Respekt! Da sind ziemlich viele Champions unter den Vorfahren.“

„Ein guter Stammbaum ist wichtig.“

„Wirst du in Zukunft auf Hundeschauen gehen?“, fragte sie Nic.

„Nein.“

„Verstehe.“

Er blickte sie scharf an. „Was soll das heißen?“

„Nichts, nichts“, erwiderte sie schnell und widmete sich weiter den Fotos.

„Brenna.“

„Das ist nur so typisch für dich. Du kaufst dir einen Hund mit einem unglaublichen Stammbaum. Aber dann ist es einfach nur ein Haustier.“

„Es ist *mein* Haustier.“

„Darauf wird der Hund bestimmt sehr stolz sein.“

Er verkniff sich ein Lächeln. „Brenna, ich habe dir gerade ein siebenstelliges Darlehen ohne jede Sicherheiten deinerseits gewährt. Meinst du nicht, dass da ein wenig Demut angesagt wäre?“

„Ich tue mein Bestes.“

„Nic?“

Schnell drehte er sich um und sah eine attraktive Frau um die fünfzig im Türrahmen stehen.

„Ich bin Sara." Die Frau gab ihm ein Zeichen, ihr zu folgen. „Kommen Sie, und schauen Sie sich die Kleinen an."

Die Welpen befanden sich in einem weitläufigen Zwinger, der durch die Bäume in einen Halbschatten getaucht wurde. Acht kleine Fellknäuel in verschiedenen Creme- und Brauntönen kugelten wild durcheinander. Neben ihnen lag ihre Mutter. Der erschöpfte Gesichtsausdruck der Hündin ließ vermuten, dass acht Kinder mindestens sieben zu viel waren.

„Wir lassen sie so oft wie möglich raus, wenn das Wetter gut ist", erklärte Sara. „Also, ich habe Ihnen ja schon erzählt, dass zwei der Kleinen bereits ein neues Zuhause gefunden haben. Ich zeige Ihnen mal, welche beiden."

„Okay. Aber mich würde auch ihr Temperament interessieren", erwiderte Nic. „Ich leite ein Weingut. Mein Hund wird ein sehr großes Revier haben, aber er muss auch mit fremden Menschen umgehen können. Ist das ein Problem?"

„Überhaupt nicht. Golden Retriever sind bekannt für ihre freundliche Art. Ich züchte hier Familienhunde, deshalb kommen für mich nur Tiere infrage, die ausgeglichen sind und gut mit Kindern umgehen können."

Brenna zeigte auf die Tür. „Darf ich reingehen?"

„Klar."

Kaum hatte sie den Zwinger betreten, stürzten sich acht begeisterte Hundebabys auf sie. Nic beobachtete, wie Brenna sich ins Gras setzte und die Arme weit ausbreitete. Die Welpen krabbelten über ihre Beine, versuchten an ihr hochzuklettern und stellten sich auf, um an Brennas Haar zu lecken. Vorsichtig nahm sie eines der kleinen Fellknäuel auf den Arm und lachte über die feuchten Hundeküsschen, die sie bekam.

„Wie sieht es denn mit dem Stammbaum aus?", fragte Nic.

„Der Urgroßvater dieses Wurfs war mein erster Champion", erzählte Sara. „Ein wunderschöner, sehr sanftmütiger Hund."

Sie sprach weiter, doch Nic konnte sich nicht auf ihre Worte konzentrieren. Stattdessen beobachtete er fasziniert, wie Brenna mit den Hundebabys spielte.

Acht vorwitzige kleine Schnauzen zerzausten ihr sorgfältig gekämmtes Haar. Inzwischen waren Brennas T-Shirt und die Shorts übersät von winzigen Pfotenabdrücken. Und immer wieder mischte sich ihr Lachen in das aufgeregte Kläffkonzert.

„Du bist ja ein ganz Süßer“, stieß sie begeistert hervor und wurde prompt mit einem weiteren Hundeküsschen belohnt.

Einer der Welpen hatte sich unter ihrem angewinkelten Bein versteckt. Unwillkürlich folgte Nics Blick der sanften Rundung von Brennas Wade, hin zu der samtigen Haut an der Innenseite ihres Oberschenkels. Diese verdammten Kurven! Damit hatte Brenna ihn schon immer in den Bann geschlagen. Er ließ den Blick noch ein Stückchen höher gleiten und ließ ihn dann auf ihren Brüsten ruhen.

An den Moment, in dem er sie zum ersten Mal gesehen hatte, erinnerte er sich noch sehr genau: Als Brenna ihr T-Shirt ausgezogen und den BH geöffnet hatte, hätte es ihn fast umgehauen. Dabei hatte er vorher durchaus schon die eine oder andere nackte Frau gesehen. Aber keine war so wie Brenna gewesen. Plötzlich begriff er, warum das Wort „sexy“ erfunden worden war.

Im ersten Moment hatte er sie nicht berühren können, weil er viel zu sehr damit beschäftigt gewesen war, sie einfach nur anzuschauen. Doch dann konnte er der Versuchung nicht länger widerstehen. Das Gefühl war unglaublich: diese Fülle, der süße Geschmack und die dunklen Nippel, die sich bei jeder seiner Berührungen verhärteten. Er hatte Brennas Brüste mit beiden Händen umschlossen, jeden Millimeter ihrer Haut erforscht, abgeleckt und an ihr gesaugt, bis Brenna sich ihm stöhnend entgegengedrängt hatte und sie beide so unglaublich heiß gewesen waren, dass sie …

Jesus. Mit einem Ruck kehrte Nic in die Gegenwart zurück. Hier war alles unverändert: Brenna spielte noch immer mit den Hunden, Sara sprach weiter über Stammbäume. Und er? Er war steinhart.

Nic drehte sich ein wenig, sodass einer der Pfosten das Schlimmste verbarg. Dann zwang er sich, über andere Dinge nachzudenken. Zum Beispiel über Hundetraining. Und darüber, welche Leine er kaufen sollte.

Nach einem kurzen Moment gelang es ihm sogar, Sara zuzuhören und ihr einige nicht ganz dumme Fragen zu stellen. Brenna blickte auf, einen Welpen in jedem Arm.

„Wie soll man sich da nur entscheiden?“, fragte sie. „Die sind ja alle so süß.“

Sara öffnete die Zwingertür. „Ihr Freund muss einfach reingehen und etwas Zeit mit den Hunden verbringen.“

Brenna grinste: „Komm schon, Nic. Keine Angst! Die Grasflecken lassen sich bestimmt wieder rauswaschen.“

Er betrat den Zwinger und setzte sich neben sie. Sofort stürzten sich einige der Welpen auf ihn. Sie schnüffelten und bellten, leckten seine Handflächen ab und bissen ihm in die Finger. Als er einen von ihnen auf den Arm nahm, konnte Nic den kleinen runden Bauch spüren und im nächsten Augenblick die warme Zunge, die ihm zärtlich über das Gesicht schleckte.

„Sie lieben dich“, sagte Brenna.

„Ich bin ja auch ein liebenswerter Mann.“

„Das mag sein. Auch wenn sie vielleicht gar nicht so wählerisch sind. Vermutlich wollen sie einfach nur ein wenig Aufmerksamkeit.“

Einer der Welpen, ein beigefarbenes Fellknäuel, sprang zu Nics linkem Schuh und schnappte sich den Schnürsenkel. Innerhalb kürzester Zeit gelang es ihm, die Schleife zu lösen. Stolz trabte der kleine Kerl mit seiner Beute davon. Bis sich der Schnürsenkel plötzlich anspannte und es einen Ruck gab.

Überrascht von den Ereignissen, plumpste der junge Eroberer auf den Hintern. Dann warf er Nic einen verblüfften Blick zu, als wollte er fragen, was denn hier gerade passiert sei.

Nic griff nach ihm und nahm ihn auf den Arm. „Glaubst du, dass du es mit mir aushältst?“, fragte er.

Der Welpe betrachtete ihn aus großen Augen, bellte einmal zustimmend und versuchte dann, das Gesicht seines neuen Herrchens abzulecken.

„Achtung“, warnte Brenna. „Irgendwie scheint hier der Hund

die Wahl zu treffen und nicht umgekehrt."

Doch noch während sie sprach, schmiegte sich der kleine Kerl an Nics Brust, legte den Kopf auf seine Schulter und schloss die Augen.

Nic wusste, dass er durchaus ein echter Mann war. Immerhin fuhr er Motorrad, trieb viel Sport und leitete erfolgreich eine Firma, die mehr als eine halbe Milliarde Dollar wert war. Also konnte es wohl kaum sein, dass er sich hier von einem winzigen Bündel Fell über den Tisch ziehen ließ.

Aber der warme kleine Körper fühlte sich überraschend gut in seinen Armen an. Vielleicht hatte Maggie ja doch recht. Vielleicht brauchte er jemand in seinem Leben, selbst wenn es nur ein Hund war.

„Erzählen Sie mir etwas über diesen hier", sagte er zu Sara und übersah geflissentlich Brennas Grinsen.

„Das wird ein ziemlich großer Hund. Schauen Sie sich nur mal diese Pfoten an. Er ist sehr sozial und aufgeschlossen. Manchmal etwas stur."

„Trifft das nicht auf alle Männer zu?", fragte Brenna.

Sara hob abwehrend die Hände. „Da halte ich mich raus", erwiderte sie lächelnd. „Das können Sie auf der Heimfahrt diskutieren."

Und das werden wir wohl auch, dachte Nic. Denn Brenna liebte Diskussionen. Sie gehörte zu den Menschen, die keine Angst davor hatten, energisch ihre Meinung zu vertreten. Andererseits war sie immer bereit zuzugeben, wenn sie sich geirrt hatte. Na ja. Zumindest war das zehn Jahre zuvor so gewesen. Wie die neue Brenna so war, konnte er noch nicht genau sagen.

Er warf einen Blick auf das schlafende Hundebaby in seinen Armen. „Ich nehme ihn."

Dreißig Minuten später befanden sich Brenna und Nic wieder in Nics Landrover. Der ganze Rücksitz war voll von Kisten und Schachteln, die allesamt irgendwelche Hundeprodukte enthielten. Der glückliche Nutznießer döste in eine Decke gehüllt friedlich auf Brennas Schoß vor sich hin.

„Wir können ihn auch in den Transportkäfig setzen", meinte Nic.

Brenna streichelte das flauschige Fell und schüttelte den Kopf. „Nein, lass ihn mir doch. Ich möchte ihn gerne halten, wenn dir das nichts ausmacht."

Nics Antwort bestand aus einem Schulterzucken. Das sollte offenbar heißen, dass ihn so simple Dinge wie ein Hundebaby nicht weiter berührten. Aber Brenna hatte ihn genau beobachtet, als der Welpe an seiner Brust eingeschlafen war. Und da konnte Mr Milliarden-Umsatz jetzt so viel mit den Schultern zucken, wie er wollte. An seinem Blick hatte sie erkannt, wie gerührt er gewesen war.

Natürlich würde Nic lieber Glasscherben essen, als das zuzugeben. Aber sollte er doch. Sie würde nichts dazu sagen. Jedenfalls fast nichts.

„Warum eigentlich ein Hund?", erkundigte sich Brenna.

„Ich wollte schon länger einen, aber wegen der vielen Geschäftsreisen war das nicht möglich. Jetzt habe ich einen neuen Vertriebschef, der die meisten Reisen übernehmen wird."

„Du Glücklicher", gab Brenna seufzend zurück. „Was wirst du mit all der freien Zeit anfangen?"

„Ich habe einige neue Projekte. Damit werde ich genug zu tun haben. Und dann muss ich ja auch noch meinen Hund trainieren."

„Ach, er soll trainiert werden? Was willst du ihm denn beibringen – dass er sofort jeden Fremden angreift? Wahrscheinlich sollte ich meine Familie davor warnen, das Land der Giovannis zu betreten. Nicht dass mein Großvater eines schönen Tages völlig zerfleischt zurückkommt."

„Rufus wird niemanden beißen."

Fassungslos sah sie Nic an. „Das ist ja wohl nicht dein Ernst. Rufus? Du willst den armen Hund Rufus nennen?"

„Sicher. Was ist daran falsch?"

„Alles. Das ist doch kein Name für einen Welpen."

„Er wird nicht mehr lange ein Welpe sein."

Behutsam nahm Brenna den kleinen Hundekopf in beide

Hände. „Schau dir doch nur mal diese großen Augen und diese kleine schwarze Nase an. Willst du diesen süßen Kerl wirklich Rufus nennen? Denk doch nur mal daran, wie ihn die Nachbarshunde hänseln werden. Die stehen dann auf der Straße und schreien: ‚Rufus, du dumme Nuss'."

Nic schüttelte den Kopf. „Ich glaube, du warst zu lange in der Sonne, Brenna. Die Nachbarshunde werden ihm bestimmt keine komischen Namen verpassen. Denn sie können gar nicht sprechen."

„Vielleicht nicht mit uns. Aber untereinander schon. Glaub mir, sie werden ihn hänseln. Er braucht einen würdevolleren Namen. Oder zumindest einen netteren."

Nic stieß einen leicht verächtlichen Laut aus. „Was schlägst du also vor?"

„Alles, nur nicht Rufus. Wie wäre es denn mit Charly, Marvin oder Jack?"

„Marvin?"

Sie verdrehte die Augen. „Hallo, ich denke gerade nach. Wenn du ständig rummeckerst, kommt der kreative Prozess nicht in Schwung."

„Interessant. Einen Hundenamen auszuwählen ist also ein kreativer Prozess."

„Nic! Es ist wichtig. Er wird den Namen sein Leben lang tragen. Dieser Name wird ihn formen. Er kann daran wachsen oder zerbrechen."

Nachdenklich sah Nic auf den schlafenden Welpen in ihrem Schoß. „Wie wäre es mit Max?"

Brenna nahm eine der großen Pfoten und hielt sie in der Hand. Kaum zu glauben, dass dieser kleine Kerl mal in diese Riesenlatschen hineinwachsen würde. Aber das würde er. „Max finde ich gut."

„Also gut. Dann nennen wir ihn so."

Während er sprach, wandte Nic die Aufmerksamkeit wieder der Straße zu. Brenna saß stocksteif auf ihrem Sitz und konnte kaum atmen. Natürlich wusste sie, dass Nic es nicht so gemeint hatte, wie es klang. Sie las da etwas in seine Worte hinein. Zwischen ihnen bestand eine Geschäftsbeziehung und sonst gar nichts. Sie hatte ihre Lektion gelernt. Noch einmal würde sie ihr Herz und ihre Seele nicht einfach an einen Mann verschenken. Und sollte sie es doch tun, dann ganz bestimmt nicht an Nic. Ihn zu lieben hatte in einer Katastrophe geendet … für sie beide.

Aber trotzdem. „Dann nennen wir ihn so“ beinhaltete eine Gemeinsamkeit. Und das machte sie ganz nervös. Noch einmal ließ sie den Nachmittag Revue passieren. Schon merkwürdig, wie leicht man in die vertrauten Muster zurückfiel. Als ob es die Jahre der Trennung nie gegeben hätte. Als ob sie schon immer Freunde gewesen wären. Als ob sie Nic nie betrogen hätte.

Das ist Schnee von gestern, sagte sich Brenna energisch. Für sie beide. Nic war schon längst über sie hinweg, genau wie sie über ihn. Sie waren jetzt Geschäftspartner. Und das war gut so. Denn alles andere wäre viel zu gefährlich.

5. KAPITEL

Wenig später erreichten sie *Wild Sea Vineyards*. Brenna packte ihre Sachen zusammen und wollte gerade nach Hause fahren. Doch zu ihrer Überraschung bat Nic sie zu bleiben.

„Ich habe noch ein paar Fragen an dich. Zum Beispiel würde ich gerne hören, wie du die Dinge zum Laufen bringen willst."

Misstrauisch betrachtete Brenna ihn. „Geht es um mein Darlehen? Du machst jetzt doch keinen Rückzieher, oder?"

Er grinste. „Natürlich nicht. Ich habe Ja gesagt. Und ich bin ein Mann, der zu seinem Wort steht. Morgen früh hast du den unterschriebenen Vertrag."

Brenna atmete auf. Na gut. Wenn es so war, dann blieb sie gern. Ganz so schlimm war es ja auch nicht, ein wenig Zeit mit Nic zu verbringen. Und natürlich mit dem süßen kleinen Max. Bei ihr zu Hause gab es momentan sowieso wenig zu tun, außer Trauben zu pflücken und sich mit ihrem Großvater zu streiten.

Sie half Nic, das ganze Hundezubehör ins Haus zu tragen. Während die Hazienda der Marcellis einem spanischen Herrenhaus glich, war das Anwesen der Giovannis im Ranch-Style erbaut worden. Der riesige Gebäudekomplex bestand aus einem einstöckigen Haupthaus mit unzähligen Anbauten. Vor vielen Jahren hatte Brenna einmal eine Nacht hier verbracht, als Nics Großvater gerade nicht in der Stadt gewesen war. Noch immer konnte sie sich ganz genau an jeden einzelnen Raum erinnern. Und an das, was sie darin getrieben hatten.

Beladen mit zahlreichen Kartons, wankte Brenna in die Küche, die direkt einem Designkatalog entsprungen zu sein schien.

„Wo wirst du Max denn unterbringen?", fragte sie.

„Es gibt da einen alten Vorratsraum, in dem er schlafen kann."

„Was, ein Vorratsraum? Gibt es da überhaupt ein Fenster und eine Heizung? Außerdem kannst du ihn doch nicht die ganze Zeit einsperren."

Nic schüttelte den Kopf. „Das ist mal wieder typisch, Brenna. Du gehst sofort vom Schlimmsten aus. Schau dir doch erst mal

Max' Gefängniszelle an, bevor du mich hier zum großen Tierquäler abstempelst."

„Er ist doch noch ein Baby. Bestimmt wird er seine Mutter und seine Geschwister schrecklich vermissen. Wahrscheinlich weint er die ganze Nacht. Du solltest ihn bei dir schlafen lassen, Nic."

„Auf gar keinen Fall! Er wird ja nicht lange so klein bleiben. Und ich habe bestimmt nicht vor, mein Bett mit einem vierzig Kilo schweren Hund zu teilen."

Mhh. Wenn Max anderweitig untergebracht wurde, blieb ja noch ziemlich viel Platz in diesem Bett. Vielleicht sollte sie selbst ... Energisch schob Brenna den Gedanken an seidige Laken und ineinander verschlungene Gliedmaßen beiseite. So ging das nicht! Sie musste sich jetzt wirklich zusammenreißen. Also zurück zu Max und seiner Gefängniszelle.

Doch überraschenderweise war das Hundezimmer alles andere als das. Keine Spur von alten Lagerregalen, hartem Betonfußboden und ausrangierten Möbeln. Der Raum mochte irgendwann mal als Lager gedient haben, doch jetzt war das hier ein wahres Hundeparadies.

Den Boden bedeckte ein weicher Teppich, und durch zwei große Fenster strömte hell das Sonnenlicht herein. Ein Alkoven bot Platz für ein gemütliches Bett, das durch das Schaffell darauf noch kuscheliger wirkte. Neben der Tür entdeckte Brenna einen ganzen Haufen Spielzeug und eine Wasserschüssel. Und auch das Hundeklo, das Sara ihnen für den Anfang empfohlen hatte, stand schon bereit: ein zwanzig Zentimeter hoher Plastikcontainer, der mit Zeitungspapier ausgelegt war.

Oh, Mann! Sie hätte es wissen sollen. Nic machte keine halben Sachen. Jetzt fühlte sie sich wie eine komplette Idiotin.

„Ich werde ihn im Raum neben der Küche füttern. Oder findest du, dass auch das die reine Folter ist? Vielleicht sollte ich einen Platz am Tisch für ihn reservieren. Aber ohne einen Daumen wird das mit dem Besteck etwas schwierig werden."

Brenna stellten den Transportkäfig in den Schrank und hängte die Leine an einen Haken. „Okay. Es ist ein großartiges Zimmer."

„Mhm." Nic legte Max auf das Bett. Der Welpe blickte kurz

auf und schlief dann einfach weiter. „Dann gibst du es also zu. Ich habe recht, und du hast …“ Erwartungsvoll sah er sie an.

Sie verdrehte die Augen. „Ich habe mich geirrt, okay? Du hattest recht und ich unrecht.

Nic kam zu ihr herüber und legte den Arm um ihre Schultern. „Ich liebe es, wenn du das sagst.“

Brennas Körper reagierte sofort auf die Berührung. Und wie er reagierte! Irgendwie musste sie mitten in eine Art Explosion geraten sein. Eben war doch noch alles ruhig gewesen, und dann gab es plötzlich einen Donnerschlag, gefolgt von einem grellen Lichtblitz, und im nächsten Moment brannte sie lichterloh. Am liebsten hätte sie sich eng an Nic geschmiegt und sich überall von ihm berühren lassen. Am liebsten wäre sie ganz weit weggerannt.

Aber sie tat weder das eine noch das andere. Mithilfe der letzten noch funktionierenden Gehirnzelle befahl Brenna ihren Beinen, sich in Bewegung zu setzen. Sie ging ein paar Schritte auf das Fenster zu und sah hinaus.

„Du hast ja sogar einen Rasen anpflanzen lassen. Wie schön. Das wird Max bestimmt gefallen.“

„Ich habe etwas, das *dir* gefallen wird. Komm mit!“

Einen winzigen Moment lang dachte Brenna, sie hätte da gerade ein, nun ja, unmoralisches Angebot gehört. Unwillkürlich richtete sie den Blick auf Nics Unterkörper. Oh nein! Was tat sie denn da? Hastig sah sie wieder nach oben und betete, dass ihr Gesicht nicht so knallrot war, wie es sich anfühlte.

„Geht es vielleicht auch etwas genauer?“, fragte sie.

„Wann wirst du endlich lernen, mir zu vertrauen?“

„Wenn an den Reben kleine Weinflaschen wachsen.“

„Es ist nichts Schlimmes. Ehrenwort.“

„Mhm.“

Nic drehte sich um und ging zur Tür hinaus. „Komm schon. Ich verspreche dir, es lohnt sich.“

Nach kurzem Zögern folgte sie ihm.

„Erzähl mir mehr über deine Fässer“, sagte Nic, als Brenna ihn eingeholt hatte. „Wo willst du sie herbekommen?“

Sie schwieg einen Moment. Jetzt ging es also wieder ums Geschäftliche. Da musste sie sich erst mal neu sortieren. „Ich habe schon ein paar Fässer bestellt", sagte sie dann. „Außerdem habe ich rumtelefoniert. Einige der Winzer haben zu viele eingekauft und sind froh, die überschüssigen loszuwerden."

Gute Weinfässer waren teuer. Meistens musste man mit mehreren Hundert Dollar pro Stück rechnen. Außerdem hielten die Fässer nicht ewig. Waren sie nicht mit Wein gefüllt, begannen sie schnell zu schimmeln. Also wollten die Winzer die unbenutzten Fässer so schnell wie möglich loswerden, wenn die Ernte nicht gut genug war.

„Und wo willst du sie lagern?"

„Weit weg von *Marcelli Wines*, so viel ist mal klar", erwiderte Brenna. „Bis jetzt habe ich noch keine Räume gemietet. Ich wollte keinen Vertrag unterschreiben, bevor ich nicht das nötige Kapital habe."

Inzwischen waren sie bei der Weinkellerei angekommen, einem Komplex aus mehreren miteinander verbundenen Gebäuden. Im Zentrum befand sich der neu errichtete Lagerraum. Neidisch betrachtete Brenna die Einrichtung: Das nannte man dann wohl den neusten Stand der Technik! In allen Räumen konnte die Temperatur genau reguliert werden, und die Regale waren so gebaut, dass man mühelos an jedes Fass herankam. Außerdem wurde der gesamte Lagerbestand elektronisch überwacht. Suchte man also eine bestimmte Flasche, musste man nur kurz im Computer nachsehen, statt auf allen vieren zwischen staubigen Regalen herumzukriechen.

Nics Luxuslager war in der ganzen Gegend bekannt. Eigentlich hatte Brenna sogar den Plan gehabt, für *Marcelli Wines* ein ähnliches Lager bauen zu lassen. Also hatte sie Nics Architekten angesprochen und auch ein sehr gutes Angebot erhalten. Doch in der letzten Sekunde hatte ihr Großvater die ganze Aktion mal wieder gestoppt, weil das angeblich alles nur Geldverschwendung war.

„Ich nehme an, du hast hier nicht zufällig noch etwas Platz frei?", fragte sie sehnsüchtig.

„Leider nein. Aber ich habe etwas anderes für dich.“

Nic ging zu einem der Nebengebäude. Brenna folgte ihm, trat ein und wäre bei dem Anblick fast in Ohnmacht gefallen.

Sie standen in der alten Scheune. Irgendwann in den letzten Jahren hatte Nic hier wohl alles umbauen lassen. Die große Treppe, die früher zum Heuboden geführt hatte, war noch zu sehen. Doch sonst erkannte Brenna das Gebäude kaum wieder. Das gesamte Untergeschoss war jetzt ein einziger großer Raum, der nur von einigen Trennwänden unterteilt wurde. Entlang der Außenwände reihten sich unzählige Regale zur Lagerung von Fässern aneinander, und aus der Decke kamen große silberne Rohre, die mithilfe einer zusätzlichen Klimaanlage für die perfekte Temperatur sorgten.

Die kleinen Rädchen in Brennas Kopf begannen sich wie wild zu drehen. Wenn sie Nic dazu brachte, ihr dieses Gebäude zu vermieten, konnte sie ihren gesamten Wein an einem einzigen Ort lagern. Außerdem war das Weingut ihres Großvaters nicht weit entfernt. Also würde sie ohne Probleme tagsüber dort arbeiten und abends hierhin fahren können. Das wäre auf jeden Fall zu schaffen. Wenn sie dagegen jeden Abend zu drei oder vier verschiedenen Orten fahren musste, wäre sie wahrscheinlich nie vor ein Uhr nachts fertig.

„Wie viel?“, fragte sie hastig. „Ich bin bereit, einen Zweijahresvertrag zu unterschreiben. Dann wird die Miete ja wahrscheinlich auch etwas billiger.“

„Du willst dir Geld von mir leihen, nur um es mir in Form von Miete gleich zurückzugeben?“ Er schüttelte den Kopf. „Wir nehmen die Mietkosten einfach mit in den Vertrag auf.“

Brenna schluckte. Ihre Schulden bei Nic wuchsen immer weiter an. Erst die Million, dann die Zinsen für die zwei Jahre, in denen sie kein Geld zurückzahlen würde. Und jetzt auch noch die Mietkosten. Wenn die Sache schiefging, dann …

Denk nicht darüber nach, befahl sie sich. Sie würde Erfolg haben und damit basta. Wenn es ihr gelang, *Four Sisters* zu einer angesagten Weinmarke zu machen, konnte Nic ihr nichts anhaben. Sie brauchte nur zwei Jahre. Maximal drei.

Da sollte es doch mit dem Teufel zugehen, wenn das nicht klappte.

„Also, Brenna: ja oder nein?"

Sie ließ ihren Blick noch einmal durch den Raum schweifen. Verdammt, die Versuchung war einfach zu groß! Und ausnahmsweise ging es dabei nicht um Nic, seinen Körper und was der alles mit ihr anstellen konnte. Nein, es ging um dieses Gebäude. Und um ihren Wein.

„Du hast dir nicht zufällig noch ein paar neue Produktionsmaschinen gekauft? Und die alten irgendwo gelagert?"

„Rein zufällig habe ich das."

Brenna versuchte, nicht allzu laut aufzustöhnen, als sie die Förderbänder und Pressen erblickte. Ja, sie waren alt und würden wahrscheinlich alle fünfzehn Minuten irgendwelche Probleme machen. Aber dafür gehörten sie ihr ganz allein, zumindest für die nächsten paar Wochen. Obwohl alle Winzer Kaliforniens gerade mitten in der Weinernte steckten, würde niemand außer ihr diese Geräte benutzen. Wenn sie wollte, konnte sie ab jetzt Tag und Nacht arbeiten, ohne dabei jemandem in die Quere zu kommen.

„Ich weiß gar nicht, wie ich dir danken soll", sagte sie zu Nic, als sie einige Zeit später gemeinsam wieder nach draußen gingen. „Das ist alles viel mehr, als ich erwartet habe. Du bekommst auf jeden Fall zwei Kisten von meinem neuen Wein."

„Vielleicht will ich stattdessen, dass du eine Cuvée für mich machst."

„Eine Marcelli, die für die Giovannis arbeitet? Würde da nicht der Himmel einstürzen?"

„Wahrscheinlich."

Brenna warf einen raschen Blick nach oben. Der Himmel war an Ort und Stelle. Aber leider stand die Sonne viel tiefer als erwartet.

„Ich sollte dringend mal nach Hause fahren", meinte sie. „Wenn ich mich nicht blicken lasse, werden sie misstrauisch. Und du musst dich ja auch noch um Max kümmern, er braucht bestimmt bald etwas zu fressen."

Nic lachte. „Du glaubst felsenfest, dass ich mich nicht um ihn kümmern kann, oder?"

„So ein Welpe ist eine ziemlich große Verantwortung."

„Ich denke, damit kann ich umgehen."

Wie es aussah, konnte Nic mit allerhand Dingen umgehen. „Es war schön heute", beteuerte Brenna. „Und das nicht nur, weil du mir einen Haufen Geld leihst."

„Ich fand es auch schön", erwiderte er.

Zu spät bemerkte Brenna, dass diese Unterhaltung irgendwie in die falsche Richtung lief. Plötzlich wurde das alles so persönlich. Und dann war da noch dieser dumme Wunsch, ganz nah bei Nic zu sein. Sie wollte sich in seinen braunen Augen verlieren, bis Vergangenheit und Gegenwart eins wurden. Ihr Körper schien das auf jeden Fall für eine ganz hervorragende Idee zu halten. Und ihr Verstand meldete sich leider gar nicht zu Wort.

Sie wollte jetzt am liebsten … viele Dinge.

Alles klar. Offenbar war der Zeitpunkt gekommen, jetzt ganz schnell zu verschwinden.

„Okay dann", sagte sie hastig und streckte Nic die Hand entgegen. „Danke für alles."

Nic blickte auf ihre Hand hinab. Um seine Mundwinkel lag ein amüsierter Zug. Offenbar hatte er das Gefühl, hier gerade einen Sieg errungen zu haben. Und vielleicht hatte er das auch. Aber egal. Wenn das der Preis war, den sie zahlen musste, dann war Brenna nur allzu gern dazu bereit.

„Freut mich, dass ich dir helfen konnte", entgegnete er höflich und ergriff ihre Hand.

Seine Haut an ihrer zu spüren war ein Schock. Brenna bemühte sich mit aller Kraft, diese Gefühle zu ignorieren. Aber aus irgendeinem idiotischen Grund kam ihr plötzlich eine Zeile aus *Romeo und Julia* in den Sinn. Dabei hatte sie das Stück doch zum letzten Mal in der neunten Klasse gelesen. Und das war ungefähr hundert Jahre her.

Wie ging das gleich noch mal? Irgendwas mit Händen, die wie Lippen küssten.

Aber das hier war nicht *Romeo und Julia*. Und hier würde sich auch niemand küssen. Keine Hände, keine Lippen und keine sonstigen Körperteile.

Ruckartig zog sie die Hand zurück. „Dann komme ich also morgen, um den Vertrag abzuholen."

„Alles klar."

„Und, ähm, dann mache ich mich auch schon mal gleich mit den Weinpressen und deinen anderen Geräten vertraut."

„Kein Problem. Sag mir einfach, wenn dir noch irgendwas fehlt."

„Danke. Das mache ich."

Sie drehte sich um und ging auf ihren Wagen zu. Leider stolperte sie kurz vor dem Ziel. In allerletzter Sekunde gelang es ihr glücklicherweise, eine peinliche Bauchlandung zu vermeiden. Hastig straffte Brenna sich, winkte Nic zu und stieg ein. Es war wirklich allerhöchste Zeit, sich in Sicherheit zu bringen.

Neue Regel Nummer eins, dachte sie, während sie davonfuhr: Nic Giovanni unter allen Umständen meiden! Dieser Mann war eine Gefahr für die Gesundheit. Und das in mehr als einer Hinsicht.

Den Abend verbrachte Nic mit dem alten Tagebuch, das er seit einigen Wochen zu entziffern versuchte, auf der Couch. Das Problem war nicht nur die winzige Krickelschrift, sondern vor allem, dass das verdammte Ding auf Italienisch geschrieben war.

Er hatte zwar auf dem College Italienischunterricht gehabt, aber den größten Teil schon wieder vergessen. Wenn er sich sehr anstrengte, konnte er sich noch an ein paar Schimpfwörter erinnern und daran, wie man nach dem Weg zur Bibliothek fragte. Mehr aber auch nicht. Und deshalb musste er jetzt ständig im Wörterbuch blättern und kam mit Sophia Giovannis Aufzeichnungen nur sehr langsam voran.

Das Tagebuch hatte er vor zwei Jahren entdeckt, als er das Arbeitszimmer seines Großvaters ausgeräumt hatte. Der alte Mann war da schon fünf Jahre tot gewesen, aber Nic hatte es nicht eilig gehabt. Das Haus war schließlich groß genug, also betrat er einige Räume einfach nicht mehr. Doch dann, an einem Winternachmittag, hatte er beschlossen, den Raum von seinen Erinnerungen zu befreien. Und sich selbst von den quälenden Gedanken an jenen Mann, der seine ganze Familie gewesen war.

Fünfzehn Jahre zuvor waren Nics Eltern bei einem Autounfall in Spanien ums Leben gekommen. Obwohl er sie in Wahrheit schon viel früher verloren hatte. Seine beiden Erzeuger hatten nie besonders großes Interesse an ihrem einzigen Sohn gezeigt. Ihr Hobby waren luxuriöse Reisen gewesen, vorzugsweise zu den Lieblingsorten des europäischen Jetsets. Nic war vier gewesen, als er eines Morgens entdecken musste, dass seine Eltern verschwunden waren und er mit seinem Großvater ganz allein war.

Er hatte seinen Vater und seine Mutter nie wiedergesehen. Alle paar Monate traf eine Postkarte ein, und von Zeit zu Zeit erhielt er einen Anruf. Als die Todesnachricht kam, hatte es ihn daher auch kaum berührt. Familie, das waren für Nic der alte Mann und er. Ganz im Gegenteil zu den Marcellis, wo alle Verwandten zusammen auf einer alten Hazienda lebten, sich liebten, sich stritten und alle Übel dieser Welt mit Pasta heilten.

Ein leises Fiepen unterbrach seine Gedanken. Nic sah auf und erblickte Max, der vorsichtig das Wohnzimmer betrat. Der Welpe wirkte klein, verloren und ziemlich verängstigt. Als er sein neues Herrchen entdeckte, wurde das Fiepen lauter.

Nic blickte auf die Uhr. „Es ist schon spät. Bist du nicht müde? Vielleicht sollte ich dich besser zurück in dein Zimmer bringen."

Große braune Augen starrten ihn unverwandt an. Ein Zittern erfasste den kleinen Hundekörper. Dann ließ Max sich auf den Bauch fallen, legte den Kopf auf die Pfoten und begann zu winseln.

Nic stieß einen leisen Fluch aus, nahm die Füße von der Couch und richtete sich auf. „Du bist einsam, was? Wahrscheinlich vermisst du deine Mutter."

Grummelnd ging er zu Max, nahm den Hund hoch und kehrte dann mit ihm zum Sofa zurück. „Was hältst du von Baseball?", fragte er, während er es sich wieder in den Kissen gemütlich machte und die Füße auf den Couchtisch legte.

Statt zu antworten, kroch Max auf den Bauch seines Herrchens, legte sich dort hin und seufzte zufrieden.

„Okay, verstehe. Du bist kein Baseballfan. Das müssen wir noch ändern. Ich zum Beispiel bin Anhänger der Dodgers."

Max leckte ihm einmal über das Kinn und schloss dann die Augen. Nic tätschelte das weiche Fell des Welpen, während er sich mit der anderen Hand durch die Kanäle zappte. Das Spiel war schon in vollem Gange. Nic warf einen Blick auf den Spielstand und legte dann das Tagebuch zur Seite. Er würde die Übersetzung später machen. Diese ganze Sache mit der Familie und der Vergangenheit, das war doch eh schon alles so lange her. Da musste er sich jetzt auch nicht den Kopf darüber zerbrechen.

Zwei Tage später ging Maggie zum Angriff über und schnappte sich Nic am Ende ihres Mittagsmeetings. Er hatte beobachtet, wie ihre Verärgerung den ganzen Morgen über zugenommen hatte. Deshalb erstaunte es ihn auch nicht besonders, als sie ihn nach dem Meeting packte und in ihr Zimmer zog.

Maggies grüne Augen funkelten, und sie schien wütend genug, um Nic mit ihrem Bürostuhl zu erschlagen.

„Du bist nicht damit einverstanden", sagte er milde.

„Und zwar in verschiedener Hinsicht nicht. Zuallererst muss ich dir mal sagen, dass dieser ganze Laden hier nur aus Männern besteht. Dabei gibt es sehr kompetente Frauen im Finanzsektor. Ich kann dir gerne eine Liste mit Namen erstellen."

Nic verschränkte die Arme vor der Brust und lehnte sich gegen den Türrahmen. „Das war ein Schlag unter die Gürtellinie", teilte er Maggie mit. „Du weißt, dass ich keinen Unterschied zwischen Männern und Frauen mache. Aber die Firma, die ich übernehmen will, wird von einem sehr traditionsbewussten alten Mann geleitet. Der würde nie im Leben mit irgendwelchen Frauen verhandeln."

Sie ging quer durchs Zimmer und setzte sich auf ihren Schreibtisch. „Und genau das finde ich so merkwürdig. Was soll diese ganze Heimlichtuerei? Wenn du bisher ein Unternehmen kaufen wolltest, hast du einfach ein Angebot gemacht. Warum agierst du diesmal unter falschem Namen?"

„Weil mein richtiger Name in den Verhandlungen unter keinen Umständen auftauchen darf."

„Und warum nicht?"

„Weil der Verkauf dann niemals zustande kommen würde."

„Dann solltest du es vielleicht einfach lassen."

„Das geht leider nicht."

Natürlich muss ich unter falschem Namen agieren, dachte Nic. Aber das konnte Maggie ja nicht wissen. Sie hatte keine Ahnung von dem Plan, den er in den letzten sieben Jahren ganz genau ausgearbeitet hatte. Die Marcellis hatten ihn um alle wichtigen Dinge in seinem Leben betrogen. Und jetzt würde er sich zurückholen, was ihm gehörte.

„Es ist ein sauberer Deal", entgegnete er Maggie. „Ich habe eine Gruppe sehr wohlhabender Käufer zusammengestellt. Wir werden ein faires Angebot machen. Und wenn der Alte akzeptiert hat, steigen die anderen aus, und ich übernehme."

„Mir gefällt das nicht."

„Ich tue nichts Illegales. Ich sorge einfach nur dafür, dass es funktioniert."

„Natürlich wird es funktionieren. Wer wäre nicht beeindruckt, wenn ein Bankchef, der Seniorpartner einer Investmentfirma und der mächtigste Weingroßhändler der Westküste bei ihm auftauchen würden. Aber das sind deine Geschäftspartner, Nic. Sie tun dir einen Gefallen. Die ganze Sache stinkt doch zum Himmel."

„Und wieso?"

Maggie richtete sich auf und warf ihm einen scharfen Blick zu. „Weil du niemandem die volle Wahrheit sagst. Mir nicht, deinen Geschäftspartnern nicht und auch nicht Brenna Marcelli, die …"

Nic hatte schon vermutet, dass Maggie früher oder später darauf kommen würde. Ihrem Gesichtsausdruck nach zu schließen, war es jetzt gerade so weit.

„Deshalb machst du es also", stieß sie schockiert hervor. „Ich habe schon die ganze Zeit gerätselt, warum du jemandem so viel Geld leihst – und das ohne irgendwelche Sicherheiten. Klar, du kannst Brennas Darlehen jederzeit kündigen. Aber davon hättest du dein Geld noch lange nicht zurück. Damit du Gewinn machst, muss sie im Grunde Erfolg haben. Aber es geht ja gar nicht um Brenna und ihren Wein, richtig?"

Er schüttelte den Kopf. „Es geht nur darum, meine Position zu stärken."

„Ist sie die Tochter?"

„Die Enkeltochter."

Maggie stieß einen empörten Laut aus. „Du willst *Marcelli Wines* in deinen Besitz bringen. Aber du bist ein Giovanni. Sie würden dir noch nicht mal erlauben, auf ihrem Weingut spazieren zu gehen, geschweige denn, es zu kaufen. Um dieses Problem zu umgehen, stellst du eine Gruppe von Käufern zusammen, bei denen jeder auf die Knie fallen und dem Himmel danken würde. Das Geld dazu hast du, und du kannst von den Banken jederzeit mehr bekommen. Aber es gibt immer noch ein Restrisiko: Was, wenn der alte Marcelli euch sein Weingut trotzdem nicht verkauft? Was, wenn es einen anderen Interessenten gibt, der ihm aus persönlichen Gründen vielleicht besser gefällt? Für diesen Fall brauchst du einen Plan B, richtig?"

Maggie war eine kluge Frau. Und sie hatte ihn voll durchschaut. „Korrekt."

Entnervt starrte sie ihn an. „Du willst also das Weingut kaufen. Und du hast ein kleines Problem. Aber dann spielt dir ein glücklicher Zufall in die Hände. Mitten in dieser ganzen Angelegenheit kommt ausgerechnet Lorenzos Enkeltochter zu dir, um dich um ein Darlehen zu bitten. Und du gibst es ihr; natürlich gibst du es ihr. Denn jetzt schuldet dir jemand, der dem alten Mann sehr wichtig ist, eine Million Dollar. Wenn Lorenzo den Deal nicht machen will, kannst du damit drohen, seine Enkelin zu ruinieren. Denn hier geht es gar nicht um Geld. Hier geht es um Ehre. Du kannst dafür sorgen, dass Brenna sich vor den Augen der gesamten Weinbranche bis auf die Knochen blamiert."

„Das ist eine überaus korrekte Zusammenfassung."

„Aber warum, Nic? Was ist so wichtig an *Marcelli Wines*?"

Nic musste zugeben, dass das eine gute Frage war. Die Antwort war ziemlich kompliziert, aber er würde Maggie die simple Variante präsentieren. „Ich will alles. Und sie sind die Letzten, die man noch kaufen kann."

„Das ist kompletter Quatsch. Es gibt Dutzende andere Weingüter hier in der Umgebung. Warum die Marcellis?"

„Uns verbindet eine ziemlich lange Geschichte. Und vielleicht ist das einfach mein Weg, diese ewige Fehde endlich zu beenden."

„Also geht es dir doch um persönliche Dinge."

„Du weißt genau, dass ich Persönliches und Geschäftliches trenne."

„Und was ist dann deine Erklärung für diese ganze Angelegenheit?"

Abgesehen von uns ist *Marcelli Wines* das erfolgreichste Unternehmen hier in der Gegend. Und sie sind in allen Punkten das komplette Gegenteil zu uns. Klein, aber fein, mit Spitzenweinen, die überall Bestnoten bekommen. Wir werden dieses Konzept übernehmen, ihre Firma modernisieren, vergrößern und die Gewinne steigern. Wenn das keine sinnvolle Strategie ist, weiß ich auch nicht."

„Und was verschweigst du mir?"

So einiges, dachte Nic. Zum Beispiel, dass er zehn Jahre zuvor seinem Großvater gestanden hatte, dass er in Brenna Marcelli verliebt war. Emilios Zorn hatte keine Grenzen gekannt. Der alte Mann hatte Nic vor die Wahl gestellt: Brenna oder sein Erbe. Nic hatte Brenna gewählt. Und sie ihre Familie.

Emilio hatte wie immer Wort gehalten. Er hatte Nic rausgeschmissen und sichergestellt, dass kein anderer Winzer an der Westküste ihm einen Job geben würde. Also war Nic nach Frankreich gegangen, um dort als Erntearbeiter irgendwie über die Runden zu kommen.

Einige Zeit später war Emilio dann doch noch auf die Idee gekommen, nach seinem Enkel zu suchen. Schließlich gab es ja keinen anderen Erben für *Wild Sea*. Also hatten Nic und sein Großvater wieder zusammengelebt und zusammengearbeitet. Aber sie hatten sich nie versöhnt. Emilio hatte Nic nie vergeben, dass eine Marcelli ihm wichtiger als die eigene Familie gewesen war. Und Nic ... nun, er hatte seine Lektion gelernt. Es kam einzig und allein darauf an, am Ende als Gewinner dazustehen.

Maggie marschierte an ihm vorbei hinaus in den Flur. Dort angekommen, hielt sie an und warf Nic über die Schulter einen Blick zu. „Dein Plan wird bestimmt perfekt funktionieren. Aber mal eine Frage: Was ist mit Brennas Darlehen? Angenommen, du hast *Marcelli Wines* in der Tasche. Wirst du dein Geld dann zurückfordern?"

So weit hatte er noch gar nicht gedacht. „Ich weiß es nicht."

„Hängt wahrscheinlich davon ab, ob das für dich ein taktischer Vorteil ist."

„Wahrscheinlich."

Maggie wandte sich ab. „Du bist ein schlauer Junge, Nic. Schade nur, dass du auch ein totaler Mistkerl bist."

6. KAPITEL

„Ja, wunderbar", versicherte Brenna in ihrem besten „Das ist ein großartiger Deal für uns beide"-Tonfall. Dabei wäre sie am liebsten herumgehüpft und hätte gekreischt wie ein Teenager bei einem Boygroup-Konzert.

„Ich werde einen Lastwagen losschicken, sobald Sie bereit sind. Kein Problem." Sie grinste. „Und natürlich reserviere ich ein paar Flaschen von meinem Wein für Sie. Ja, sehr gerne. Wir hören voneinander. Bis dann."

Lächelnd beendete Brenna das Telefonat und klatschte übermütig in die Hände. „Ich liebe es, wenn ein Plan funktioniert."

Sie griff nach ihrem neuen Tablet-PC. Dieses kleine Wunderding hatte sie sich zugelegt, nachdem Nic den Vertrag unterschrieben hatte. Okay, dann hatte es noch drei Nächte gedauert, bis sie kapierte, wie man mit dem Ding umging. Aber jetzt war sie quasi schon ein Profi. Schnell tippte sie die Informationen über die gerade gekauften Chardonnay-Trauben ein und speicherte die Datei.

Es ging los. Endlich! Mithilfe der Taschenrechnerfunktion kalkulierte sie noch einmal, wie viele Liter Wein das wohl ergeben würde. Ja, sie handelte hier vielleicht gegen alle Regeln der Branche. Und ja, ihr Großvater wäre vermutlich durchgedreht. Aber sie war jetzt ihr eigener Chef. Und deshalb würde sie den ersten Teil der Ernte für eine Cuvée verwenden. Ihr neuer Wein musste einfach spektakulär werden. So großartig, dass die Kritiker laut jubeln würden und die Käufer ihr die Kisten nur so aus den Händen rissen.

„Schön wär's", murmelte Brenna, während sie rasch noch den Kalender aktivierte, der sie in ein paar Tagen daran erinnern würde, den Zustand ihrer Trauben zu überprüfen. Dann sah sie auf die Uhr und erkannte, dass sie dringend wieder zurück an die Arbeit musste. Nicht dass ihrem Großvater noch auffiel, dass sie sich davongeschlichen hatte.

Sie fuhr gerade ihren Computer runter, als sich die Tür öffnete und Katie in die Küche spaziert kam.

„Da bist du ja", sagte ihre älteste Schwester. „Sieh mal, was ich da heute Morgen vor meiner Tür gefunden habe. Lungerte dort einfach so herum."

Brenna musste lachen, als sich Mia, ihre jüngste Schwester, an Katie vorbei in die Küche drängelte. Wie üblich trug die Achtzehnjährige zu viel Make-up und ein bauchfreies Oberteil, das die Aufmerksamkeit auf ihr Nabelpiercing lenkte.

Brenna sprang auf und breitete die Arme aus. „Willkommen zu Hause!"

„Brenna!"

Mia kam auf sie zugestürzt. Brenna machte sich bereit für den Aufprall, stolperte aber trotzdem rückwärts, als Mia mit der Wucht einer kleineren Atombombe über sie hereinbrach.

„Washington war so cool", rief Mia, küsste Brenna auf die Wange und seufzte dann theatralisch. „Ich habe zwei total süße Typen getroffen, die im Weißen Haus arbeiten. Und als ich ihnen erzählte, dass ich meine Verlobung gelöst habe, wollten sie unbedingt mein gebrochenes Herz heilen. Tja, der Sommer der Liebe. Aber jetzt bin ich hier, und es ist einfach super, wieder zu Hause zu sein."

Brenna ließ ihre Schwester los und lachte. „Seit wann leidest du denn an einem gebrochenen Herzen?"

„Seit dem Ende meiner Verlobung."

Brenna warf Katie einen Blick zu, die nur den Kopf schüttelte.

„Ich glaube nicht, dass dein Herz auch nur den kleinsten Knacks abbekommen hat. Geschweige denn, dass es gebrochen ist", erwiderte Brenna.

Mia grinste. „Aber das wussten die beiden Typen ja nicht. Und ihr Mitgefühl hat mir wirklich sehr gutgetan."

„Das kann ich mir vorstellen", entgegnete Brenna trocken und betrachtete das hübsche Gesicht ihrer Schwester.

Genau wie Francesca war Mia eine Mischung sowohl des irischen als auch des italienischen Zweigs der Familie. Ihre Augen waren von einem hellen Braun, die Haare deutlich dunkler als Katies, aber nicht so dunkel wie Brennas. Obwohl man das eigentlich nur vermuten konnte, denn Mia liebte ihre blonden Strähnchen, die sie alle paar Wochen auffrischen ließ, heiß und innig.

Die jüngste der Marcelli-Schwestern war auch bei Weitem die kleinste. Sie hatte Kurven, die Brennas in nichts nachstanden. Beneidenswerterweise konnte Mia jedoch so viel essen, wie sie wollte, ohne auch nur ein Gramm zuzunehmen.

„Du siehst gut aus“, stellte Brenna fest. „Das Reisen bekommt dir.“

Mia lächelte erfreut, doch dann wurde ihre Miene mit einem Schlag ernst. „Und wie geht's dir? Bist du über Dr. Arsch schon hinweg?“

Katie stöhnte. „Mia, du bist wirklich unmöglich.“

„Ja, klar. Weil ihr ja nie was Böses sagt. Jeff ist ein Superarsch. Zu dem gibt es doch nur eins zu sagen. Und zwar: *Fuck him!*“

„Das ist Gott sei Dank nicht mehr meine Aufgabe“, erwiderte Brenna grinsend. „War sowieso nie besonders aufregend.“

Katie kicherte, während Mia sich breit grinsend auf den Kühlschrank stürzte. „Wo sind denn Mom und die Grannies?“

„In Santa Barbara. Sie gehen da einmal im Monat shoppen. Wahrscheinlich sind sie echt sauer, wenn sie merken, dass du gerade heute angekommen bist.“

„Das wird sich schnell wieder legen“, erwiderte Katie und nickte in Mias Richtung. „Ich konnte kaum ihr ganzes Gepäck im Auto unterbringen. Mein Verdacht ist, dass sie hier wieder einziehen will.“

„Quatsch.“ Mia angelte sich Mozzarella und einige frische Basilikumblätter aus dem Kühlschrank. „Ich bleibe nur, bis das College wieder anfängt. Aber ich musste alle meine Klamotten mitbringen.“

„Natürlich“, erwiderte Brenna. „Du könntest ja zu einem königlichen Ball eingeladen werden. Und da brauchst du schließlich die passende Ausrüstung.“

Mia streckte ihr die Zunge heraus. „Ich bin am Verhungern. Wo sind denn die Tomaten?“

Katie sah auf die Uhr. „Ich muss mich mal wieder auf den Weg nach L. A. machen. Ich habe heute Mittag ein Meeting.“

Brenna holte eine Handvoll Tomaten aus der Vorratskammer. „Du denkst, dass Mademoiselle hier dich einfach so gehen lässt?“

„Genau“, stimmte Mia ihr zu. „Wir haben uns so lange nicht gesehen, Katie. Komm schon! Willst du nicht mehr über mein Leben in Washington erfahren?“

„Ich habe auf dem Weg hierher schon mehr als genug gehört.“

„Okay, aber jetzt kannst du hören, wie ich es Brenna auch erzähle. Beim zweiten Mal sind die Geschichten sogar noch besser.“

Katie zog ihr Jackett aus und hängte es über die Stuhllehne. „Fluchtversuch gescheitert“, murmelte sie, dann nahm sie ihr Handy und wählte.

Während sie erklärte, dass sie nicht ins Büro kommen würde, nahm Brenna ein frisch gebackenes Brot von der Anrichte. Dann holte sie mehrere Messer aus der Schublade und reichte eines davon Mia.

„Also, was hast du denn gelernt?“, fragte sie und begann, die Tomaten zu schneiden.

„Total viel. Dass Japanisch eine sehr interessante Sprache ist. Mündlich bin ich auch ganz gut. Ich kann sprechen und das meiste verstehen, obwohl mein Akzent noch nervt. Aber die Schriftzeichen sind echt hart. Ich habe den Test bestanden und alles andere auch, aber ich kam mir die ganze Zeit wie ein totaler Trottel vor.“

Brenna legte die Tomatenscheiben auf einen großen Teller und belegte sie mit den Mozzarellastückchen, die Mia ihr reichte.

„Sie war Klassenbeste“, erklärte Katie und legte ihr Handy weg.

„Schön und schlau“, verkündete Mia und winkte ihren unsichtbaren Fans zu. „Man könnte mich beinahe hassen, oder?“

„Ich bewundere vor allem deine unglaubliche Bescheidenheit. Ein besonders feiner Charakterzug an dir“, entgegnete Brenna ironisch.

Katie öffnete den Kühlschrank und spähte in einige Plastikboxen. „Es gibt Pastasalat und irgendein Hühnchengericht.“ Sie schloss die Augen. „Chicken Marsala, vermute ich mal.“

„Stimmt.“ Brenna nahm das letzte Stück Mozzarella von Mia

entgegen. „Chicken Marsala gab es gestern zum Abendessen. Ich nehme lieber den Pastasalat."

„Ich auch", nuschelte ihre jüngste Schwester mit einem Stück Tomate im Mund.

Mia legte das Messer zur Seite. Nachdem sie eine Schüssel aus dem Küchenschrank geholt hatte, suchte sie sich Olivenöl, Balsamico und etwas Knoblauch zusammen, um daraus ein Dressing zu machen. Brenna schnitt in der Zwischenzeit die Basilikumblätter mit einer Küchenschere ab.

„Was gibt es eigentlich über den Typen zu berichten, mit dem Francesca verlobt ist?", fragte Mia. „Ich war ja kaum zwei Monate weg, und schon will sie heiraten? Und dann diese ganze Babynummer. Ist doch echt unfassbar, dass sie schwanger ist."

„Ich glaube, Francesca muss sich da auch erst noch dran gewöhnen. Obwohl Sam und sie sich wirklich freuen", erklärte Brenna und grinste vielsagend.

„Und die Grannies? Sind sie jetzt endlich zufrieden, dass es eine neue Marcelli-Generation geben wird? Oder sind sie seitdem noch besessener davon, dass ihr auch mal für Nachwuchs sorgt?"

Katie schüttelte den Kopf. „Ich habe schon angekündigt, dass bei mir in den nächsten zwei Jahren nichts zu holen ist."

Brenna lachte. „Aber das ignorieren sie."

„Typisch!" Mia rümpfte die Nase. „Und wie ist dieser Sam so?"

„Meiner Meinung nach der perfekte Mann für unsere Schwester. Und dann hat er auch noch eine wundervolle Tochter, Kelly. Sie ist zwölf." Brenna streute Basilikum über die Tomaten und reichte den großen Teller an Mia weiter.

„Seit wann interessierst du dich denn für Kinder?", erkundigte sich Mia.

„Ich wollte immer welche. Jeff war derjenige, der sagte, dass wir warten müssen. Aber so gerne ich ein Kind hätte, ich bin froh, dass wir keins bekommen haben. Das hätte die Scheidung nur noch komplizierter gemacht."

Mia goss das Dressing über die Tomaten. Während Brenna Besteck aus dem Schrank holte, stellte Katie den Pastasalat, Brot, Butter, verschiedene Sorten Salami und etwas Schinken auf den

Tisch. Den Teller mit den Tomaten platzierte Mia als Prunkstück in der Mitte. Dann stellte sie jedem noch ein Glas Limonade hin und ließ sich mit einem lauten Seufzer auf den nächstbesten Stuhl sinken.

„Super, oder?", meinte sie zufrieden. „Die Restaurants in Washington waren ja toll. Aber jetzt freue ich mich wieder auf ein echtes Marcelli-Essen."

Brenna und Katie setzten sich zu ihr und begannen, Tomaten und Brot zu verteilen.

„Und was ist sonst noch so passiert?", erkundigte sich Mia zwischen zwei Bissen.

Katie warf Brenna einen „Lass mich das mal machen"-Blick zu. „Nicht viel. Außer dass deine liebe Schwester sich eine Million von Nic Giovanni geliehen hat, um einen eigenen Wein auf den Markt zu bringen. Ach ja, und dann hat sich noch rausgestellt, dass Nic und sie eine Affäre hatten."

Mia hätte sich beinah an ihrem Stück Brot verschluckt. Aus weit aufgerissenen Augen blickte sie ihre Schwestern fassungslos an. „Ihr wollt mich verarschen, oder?"

Katie lachte. „Alles wahr. Ich schwöre es. Beim Rosenkranz von Grandma Tessa!"

Brenna nahm sich eine große Portion Pastasalat. „Das war vor zehn Jahren. Also der Sex." Sie sah auf und grinste. „Das mit der Million ist eine andere Sache. Mag ja sein, dass ich gar nicht so schlecht im Bett bin. Aber ich bezweifle trotzdem, dass mir jemand so viel Geld für meine erotischen Künste zahlen würde."

„Ich weiß echt nicht, was ich krasser finde", brachte Mia hervor, nachdem sie endlich ihr Stück Brot heruntergeschluckt hatte. „Das mit der Affäre oder das mit deinem Wein. Und du hast echt mit ihm geschlafen? Ohne mir was davon zu erzählen? Ich hasse es, die Jüngste zu sein. Die richtig guten Sachen erfahre ich immer erst Jahre später."

Katie zog die Augenbrauen hoch. „Offenbar findet unsere kleine Schwester Sex irgendwie interessanter als Geld oder Wein."

„Sieht ganz so aus", erwiderte Brenna. „Aber du kannst dich abregen, Mia. Ich habe niemandem davon erzählt."

„Ich wette, er war toll", sagte Mia und seufzte. „Nic ist garantiert ein echter Experte, was die weibliche Anatomie angeht."

„Wir essen gerade", protestierte Katie.

„Na klar. Als ob du mit Zach den Küchentisch nie für andere Sachen missbrauchen würdest", maulte Mia.

Katie errötete leicht, schwieg aber eisern.

„Ha! Wusste ich's doch." Mia warf ihr einen triumphierenden Blick zu und wandte sich dann wieder Brenna zu. „Du willst echt deinen eigenen Wein machen?"

„Mir bleibt ja nichts anderes übrig." Brennas gute Laune war mit einem Schlag verflogen. „Grandpa und ich streiten uns ständig. Mit ihm zusammenzuarbeiten ist ein echter Albtraum. Er hasst alle meine Ideen. Und seit Neustem ist er völlig besessen von unserem Bruder. Endlich ein männlicher Erbe, das passt natürlich genau in das gute alte Machokonzept. Ich glaube kaum, dass ich *Marcelli Wines* jetzt noch erben werde."

„Aber dein eigener Wein?", fragte Mia beeindruckt. „Und eine *Million* Dollar?"

Brenna zuckte mit den Schultern. „Ich hatte einen ziemlich guten Businessplan, aber die Banken hat das nicht überzeugt. Sie wollten immer wissen, warum Grandpa mich nicht unterstützt. Mom und Dad konnte ich auch nicht um Geld bitten. Die müssen hier schließlich leben, und das wäre für alle sehr unangenehm geworden. Also bin ich zu Nic gegangen, und er hat Ja gesagt."

Noch immer konnte sie nicht wirklich fassen, dass ihr Plan tatsächlich funktioniert hatte. „Er leiht mir sogar seine Maschinen. Die Dinger sind zwar alt – Nic hat sich gerade erst eine ganz neue Anlage gekauft, die wirklich unglaublich ist –, aber diese ausrangierte Presse kann auf jeden Fall ..."

Mia hob die Hände. „Bitte nicht schon wieder ein Vortrag über irgendwelche Pressen. Der Punkt ist doch, dass eine Million ein Haufen Geld ist."

„Und ich gebe es bereits aus", erwiderte Brenna und fühlte plötzlich Panik in sich aufsteigen. Obwohl es keine negative Panik war – mehr so eine Art „Mein Traum wird wahr"-Panik. „Ich bin gerade dabei, zwei Hektar Land zu kaufen. Außerdem habe ich schon Fässer bestellt und Trauben geordert. In zwei Jahren ist mein erster Wein auf dem Markt. In drei Jahren mache ich Gewinn. Und dann habe ich es geschafft."

Mia wirkte wie betäubt. Trotzdem hob sie ihr Limonadenglas. „Wow. Auf dich und dein neues Abenteuer, Brenna. Und darauf, dass du nur noch mit Männern schläfst, die so sexy wie Indiana Jones sind."

„Oder wie Nic", fügte Katie hinzu und hob ebenfalls das Glas. „Immerhin ist der real."

„Stimmt." Mia griff wieder nach der Gabel. „Also, Brenna, wie ist es? Bringt unser Nachbar deinen Motor zehn Jahre nach der großen Explosion noch immer auf Touren?"

Brenna dachte an ihre letzte Begegnung mit Nic und musste sich eingestehen, dass ihr Motor nach weniger als dreißig Sekunden voll auf Touren gewesen war.

„Es scheint da eine gewisse Anziehung zu geben", sagte sie vorsichtig.

Mia stieß einen verächtlichen Laut aus. „Eine gewisse? Du lügst. Das sieht doch ein Blinder mit Krückstock."

Interessiert beugte sich Katie vor. „Diese Chemie zwischen euch ist immer noch da?"

Brenna nickte unglücklich. „Ja. Irgendwie scheine ich Probleme mit meiner Selbstkontrolle zu haben. Aber egal. Erstens weiß ich gar nicht, ob diese Gefühle auf Gegenseitigkeit beruhen." Obwohl eine kleine innere Stimme ihr zuflüsterte, dass es so war. „Und zweitens", fuhr sie so bestimmt wie möglich fort, „sind Nic und ich jetzt Geschäftspartner. Das ändert alles. Ich kann nicht mit dem Mann schlafen, der mir eine Million geliehen hat. Das wäre einfach zu merkwürdig."

„Guter Punkt", entgegnete Katie.

„Was ist mit euch beiden eigentlich los?", fragte Mia empört. „Man muss doch nicht mit jemandem schlafen, um ein bisschen Spaß zu haben. Habt ihr noch nie etwas von sexuellen Fantasien gehört?"

Brenna grinste. „Manchmal, Mia, mag ich die Art, wie du denkst."

Die Sonne ging gerade unter, als Brenna in die Auffahrt von *Wild Sea* einbog. Der Lastwagen, hinter dem sie herfuhr, bremste ab und kam vor der alten Scheune zum Stehen. Brenna stellte ihren Wagen daneben und stieg aus. Kühle Abendluft umfing sie.

Ihr Herz schlug wild, und sie hatte Probleme, normal zu atmen. Doch ausnahmsweise war das nicht Nics Schuld. Hier ging es um sie. Ihr Traum wurde wahr – gleich würde der Startschuss für *Four Sisters* fallen.

Sie eilte auf das Gebäude zu und zog die schwere Flügeltür auf. Modergeruch schlug ihr entgegen, vermischt mit den Aromen der letzten Ernte. Durch die hohen Fenster fielen die letzten Sonnenstrahlen und verliehen den alten Maschinen einen goldenen Anstrich. Nic hatte ihr gesagt, dass die gesamte Ausrüstung noch einmal gereinigt worden war, und Brenna hatte schon überprüft, dass alles funktionierte. Es war so weit: Jetzt ging es wirklich los.

Ehrfürchtig strich sie über die Presse. An diesen Moment würde sie sich für den Rest ihres Lebens erinnern. Wenn irgendwann, in vielen Jahren, jemand fragen sollte, wie alles angefangen hatte, dann würde sie an diese Nacht zurückdenken.

„Wo sollen sie hin?"

Brenna blickte auf und sah zwei Männer, die Körbe mit Trauben trugen. Sie deutete auf den Eingangsbereich und half dabei, die Körbe in mehreren Reihen aufzustellen. Zwanzig Minuten später war der Wagen entladen, und die Männer verabschiedeten sich.

Brenna stand allein inmitten der besten Chardonnay-Trauben, die auf dem Markt zu haben waren. Der Duft der Früchte ließ bereits erahnen, was daraus werden konnte. All diese Möglichkeiten, die ich jetzt habe, dachte Brenna, während sie eine Traube abpflückte und hineinbiss.

Das Fruchtfleisch war fest, leicht säuerlich, mit genau dem richtigen Hauch von Süße. Brenna behielt den Saft einen Augenblick lang auf der Zunge, um die verschiedenen Aromen voll auszukosten. Unglaublich! Und in eineinhalb Jahren, wenn Fermentierung, Eichenfässer und die Zeit ihre Wunder gewirkt hatten, würde dieser Geschmack noch viel besser sein.

„Also los, an die Arbeit“, murmelte sie, während sie begann, die Mühle zu füllen.

Sie arbeitete schnell, und kurz darauf war der große Moment gekommen: Brenna drückte auf den Knopf. Laut ratternd begann die Maschine, die Trauben zu einem Brei zu zermahlen, aus dem später der Saft gepresst werden würde. Während die dickflüssige Masse ihre Runden drehte, kontrollierte Brenna die Temperatur. Auf keinen Fall durften die Trauben zu warm werden. Sonst begann die Gärung viel zu früh, und das wäre ein Desaster. Aber das Wetter war auf ihrer Seite. Der heutige Tag war ungewöhnlich kühl gewesen, und der Nebel hatte sich nicht gelichtet. Ihre Trauben waren perfekt: ein wenig feucht und leicht gekühlt.

Brenna lief zur Presse hinüber und versicherte sich noch einmal, dass der erste Behälter bereitstand. Nach dem Mahlen wurden die Trauben umgefüllt und konnten in den Pressbehältern ruhen, bis sich die schwereren Teilchen nach unten abgesetzt hatten. Und das war es auch schon für diese Nacht. Weiter würde sie sowieso nicht kommen.

Am folgenden Tag würden neue Trauben geliefert werden. Und der Prozess begann von vorn. Und so ging es dann immer weiter, bis es irgendwann Ende September war und die Cabernet-Ernte begann.

Als der Brei auf den Förderbändern zur Presse transportiert wurde, nahm der Traubengeruch zu. Selbst mit geöffneten Türen und der leichten Brise, die wehte, war das süßliche Aroma schwindelerregend intensiv.

Brenna füllte gerade einen weiteren Korb Trauben in die Mühle, als sie Schritte auf dem Zementboden hörte. Plötzlich schlug ihr Herz schneller. Sie spürte, wie sich ein Lächeln auf ihrem Gesicht breitmachte.

„Wie läuft’s?“, fragte Nic, während er den Raum durchquerte und sich neben sie stellte. „Ich habe den Lastwagen kommen sehen.“

Brenna deutete auf die ratternde Mühle. „Das ist er. Der

Anfang von allem."

Nic grinste. „Ich wollte eigentlich Champagner mitbringen, um darauf anzustoßen. Aber wahrscheinlich machst du ja bald deinen eigenen."

„Wahrscheinlich. Aber trotzdem eine nette Idee."

„Bist du nervös?"

„Ein bisschen. Das hier sind Premium-Trauben, aber ich werde daraus eine Cuvée machen. Ich weiß, dass das die richtige Entscheidung ist. Aber irgendwie habe ich trotzdem so ein wenig Bauchschmerzen."

„Gegen die Regeln zu verstoßen ist nie leicht."

„Und dann höre ich auch die ganze Zeit die Stimme meines Großvaters. Wie er mich anschreit, dass man die besten Trauben nicht verschwenden darf."

„Soll ich dir Ohrstöpsel bringen?"

Sie schüttelte den Kopf. „Ich brauche nur etwas mehr Zeit, um mich an all das hier zu gewöhnen. Aber ich schaffe das schon."

Er stand so nahe neben ihr, dass sie die Stoppeln auf seinem Kinn erkennen konnte. Ist ja nichts Besonderes, rief Brenna sich energisch zur Ordnung. Italienische Männer neigten eben zu starkem Bartwuchs. Und Nic gehörte einfach zu den Typen, die sich am Abend noch mal rasieren mussten, bevor sie zu einem Date gingen. Aber das hier war kein Date, und er hatte sich nicht rasiert. Plötzlich wurde sie von Erinnerungen übermannt, dachte an das Gefühl, das seine Haut an ihrer Haut ausgelöst hatte, als sie sich geküsst hatten. Dieses leichte Kratzen der Bartstoppeln, gepaart mit Nics weichen Lippen, hatte sich einfach unglaublich erotisch angefühlt. Verdammt! Warum war sie nur so eine frühreife Siebzehnjährige gewesen?

Nic ging rüber zu der Presse. „Wie viel wirst du heute Nacht machen?"

„Die komplette Ladung. Ich will damit durch sein, bevor ich gehe."

Er warf einen Blick auf die Körbe mit den Trauben. „Dann bist du schätzungsweise bis zum Morgengrauen hier."

„Wahrscheinlich."

„Hast du heute gearbeitet?“

Sie nickte.

„Und morgen arbeitest du auch?“

Brenna lächelte. „Schlafen wird überbewertet.“

„Ach.“ Er ging auf die Tür zu. „Dann lasse ich dich mal weitermachen.“

Brenna blickte ihm nach und versuchte, die Enttäuschung hinunterzuschlucken. Das hier war ihr Traum und nicht Nics. Er musste sich um seinen eigenen Wein kümmern – und zwar tagsüber, so wie alle normalen Menschen.

Sie sah sich in dem großen, offenen Raum um, blickte auf die hölzernen Wände, die Treppe und den Zementboden. Es gab hier kein einziges Möbelstück. Sie musste sich unbedingt einen Tisch und vielleicht auch ein Radio besorgen. Sonst würden das ziemlich lange Nächte werden.

Fünfzehn Minuten später checkte sie noch einmal die Presse. Der Container füllte sich langsam mit Traubenbrei. Während sie zuschaute, stellte Brenna sich vor, wie es wohl sein würde, in achtzehn Monaten den Wein in die Flaschen fließen zu sehen. Vielleicht sollte sie ihre Schwestern einladen, und sie würden dann eine Party feiern.

Ein Klirren ließ sie herumfahren. Nic war zurück – mit ein paar Klappstühlen und einer großen Kiste.

„Du brauchst Kaffee, wenn du die ganze Nacht durchhalten willst.“

Brenna entdeckte eine Kaffeemaschine, Tassen und eine Flasche Wasser.

„Hier ist die Notausrüstung für heute Nacht. Ab morgen solltest du dir deine eigenen Sachen mitbringen.“

„Danke, das werde ich tun.“

Sie bemühte sich, es einfach als eine freundliche Geste zu sehen. Genau wie die Stühle, die Nic mitgebracht hatte. Das hieß ja noch lange nicht, dass er hierbleiben würde. Wenn ja, war das nett. Und wenn nicht, würde sie es auch überleben.

Nett? dachte sie, während sie die Kaffeemaschine nahm und zu einer Steckdose an der Wand hinübertrug. Nett? Ja, klar. Wem wollte sie hier eigentlich was vormachen? Mit Nic zusammen zu sein war nicht nett. Es war aufregend und Furcht einflößend – irgendwie so, als ob man in einem Haifischbecken schwamm. Man wusste nie genau, woher genau die Gefahr drohte. Eine vernünftige Frau wäre gar nicht erst ins Wasser gesprungen. Aber andererseits war sie nur ein einziges Mal in ihrem Leben wirklich vernünftig gewesen. Und wohin hatte sie ihre Ehe mit Jeff geführt?

Nic stellte die Kaffeetasse ab. Es war fast Mitternacht, und eigentlich hätte er längst gehen sollen. Doch statt aufzustehen, streckte er die Beine aus und beobachtete, wie die Container der Weinpresse sich langsam füllten.

Brenna tänzelte nervös zwischen den Maschinen umher, als könnte sie durch pure Willenskraft erreichen, dass alles glatt ablief. Ihre braunen Augen funkelten vor Begeisterung, und Nic beneidete sie darum. Das hier war wichtig für Brenna. Sie würde bei jedem Schritt dabei sein: vom Beladen der Presse bis zur Abfüllung des letzten Weintropfens. Wahrscheinlich hätte sie am liebsten noch jede einzelne Traube selbst abgeschnitten, wenn sie die Zeit dazu gehabt hätte.

Und er? *Wild Sea* war ihm wichtig. Aber er hatte kaum noch direkt mit dem Wein zu tun. Dazu war seine Firma einfach zu groß. Natürlich gab es einige Weinfelder, die er persönlich kontrollierte, doch für die meisten waren Manager eingestellt worden, die sich um das Tagesgeschäft kümmerten. Er überprüfte die Ergebnisse, aber das war es auch schon. Mehr Zeit blieb ihm einfach nicht.

Das kommt davon, wenn man eine doppelt so große Firma hat, rief Nic sich in Erinnerung. Und überhaupt: Wenn alles nach Plan lief, würde *Marcelli Wines* bald ihm gehören.

„Hast du schon einen Namen?“, fragte er.

Brenna sah auf. „*Four Sisters Winery.*“

Das hätte ihn nicht überraschen dürfen, aber er war es doch und konnte seine plötzliche Anspannung nicht verhindern.

„Was ist?“, fragte Brenna.

„Nichts. Großartiger Name.“ Er zuckte mit den Schultern.

„Deine Familie war dir ja schon immer wichtig."

Jetzt war es Brenna, die plötzlich angespannt wirkte. Er wartete, ob sie etwas sagen würde. Aber sie schwieg.

„Habe ich dir schon mal erzählt, wie *Wild Sea* zu seinem Namen gekommen ist?"

„Nein." Sie schüttelte den Kopf. „Hast du noch nicht."

„Ursprünglich sollte das Weingut den Familiennamen tragen. Genau wie bei euch. Aber mein Urgroßvater hat sich im letzten Moment umentschieden. Damals gab es ja nur einen Weg, um in die USA zu kommen. Und das war mit dem Boot. Scheinbar war die Überfahrt sehr hart, und Salvatore dachte, dass sie alle sterben würden."

Brenna verzog mitleidig das Gesicht. „Das kann ich mir vorstellen. Wahrscheinlich waren die Stabilisatoren nicht so toll."

„Wahrscheinlich nicht. Jedenfalls hat Salvatore damals dem Meer ein Versprechen gegeben. Er schwor, sein Weingut nach ihm zu benennen, wenn es die Menschen auf dem Boot nicht mit Haut und Haaren verschlingen würde."

Brenna lächelte. „Ich wusste gar nicht, dass dein Urgroßvater so abergläubisch war."

„War er auch nicht. Aber Angst macht merkwürdige Dinge mit den Menschen."

Brenna setzte sich neben ihn und seufzte. „Manchmal wünsche ich mir, ich hätte in der Zeit gelebt, als Salvatore und Antonio hier angefangen haben. Alles lag noch vor ihnen, es gab noch tausend Möglichkeiten."

Er verkniff sich die Bemerkung, dass es bestimmt kein Spaß gewesen war, jahrelang mit schmerzendem Rücken das Land zu roden. Kein Wunder, dass ihre Vorfahren ziemlich oft in die Kirche gegangen waren. Sie hatten Gottes Segen und das ein oder andere Wunder wahrscheinlich dringend nötig gehabt.

„Ich habe das Tagebuch meiner Urgroßmutter gefunden", sagte er stattdessen nur. „Sophia hat fünf Jahre vor ihrer Hochzeit mit dem Schreiben begonnen."

„Du machst Witze!"

Er schüttelte den Kopf. „Ich habe in der letzten Zeit immer

wieder ein paar Stellen gelesen. Sie schreibt über viele Dinge, unter anderem auch über Salvatores völlig unromantischen Heiratsantrag. Als er nach Italien zurückkam, galt er als gemachter Mann. Die Ehe wurde arrangiert, ohne Sophia auch nur nach ihrer Meinung zu fragen. Und sie beschwert sich darüber noch nicht mal. Im Tagebuch sagt sie nur, dass sie sehr gespannt auf Amerika ist. Zumindest glaube ich, dass sie das sagt. Mein Italienisch ist echt lausig. Vielleicht war das einfach nur ihre Wäscheliste."

Brenna lachte. „Das glaube ich kaum. Frauen schreiben normalerweise nichts über langweilige Haushaltsdinge in ihre Tagebücher. Obwohl ich es leider auch nicht genau sagen kann. Mein Italienisch ist katastrophal. Warum liest du das Tagebuch eigentlich?"

„Ich habe es gefunden, als ich vor ein paar Jahren das Zimmer meines Großvaters ausgeräumt habe. Manchmal hole ich es raus und übersetze eine Seite oder zwei." Er zuckte mit den Schultern. „Es geht ziemlich langsam voran. Außerdem bin ich ein Mensch, der mehr an der Zukunft interessiert ist. Die Vergangenheit interessiert mich nicht so sehr."

Brennas gute Laune war plötzlich verschwunden. „Das mit deinem Großvater tut mir sehr leid. Ich wollte eigentlich zur Beerdigung kommen. Aber die Anwesenheit einer Marcelli hätte wahrscheinlich für eine Menge Gerede gesorgt und nur vom eigentlichen Anlass abgelenkt."

„Danke. Aber es war sowieso keine große Sache."

Brenna zog die Augenbrauen hoch. „Natürlich war es das. Dein Großvater war deine gesamte Familie."

„Nennt man das so?"

Sie zuckte zusammen. „Ich weiß, er war sehr wütend, und du bist gegangen. Aber nachdem du zurück warst ..." Sie schluckte. „Habt ihr euch da nicht wieder vertragen? Er hat dir doch das Weingut vererbt."

„Ich war der letzte Giovanni. Wem hätte er es sonst vererben sollen?"

Sie wich seinem Blick aus. Ihre ganze Körperhaltung wirkte irgendwie schuldbewusst. Und warum auch nicht? Brenna war der

Grund für den großen Streit zwischen ihm und seinem Großvater gewesen. Nic überlegte kurz, das anzusprechen. Aber wozu? Inzwischen waren so viele Jahre vergangen, dass das alles keine Rolle mehr spielte.

Einen Moment lang herrschte Schweigen. Brenna rutschte unruhig auf ihrem Stuhl hin und her und versuchte es schließlich mit einem leicht gequälten Lächeln. „Wie geht es Max?“

Nic trank einen Schluck Kaffee. „Gut. Er ist tatsächlich stubenrein, genau wie die Züchterin versprochen hat. Momentan versuche ich ihm beizubringen, dass er nicht alles ankauen darf, was ihm zwischen die Pfoten gerät. Ich werde ihn in den nächsten Tagen mal zu einem Gehorsamstraining anmelden.“

„Damit es wenigstens ein Wesen gibt, das sofort kommt, wenn du rufst?“

Er grinste. „Genau.“

Brenna stand auf, um nach der Presse zu sehen.

„Wann bekommst du die nächsten Trauben?“, fragte er.

„Morgen.“

„Du wirst kein Privatleben mehr haben, bis die Ernte vorbei ist“, warnte er sie.

Sie lachte. „Ich habe sowieso kein Privatleben. Mich interessiert nur, dass hier mit dem Wein alles glattgeht. Und wenn ich mich einsam fühle, habe ich ja immer noch meine Familie.“

„Ja, das hast du. Aber ich meinte etwas anderes. Willst du deinen Ehemann nicht mal durch irgendeinen netten Toyboy ersetzen?“

„Ist nicht mein Stil.“ Sie neigte den Kopf zur Seite. „Eigentlich weiß ich gar nicht so genau, was mein Stil bei Männern ist. Aber auf jeden Fall sollten sie nicht jünger als ich sein. Wenn es einen Mann in meinem Leben gäbe, müsste er älter sein. Erfahren. Und was ist mit dir? Irgendwelche potenziellen Mrs Giovannis in Sicht?“

„Im Moment nicht.“

„Dann sind wir ja gerade beide romantisch unterversorgt.“ Brenna öffnete den Mund, klappte ihn wieder zu und schlug sich mit der Hand an die Stirn. „Vergiss, was ich gesagt habe.“

Das hätte Nic gern. Aber es war zu spät. Die Luft im Raum schien vor Spannung zu knistern. Ein kluger Mann hätte jetzt das Thema gewechselt oder wäre ganz schnell gegangen. Schon komisch, dabei hatte er doch nur die Möglichkeiten ausloten wollen. Und jetzt? Spielte er mit dem Feuer?

Nein, Feuer ist ganz falsch, ermahnte er sich. Feuer würde ja bedeuten, dass er irgendwelche stärkeren Gefühle hatte. Und das hatte er nicht. Nur leichtes Interesse. Gut, sein Blut schien gerade etwas schneller zu fließen, und ihm war auch ganz schön heiß. Vielleicht war da doch ein geringes sexuelles Interesse. Aber mehr auch nicht. Diese Lektion hatte er vor langer Zeit gelernt.

Brenna ging wieder zu der Presse hinüber, um die Container zu kontrollieren. Seltsamerweise saß Nic plötzlich nicht mehr auf seinem Stuhl, sondern ging zu Brenna hinüber. Der Geruch der Trauben umhüllte ihn und erinnerte an all die Male, als Brenna und er sich auf *Wild Sea Vineyards* geliebt hatten. Einmal sogar hier, in diesem Raum. Ob sie das noch wusste?

Brenna drehte sich um und entdeckte ihn neben sich. Sie zuckte nicht zusammen, sah aber doch ein wenig beunruhigt aus. Nic sah ihr in die Augen, auf der Suche nach Gefühlen, die seinen eigenen entsprachen. Was er entdeckte, war eine Mischung aus vorsichtiger Zurückhaltung und Verlangen.

„Es ist, ähm, schon ziemlich spät", brachte sie mühsam hervor. „Du musst nicht unbedingt hierbleiben, um mir Gesellschaft zu leisten."

„Ich weiß."

Etwas in ihm wollte weitergehen. Oder wollte er sie dazu bringen, noch weiterzugehen? War das ein Test, um zu sehen, wie groß die Leidenschaft zwischen ihnen noch war? Wollte er Brenna bestrafen?

„Nic."

Unwillkürlich glitt Nics Blick zu Brennas Mund. Im nächsten Augenblick griff er nach ihr und senkte gleichzeitig den Kopf. Sie hätte ausweichen können, aber das tat sie nicht. Stattdessen stand sie ganz still da, während er sie sanft und zärtlich küsste.

Es war ein unschuldiger Kuss. Ihre Lippen blieben geschlossen, und außer seiner Hand auf ihrem Arm gab es keinen Körperkontakt.

Er hatte erwartet, dass es wie früher sein würde. Glühende Hitze und dann das Auflodern einer unkontrollierbaren Leidenschaft. Doch so war es nicht. Brenna zu küssen fühlte sich …

Heißes, wild loderndes Verlangen explodierte in ihm. Die Wucht der Detonation hätte Nic beinahe stolpern lassen. Ein Hunger, der bis tief in seine Seele reichte, machte sich in ihm breit und drohte, die Kontrolle zu übernehmen. Seine Leidenschaft war so groß, dass sie jeden klaren Gedanken hinwegfegte. Er wollte Brenna, wollte sie so sehr, dass er sich kaum aufrecht halten konnte.

Er öffnete die Lippen und vertiefte den Kuss. Für den Bruchteil einer Sekunde war er unsicher: Würde Brenna sein Verlangen erwidern, oder musste er sich mit Gewalt nehmen, was er so dringend brauchte? Er stieß mit der Zunge gegen ihre Unterlippe, bevor er endlich in ihren Mund eindrang.

Mit einem heißen, aggressiven Kuss, der keinen Zweifel an ihren Gefühlen ließ, hieß sie ihn willkommen. Dieser Geschmack, das wilde Lodern der Leidenschaft, Brennas Körper an seinem – all das war so unglaublich vertraut. Hier war es wieder, dieses Verlangen: wild, verzehrend, einfach unglaublich. Brenna klammerte sich an ihn und versuchte verzweifelt, ihm noch näher zu kommen. Er ließ die Hände über ihren Rücken bis hinab zu ihren Hüften wandern. Ihr Körper war ihm nur allzu vertraut. Und doch musste er ihn jetzt neu kennenlernen. Im selben Moment, als er die Hände auf ihren Po legte, drängte Brenna sich ihm entgegen.

Sein erster Gedanke war, dass sie es gleich hier, auf einem der Stühle, tun würden. Er könnte sich setzen und Brenna auf seinen Schoß ziehen. Das hatten sie schon früher so gemacht. Und wenn ihn die Erinnerung nicht trog, war das Ergebnis ganz hervorragend gewesen. Sein zweiter Gedanke war allerdings, dass er hier und jetzt kommen würde, wenn sie sich weiter so an ihn presste. Das letzte Mal war ihm so etwas im Alter von vierzehn Jahren passiert. Und dann gab es da auch noch diesen dritten Gedanken. Und der lautete: Was, zum Teufel, tue ich hier eigentlich?

Brenna zog sich exakt in dem Moment zurück, als er sie losließ. Sie atmeten beide schnell, und Nic hatte keinen Zweifel daran, dass das Feuer in ihren Augen sich in seinen widerspiegelte. Brenna ließ den Blick von seinem Mund zu seiner Erektion und dann ganz schnell wieder zurück gleiten. Schnell wandte sie sich ab und räusperte sich.

Nic holte tief Luft. Seine Gefühle bewegten sich irgendwo zwischen erregt und wütend. Nicht die allerbeste Kombination. Warum er erregt war, war ihm schon klar, aber über die Wut wollte er lieber nicht nachdenken. Sie erstaunte ihn ja selbst. Also besser die ganze Sache beiseiteschieben und gar nicht erst mit dem Grübeln anfangen.

„Ich sollte gehen“, stieß er barsch hervor.

Brenna nickte, ohne ihn anzuschauen.

Nic ging zur Tür und zögerte dann. Er wollte etwas sagen, nur fehlten ihm die Worte. Er fluchte innerlich und trat hinaus in die Nacht.

Seit Sonnenuntergang war die Temperatur deutlich gesunken. Gut so! Seine Erregung würde schnell abkühlen. Doch das Blut pulsierte schmerzhaft weiter durch seine Adern. Und auch sein Herzschlag wurde einfach nicht langsamer.

Okay, dieses Verlangen war keine wirkliche Überraschung. Das hatte Brenna und ihn schon immer verbunden. Und solange er sich dessen bewusst war, konnte er es auch kontrollieren. *Würde* er es kontrollieren. In dieser Nacht – gut, da war er überrumpelt worden. Aber das würde ihm nicht noch einmal passieren. Das mit seiner Wut war allerdings eine andere Sache. Was geschehen war, war geschehen. Er durfte sich nicht durch die Vergangenheit beeinflussen lassen. Niemals.

Während er zum Haus hinüberging, erinnerte Nic sich noch einmal daran, dass er einen Plan hatte. Und nur der zählte. Mit Brenna zu spielen, das war nur ein zusätzlicher Bonus. Mehr würde daraus auf keinen Fall werden. Diese Frau würde ganz gewiss keine ernsthafte Rolle mehr in seinem Leben spielen. Nie wieder.

7. KAPITEL

Warum hatte Nic sie geküsst?

Verdammt, dachte Brenna. Diese Frage hatte sie sich an diesem Tag schon ungefähr viertausendmal gestellt. Und noch immer war sie der Antwort kein Stück näher gekommen. Sie wusste nicht, warum er sie geküsst hatte. Aber viel schlimmer war: Sie wusste nicht, warum sie sich hatte küssen lassen. Das war einfach ziemlich dumm gewesen. Nic war ihr … na ja, vielleicht nicht ihr Bankberater. Aber so ähnlich. Er war der Mann, der ihr einen Haufen Geld geliehen hatte. Allein deshalb sollte sie lieber andere Dinge im Kopf haben, als ihn zu küssen. Ihre Beziehung musste rein geschäftlich bleiben. Und überhaupt: In einer perfekten Welt hätten sie erst gar keine Beziehung. Sie würden sich zunicken, wenn sie sich im Gemüseladen trafen, und das war's.

Leider hatten sie in der vergangenen Nacht etwas mehr getan, als nur zu nicken. Zum Glück war sie im allerletzten Moment noch zur Besinnung gekommen. Sonst hätte sie Nic als Nächstes wahrscheinlich die Kleider vom Leib gerissen und ihn angefleht, sie an Ort und Stelle zu nehmen.

Brenna seufzte und ging hinüber zu einem der großen Gärtanks im Hauptgebäude von *Marcelli Wines*. Schnell überprüfte sie die Temperatur der hellgolden schimmernden Flüssigkeit, notierte sich die Zahl auf ihrem Clipboard und ging weiter zum nächsten Behälter.

Es bedeutet nichts, sagte sie sich. Konnte es ja auch gar nicht. Nic und sie, das war Vergangenheit. Und die letzte Nacht war eine … nun ja, eine Warnung gewesen. Er hatte sie geküsst, sie hatte ihn zurückgeküsst, und das durfte nicht noch einmal passieren. Zumindest wenn sie nicht wahnsinnig werden und sich in Gefahr bringen wollte. Denn Nic Giovanni war für sie noch immer ein gefährlicher Mann. Traurig, aber wahr. Ab jetzt würde sie ihm deshalb einfach aus dem Weg gehen und damit auch dem ganzen Problem. Sollte sie jemals wieder mit ihm zusammentreffen – sie verbrachte ja doch ziemlich viel Zeit auf dem *Wild*

Sea-Weingut –, dann würde sie ihn einfach wie einen Kollegen behandeln. Keine zweideutigen Unterhaltungen mehr oder näheren Kontakt, egal welcher Art. Und ganz sicher keine Intimitäten wie Küsse oder Umarmungen …

„Hör sofort auf damit!", murmelte sie, während sie zum nächsten Container ging. „Arbeit. Konzentriere dich auf die Arbeit."

Doch das war leichter gesagt als getan, wenn der Duft von neuem Wein in der Luft lag und sie immer an diese besagten Nächte erinnerte. Brenna seufzte. Warum war Nic nicht Automechaniker geworden? Dann hätten sie sich in seiner Werkstatt geliebt statt in einem Weinkeller, und sie müsste jetzt dem Geruch von Motoröl aus dem Weg gehen. Was viel einfacher wäre, als den Geruch von Wein zu meiden.

Warum also hatte er sie geküsst?

Brenna hätte beinahe laut aufgeschrien, als ihr klar wurde, dass sie schon wieder bei dieser Frage angelangt war.

„Brenna? Bist du da drin?"

„Ja, Grandpa."

Hier kommt mein Ablenkungsmanöver, dachte Brenna. Na endlich!

Sie schlängelte sich zwischen den riesigen Stahltanks hindurch und ging ihrem Großvater entgegen. Grandpa Lorenzo stand an der Eingangstür und hielt einen Stapel Papiere in der Hand. Schon von Weitem konnte Brenna das bunte Logo auf dem obersten Blatt erkennen. Ihr Bedürfnis, laut aufzuschreien, wurde stärker. Nach Lorenzos Gesichtsausdruck zu urteilen, würde das keine nette Ablenkung werden. Ganz im Gegenteil: Hier kam neuer Ärger.

„Ich habe mir mal die Entwürfe angesehen", sagte er, als sie bei ihm angekommen war. „Für die neuen Chardonnay-Etiketten."

Brenna hielt ihr Clipboard wie einen Schutzschild vor sich. Egal, was jetzt kam, sie würde sich nicht zu irgendeiner Reaktion hinreißen lassen!

Trotz seiner siebzig Jahre stand ihr Großvater kerzengerade vor ihr und überragte sie mindestens um einen Kopf. Lorenzos Haare mochten zwar grau sein, aber seine Augen waren noch immer voller Leben und sehr ausdrucksstark. Sie konnten vor Ärger funkeln und unglaubliche Missbilligung ausdrücken. Und genau das taten sie jetzt. Brenna wappnete sich gegen die neuste Beschwerde.

„Was soll das hier sein?", fragte er und hielt den ersten Entwurf hoch. „Ein Pferd? Eine Ziege? Seit wann haben wir denn Tiere auf unseren Etiketten?"

Klare Linien in kühlen Farben vereinigten sich in der Mitte des Logos zu einem abstrakten Muster, bevor sie am Rand des Etiketts in den Grünton der Flaschen übergingen.

„Das ist keine Ziege", erwiderte Brenna. „Es ist gar nichts. Das sind einfach Farben und Linien."

Er drehte das Blatt um, warf noch einen Blick darauf und schüttelte den Kopf. „Auf keinen Fall Ziegen."

Dann überflog er die letzten sechs Entwürfe: „Zu auffällig. Zu modern. Und wozu brauchen wir überhaupt neue Etiketten für unseren Chardonnay? Die alten funktionieren doch sehr gut. Sie sind schlicht. Einfach nur unser Name in Großbuchstaben. Da wissen die Leute wenigstens, wonach sie suchen müssen. Nicht wie bei diesem Kram hier."

Er nahm eines der Blätter und schleuderte es Brenna entgegen. Sie fing es auf und legte es auf ihr Clipboard.

„Wir benutzen seit fünf Jahren dieselben Etiketten, Grandpa. Da ist es mal Zeit für etwas Neues." Sie zwang sich, ganz ruhig zu bleiben. „Wir haben doch schon darüber gesprochen. Und du hast gesagt, dass du einverstan…"

Mit einer Handbewegung schnitt Lorenzo ihr das Wort ab. „Ich würde niemals so einem Blödsinn zustimmen. Die sind alle scheußlich. Wer hat sich denn so was ausgedacht?"

Brennas Kiefer schmerzte, so sehr biss sie die Zähne zusammen. „Eine Werbeagentur aus Los Angeles. Ich habe sie ausgewählt, weil sie innovativ ist und die Mitarbeiter begeistert von dem Projekt sind." Schnell nahm sie ihrem Großvater die restlichen Blätter aus der Hand. „Mir gefällt, was sie gemacht haben."

Er runzelte die Stirn. „Nicht die Ziege."

„Das ist auch nicht mein Favorit, aber die anderen sind ziemlich gut. Du findest das offenbar nicht. Also werde ich die Agentur anrufen und sie um ein paar neue Entwürfe bitten."

„Sag ihnen, dass sie die neuen Etiketten wie die alten machen sollen."

„Wenn alles genau wie vorher aussehen soll, dann können wir uns die Mühe ja sparen." Brenna holte tief Luft. „Ich weiß, dass unsere Stammkunden an dieses Logo gewöhnt sind, Grandpa. Aber sie würden uns auch mit dem neuen finden. Und damit könnten wir dann noch ganz andere Käuferschichten erreichen."

„Jetzt weißt du also schon, was die Käufer denken, oder wie?"

„Ich habe in den letzten Wochen ziemlich viel über Marketing gelesen. Ein paar Artikel habe ich dir ja kopiert. Hast du schon mal reingeschaut?"

Lorenzo zuckte ungeduldig mit den Schultern. „Ich habe zu tun. Außerdem: Was wissen die schon? Mein Vater hat *Marcelli Wines* gegründet. Er hat diese Erde genommen und aus ihr all das hervorgebracht, was du hier siehst. Sobald die Typen das kapiert haben, können wir weiterreden."

Brenna war nicht ganz sicher, wen ihr Großvater mit „die Typen" meinte. Doch bevor sie ihn danach fragen konnte, griff er nach den Entwürfen und ließ sie seufzend zu Boden fallen.

„Du musst lernen, unsere Traditionen zu respektieren."

Nicht schon wieder, dachte Brenna, während sie die Entfernung zur Tür abschätzte. Vielleicht sollte sie einfach laut schreiend in die Nachmittagssonne hinauslaufen. Das war nicht ganz so dramatisch, wie schreiend in der Nacht zu entschwinden. Aber das hier war kein Film. Im echten Leben musste man wohl ein paar Kompromisse machen.

„Ich respektiere unsere Traditionen ja", antwortete sie so ruhig wie möglich. „Aber ich interessiere mich eben auch dafür, welche neuen Möglichkeiten es gibt."

Voller Abscheu schüttelte Lorenzo den Kopf. „Dein Bruder würde das verstehen."

Brenna war so geschockt, dass sie fast ihr Clipboard fallen ließ. „Was? Mein Bruder? Dieser Mann, den du noch nie im Leben getroffen hast? Wie, in aller Welt, willst du denn wissen, was er versteht oder nicht, Grandpa? Das ist total unfair, so etwas zu mir zu sagen. Im Gegensatz zu mir interessiert Joe sich überhaupt nicht für unseren Wein. Und wenn, dann geht es ihm nur um das Geld."

Vielleicht war es hart, so etwas zu sagen. Aber sie hatte sich das nicht aus den Fingern gesogen. Francesca und sie hatten ihrem neuen Bruder schließlich einen Besuch abgestattet. Joe Larson hatte kaum Interesse an der Familie gezeigt – bis er gehört hatte, dass es ein Weingut gab, das ungefähr vier Millionen Dollar wert war.

Ihr Großvater zog die buschigen Augenbrauen zusammen. „Er ist ein Marcelli. Der Wein liegt ihm im Blut."

„Den Eindruck hatte ich nicht. Und du kannst ihm doch nicht ernsthaft alles hier einfach so vererben wollen."

Lorenzo warf ihr einen scharfen Blick zu. „Ich tue, was ich tun muss."

Dann drehte er sich um und ging.

Brenna ließ sich zu Boden sinken und legte den Kopf auf die Knie. „Das kann doch nicht wahr sein", flüsterte sie. Ihr brannten die Augen, und sie bekam kaum Luft. Ihr Großvater konnte das geliebte Weingut doch nicht einem völlig Fremden vermachen! Blut hin oder her. Und das alles nur, weil Joe ein *Mann* war?

„Das ist echt mies", murmelte sie.

Es war mehr als mies und verletzte sie unglaublich. Natürlich hatte sie gewusst, dass ihr Bruder die Dinge verändern würde. Aber sie hatte immer noch die Hoffnung gehabt, dass sie sich irrte.

Die Entwürfe lagen verstreut neben ihr auf dem Boden. Scheinbar waren Streitereien über ein Logo jetzt ihr kleinstes Problem. Inzwischen war alles so kompliziert, dass sie sich wegen jeder Kleinigkeit mit ihrem Großvater stritt. Wahrscheinlich hätte er sie am liebsten gefeuert. Nur konnte er das eben nicht, weil sie zur Familie gehörte.

Aber er konnte ihr die Leitung des Weinguts wegnehmen. Wenn er sowieso alles hasste, was sie tat, warum dann nicht einen anderen Verwalter einstellen? Jemanden, der jedes Wort in sich aufsaugte und genau das tat, was Lorenzo Marcelli ihm sagte. Und noch eine Möglichkeit hatte ihr Großvater: Er konnte sein Testament ändern. Wenn er das nicht schon längst getan hatte.

„Siehst du, und deshalb war es die richtige Idee, deinen eigenen Wein zu machen“, sprach Brenna sich selbst Mut zu, während sie sich wieder aufrappelte. „Es spielt keine Rolle mehr, was der verrückte Alte tut. Ich habe jetzt meine eigene Firma, um die ich mich kümmern muss.“

Aber ein wirklicher Trost war das nicht. In ihrem Leben lief einfach alles schief. Ihre Vergangenheit war ein Desaster. Und die Zukunft sah auch nicht besser aus.

„Die neusten Zahlen“, sagte Nic, während er Maggies Büro betrat und ihr eine Mappe auf den Tisch klatschte. „Lies und staune!“

Sie zog die Augenbrauen hoch und blätterte die Papiere durch. „Solange dir der Erfolg nicht zu Kopf steigt ...“

„Sehe ich so aus?“

„Leider kann ich dir aus professionellen Gründen keine ehrliche Antwort geben.“ Sie klappte die Mappe wieder zu. „Aber ich werde mir die Zahlen ansehen und dir ein paar Kommentare dazu aufschreiben. Bis spätestens morgen früh hast du sie.“

„Großartig.“ Er nahm auf dem Stuhl vor ihrem Schreibtisch Platz. „Und wie sieht es mit den Zahlen für *Marcelli Wines* aus?“

Sie griff nach dem dicken Papierstapel neben ihrem Computer und reichte ihn Nic. Er warf einen Blick auf Maggies Einschätzung der Verkaufszahlen.

„Das ist das Beste, was ich dir geben kann, solange wir ihre Unterlagen nicht einsehen können“, erläuterte sie. „Ich habe unsere Großhändler gebeten, sich mal diskret umzuhören. Aber mehr war nicht drin.“

„Das ist doch schon mal super.“

Die Zahlen waren sogar noch besser, als Nic gehofft hatte. *Marcelli Wines* war ein sehr profitables Unternehmen. Und wenn er erst mal alles modernisiert und an den richtigen Stellen einige Kürzungen vorgenommen hatte, würde er ...

Er sah auf und bemerkte, dass Maggie ihn beobachtete.

„Was?"

Sie zuckte mit den Schultern.

„Du bist noch immer total dagegen, oder?"

„So würde ich das nicht sagen. Mir gefällt nicht, was du da tust. Aber das muss es auch nicht. In geschäftlichen Dingen irrst du dich selten. Ich frage mich nur, was es mit diesem Darlehen für Brenna auf sich hat. Was wirst du tun? Sie vernichten?"

„Das klingt jetzt ziemlich melodramatisch, findest du nicht?"

Maggie schüttelte den Kopf. „Komm schon, Nic. Du hast Brenna eine Million Dollar geliehen, damit sie ihr eigenes Unternehmen starten kann. Wahrscheinlich denkt sie gerade, dass ihr größter Traum wahr geworden ist. Aber gleichzeitig kannst du das Geld jederzeit zurückverlangen und ihr komplett den Boden unter den Füßen wegziehen. Ich denke mal, dass Brenna mehr als nur ein bisschen traurig sein wird, wenn das passiert. Sie wird am Ende sein. Oder wie siehst du das?"

„Interessante Frage."

„Und hast du eine Antwort?"

„Noch nicht."

Die Rückrufklausel ließ verschiedene Optionen offen. Seit er Brenna bei der Arbeit beobachtet hatte, wusste er, dass *Four Sisters* ein Erfolg werden konnte. Also war eine Möglichkeit, sich zurückzulehnen, ein guter Junge zu sein und einfach auf das Geld zu warten. Oder er war eben kein guter Junge. Das musste man noch sehen. Sicher war nur, dass es nicht zu seinem Plan gehört hatte, Brenna zu verführen. Doch seit diesem verdammten Kuss konnte er einfach an nichts anderes denken. Vielleicht war es Zeit für einen neuen Plan.

„Du siehst irgendwie gefährlich aus", sagte Maggie. „Ich möchte gar nicht wissen, was du gerade denkst."

Nic grinste. „Richtig."

Scharf sah Maggie ihn an. „Vielleicht sollte ich mich mal mit Brenna Marcelli verabreden. Um zu sehen, wie sie so ist. Wenn ich sie hasse, fühle ich mich bei der ganzen Sache zumindest nicht mehr so schuldig."

„Du machst hier nur deinen Job. Es gibt keinen Grund, sich schuldig zu fühlen."

„Das sagt sich so einfach."

Nic wusste, dass es sinnlos war, jetzt mit Maggie weiterzudiskutieren. Sie war eben eine gute Seele und sehr zart besaitet. „Tu, was du nicht lassen kannst."

„Und du verbietest mir gar nicht, Brenna irgendetwas über den Kauf von *Marcelli Wines* zu erzählen?"

Nic stand auf. „Natürlich nicht. Du arbeitest für mich. Bis jetzt warst du noch nie indiskret, denn das würde gegen die Regeln verstoßen. Und so was tust du nicht."

„Aber du tust es."

„Ich weiß. Deshalb gewinne ich auch."

„Bisher hast du gewonnen, ohne irgendwelche Spielchen zu spielen. Diesmal ist das anders. Sei vorsichtig, Nic."

„Natürlich", versprach er, während er zur Tür hinausging.

Sie wussten beide, dass er log. Trotzdem würde Maggie ihn nicht darauf ansprechen. Mit Brenna wäre das ganz anders gewesen. Sie hätte ihn sofort mit seiner Schwindelei konfrontiert. Aber Brenna war ja zum Glück auch nicht hier. Das verschaffte ihm eine kurze Verschnaufpause. Denn sobald sie von seinem Vorhaben erfuhr, würde sie seinen Kopf auf den nächsten Zaunpfahl nageln.

Kein schöner Gedanke. Also lieber erst gar nicht in diese Richtung weiterdenken. Alles war gut, solange Brenna nichts von seinem Plan wusste. Zumindest nicht, bevor er ihn in die Tat umsetzen konnte.

„Geschafft!", gratulierte Brenna sich irgendwann nach Mitternacht, als die letzten Trauben gerade von der Mühle in die Presse befördert wurden. Sie war hundemüde, aber glücklich. Ihre zweite Chardonnay-Ladung war pünktlich eingetroffen. Auch diesmal waren die Trauben einfach großartig gewesen – jede einzelne genau im richtigen Reifestadium, saftig und geschmackvoll. Und auch sonst lief es eigentlich gar nicht schlecht: Es war ihr gelungen, den letzten Streit mit ihrem Großvater hinter sich zu lassen. Der Trick war, einfach alle Gedanken an ihren neuen Bruder zu verdrängen. Selbst die Sache mit Nic lief besser. An diesem Tag hatte sie nur noch alle achtundvierzig Sekunden an ihn gedacht – eine deutliche Verbesserung. Wenn das so weiterging, würde sie vielleicht schon bald eine komplette Minute nicht an Nic denken müssen.

Dieser verflixte Kuss, schoss es Brenna erneut durch den Kopf. Warum hatte er sich auch so unglaublich sexy anfühlen müssen! Dabei war sie doch schon auf dem besten Weg gewesen, Nic nur noch als sentimentale Erinnerung zu betrachten: All ihre Gefühle für ihn waren bestimmt total übertrieben gewesen. So gut hatte er doch unmöglich sein können. Doch dann war dieser Kuss gekommen. Und leider war er noch viel besser gewesen als ihre Erinnerungen. Kaum hatten Nics Lippen sie berührt, war ihr Tacho von null auf „Nimm mich jetzt" gesprungen. Offenbar war sie in Liebesdingen so eine Art Ferrari. Jedenfalls was Nic betraf.

Aber ich bin schon fast drüber weg, erinnerte sie sich.

Und das musste sie auch sein. Denn Nic und sie, das war trotz allem Vergangenheit. Und dorthin wollte wahrscheinlich keiner von ihnen zurück. Ihr Leben spielte sich jetzt und hier ab.

Brenna ging zur Tür und atmete tief die kühle Luft ein. Die Zikaden zirpten, und irgendwo raschelte ein Tier im Gebüsch. Die Nacht war so klar, dass Brenna das Gefühl hatte, sie könnte sich einfach auf die Zehenspitzen stellen und einen Stern vom Himmel pflücken. Ob er ihr wohl einen Wunsch erfüllte, wenn sie ihn wieder in die Freiheit entließ? Und was würde sie sich wünschen?

Sie drehte sich um und ging zurück zu ihren Maschinen. Auf jeden Fall würde sie sich nicht wünschen, erfolgreich zu sein. Das war zu einfach. Liebe würde sie sich ebenfalls nicht wünschen. Natürlich war sie gerade allein, aber sie war nicht einsam. Frieden, dachte sie. Das war ein guter Wunsch. Oder zumindest Zufriedenheit.

Bevor sie sich entscheiden konnte, hörte sie ein schnelles Klicken, gefolgt von einem Japsen. Brenna blickte hinüber zur Tür und sah Max um die Ecke schlittern. Einen Moment lang blickte er sich verdutzt um, dann erblickte er sie und begann, begeistert zu bellen.

Oh. Wo Max war, konnte auch Nic nicht weit sein … Im nächsten Moment landete der Welpe mit einem Riesensatz vor ihr. Brenna lachte, beugte sich zu ihm hinunter und nahm ihn auf den Arm. Max wedelte wild mit dem Schwanz und leckte ihr das Kinn. Sein ganzer Hundekörper vibrierte vor Begeisterung.

„Hey, du Süßer“, sagte Brenna und drückte ihn an sich. „Wie geht’s dir?“

„Ganz gut.“

Sie musste schlucken. Dann hob sie den Kopf und beobachtete – während sie eine möglichst gleichgültige Miene aufsetzte –, wie Nic zu ihr herüberkam. Seit sie ihn das letzte Mal gesehen hatte, waren ein paar Tage vergangen. Und leider hatte sie ihn trotz aller guten Vorsätze vermisst. Wie immer trug Nic Jeans und ein T-Shirt, die seine langen Beine und die breiten Schultern äußerst vorteilhaft zur Geltung brachten. In Brenna begannen alle Alarmglocken zu schrillen. Doch gleichzeitig schrie ihr Verstand: ICH WILL MEHR!

Verflixt! Sie musste sich wirklich zusammenreißen.

„Eigentlich habe ich gar nicht mit dir gesprochen“, sagte sie. „Max und ich waren ganz ineinander vertieft.“

„Beneidenswert.“

Sie setzte Max auf den Boden. Während der Welpe losrannte, um all die vielen interessanten Gerüche zu untersuchen, bemühte sich Brenna, nicht auf Nics Mund zu schauen. Bildete sie es sich nur ein, oder flogen da wirklich gerade die Funken zwischen ihnen?

„Also. Wie läuft’s?“, fragte Nic und kam einen weiteren Schritt auf sie zu.

„Ganz gut.“ Sie konnte sich ein breites Lächeln nicht verkneifen. „Okay, es läuft großartig.“

„Bescheiden wie immer.“

Sie nickte.

„Das ist jetzt schon die vierte Nacht, in der du so lange arbeitest. Musst du nicht auch mal schlafen?"

Er wusste, wie viele Nächte sie hier verbracht hatte? Brenna ermahnte sich scharf, jetzt nicht durchzudrehen. Wahrscheinlich hatte Nic das einfach nur so dahergesagt. Und auch die Tatsache, dass er immer weiter auf sie zukam, bedeutete gar nichts. Gut, jetzt flog hier schon wieder so ein Funke durch die Gegend. Aber sie würde das einfach ignorieren. Wenn Nic so tun konnte, als ob nichts gewesen wäre, dann konnte sie das auch. Und zwar fünfmal besser.

„Danke der Nachfrage. In ein oder zwei Stunden bin ich hier fertig. Das sind die letzten Chardonnay-Trauben. Und dann habe ich erst mal Pause, bis der Pinot und der Cabernet so weit sind."

Max kam angetrottet und suchte ganz offensichtlich nach einer dunklen, kuscheligen Ecke. „Er ist ja auch ganz schön lange auf", bemerkte Brenna.

„Ich hatte noch Papierkram zu erledigen. Aber ich lasse ihn immer noch mal raus, bevor ich ins Bett gehe."

Ahh, das B-Wort. Es dauerte einige Sekunden, bis Brenna die erotischen Bilder loswurde, die sich in ihrem Kopf ausbreiteten. Nic und sie hatten sich fast immer an irgendwelchen versteckten Orten geliebt. Aber ein paarmal auch im Bett, und ihr Gedächtnis lieferte ihr sofort die entsprechende Slideshow.

„Du hast gedacht, dass ich einen lausigen Hundebesitzer abgebe", unterbrach Nic ihr erotisches Kopfkino. „Aber du hast dich geirrt."

„Das habe ich nie gedacht."

„Lügnerin."

Gegen ihren Willen musste sie lachen. „Okay, vielleicht war ich ein wenig besorgt, dass du mit der ganzen Verantwortung nicht umgehen kannst."

„Ist das der Punkt, an dem ich dich erinnern muss, dass ich ein ziemlich großes Unternehmen leite?"

„Ein Welpe ist aber keine Firma."

„Das stimmt. Die Firma hat noch nie meine Schuhe zerkaut."

Er lächelte sie an. Und plötzlich war Brennas Anspannung

wie weggeblasen. Selbst die Sache mit dem Kuss kam ihr auf einmal nicht mehr so schlimm vor. Warum nur fühlte es sich immer so richtig an, mit Nic zusammen zu sein?

Stopp! Diese Frage würde sie jetzt nicht beantworten.

Nic deutete mit dem Kopf in Richtung der Presse. Dort lief gerade der erste Saft in den großen Stahlbehälter. „Darf ich?"

Sie nickte. Er nahm sich einen Plastikbecher aus ihrer Tasche und ließ ihn volllaufen. Ein Laie hätte wahrscheinlich nur hoch konzentrierten Traubensaft geschmeckt. Aber Nic würde all die Feinheiten und Möglichkeiten erkennen können.

Brenna hielt den Atem an.

Er nahm einen Schluck, runzelte die Stirn und nahm noch einen Schluck. Dann blickte er auf und fluchte leise. „Was hast du gemacht?"

„Die Trauben sind von drei verschiedenen Weingütern. Aber ich habe nicht drei verschiedene Ladungen bestellt und dann den Saft zusammengeschüttet. Mir war es wichtig, dass die Aromen sich von Anfang an mischen. Also haben wir immer am gleichen Tag auf allen drei Feldern geerntet. Immer nur kleinere Mengen. Das war dann zwar etwas teurer und hat mehr Arbeit gemacht. Aber es hat sich gelohnt, finde ich."

Er nahm noch einen Schluck. „Wie hast du die Trauben ausgewählt?"

„Ich bin in der Gegend rumgefahren und habe mir angesehen, welche Felder wie viel Sonne bekommen. Und dann habe ich heimlich die Trauben probiert", gestand sie. „Weil ich nur so kleine Mengen bestellt habe, hat mich niemand als echte Konkurrenz angesehen. Also kam ich auch mit Leuten ins Geschäft, die mir sonst nichts verkauft hätten. Zum Beispiel deine Mitarbeiter."

Nics Augen wurden schmal. „Du hast hier Trauben von *Wild Sea*?"

„Nur ein paar deiner besten."

„Tja, verdammt."

Brenna versuchte, sich ihren Triumph nicht anmerken zu lassen. Aber es war ganz schön schwierig. „Du hast ziemlich gutes

Rohmaterial. Du musst es nur besser nutzen."

„Danke. Möchtest du einen Job?"

„Ich habe schon einen. Aber wenn sich die Dinge ändern, komme ich gerne auf dich zurück."

Natürlich war Brenna klar, dass Nic ihr nicht ernsthaft einen Job anbot. Trotzdem war es gut zu wissen, dass sie ihn beeindruckt hatte.

„Jetzt wirst du wieder total überheblich", beschwerte er sich. „Genau wie damals, als du mir einen Vortrag über die Qualität unserer Eichenfässer gehalten hast. Da warst du wie alt? Sechzehn?"

„Wahrscheinlich. Aber es stimmt ja auch: Billig ist keine Lösung, wenn du den Wein im Fass reifen lassen willst. Dann lieber gleich Stahlfässer."

Nic trank den letzten Schluck Saft aus und warf den Becher in den Mülleimer. „Dann wird es dich ja freuen, zu erfahren, dass ich auf dich gehört habe. Dank dir habe ich eine Menge Dinge hier auf *Wild Sea* verändert."

Ja, es war schön, so etwas zu hören. „Schade, dass mein Großvater das nicht auch so sieht."

Nic zog einen der Klappstühle für Brenna heran. Dann nahm er auf dem Stuhl gegenüber Platz.

„Macht Lorenzo immer noch Schwierigkeiten?"

„Schwierigkeiten? Das ist die Untertreibung des Jahrhunderts. Wir streiten uns wegen jeder Kleinigkeit. Erst beschwert er sich, dass die Etiketten zu altmodisch sind. Das habe ich ja schon lange gesagt. Nachdem er also endlich zur Vernunft kommt, lasse ich neue Etiketten designen. Aber die will er dann plötzlich nicht mehr. Und ich darf mir einen Vortrag darüber anhören, dass man Traditionen respektieren muss."

„Vielleicht wird er langsam vergesslich. Er ist ja auch nicht mehr der Jüngste."

„Großvater ist immer noch fit wie ein Turnschuh. Er will mich nur in den Wahnsinn treiben. Natürlich war er schon immer ein alter Brummbär, aber jetzt kann ich ihm gar nichts mehr recht machen. Vor allem seit mein toller Bruder aufgetaucht ist. Inzwischen kann ich mir zwanzigmal am Tag anhören, dass Joe ihn viel besser verstehen würde. Erst habe ich das nicht so ernst genommen. Aber langsam …“

Sie schluckte und sah zu Nic hinüber. „Ich bin mir fast sicher, dass Joe *Marcelli Wines* erben wird. Und ich hasse das.“

Nics Gesicht wirkte plötzlich hart. „Dann bleibt die Firma ja wenigstens in der Familie. Das ist doch besser, als wenn Lorenzo verkauft.“

„Nicht für mich. Mich würde das echt umbringen, wenn Großvater einem völlig Fremden *Marcelli Wines* gibt. Dann soll er lieber verkaufen. Das fände ich besser.“ Sie versuchte zu lächeln. „Du wahrscheinlich auch. Bei einem Verkauf würde ich wenigstens meinen Anteil bekommen. Und dann hast du dein Geld sofort zurück.“

„Darum mache ich mir keine Sorgen.“

Nicht schlecht, wenn man sich um eine Million Dollar keine Sorgen machen muss, dachte Brenna. Plötzlich kam ihr eine Idee. „*Du* könntest uns kaufen.“

Erstaunt runzelte Nic die Stirn. „Ist das eine Aufforderung?“

„Nein. Mein Großvater würde niemals Geschäfte mit dir machen.“ Sie schüttelte den Kopf. „Schon verrückt. Ich weiß, dass du *Marcelli Wines* nicht haben willst. Aber wer dann? Na ja, egal. Ich möchte da gar nicht weiter drüber nachdenken. Das ist alles so schrecklich kompliziert.“

„Gib nicht auf“, erwiderte Nic. „Das wird schon wieder. Eure Familie hält doch immer zusammen. Früher oder später wird dein Großvater bestimmt zur Besinnung kommen.“

Brenna merkte, wie sie sich versteifte. Plötzlich fühlte sie sich ziemlich unwohl. Die Familie war nicht gerade das beste Thema für eine Unterhaltung mit Nic.

Er hob abwehrend die Hände. „Ich meine das ganz positiv. Natürlich streitest du dich mit Lorenzo. Aber trotzdem bist du doch die Enkeltochter, die ihm am nächsten steht.“

Sie nickte. „Wahrscheinlich schon. Ich glaube, es hat ihn ganz schön getroffen, dass ich damals weggezogen bin.“ Kaum hatte sie die Worte ausgesprochen, wurde Brenna klar, dass das auch kein besonders klug gewähltes Thema war. Verdammt! Worüber konnten Nic und sie denn überhaupt noch reden? Irgendwie stellte jeder Satz eine neue Gefahr dar.

„War dein Großvater verärgert über die Scheidung?“

Brenna wusste nicht, was sie sagen sollte. Über ihre Ehe mit Jeff zu reden – selbst über das Ende – löste eine Menge widersprüchlicher Gefühle in ihr aus.

Nic zuckte mit den Schultern. „Du musst nicht antworten, wenn du nicht willst.“

„Es macht mir nichts aus.“ Tat es auch nicht. Na ja, fast nicht. „Großvater hat das ziemlich gut aufgenommen. Eigentlich meine ganze Familie. Solange wir verheiratet waren, haben sie alle so getan, als wäre Jeff der tollste Mann der Welt. Aber kaum ging das mit der Trennung los, haben sie ihn angeblich von Anfang an gehasst. Natürlich ist das Quatsch, sie wollten mir nur helfen. Aber das ist mir egal. Es hat auf jeden Fall gewirkt.“

„Ihr seid doch so eine typisch italienische Familie. Da wundert es mich eigentlich, dass niemand angeboten hat, Jeff in die ewigen Jagdgründe zu befördern.“

Brenna musste lachen. „Daran habe ich gar nicht gedacht. Aber du hast recht. Das wäre eigentlich das Mindeste gewesen.“

Die Nacht schien auf einmal sehr still zu sein. Brenna war nicht ganz klar, warum Nic hier bei ihr war und warum er mit ihr über die Scheidung sprechen wollte. Aber sie würde jetzt auf keinen Fall nachfragen und dadurch den Zauber brechen. Mit Nic hier zu sitzen fühlte sich einfach gut an. Das Blut rauschte durch ihre Adern, sie war müde und gleichzeitig hellwach. Ein Teil von ihr sehnte sich danach, diesen verflixten Kuss zu wiederholen. Aber der andere, klügere Teil war dankbar für so etwas Unkompliziertes wie eine normale Unterhaltung.

„Und was fühlst du jetzt für deinen Ex?“

Unruhig rutschte sie auf ihrem Stuhl herum. So viel also zu der unkomplizierten Unterhaltung! Nic wollte über Jeff sprechen. Was hatte das jetzt wieder zu bedeuten?

„Ich weiß nicht, wie ich die Frage beantworten soll“, gab sie zu.

„Bist du noch sauer auf ihn?“

„Nein. Eine Zeit lang war ich sehr wütend und verbittert. Aber irgendwann hat sich das gelegt. Obwohl es mich immer noch ärgert, dass ich mir die Finger wundgearbeitet habe, um Jeff das Medizinstudium zu ermöglichen. Ich habe seine Rechnungen bezahlt. Er wurde Arzt und hat mich dann verlassen. Wie in einem schlechten Film. Und das macht es noch viel peinlicher."

Nic starrte sie an. Irgendetwas blitzte in seinen dunklen Augen auf, aber Brenna hätte nicht sagen können, was er gerade dachte.

„Er ist nicht reich?"

Die Frage traf Brenna völlig unvorbereitet. Logisch betrachtet, hätte sie nicht überrascht sein dürfen. Aber sie war es trotzdem. Dachte Nic wirklich, Geld wäre der Grund gewesen? Hätte er sie nicht ein bisschen besser kennen müssen?

„Jeff hatte keinen Cent. Ich habe ihn nicht wegen seines Vermögens geheiratet."

Sie erwartete, dass Nic jetzt fragen würde, warum sie Jeff dann geheiratet hatte. Aber das tat er nicht.

„Gab es jemand anderen?"

„Für Jeff, ja. Genau genommen wird er heiraten, sobald die Tinte unter den Scheidungspapieren trocken ist."

„Kommst du damit klar?"

„Sagen wir mal so: Ich träume nicht mehr davon, dass er eine Krankheit bekommt, die sein wichtigstes Körperteil abfallen lässt. Was ich übrigens sehr großzügig und erwachsen von mir finde. Aber ich wünsche ihm auch nicht alles Gute. Meistens denke ich einfach gar nicht über ihn nach. Es war ein Fehler, ihn zu heiraten. Das kann ich nur leider nicht mehr rückgängig machen."

„Scheidungen können die Hölle sein."

Das war jetzt nicht die Reaktion, auf die sie gehofft hatte. Eigentlich hatte Brenna erwartet, dass Nic etwas über die Vergangenheit sagen würde. Und zwar über seine Gefühle. Für sie. Irgendwann mussten sie ja mal darüber sprechen, was passiert war. Andererseits war es vielleicht auch ganz gut, wenn das nicht gerade in dieser Nacht geschah. Schließlich gab es in ihrem Leben schon mehr als genug Probleme.

„Du hast nie geheiratet“, wich sie ihm aus.

Leicht amüsiert zog Nic die Augenbrauen hoch. „Stimmt. Habe ich nicht.“

Brenna wollte ihm erklären, dass ihre Frage nicht als Wink mit dem Zaunpfahl gemeint war. Schließlich hatte seine Entscheidung, Single zu bleiben, nichts mit ihr zu tun. Obwohl sie jetzt, da sie gerade beim Thema waren, schon ganz gern gewusst hätte, warum es keine Mrs Giovanni gab. Mangelnde Angebote waren dafür bestimmt nicht der Grund.

Aber sie war zu feige, um danach zu fragen. Und Nic wollte von sich aus wohl auch nichts weiter dazu sagen. Stattdessen saß er einfach ruhig da und wirkte entspannt und gleichzeitig ziemlich gefährlich. Was leider einer seiner besten Tricks war.

Brenna spürte, wie die Anspannung zurückkehrte. Sie kämpfte gegen das Verlangen, sich Nic einfach in die Arme zu werfen, und er … nun, an was er dachte, wusste sie nicht.

Ganz offensichtlich nicht an irgendwelche Küsse. Das wurde ihr klar, als er einen Blick auf die Uhr warf und ihr dann mitteilte, dass er gehen musste.

„Max braucht seinen Schönheitsschlaf“, erklärte er und stand auf.

Sie erhob sich ebenfalls und sah sich nach dem Welpen um. Max hatte sein gemütliches Plätzchen inzwischen gefunden – friedlich schlafend lag er auf Brennas Jacke. Nic ging hinüber und hob ihn hoch. Max schlief in aller Ruhe weiter und regte sich kaum.

„Viel Glück noch“, sagte Nic und deutete mit einer Kopfbewegung Richtung Presse. „Und vergiss nicht, dass du mir einige Kisten versprochen hast.“

„Soweit ich mich erinnere, war es nur eine Kiste. Aber vielleicht bin ich ja in großzügiger Stimmung. Mal sehen.“

„Gute Nacht.“

Sie beobachtete, wie er auf die Tür zuging.

Nic war einfach unwiderstehlich: sexy und gefährlich. Und der schlafende Welpe in seinen Armen trug ein Übriges dazu bei. Ein Eroberer und gleichzeitig ein netter Junge. Eine Menge Frauen hatten ihre Seele schon für wesentlich weniger verkauft.

Kluge Menschen lernen aus ihren Fehlern, dachte Brenna. Dass sie sich damals Hals über Kopf in Nic verliebt hatte, hatte nur zu einem riesigen Chaos geführt. Wenn ihr das jetzt noch einmal passierte, dann hatte sie ja gar nichts gelernt. Die alten Probleme zwischen ihnen existierten noch immer. Nur war inzwischen noch ein ganzer Haufen neuer hinzugekommen. Nein! Die beste Vorgehensweise war, Nic einfach als Geschäftspartner zu betrachten und nichts Persönliches, nichts Intimes mit ihm anzufangen. Und vor allem nichts Dummes.

Leider hatte sie, wenn es um Nic ging, noch nicht eine einzige Dummheit ausgelassen.

8. KAPITEL

Brenna war so müde, dass ihr alles wehtat. Aber das ist es wert, dachte sie, als sie die Hintertür öffnete und die Hazienda betrat.

Drei Tage zuvor waren ihr einige Chardonnay-Trauben angeboten worden – von dieser Premiumsorte, die man normalerweise nicht zu kaufen bekam. Und natürlich hatte sie nicht widerstehen können. Lieber hatte sie in Kauf genommen, drei Nächte lang durchzuarbeiten. Aber jetzt würde die *Four Sisters Winery* mit einem großen Knall starten. Mit einer Explosion!

Dummerweise waren auch die Pinot-Trauben in wenigen Tagen so weit. Und dann würde der ganze Stress von vorn beginnen. Wenn sie also endlich mal wieder schlafen wollte, dann war jetzt der Zeitpunkt gekommen. An diesem Tag war es ihr sogar gelungen, ihrem Großvater frühzeitig zu entwischen. Und jetzt lagen nur noch wenige Meter zwischen ihr und ihrem Bett.

Auf Zehenspitzen schlich Brenna durch die Küche und hielt dann abrupt inne. Was war das? Im Wohnzimmer tagte offensichtlich mal wieder der Familienrat. Brenna erkannte die Stimmen ihrer Großmütter, ihrer Mutter und ihrer Schwestern. Und dann war da noch eine andere, weniger bekannte Stimme. Wahrscheinlich gehörte sie Francescas zukünftiger Stieftochter.

Brenna zögerte. Die kleine Kelly war wirklich süß. Aber eigentlich wollte sie ja gerade schlafen gehen.

Das Stimmengewirr schwoll an. Irgendjemand lachte laut.

„Ach, zum Teufel!“, murmelte Brenna und machte sich auf den Weg zum Wohnzimmer. Sie liebte ihre Familie eben.

„Hallo“, rief sie, als sie das Wohnzimmer betrat.

Alle im Raum blickten auf und begrüßten sie laut, herzlich und wild durcheinander.

Jede der Marcelli-Frauen hatte eine Nadel in der Hand. Ganz offensichtlich war das große Brautkleid-Genähe in vollem Gang. Brenna dankte dem Schicksal, dass sie so spät gekommen war. Handarbeit war einfach nicht ihr Ding. Da taten ihr ja schon vom bloßen Hinsehen die Hände weh.

„Brenna! Wusste ich's doch, dass du gerne helfen willst", rief Katie und hielt ein Stück Spitze hoch.

„Das würde ich auch sehr gerne. Nur leider bin ich gerade furchtbar beschäftigt. Es gibt einen Haufen Extraarbeit."

Brenna legte die Betonung auf die letzten beiden Wörter, in der Hoffnung, dass Katie den Wink mit dem Zaunpfahl verstand. Ihre Schwester war kein Dummkopf. Aber scheinbar wollte sie gerade nicht verstehen. Denn statt Brenna in Ruhe zu lassen, klimperte sie mit den Wimpern und sagte zuckersüß: „Komm, setz dich zu uns. Wir freuen uns so."

„Ja, Brenna, komm zu uns", rief auch Kelly.

Vielen Dank auch! Am liebsten hätte Brenna ihre Schwester mit einem Tritt in die Wüste befördert. Aber Kelly zu widerstehen war quasi unmöglich. Also ging Brenna leise vor sich hin grummelnd in Richtung Couchtisch. Warum war sie auch so dumm gewesen? Sie könnte schon längst im Bett liegen! Seufzend griff sie nach einem Stück Spitze und einigen Perlen. Katie reichte ihr eine Nadel, und Kelly rutschte auf dem Sofa ein Stück zur Seite.

„Worum geht es gerade?", erkundigte sich Brenna und ließ sich neben Kelly nieder.

„Deine Mom und die Grannies wollen das Menü planen. Aber Kelly und Francesca sagen nicht, was sie wollen. Das macht alle total wild. Also mich nicht. Mir ist das egal. Aber ich glaube, Grandma Tessa bekommt gleich einen Anfall."

Brenna sah zu ihrer Großmutter hinüber, die gerade wild gestikulierend auf Francesca einredete. „Was für ein Problem gibt es denn mit dem Menü?"

Kelly grinste, und ihre großen grünen Augen funkelten. „Keine Ahnung. Ich meine, es ist ja einfach nur ein Essen, oder?"

Brenna zupfte an einer von Kellys Locken. „Schätzchen, du bist einfach so gar nicht *italienisch*."

Kelly kicherte.

„Und freust du dich schon, wenn die neue Schule in ein paar Wochen losgeht?"

Leicht entnervt verdrehte Kelly die Augen. „Überhaupt nicht. Das einzig Gute ist, dass mein Dad mir endlich erlaubt, ein paar neue Klamotten zu kaufen. Die Leute hier sind ja völlig anders angezogen als an meiner alten Schule. Erst wollte Dad das nicht kapieren. Aber dann hat Francesca mir geholfen. Sie hat ihm gesagt, dass es schlecht für mein Selbstbewusstsein ist, wenn ich wie ein totaler Freak aussehe."

Brenna lachte. „Sagt man noch Freak?"

„Na ja. Ihr tut das. Ihr seid ja … alt."

„Vielen Dank, meine Liebe."

Einen Moment lang schien Kelly verunsichert. „War nicht böse gemeint."

„Natürlich nicht."

„Im Ernst, Brenna. Ihr geht eben schon lange nicht mehr zur Schule. Deshalb wisst ihr auch nicht, was gerade angesagt ist."

„Das stimmt. Also musst du uns ab jetzt auf dem Laufenden halten."

Kelly nickte. „Mache ich. Francescas Kleid ist übrigens total schön. Hast du die Bilder schon gesehen?"

„Nein." Brenna streckte die Hand aus. „Her damit, Schwesterherz."

Francesca reichte ihr ein Bild, das sie aus einem Brautmagazin gerissen hatte. Brenna warf einen Blick darauf. Wow! Ihre Zwillingsschwester würde umwerfend aussehen.

„Ich wollte ihr ja mein Kleid geben", mischte sich Mia von der anderen Seite des Sofas ein. „Aber sie hat behauptet, es wäre in der Taille zu eng."

„Wahrscheinlich hätten wir den Saum noch etwas auslassen können", fügte Katie hinzu. „Aber das hätte den Schnitt kaputt gemacht."

Francesca schüttelte energisch den Kopf. „Saum hin oder her. Ich möchte nicht Mias Kleid tragen. Das bin einfach nicht ich."

Mia zog eine Schnute. „Willst du damit etwas über meinen Kleidergeschmack sagen? Überlege es dir gut. Ich bin achtzehn und gehe aufs College. Nach Kellys Regeln bin ich damit die Königin des guten Geschmacks."

„Auf jeden Fall bist du die Königin der Nervensägen", entgegnete Brenna milde.

Mia streckte ihr die Zunge raus.

„Oh, wie unglaublich erwachsen“, kommentierte Katie mit hochgezogenen Augenbrauen.

Francesca lächelte. „Mia, dein Kleid ist superschön. Aber an mir würde es einfach nicht so gut aussehen wie an dir.“

Aufgeregt sprang Kelly vom Sofa. „Ich habe dein Kleid noch nie gesehen, Mia. Hast du es eigentlich noch?“

„Klar.“

Mia war auf dem besten Wege, die Nadel zur Seite zu legen, als die strengen Blicke ihrer Schwestern sie stoppten.

„Versuch es gar nicht erst“, warnte Francesca.

Mit einem verschwörerischen Augenzwinkern flüsterte Mia Kelly zu: „Wir schleichen uns später hoch. Wenn die Gefängniswärter hier eingeschlafen sind.“

Kelly nickte glücklich.

„Zum letzten Mal: Was ist jetzt mit dem Hochzeitsmenü?“, ertönte plötzlich die Stimme von Grandma Tessa. „Wir müssen entscheiden, was wir essen wollen.“

„Wie wäre es mit Burgern?“, fragte Brenna.

Selbst ihre Mutter warf ihr daraufhin einen empörten Blick zu.

Brenna hob die Hände. „Tötet mich nicht. Es war ja nur ein Scherz. Wollt ihr jetzt ernsthaft noch mal das Menü ändern, nur weil es eine Doppelhochzeit wird?“

Ihre Mutter runzelte die Stirn. „Wir sprechen nicht über das Hochzeitsmenü, Schatz. Hier geht es um die Verlobung.“

Erstaunt sah Brenna ihre beiden Schwestern an. „Ihr wollt eine offizielle Verlobungsparty haben? Wann wurde das denn beschlossen?“

„Irgendwann letzte Woche“, antwortete Katie. „Du warst gerade mal wieder anderweitig beschäftigt.“

„Macht man das überhaupt noch? Sich verloben?“

„Wir machen das“, gab Grandma Tessa nachdrücklich zurück.

„Es war Katies Idee“, rief Francesca.

Katie seufzte. „Du bist so eine Lügnerin. Es war deine Idee.“

„Sie wollten es beide“, warf Granny M beschwichtigend ein. „Und egal, von wem die Idee stammt, sie ist auf jeden Fall gut.“

„Wirst du Grandpa Gabriel einladen?", erkundigte sich Kelly.

Granny M zuckte gleichgültig mit den Schultern. Aber um ihre Mundwinkel spielte ein verträumtes Lächeln. „Vielleicht."

Brenna konnte sich ein Grinsen nicht verkneifen. Ihre über siebzigjährige Großmutter hatte sich verliebt. Und zwar ausgerechnet in den Großvater von Francescas zukünftigem Mann. Die beiden Senioren schwebten auf Wolke sieben – ständig verabredeten sie sich zum Essen, und sogar von einer gemeinsamen Kreuzfahrt war die Rede. Grandma Tessa hatte zwar energisch darauf hingewiesen, was mit Leuten passierte, die ohne den Segen des Priesters ein Bett teilten. Aber Granny M schien das nicht weiter zu kümmern. Sie ging davon aus, dass der Herr für Menschen ihres Alters eine Sonderregelung hatte, was Sex betraf.

„Wir wollen keine formelle Feier", unterbrach Katie ihre Gedanken. „Einfach nur ein Buffet im Garten, ganz schlicht mit ein paar Lichterketten. Es sollen ja nur ein paar Freunde und die Familie kommen."

„Klingt gut", erwiderte Brenna.

Sie sah nach rechts und bemerkte, dass ihre Schwester sie beobachtete. Dann warf sie einen Blick nach links. Wie sie vermutet hatte, betrachtete auch Francesca sie besorgt. Offenbar waren die beiden mal wieder in ihre schrecklich nervige Die-arme-Brenna-hat-keine-Beziehung-Nummer verfallen.

„Mit geht es gut", sagte sie scharf.

„Natürlich geht es dir gut, Schätzchen", erwiderte Granny M arglos. „Warum sollte das auch anders sein?"

Hilflos schüttelte Brenna den Kopf. Wie, zum Teufel, sollte sie ihre Schwestern davon überzeugen, dass sie sich für sie freute? Einfach nur freute? Und was die Sache mit der Beziehung betraf … für solche Dinge hatte sie momentan sowieso keine Zeit. Jetzt musste erst mal ihr großer Traum Wirklichkeit werden. Und außerdem gab es da ja immer noch Nic. Solange er alle paar Tage mal vorbeischaute und ihr seelisches Gleichgewicht durcheinanderbrachte, reichte das völlig aus. Wer brauchte schon einen echten Mann, wenn die eigenen Fantasien zwanzigmal besser waren?

Nein! Gerade jetzt war es genau richtig, Single zu sein. Zumindest, na ja, wenn man mal von dem fehlenden Sex absah.

Drei Tage später parkte Brenna ihren Wagen auf dem üblichen Platz vor dem *Wild Sea*-Weingut. Ausnahmsweise schien sogar noch die Sonne. Aber auch das konnte sie nicht wirklich aufheitern. Denn dass sie an diesem Tag so früh nach ihren Trauben sehen konnte, hatte sie nur dem neusten Krach mit ihrem Großvater zu verdanken. Stein des Anstoßes war diesmal das Promotion-Weekend gewesen: Wie jedes Jahr sollten alle Großhändler eingeladen werden, um bei einem guten Essen die neusten Marcelli-Weine zu probieren. Die Planung des Wochenendes hatte Lorenzo ihr überlassen. Nur um dann prompt an jedem einzelnen Punkt endlos herumzumeckern. Brenna war kurz davor gewesen, den ganz großen Streit vom Zaun zu brechen. Doch dann hatte sie sich besonnen, war einfach gegangen und schließlich hier gelandet.

Sie stieg aus dem Wagen und ging hinüber zu „ihrer Scheune", wie sie das Gebäude inzwischen heimlich nannte.

Schon beim Eintreten schlug ihr der Geruch von neuem Wein entgegen. Sie atmete tief ein. Ahh! Wie schnell das doch ging. Gestern war dieser Duft noch anders gewesen. Und morgen würde er sich wieder verändert haben. Was ganz hervorragend war, denn nur gute Weine hatten so viele unterschiedliche Nuancen.

„Klopf, klopf. Brenna?"

Überrascht drehte sie sich um und entdeckte eine Frau, die gerade zur Tür hereinschlenderte. Die unbekannte Besucherin war groß, hatte ein Gesicht wie ein Model und lange, dunkelrot schimmernde Haare. Beneidenswert! Aber noch viel mehr hätte Brenna für diese unglaublich schlanke Figur gegeben. Wie unfair: Einige Frauen wurden so geboren. Und andere waren klein und dicklich.

Reiß dich zusammen, befahl Brenna sich streng. Okay, sie war vielleicht nicht die Allergrößte. Aber im Vergleich mit Zwergen wie Mia hatte sie immer noch eine normale Größe. Und wenn sie so eine Figur wollte, tja, dann musste sie eben öfter mal das Essen der Grannies stehen lassen.

„Kennen wir uns?", fragte sie die Frau.

Das rothaarige Supermodel lächelte und streckte die Hand aus. „Wir sind uns noch nicht vorgestellt worden, aber irgendwie kennen wir uns trotzdem. Ich bin Maggie Moore. Ich arbeite für Nic und leite die Finanzen bei *Wild Sea Vineyards.*"

Natürlich, dachte Brenna und musste gegen einen kurzen Anflug von Eifersucht ankämpfen. Das war ja mal wieder typisch, dass Nic eine Frau in einem traditionellen Männerberuf beschäftigte. Und nicht irgendeine Frau, nein, eine wunderschöne Frau.

„Wenn Sie Nic suchen, der ist leider gerade nicht da", sagte sie.

Maggies Lächeln wurde breiter. „Eigentlich habe ich Sie gesucht. Ich wollte schrecklich gerne mal die berühmte Brenna Marcelli kennenlernen."

„Ich bin berühmt?", fragte Brenna. „Warum hat mir dann niemand ein Memo geschickt, damit ich das auch mal erfahre?"

„Bei uns in der Firma sind Sie auf jeden Fall berühmt. Aber das kommt vielleicht auch daher, dass ich die Zahlen kenne."

„Mhh, ja. Zahlen und Finanzen, das passt."

„Ich weiß von dem Darlehen."

Jetzt war Brenna wirklich verwirrt. „Aber Nic hat mir das Geld doch privat geliehen. Das lief gar nicht über die Firma."

„Oh, ich weiß. Aber selbst ein Mann wie Nic hat nicht einfach mal so eben eine Million Dollar auf seinem Konto. Als er sich entschieden hat, den Deal zu machen, musste ich die ganze Sache austüfteln."

Das wurde ja immer merkwürdiger. Und warum war diese Frau so wild darauf, ihr all diese Dinge zu erzählen? „Gibt es ein Problem?", fragte Brenna.

„Überhaupt nicht." Maggies Lächeln war freundlich. „Wie gesagt, ich wollte Sie einfach nur mal kennenlernen."

Unwillkürlich fragte sich Brenna, was Nic dieser Frau wohl erzählt hatte. Schätzungsweise nichts über ihre gemeinsame Vergangenheit. Obwohl – vielleicht täuschte sie sich da ja. War Maggie vielleicht mehr als nur eine Angestellte?

„Quatsch!“, sagte sich Brenna im nächsten Moment energisch. Zum einen hätte sie Nic niemals so küssen können, wenn er mit jemand anderem zusammen war. Und zum anderen war diese Frau verheiratet. Zumindest sah das an ihrer linken Hand schwer nach einem Ehering aus.

„Wie lange arbeiten Sie denn schon für *Wild Sea*, Maggie?“, wollte Brenna wissen.

„Seit fast neun Jahren.“ Maggie grinste. „Irgendwie absurd, denn obwohl ich jeden Tag mit Wein zu tun habe, trinke ich nie welchen.“

Brenna lachte. „Weiß Nic das?“

„Ja, und es macht ihn fast wahnsinnig. Einmal hat er versucht, mir eine Schulung zu geben. Aber ich bin während seiner Erklärungen immer eingeschlafen.“ Sie deutete auf einen der Stahltanks. „Deshalb muss ich jetzt auch fragen, was Sie da eigentlich gerade machen.“

„Ich mache Chardonnay“, erwiderte Brenna. „Ein Teil der Trauben gärt in Eichenfässern. Und der andere Teil hier in diesen Stahltanks. In Metallbehältern kann man die Temperatur leichter kontrollieren. Aber in den Fässern entwickeln sich die einzelnen Geschmacks…“

Sie unterbrach sich und hob die Hände. „Sorry. Bei diesem Thema rede ich immer viel zu viel.“

„Kein Grund, sich zu entschuldigen. Ich finde es toll, wenn jemand sich für seine Arbeit begeistert.“

„Das hier ist einfach unglaublich wichtig für mich. Ich habe so lange auf die Chance gewartet, meinen eigenen Wein zu machen. Und jetzt ist es endlich so weit. Eine Million Dollar sind viel Geld, aber ich übernehme ja auch die volle Haftung, wenn etwas schiefgeht.“

„Könnte es denn schiefgehen?“, hakte Maggie nach.

„Klar. Weinherstellung hat viel mit Technik und Erfahrung zu tun. Aber es ist auch eine Kunst. Manchmal muss man auch mutig sein und herumexperimentieren.“

„Tun das nicht alle?“, erkundigte sich Maggie.

„Die meisten schon. Aber je größer der Betrieb, desto schwieriger wird es, bei jedem Schritt dabei zu sein. Ich kann das. Und deshalb wird mein Wein etwas ganz Besonderes."

Brenna hielt inne und seufzte. „Jetzt habe ich es schon wieder getan! Ich verspreche: kein weiteres Wort mehr über Wein!"

Maggie schüttelte den Kopf. „Begeisterung ist doch toll. Ich selbst könnte zum Beispiel endlos über meine Tochter reden." Sie lachte. „Das klingt jetzt irgendwie gemein. Natürlich liebe ich meinen Mann wie verrückt. Er ist einfach wundervoll, aber ein Kind ist noch mal etwas ganz anderes."

„Bestimmt", erwiderte Brenna.

Maggie blickte auf die Uhr. „Und wenn ich schon mal beim Thema bin: Ich muss nach Hause, zu Annie. Wir machen heute einen Mädelsabend, weil ihr Daddy lange arbeiten muss." Sie streckte die Hand aus. „Freut mich, dass wir uns kennengelernt haben, Brenna."

„Ja, freut mich auch", sagte Brenna und gab ihr die Hand.

Dann sah sie Maggie hinterher, die grazil zum Ausgang schritt. Irgendwie fühlte sich Brenna, als hätte sie gerade ein Bus überfahren. Was, zum Teufel, sollte das denn? Man hätte fast den Eindruck gewinnen können, dass Nics Finanzchefin sie ausspionieren wollte. Aber wieso? Das Darlehen hatte Nic ihr, Brenna, ja schon gegeben. Selbst wenn sie gewollt hätte, hätte Maggie das nicht mehr verhindern können.

„Merkwürdig. Sehr merkwürdig", murmelte Brenna kopfschüttelnd.

War es falsch, sich in eine Traube zu verlieben? Brenna hoffte, dass es nicht so war. Denn sie glaubte, dass ihr Pinot einzigartig war.

Sie stand neben dem Schotterweg und blickte auf ihre perfekten, unglaublich wundervollen zwei Hektar Land. Im Westen erstreckte sich, so weit das Auge reichte, der Pazifische Ozean. Im Osten waren die Ausläufer der Berge zu sehen. Und dazwischen – dazwischen lag das Paradies.

Sie wusste, dass manche Menschen es für Verschwendung halten würden, hier Wein anzubauen. Und natürlich, auf diesem Land hätte man eine Reihe von Luxusvillen errichten können. Aber das wäre nicht nur kurzsichtig gewesen, sondern auch seelenlos.

Brenna bückte sich zu einem der Weinstöcke hinab und bewunderte die wohlgeformten Früchte.

Besser konnte es kaum noch werden! Jede einzelne Traube war perfekt gerundet und schimmerte seidig im Sonnenlicht. Schon jetzt konnte Brenna den Geschmack auf der Zunge spüren. Und als sie eines ihrer kleinen Schätzchen abpflückte und hineinbiss, musste sie doch tatsächlich leise aufstöhnen. Wie peinlich! Aber zum Glück war hier draußen ja niemand außer ihr.

Im selben Moment hörte sie in der Ferne ein Brummen. War das etwa ein Motorrad? Sofort begann ihr Herz schneller zu schlagen, und ihre wurde ganz warm. „Brenna Marcelli, du bleibst jetzt ganz ruhig", murmelte sie. Immerhin gab es einen Haufen Leute, die Motorrad fuhren, ganz besonders hier, auf diesen gewundenen Küstenstraßen. Das musste ja nicht unbedingt Nic sein. Und sowieso: Sie steckten gerade mitten in der Ernte. Der Mann hatte Besseres zu tun, als ausgerechnet hier in seiner Sexgott-Lederkluft vorbeigeritten zu kommen.

Dummerweise schien ihr Herz nicht auf sie zu hören. Nicht mal in diesem schrecklichen Aerobic-Kurs hatte es so schnell geschlagen. Vielleicht war Nic ja so eine Art Workout: Einmal an ihn gedacht, und schon war man ein halbes Pfund leichter. Der Plan war eigentlich gar nicht schlecht. Nur sah die Realität leider anders aus: von Gewichtsverlust keine Spur. Stattdessen bekam sie einfach nur feuchte … Hände, wenn sie an ihn dachte.

Brenna befahl sich, den Blick von der Straße zu lösen und weiter ihre Trauben zu bewundern. Aus diesem Grund war sie schließlich hier. Aber irgendetwas hinderte sie daran, sich umzudrehen, bis sie diese Person gesehen hatte, die auf gar keinen Fall Nic war. Vielleicht konnte sie ja mal kurz winken?

Das Motorrad bog um die Ecke, und jetzt konnte sie den Fahrer erkennen. Zwar verdeckte der Helm das Gesicht – aber den restlichen Körper, den kannte sie nur zu gut. Okay, es war also

Nic. Das hieß aber noch lange nicht, dass er auch hier anhielt. Oder doch?

Bevor Brenna sich entscheiden konnte, fuhr er neben ihren Wagen und stellte den Motor ab. Plötzlich waren die Möwen und das Geräusch der Wellen wieder zu hören. War das nicht wunderschön? Hier war das Paradies, hier konnte sie sich ganz eins mit der Natur fühlen. Doch stattdessen haftete ihr Blick irgendwie nur auf diesem dummen Helm. Nic nahm ihn ab, und die Sonne ließ seine Haare aufleuchten und betonte die gebräunten Oberarme. Warum nur musste dieser Mann auch ausgerechnet so aussehen wie ein Bad Boy aus den Fünfzigern? Weißes T-Shirt, schwarze Jeans, Bikerboots. Mist! Wo war ihr Pettycoat, wenn sie ihn gerade mal brauchte?

„Dachte ich's mir doch, dass du hier bist", sagte Nic, während er den Helm verstaute. „Wie ich gehört habe, hat das Grundbuchamt den Kaufvertrag genehmigt. Da bist du wahrscheinlich gleich losgefahren, um deinen neuen Besitz zu bewundern."

Er war nicht zufällig hier? Wow.

„Ja, ich wollte mal so ein, zwei Stunden mit meinen Trauben verbringen."

„Und wie sind sie?"

„Das wirst du gleich sehen. Und dann kannst du dir selbst einen Tritt in den Hintern geben, dass du dieses Land nicht gekauft hast."

Er zog die Augenbrauen hoch, ging wortlos hinüber zu den Rebstöcken und bückte sich, um sie genauer zu betrachten.

Die Sonne würde bald untergehen. Statt weiter auf Nic und sein spektakuläres Hinterteil zu starren, wandte Brenna den Blick lieber in Richtung Horizont. Die Wolken färbten sich blutrot, während die Sonne langsam im Meer versank und die Hitze des Tages abebbte.

„Nicht schlecht", riss Nics Stimme sie plötzlich aus ihren Träumen. „Die Trauben sind fast reif."

„Nicht schlecht? ‚Perfekt' wolltest du wohl sagen! Hast du die Farbe gesehen? Und bemerkt, wie saftig sie sind?"

„Da hast du wirklich Glück gehabt. Das Land hier hätten sie

bestimmt für ein paar Millionen an einen Bauunternehmer verkaufen können. Stattdessen hast du es für einen winzigen Betrag bekommen."

Nun ja, der Betrag war nicht direkt winzig gewesen. Brenna hatte einen ziemlich großen Teil ihres Darlehens für diese zwei Hektar aufwenden müssen. Aber trotzdem war das natürlich ein super Deal gewesen.

„Es ging ihnen um den Wein. Sie wollten nicht, dass hier auch noch überall protzige Villen stehen. Deshalb musste ich auch versprechen, in den nächsten zehn Jahren das Land für nichts anderes zu verwenden."

Er starrte sie an. „Das ist ja wohl ein Scherz. Das hast du versprochen?"

Sie nickte.

„Schriftlich?"

„Nein, aber das ist auch gar nicht nötig. Ich werde mein Wort halten. Sie haben verstanden, um was es mir geht."

„Das sind doch Idioten."

„Das sind Leute, die eine Mission haben."

„Oder in einer leben sollten. Ganz weit weg, irgendwo im Dschungel."

Brenna versuchte, ein Lächeln zu unterdrücken. Aber so ganz gelang ihr das nicht. „Du bist durch und durch Geschäftsmann, Nic. Pragmatisch, gefühllos und nur daran interessiert, was unter dem Strich rauskommt."

„Und du bist so ein empfindsames Weingenie."

„Danke schön."

„Das war ironisch gemeint."

„Nein, ich glaube lieber, dass du es ernst gemeint und mir ein Kompliment gemacht hast."

„Natürlich."

Nic beobachtete, wie der Wind mit Brennas Haaren spielte. Früher hatten sie ihr bis zur Taille gereicht, jetzt trug Brenna es schulterlang. Ihm gefiel beides. Obwohl, diese langen Haare waren schon verdammt erotisch gewesen! Besonders wenn die seidigen Strähnen über seinen Bauch glitten, während Brenna …

Zack! Im allerletzten Moment gelang es Nic, sich zusammenzureißen. Was er jetzt dringend brauchte, war eine Ablenkung. Mhh, das hier konnte vielleicht klappen. Brenna würde wahrscheinlich sofort in die Luft gehen.

„Leider sind deine Rebstöcke viel zu dicht gepflanzt", sagte er beiläufig. „Du musst ja alles von Hand ernten. Das ist natürlich nicht so geschickt."

Ganz wie erwartet, war Brenna sofort kampfbereit. Mit einem Schlag glich sie einer Löwenmutter – bereit, ihr Junges um jeden Preis zu verteidigen.

„Nur über meine Leiche kommt hier irgendeine Maschine auf dieses Land. Dir geht es um das Geld. Aber mich interessiert die Qualität."

Hoch aufgerichtet stand sie vor ihm, die Hände in die Hüften gestemmt und mit einem Blick, als hätte er gerade auf ihre Schuhe gespuckt. Sie war beleidigt, wütend und höllisch sexy.

Je länger sie ihn anfunkelte, desto mehr geriet sein Blut in Wallung. Kurz war er versucht, sie einfach an sich zu ziehen und zu küssen. Aber nach dem letzten Mal hatte er zwei Nächte lang nicht geschlafen. Sein Verlangen war enorm gewesen. Und leider auch an eine ganz bestimmte Person gebunden. Sinnlos, sich irgendwo anders Erleichterung verschaffen zu wollen. Aus irgendeinem Grund hatte er Brenna gewollt. Und nur sie.

„Das ist ja alles schön und gut. Aber wie willst du denn die Ernte rechtzeitig schaffen?", fragte er. „Oder hast du schon eine Crew?"

„Es gibt noch ein paar Leute, die mir einen Gefallen schulden. Außerdem arbeite ich ja selbst mit. Ich werde das schaffen."

Er zweifelte nicht daran. Wenn Brenna etwas wirklich wollte, dann zog sie es auch durch. Und das hier wollte sie. Kein Zweifel.

Inzwischen hatte sie sich wieder etwas abgeregt. Sie ließ die Hände sinken und neigte den Kopf zur Seite. „Rate mal, wen ich gestern getroffen habe."

Nic zuckte mit den Schultern. „Keine Ahnung."

„Deine Finanzchefin."

„Wo bist du denn über Maggie gestolpert?"

„Das war eher umgekehrt. Sie ist plötzlich bei mir aufgetaucht, weil sie mich gerne kennenlernen wollte."

Also hatte Maggie ihre Drohung doch wahr gemacht und sich Brenna persönlich angesehen. Ob das ihre Fragen beantwortet hatte? „Maggie war verwundert über die Höhe des Darlehens, das ich dir gegeben habe. Normalerweise bin ich nicht so weichherzig."

„So nennst du das also?"

„Irgendwelche Beschwerden?"

Sie überlegte kurz. „Kann ich das später beantworten?"

„Klar."

Nic blickte auf und sah die letzten Sonnenstrahlen im Meer versinken. Eigentlich sollte er jetzt zurückfahren. Er musste noch ein paar Unterlagen durchsehen und mit einem seiner Manager sprechen. Aber irgendetwas hielt ihn hier.

„Ich übersetze gerade wieder das Tagebuch meiner Urgroßmutter", erklärte er.

„Und wie läuft's?"

„Ganz okay. Ich muss immer noch sehr viel im Wörterbuch blättern. Trotzdem bin ich ein ganzes Stück weitergekommen." Er zögerte kurz. „Vielleicht irre ich mich. Aber soweit ich es verstanden habe, war Sophia in Antonio Marcelli verliebt."

Entgeistert starrte Brenna ihn an. „Was?"

Er nickte. „Ich war auch ziemlich überrascht. Aber es gibt einige Hinweise darauf im Tagebuch. Zum Beispiel schreibt sie, dass Antonio nach Amerika gefahren ist und sie ihn sehr vermisst. Er hat ihr wohl versprochen, dass er zurückkommt. Und sie hat versprochen, auf ihn zu warten."

„Hat sie das wirklich getan?"

„Ich denke schon."

Brenna runzelte die Stirn. „Aber wieso hat sie dann Salvatore geheiratet? Da muss doch irgendwas schiefgegangen sein."

„Er kam nicht rechtzeitig zurück. Außerdem war ihr Vater von Anfang an gegen eine Heirat mit Antonio, weil die Marcellis keine so angesehene Familie wie die Giovannis waren."

„Das hast du dir doch jetzt einfach ausgedacht."

„Würde ich dich belügen?"
„Wenn du mich damit ärgern kannst, auf jeden Fall."
Er grinste. „Okay, aber das hier ist die Wahrheit. Sophia hat gewartet und gewartet, aber Antonio kam nicht. Und als dann Salvatore auftauchte und von seinen Erfolgen berichtete, hat ihr Vater einer Ehe zugestimmt."
„Ohne Sophia zu fragen?"
Er nickte.
Brenna stieß einen verächtlichen Laut aus. „Das ist mal wieder typisch. Lass mich raten: Sie haben geheiratet. Und am nächsten Tag stand Antonio vor der Tür."
„So ungefähr. Sophia hat wohl versucht, die Hochzeit rauszuzögern. Aber ihre Eltern ließen ihr keine Chance. In der Nacht vor der Hochzeit hat sie dann geschworen, Antonio zu vergessen und Salvatore eine gute Ehefrau zu sein."
Ungläubig schüttelte Brenna den Kopf. „Ich fasse es nicht, dass ich von der ganzen Sache noch nie etwas gehört habe. Denkst du, das ist der Grund für die Familienfehde? Zwei Freunde, die sich um dieselbe Frau streiten?"
„Das kann nicht sein. Sophia und Salvatore haben in den späten Zwanzigern geheiratet. Einige Jahre später gingen Salvatore und Antonio gemeinsam nach Italien, um die Trauben vor dem Krieg zu retten. Der Streit kam erst danach. Ein paar Jahre lang sind die mitgebrachten Sprösslinge hervorragend gediehen, nur um dann ganz plötzlich allesamt einzugehen. Und dann hat es begonnen: Antonio hat Salvatore beschuldigt, den Wein absichtlich zerstört zu haben. Keine Ahnung, ob das stimmt. Aber wer würde schon fünfzehn Jahre lang auf seine Rache warten? Außerdem war Salvatore wohl auch nicht der allergeduldigste Typ. Wenn er einen Verdacht gehabt hätte, wäre er bestimmt viel früher eingeschritten."
„Klingt logisch. Aber trotzdem ist das alles ganz schön merkwürdig." Brenna sah ihn an. „Was wohl passiert wäre, wenn Sophia Antonio geheiratet hätte?"
„Wir wären jetzt beide nicht hier."
Brenna seufzte. „Familien sind ganz schön kompliziert. Mein

Großvater hat plötzlich was gegen mich. Deine Eltern sind einfach abgehauen und …" Sie presste die Lippen aufeinander. „Sorry. Ich weiß, dass du nicht gerne darüber sprichst."

Nic fluchte innerlich. Irgendwann, vor vielen Jahren, hatte er den großen Fehler begangen, Brenna von seinen Eltern zu erzählen. Und dass er sich über seine Gefühle völlig unklar war: Einerseits hatte er sich von Anfang an geweigert, seine Eltern zu vermissen. Andererseits fragte er sich immer noch, wie es wohl gewesen wäre, wenn sie dageblieben wären. Brenna hatte das verstanden. Sie hatte ihn einfach festgehalten, und irgendwie war in ihren Armen alles besser geworden. Er hatte ihr vertraut. Nicht die allerschlauste Entscheidung. Zumindest nicht, wenn man bedachte, was später passiert war.

Schweigen breitete sich zwischen ihnen aus. Nic sah auf die Uhr. Er war schon viel zu spät dran für sein Meeting. Er sollte dringend mal …

„Habe ich dir eigentlich schon erzählt, dass Francesca und Katie eine Doppelhochzeit feiern werden?"

Aha. Da wollte wohl jemand dringend das Thema wechseln.

„Die Hochzeit soll an Thanksgiving stattfinden", fuhr Brenna fort. „Das wird eine interessante Sache – mit Francesca als schwangerer Braut und so. Na ja, immerhin weiß man dann schon, dass das Brautpaar fruchtbar ist. Meine Familie ist natürlich total aufgeregt. Und jetzt planen sie zusätzlich noch eine Verlobungsfeier. Manchmal traue ich mich schon gar nicht mehr, das Haus zu betreten. Wenn man nicht gerade knietief in Spitze watet, muss man stundenlang über Menüs und Einladungskarten diskutieren. Meiner Meinung nach sollten die beiden einfach durchbrennen."

„Das halte ich für unwahrscheinlich."

„Ja, leider. Ich arbeite den ganzen Tag für meinen Großvater, und nachts mache ich auch noch Wein. Inzwischen bin ich so müde, dass ich diese verdammte Nähnadel kaum halten kann. Jedenfalls steche ich mir ständig in den Finger."

„Dafür kannst du die Party genießen."

„Wenn ich nicht einfach einschlafe."

Brenna bog den Rücken durch und steckte die Hände in die Gesäßtaschen ihrer Jeans. Plötzlich waren ihre Brüste unter dem dünnen T-Shirt-Stoff deutlich zu erkennen. Nicht schlecht! Aber das musste er jetzt einfach ignorieren.

„Es ist diese ganze Familienangelegenheit", sagte sie. „Manchmal ist mir das alles viel zu viel. Aber andererseits ist es ja ein Teil von mir. Irgendwie komme ich aus der Sache einfach nicht raus."

„Ich weiß."

Sie zuckte zusammen. „Sorry."

„Kein Problem. Ich kenne das ja schon."

Sie hob den Kopf, und ihre Augen wurden schmal. „Das ist nicht fair."

„Warum? Ist doch so."

Und es war auch schon immer so gewesen. Ihre Familie war das Wichtigste in Brennas Leben. Jede Wette, dass sich daran nichts geändert hatte. Aber um ganz sicher zu sein, konnte er ja einfach mal ein kleines Experiment durchführen. Mal sehen, wie Brenna sich verhielt, wenn er ihr ein bisschen auf den Zahn fühlte.

„Wen bringst du denn zu dieser Verlobungsparty mit?", fragte er.

„Ein Date?", Brenna lachte. „Da bräuchte ich ja erst mal ein Privatleben. Und das habe ich nicht, aber das macht mir auch gar nichts aus. Der Wein ist viel wichtiger als alle Männer dieser Welt."

„Herzlichen Dank."

„Du weißt genau, wie ich das meine."

Natürlich wusste er das. Aber darauf kam es jetzt nicht an. „Wenn du kein Date hast, mache ich dir einen Vorschlag: Geh doch mit mir hin."

9. KAPITEL

Mit Nic? Zu der Party? Brenna blinzelte verwirrt. Mit Nic? Aber ja doch. Klar. Sie hatte kein Date, und er war gerade frei. Das war die perfekte Lösung.

Nein, schalt sie sich. Das ist die völlig falsche Lösung.

Nic mitnehmen? Einen Giovanni? Den Urenkel des verhassten Salvatore? Fassungslos starrte sie ihn an. In ihrem Hirn herrschte gähnende Leere. Was sollte sie jetzt nur sagen? Das konnte doch nicht sein Ernst sein. Er musste doch wissen, dass das unmöglich war. Hatte er schon vergessen, dass …

Sie holte tief Luft. Natürlich hatte er es nicht vergessen. Und wahrscheinlich war genau das der Punkt. Damals hatte sie schreckliche Angst gehabt, was ihre Familie wohl von ihr denken würde, wenn sie von der Sache mit Nic erfuhr. Eine Marcelli, die einen Giovanni liebte – undenkbar! Nic hatte wieder und wieder darauf gedrängt, dass sie sich zu ihm bekannte. Und sie hatte das ja auch gewollt. Irgendwie. Aber ihre Angst war einfach zu groß gewesen. Die Furcht davor, was passieren würde.

Inzwischen waren zehn Jahre vergangen. Aber da war sie wieder, diese Angst. Brenna konnte spüren, wie sie ein beklommenes Gefühl in der Magengegend bekam.

Sie sah Nic an. Sein Lächeln war verschwunden. „Ganz ruhig. Das war nur ein Scherz."

War es das? Noch immer wusste sie nicht, was sie sagen sollte. „Es wird ja auch gar keine so richtige Party", stieß sie verwirrt hervor. „Nur die Familie und ein paar Freunde."

Na toll. Das machte die Sache natürlich gleich viel besser. Was hatte sie da gerade gesagt? Dass er weder ein Freund war noch zur Familie gehörte?

Langsam streckte sie die Hand nach ihm aus. „Nic, ich …"

„Ich weiß. Schon okay." Er sah auf die Uhr. „Wie auch immer: Ich muss jetzt leider gehen. Ich bin schon zu spät dran für mein Meeting." Mit dem Kopf deutete er in Richtung der Trauben. „Glückwunsch noch mal. Da hast du echt ein Schnäppchen gemacht."

Er ging zu seinem Motorrad und griff nach dem Helm. Und bevor auch nur ein einziger vernünftiger Gedanke in Brennas Hirn auftauchte, war Nic verschwunden.

„Na super", murmelte Brenna und trat nach einem Stein.

Was lief hier eigentlich gerade ab? Wollte Nic ernsthaft zu dieser Party mit ihr gehen? Sie trafen sich ja sonst auch nicht – und wenn, dann war es kein Date. Ihre Beziehung konnte man noch nicht mal richtig als Freundschaft bezeichnen. Sie waren Geschäftspartner. Und dann gab es da noch dieses verbotene Knistern zwischen ihnen. Aber sonst? Brenna seufzte. Okay, ihre Vergangenheit hätte jeden Soap-Schreiber neidisch gemacht. Aber das war ein anderes Thema.

Sie drehte sich zur Straße um und starrte auf die Kurve, hinter der Nic gerade verschwunden war. Was sollte sie jetzt tun? Am besten einfach alles vergessen. Aber das würde nicht klappen. Vor allem deshalb nicht, weil sie tatsächlich gern mit ihm zu dieser Party gehen würde.

War das verrückt? Ein gemeinsamer Besuch auf einer Familienfeier konnte ja wohl kaum alles herausreißen, was in der Vergangenheit schiefgegangen war. Oder eben auch nicht.

Ich habe nichts falsch gemacht, sagte sich Brenna energisch.

Sie ging zu ihrem Auto und öffnete die Tür. Vielleicht war das ja auch nur eine Art Spiel von Nic, diese ganze Sache mit der Party? Im ersten Augenblick hatte sie fast den Eindruck gehabt. Aber dann … dann hatte sich etwas verändert. Als ob es ihn wirklich verletzen würde, dass sie einfach nicht Ja sagen konnte.

Quatsch! rief sie sich zur Ordnung. Nic, verletzt? Von ihr? Auf keinen Fall!

Obwohl er am Schluss irgendwie so komisch ausgesehen hatte.

Sie glitt auf den Fahrersitz und schlug die Tür zu. Was sollte das alles bedeuten? Träumten sie jetzt beide von der Vergangenheit? Hoffentlich nicht, denn das würde die ganze Situation noch viel komplizierter machen.

Bis zu ihrem Wiedersehen war sich Brenna ganz sicher gewesen, über Nic hinweg zu sein. Was vor vielen Jahren passiert war, spielte keine Rolle mehr. Aber jetzt war ihr klar: Man schwamm nicht ungestraft in einem Haifischbecken. Besonders dann nicht, wenn der Haifisch Nic hieß. Manche Dinge änderten sich eben nie, egal, wie viel Zeit verging. Dazu waren diese lebensverändernden Momente viel zu wichtig. Und weiß Gott, Nic hatte ihr Leben in mehr als einer Hinsicht verändert.

Eigentlich war alles ganz einfach: Sie musste nur die Vergangenheit aus dem Kopf bekommen. Die gemeinsame Zeit mit Nic zu vergessen war …

… unmöglich. Selbst wenn es klug gewesen wäre, wollte sie es gar nicht. Die gemeinsamen Erinnerungen waren kostbar. Sie waren damals jung und sehr verliebt gewesen, und sie hatte ihr erstes Mal mit diesem Mann erlebt. Unwillkürlich musste sie daran denken, wie seine Hände gezittert hatten, als er sie ausgezogen hatte. Und an dieses Versprechen, das in seinen dunklen Augen gestanden hatte: dass er alles tun würde, um diesen Moment zu dem schönsten ihres Lebens zu machen.

Und das hatte er tatsächlich getan. Er war unglaublich sanft und vorsichtig gewesen. Noch immer sah Brenna seinen Gesichtsausdruck vor sich, als er in sie eingedrungen war. Nic war viel erfahrener als sie gewesen, aber vor lauter Aufregung war er sofort gekommen. Und dann hatte er ihr ins Ohr geflüstert, dass es niemals zuvor so unglaublich schön gewesen war.

Auch an seine erste Liebeserklärung erinnerte sie sich noch ganz genau. Es war eine warme Sommernacht gewesen, und sie hatten sich draußen auf einem der Weinfelder getroffen. Die Sterne tauchten ihre Körper in ein sanft funkelndes Licht, während sie sich auf einer alten Picknickdecke liebten. Danach zog Nic sie plötzlich auf die Füße. Sie waren beide noch immer nackt, und Brenna hatte eine Gänsehaut. Er streichelte ihr Gesicht, die Schultern, ihre Brüste und küsste ihr die Handflächen. Dann nahm er ihre Hand und legte sie auf seine Brust, genau auf sein Herz.

„Ich liebe dich, Brenna“, sagte er leise und sehr ernst. „Ich wollte dir das schon lange sagen, aber ich musste erst noch auf den perfekten Moment warten. Ich liebe dich, und ich werde dich immer lieben. Von ganzem Herzen, von ganzer Seele und mit jeder Zelle meines Körpers."

Sie war in Tränen ausgebrochen, und er hatte sie ganz fest gehalten. Irgendwann hatte sie sich so weit gefasst, dass sie ihm zuflüstern konnte, dass auch sie ihn liebte. Für immer. Mit siebzehn glaubte man noch an die Ewigkeit.

Brenna bog von dem Schotterweg ab und nahm die Straße zurück zur Hazienda. Sie musste kurz eine Träne wegblinzeln, als sie daran dachte, wie Nic zurück aufs College gegangen war. Natürlich hatte sie sich damals nichts anmerken lassen. Nach außen hin blieb sie völlig ruhig, auch wenn ihr Herz gerade brach. Nic liebte sie, aber er wollte nicht, dass sie sich zu früh an ihn band. Für ihn war klar, dass sie ihr letztes Jahr auf der Highschool genießen sollte. Mit allem, was dazugehörte.

Also konnte sie sich auch mit anderen Jungs treffen. Nur interessierte sie sich leider für keinen von ihnen. Wie denn auch? Ihr Herz gehörte ja Nic.

Das Jahr war vorbeigekrochen. Über Weihnachten hatten Nic und sie sich für ein paar Stunden gesehen. Und danach – nichts mehr. Er hatte ihr erklärt, dass er viel arbeiten musste. Aber so ganz konnte Brenna ihm das nicht glauben. Ihre größte Sorge war, dass er sie im nächsten Sommer schon längst vergessen haben würde. Zur Sicherheit übte sie sogar schon mal den perfekten Ist-mir-egal-Blick.

Doch dann war der Sommer gekommen. Und Nic und sie hatten sich zum verabredeten Zeitpunkt in den Weinfeldern getroffen. Ein Blick genügte, und alle Zweifel waren wie weggeblasen. Brenna hatte das Gefühl, als hätten sie sich tags zuvor zum letzten Mal gesehen. Mit einem erleichterten Aufschluchzen ließ sie sich in seine Arme fallen. Und was dann folgte, gehörte zu den besten Momenten ihres Lebens.

Ehrlich gesagt, hatte es ziemlich viele solcher Momente gegeben: Nächte und Tage, wilde Diskussionen, behagliches Schweigen, Lachen und sogar Tränen. Mit keinem anderen Mann war das jemals wieder so gewesen. Und schon gar nicht mit Jeff.

Brenna setzte den Blinker und bog auf die Auffahrt zur Hazienda ab. Als sie an den Ring dachte, den Nic ihr gegeben hatte, umklammerte sie das Lenkrad so fest, dass ihre Knöchel weiß hervortraten.

Heirat und Kinder. All das hätte sie mit ihm haben können. Plötzlich kam ihr Kelly in den Sinn, die bald Francescas Stieftochter sein würde. Brenna musste schlucken. Wenn sie Nics Antrag angenommen hätte, hätte sie inzwischen wahrscheinlich eigene Kinder. Eine eigene Familie. Aber Tatsache war: Sie hatte sich für Jeff entschieden.

Seufzend stellte sie den Wagen ab und stieg im Schneckentempo aus. Irgendwie fühlte sie sich gerade, als ob sie auf einen Berg geklettert und dann abgestürzt wäre. Das kam davon, wenn man zu lange über die Vergangenheit nachdachte! All diese Was-wäre-wenns führten doch zu nichts. Außer dass es ihr ziemlich schlecht ging.

Zehn Jahre zuvor hatte sie sich entschieden, vernünftig zu sein und auf Nummer sicher zu gehen. Und seitdem hatte sie dafür gebüßt. Sie war damals vor ihrem Herzenswunsch davongelaufen, weil sie zu große Angst vor den Folgen gehabt hatte. Aber einen solchen Fehler wollte sie niemals wieder begehen. Genau deshalb war ihr nun auch der Wein so wichtig. Ihr eigener Wein. Jetzt konnte sie sich beweisen, dass sie ihre Lektion gelernt hatte. Nie wieder würde sie sich von ihren Träumen abbringen lassen!

„Klingt gut. Aber dein Problem hast du damit noch nicht gelöst“, murmelte Brenna. Wollte Nic wirklich mit ihr zu dieser Party gehen? Und wenn ja – würde sie ihn einladen?

Maggie entfernte die Rinde von ihrem Sandwich und warf sie Max zu. Der Welpe fing sie mitten in der Luft und verspeiste sie mit einem Happs.

„Du ruinierst seine Figur“, warnte Nic.

„Ich weiß. Aber ich kann diesen großen braunen Augen einfach nicht widerstehen. Er ist einfach so süß.“

„Seine Tischmanieren könnten besser sein.“

Maggie schnitt Nic eine Grimasse. „Du bist viel zu streng.“

„Und was passiert, wenn Max neunzig Pfund wiegt und noch immer wie wild um den Tisch herumspringt?“

Sie lachte. „Dann essen wir wahrscheinlich drinnen. Und er muss draußen bleiben.“

Nic nahm einen Schluck von seinem Eistee. „Gut. Dann wissen wir jetzt auch, dass du auf keinen Fall mit zur Hundeschule kommen darfst. Sonst lernt Max ja gar nichts.“

„Stimmt wahrscheinlich. Ich wäre einfach nicht konsequent genug. Eigentlich ist es ein Wunder, dass meine Tochter so gute Manieren hat.“

„Dafür kannst du dich wahrscheinlich bei deinem Mann bedanken.“

Maggie riss ein weiteres Stück Rinde ab. Doch diesmal warf sie es nach Nic. „Du machst dich über mich lustig.“

„Nur ein bisschen.“

Seufzend griff Maggie nach ihrem Stift. „Okay. Also zurück an die Arbeit. Wir haben die Expansion besprochen, die Bestellung der Maschinen und den Fernost-Deal. Oh, und Jeremy hat noch ein paar Fragen zu der neuen Abfüllanlage. Ich habe ihm gesagt, dass er einen Termin mit dir vereinbaren soll.“

„Kein Problem.“

Während Maggie sich Notizen machte, ließ Nic seinen Blick über die Felder und die schnurgeraden Reihen mit Weinstöcken schweifen, die sich bis zum Horizont erstreckten.

Es war ein guter Tag. Maggie hatte die Idee gehabt, das Meeting nicht im Konferenzraum, sondern hier draußen, auf der Wiese, abzuhalten. Nic hatte einen Tisch im Schatten aufstellen lassen und ein leichtes Mittagessen beim Catering-Dienst bestellt.

Die Sonne schien, und der Himmel war strahlend blau. Am liebsten hätte er sich jetzt sein Motorrad geschnappt und wäre einfach losgefahren. Obwohl, es war vielleicht ganz gut, dass das nicht ging. Denn genau das hatte er am Vortag gemacht – und prompt war er an der völlig falschen Stelle gelandet.

Warum hatte er auch ausgerechnet die Straße nehmen müssen, die an Brennas Land vorbeiführte? Was für eine idiotische Idee!

Noch viel idiotischer war allerdings die Sache mit dieser Party. Es war doch nur ein Witz gewesen, dass er mit Brenna dort hinwollte. Zumindest am Anfang. Doch kaum hatten die Worte seinen Mund verlassen, war irgendetwas Merkwürdiges geschehen. Klar, er war nicht dumm. Natürlich konnte er erkennen, dass der Grund für Brennas plötzliche Nervosität alte Erinnerungen waren. Aber trotzdem: Da hatte noch irgendetwas anderes in der Luft gelegen.

„Erde an Nic", rief Maggie und wedelte mit der Hand vor seinem Gesicht herum. „Wo warst du denn gerade in Gedanken?"

„Zehn Jahre zurück, in der Vergangenheit."

Sie musterte ihn. „Damals hat dein Großvater dich rausgeschmissen, oder?"

Er nickte.

„Diese Geschichte hat mich schon immer total aufgeregt."

Nic grinste. „Maggie, du verrücktes Huhn. Du warst ja gar nicht da, als es passiert ist. Und du hast auch nichts mit der ganzen Angelegenheit zu tun. Warum sollte es dich also aufregen?"

„Deswegen eben. Als du damals aus Frankreich zurückgekommen bist, wusste ich sofort, dass etwas Schlimmes passiert ist. Du hast zwar nicht darüber gesprochen, aber es war ja nicht zu übersehen." Sie seufzte. „Wie konnte dein Großvater nur so etwas tun? Du warst seine *Familie*. Emilio hatte kein Recht, dich einfach wegzuschicken."

„Seiner Ansicht nach hatte er jedes Recht der Welt."

„Er war im Unrecht!"

„Vielleicht."

Sein Großvater hatte ihn vor die Wahl gestellt. Und Nic hatte sich entschieden. Dummerweise für Brenna Marcelli statt für *Wild Sea Vineyards*. Das konnte ihm der alte Mann einfach nicht verzeihen. Und er selbst war mindestens ebenso wütend über den Rausschmiss. Dass sein Großvater achtzehn Monate später in Frankreich aufgetaucht war und ihn angefleht hatte zurückzukommen, konnte daran nichts ändern.

Nic erinnerte sich noch genau an diese höllische Zeit. Am schlimmsten war das erste Jahr nach seiner Rückkehr gewesen.

Damals hatte nur ein einziger Mensch zu ihm gehalten. Und das war Maggie gewesen. „Du hast mir durch eine verdammt harte Zeit geholfen. Du warst immer gut zu mir und hast zu mir gehalten."

Schulterzuckend erwiderte sie: „Ich habe nichts getan, was ich nicht tun wollte."

„War ich gut zu dir?"

Sie lächelte liebevoll. „Mehr als du dir vorstellen kannst. Du hast mir das Gefühl gegeben, etwas Besonderes zu sein. Zum allerersten Mal in meinem Leben war ich kein schlaksiger Karottenkopf mit Sommersprossen mehr. Du hast mich schön gefunden. Und ich habe es fast geschafft, dir das zu glauben. Das werde ich dir nie vergessen. Du hast mir Selbstbewusstsein gegeben."

„Nur damit du losgehst und sofort einen anderen Mann heiratest."

Maggie lachte. „Komm schon, Nic. Du warst nicht gerade todtraurig, als ich Schluss gemacht habe. Gib's endlich zu!"

Er lächelte und schwieg. Natürlich hatte sie nicht ganz unrecht, aber das würde er ihr auf keinen Fall sagen. „Wenn ich so großartig war, warum hast du unsere Beziehung dann beendet?"

Sie zögerte.

„Ich will das wirklich wissen."

„Es ist mir etwas peinlich", entgegnete Maggie und lächelte schief. „Aber wenn du darauf bestehst, bitte schön: Ich habe Schluss gemacht, weil mir irgendwann klar wurde, dass du dich nie in mich verlieben wirst. Also habe ich versucht, so schnell wie möglich aus der ganzen Sache rauszukommen – bevor es richtig wehtut. Noch mehr Herzschmerz konnte ich in meinem Leben nicht gebrauchen."

Verlieben? Nicht in hundert Jahren wäre er darauf gekommen, dass Maggie solche Gefühle für ihn hegte. Mit einem komischen Gefühl im Magen sah Nic ihr in die großen grünen Augen. Hatte er Maggie damals wehgetan?

„Ich habe dich also zum Aufblühen gebracht. Und dann kam dein Mann vorbei und hat dich einfach gepflückt."

„Genau.“ Maggie grinste, und die Schatten um ihre Augen waren plötzlich verschwunden. „Außerdem wollte ich heiraten. Und du warst nicht bereit für eine ernsthafte Beziehung. Das bist du immer noch nicht.“ Mit dem Zeigefinger fuchtelte sie vor seiner Nase herum. „Irgendwann wirst du dir endlich mal ein Herz fassen müssen und ein Risiko eingehen. Oder willst du wirklich als einsamer alter Mann sterben?“

„Sind das meine einzigen beiden Optionen? Ich habe doch gerade erst deinen Rat befolgt und mir einen Hund gekauft. Reicht das nicht?“

„Nein. Jetzt kommt der zweite Schritt. Du musst ein paar Menschen in dein Leben lassen, Nic.“

Das klang vernünftig. Zumindest in der Theorie. Aber wozu? fragte sich Nic. Tatsache war, dass ihn bisher jeder Mensch in seinem Leben, der ihm wichtig war, verlassen hatte. Liebe, das war so eine Sache, die vielleicht bei anderen funktionierte. Bei ihm jedenfalls nicht.

„Es gibt doch genug Menschen in meinem Leben“, erwiderte er.

„Du hast Freunde, aber keine Liebesbeziehung. Wann war es dir zum letzten Mal wirklich ernst mit irgendjemandem? Und bevor du fragst: Nein, eine dreiwöchige Affäre zählt nicht.“

„Wie wäre es mit einer vierwöchigen?“

Streng sah sie ihn an. „Du weißt, was ich meine.“

Natürlich wusste er das. Er wollte nur die Frage nicht beantworten. Seiner Meinung nach gehörten diese ach so tollen Liebesbeziehungen zu den Dingen, die man unter allen Umständen vermeiden musste. Schon allein das Wort klang total lächerlich! Maggie war die einzige Frau, die er wirklich mochte. Und davor, ja, da hatte es irgendwann einmal Brenna gegeben. Und wozu hatte das geführt? Dass sie ihn verraten hatte.

„Kümmere du dich lieber um deine Zahlen“, sagte er und zeigte auf den Papierstapel, der vor Maggie lag. „Davon verstehst du wirklich ziemlich viel.“

„Du versuchst nur, mir auszuweichen.“

„Stimmt.“

„Schön, dann bleib doch einfach einsam. Mir ist das egal."

Das war eine Lüge, sie wussten es beide. Und Nic musste zugeben, dass ihn Maggies Sorge berührte. So verhielten sich echte Freunde.

„Ich bin dir dankbar für deine Ratschläge", lenkte er ein. „Aber mir geht's gut."

„Vielleicht." Sie betrachtete ihn nachdenklich. „Aber da wir gerade schon mal beim Thema Frauen sind …"

„Sind wir das?"

„Ich auf jeden Fall. Vorgestern habe ich übrigens Brenna Marcelli getroffen."

„Weiß ich. Wieso eigentlich?"

„Das habe ich dir doch schon erklärt: Ich wollte sie einfach mal kennenlernen und rausfinden, ob ich mich schuldig fühlen muss." Plötzlich sah Maggie ziemlich ernst aus. „Sie ist sehr nett, und sie arbeitet unglaublich hart, um ihr Geschäft aufzubauen. Das wirst du ihr doch nicht ernsthaft nehmen wollen, oder?"

Es gab allerhand Dinge, die Nic von Brenna wollte. Aber das ging Maggie nichts an. „Mach dir keine Sorgen um Brenna."

„Sicher nicht? Wirst du ihr wirklich die Zeit geben, die sie braucht?"

„Vielleicht. Ich weiß es noch nicht."

„Und wieso nicht? Warum hast du ihr dann überhaupt das Geld geliehen?"

Verdammt! Maggie war einfach viel zu schlau. Das war genau die Frage, die er gern vermieden hätte. „Auch das haben wir schon besprochen. Ich weiß einfach noch nicht, was ich tun werde."

„Was steckt eigentlich hinter der ganzen Sache? Geht es darum, dass sie Lorenzo Marcellis Enkelin ist? Oder gibt es da noch etwas anderes, das du mir verheimlichst?"

„Mein Leben ist ein offenes Buch."

„Genau. Nur ist dieses Buch leider mit unsichtbarer Tinte geschrieben." Sie sammelte ihre Papiere ein. „Bis vor Kurzem habe ich dich immer dafür bewundert, wie du Geschäfte machst. Du warst immer so gradlinig. Es gibt Geschäftsmänner, die stehen vor einem Spiegel und können sich selbst nicht in die Augen schauen. Du hast bisher nie dazugehört, Nic. Ich hoffe, dass das auch so bleibt."

Ruckartig schob Maggie ihren Stuhl zurück und stand auf. Dann drehte sie sich um und ging wortlos davon. Nic sah ihr hinterher. Das war doch mal wieder typisch! Maggie verstand einfach nicht, worum es hier ging. Sie sah die Dinge immer nur schwarz oder weiß. Aber so einfach war das im Leben eben nicht. Manchmal musste man einen hohen Preis bezahlen, um zu gewinnen. Und dazu war er gern bereit.

Außerdem hatte er noch nie einen Deal gemacht, der schiefgegangen war. Warum also sollte es diesmal anders sein?

Francesca schlüpfte in das grob zusammengeheftete Kleid und zog es sich über die Hüften. Brenna wartete, bis das Oberteil richtig saß. Dann steckte sie es vorsichtig mit ein paar Nadeln im Rücken zusammen.

„Und? Wie fühlt es sich an?", fragte sie ihre Zwillingsschwester. Granny M war gerade mit dem dünnen Baumwollkleid fertig geworden, das ihnen als Muster diente. Sobald das Probemodel richtig saß, würde es wieder aufgetrennt werden. Nach dieser Vorlage wurde dann das echte Kleid geschneidert. Bei einem Seidenstoff, der achtzig Dollar den Meter kostete, erlaubte man sich lieber keine Fehler.

„Gut. Obwohl es in der Taille ziemlich locker sitzt. Aber ich weiß ja nicht, wie groß mein Bauch sein wird, wenn ich die Kirche betrete. Vielleicht müssen wir den Saum sogar noch etwas mehr auslassen. Was meinst du, Brenna?"

Etwas ratlos zupfte Brenna an dem Stoff herum. „Tja. Ich werde mal die Grannies fragen. Die kennen sich da besser aus." Sie bückte sich, um zu sehen, wo der Saum sitzen sollte. „Sind das die Schuhe, die du tragen wirst?"

„Mhhm."

Brenna steckte einige Nadeln in den Stoff und richtete sich wieder auf. „Am Samstag ist ja die Party. Du bist bestimmt schon aufgeregt."

„Ich glaube, das wird echt witzig."

Tja. So konnte man das natürlich auch sehen. Ihr selbst war allerdings nicht ganz so spaßig zumute. Sie räusperte sich. „Ach ja. Da gibt es noch etwas, was ich dir sagen wollte. Ich habe mir überlegt, dass ich vielleicht, du weißt schon, jemanden mitbringen könnte."

Blitzschnell drehte Francesca sich zu ihr um. „Im Ernst? Du willst einen Mann mitbringen?"

„Ja. Das könnte man so sagen."

„Aber ich dachte, du triffst dich momentan mit niemandem."

„Tue ich auch nicht." Nic und sie trafen sich nicht. Das zwischen ihnen war etwas anderes. Es war … Brenna seufzte. Ja, was denn eigentlich? Das wusste sie leider selbst nicht. „Das Problem ist, dass ich euch keinen Ärger machen will. Es ist eure Party."

„Wieso denn Ärger? Alle werden sich total freuen, dass du ein Date hast. Die Grannies können es kaum erwarten, dass du wieder unter die Haube kommst. Sie werden diesen Mann lieben."

„Nicht wenn er Nic Giovanni heißt."

Francesca stand einen Moment lang ganz still da. Dann klappte sie ihren perfekt geschwungenen Mund wieder zu. „Nic? Du willst Nic mitbringen?"

Brenna nickte. Sie hatte drei Tage lang gegrübelt. Und dann war sie zu dem Schluss gekommen, dass Nic – so idiotisch das auch klang – tatsächlich verletzt gewesen war, dass sie ihn nicht eingeladen hatte. Natürlich konnte ihr das egal sein. Aber irgendwie fühlte sie sich trotzdem schlecht. Vielleicht war daran diese Chemie schuld, die zwischen Nic und ihr ganz offensichtlich stimmte. Oder die alten Schuldgefühle schlugen mal wieder zu. Oder aber sie wurde einfach gerade verrückt. Wie auch immer: Jedenfalls wollte sie Nic gern zu dieser Party mitbringen. Aber nur, wenn ihre Schwestern zustimmten.

„Also, wir haben uns vor einigen Tagen über die Party unterhalten. Einfach so, weißt du. Und dann hat Nic gesagt, dass er gerne mitkommen würde. Tja, und ich dachte, dass das vielleicht gar keine so schlechte Idee wäre." Sie warf ihrer Schwester einen vorsichtigen Blick zu. „Aber mir ist natürlich klar, dass das ziemlich merkwürdig wird. Und ich will euch auf keinen Fall die Party verderben."

Francesca grinste. „Ich finde, das ist eine super Idee."

„Oh bitte. Da werden garantiert die Fetzen fliegen."

„Umso besser. Dann können wir uns schon den Alleinunterhalter sparen."

„Sehr witzig. Dir ist hoffentlich klar, dass das alles ziemlich unschön werden könnte."

„Glaube ich nicht." Francesca wandte ihre Aufmerksamkeit wieder dem großen Ankleidespiegel zu. „Grandpa wird zwar rumgrummeln, aber sonst? Die anderen bleiben wahrscheinlich alle völlig gelassen. Du solltest das echt machen, Brenna. So eine romantische Nacht unter dem Sternenhimmel ist doch wunderbar. Da kann alles Mögliche passieren."

„Das befürchte ich auch", murmelte Brenna und seufzte. „Ich habe vorhin mit Katie gesprochen, und sie hat ungefähr dasselbe gesagt."

Francesca begegnete ihrem Blick im Spiegel. „Dann wirst du es also tun?"

„Ich werde ihn anrufen und fragen, ob er mitkommen will."

Francesca zupfte an ihrem Kleid und fragte beiläufig: „Und du bist ganz sicher, dass da nicht irgendwas zwischen euch läuft?"

„Da läuft überhaupt nichts", erwiderte Brenna, drehte sich hastig um und griff mit der einen Hand nach dem Nadelkissen. Die andere Hand konnte sie leider gerade nicht gebrauchen, weil sie die Finger überkreuzt hielt. Na ja, so eine richtige Lüge war es ja nicht. Irgendetwas lief zwar schon zwischen Nic und ihr, aber sie wusste ja selbst nicht so genau, was das eigentlich war.

„Das ist ein Haufen Geld", stellte Bill Freeman fest. „Sie scheinen sich Ihrer Sache ziemlich sicher zu sein."

„Lorenzo Marcelli ist ein altmodischer Geschäftsmann." Nic warf einen Blick auf den Ausdruck des Übernahmevertrags. „Eine Summe in dieser Größenordnung wird ihn garantiert beeindrucken. Mir ist wichtig, dass die Sache möglichst sauber abläuft."

Bill grinste. „Noch etwas sauberer, und ich verkaufe meinen

Laden an Sie.“

„Tja. Nur besitzen Sie leider nicht *Marcelli Wines*, Bill.“

„Langsam wünsche ich, es wäre so.“

Roger White schlug die zweite Seite des Vertrags auf. „Sie garantieren hier, dass alle Angestellten für mindestens zwei Jahre ihre Jobs behalten. Soweit ich weiß, führt Lorenzos Enkeltochter momentan die Geschäfte. Gilt das auch für sie?“

Nic konnte Rogers Besorgnis gut verstehen. Ein wütendes Familienmitglied, das gerade sein Erbe verloren hatte, konnte die Situation verkomplizieren. „Der Paragraf gilt für alle Mitarbeiter.“ Er hob die Hand, bevor Roger ihn unterbrechen konnte. „Wenn Brenna Marcelli herausfindet, wer der Käufer ist, wird sie ohnehin sofort kündigen.“

„Sind Sie sich da sicher?“

Nic dachte an Brennas Temperament und ihren unglaublichen Stolz. Er hatte mit ihr über einen Kauf des Weinguts gesprochen. In diesem Gespräch hatte sie ihm ihr Herz ausgeschüttet, und er hatte geschwiegen. Natürlich würde es Brenna hart treffen, ihr Erbe zu verlieren. Aber wenn sie erst mal begriff, dass er sie zum Narren gehalten hatte, würde ihre Wut alles andere verdrängen.

„Ich bin ganz sicher. Sie wird kündigen.“

Wahrscheinlich würde sie darüber hinaus auch versuchen, ihn zu skalpieren. Mindestens. Nicht, dass er ihr das vorwerfen konnte. Wenn ihm jemand so etwas antäte, würde er auch Blut sehen wollen. Aber glücklicherweise würde Brenna ihre Rachegelüste nicht voll ausleben können. Denn da gab es ja noch die paar Dollar, die sie ihm schuldete. Eine Million, die er sich jederzeit zurückholen konnte. Egal, was passierte – diesen Kampf würde die liebe Brenna verlieren.

Sie diskutierten noch ein paar Punkte und vertagten dann das Meeting.

„Sie sind ein höllischer Gegner“, sagte Roger und schüttelte Nic die Hand. „Erinnern Sie mich daran, Sie niemals zu verärgern.“

Nic grinste. „Soll ich Ihnen eine E-Mail schicken?“

„Gerne.“

Nic ging voraus und öffnete die Tür des Konferenzraums. Bill folgte ihm, blieb dann aber auf der Türschwelle noch einmal stehen. „Sie werden sich mit dieser Aktion einen Haufen Feinde machen, Nic."

„Damit kann ich leben."

Der ältere Mann musterte ihn einen Moment lang scharf. Dann zuckte er mit den Schultern. „Wenn Sie sich da sicher sind."

„Das bin ich. Ich wollte *Marcelli Wines* schon seit Ewigkeiten."

„Und jetzt werden Sie Ihren Willen bekommen."

Nic sah den Männern hinterher und ging dann zurück zum Konferenztisch, um seine Kopie des Vertrags zu holen. Noch ein letzter Durchgang, und sie wären so weit. Bill und Roger würden das Angebot präsentieren. Und dann begann das eigentliche Spiel.

Lorenzo Marcelli war ein Dummkopf, wenn er diesen Deal ablehnte. Aber im Geschäftsleben konnte man nie ganz sicher sein, was passierte. Immerhin war *Marcelli Wines* ein alteingesessenes Familienunternehmen. Es ging hier um mehr als nur um Geld. Trotzdem war Nic ziemlich zuversichtlich.

Er ging hinüber zu einem der großen Fenster und sah auf den Hof hinaus. Auf der linken Seite war das Gebäude, in dem Brenna ihren Wein machte. Sie tauchte jeden Abend hier auf und arbeitete bis zum Morgengrauen. Und obwohl sie viele Jahre weg gewesen war, hatte sie noch immer etwas Magisches, Faszinierendes an sich. Nic zweifelte nicht daran, dass jeder ihrer Weine ausgezeichnet werden und innerhalb kürzester Zeit ausverkauft sein würde.

Falls er ihr die nötige Zeit gab.

Plötzlich durchzuckte ihn ein merkwürdiges Gefühl. Fühlte er sich etwa schuldig? Unmöglich! Er tat doch nichts Falsches. So war das Business eben.

Das Telefon auf dem Konferenztisch klingelte. Nic ging hinüber und griff nach dem Hörer.

„Ja?"

„Nic, da ist ein Anruf auf Leitung sieben. Eine gewisse Brenna Marcelli."

„Danke.“ Er zögerte einen winzigen Augenblick lang, bevor er auf den blinkenden Knopf drückte. Warum rief sie ihn gerade jetzt an?

„Lass mich raten“, sagte er statt einer Begrüßung. „Du hast dein Land für fünf Millionen Dollar an einen Vergnügungspark-Betreiber verkauft.“

Sie lachte. „Ganz falsch. Deine Assistentin meinte, dass du gerade aus einem Meeting kommst. Plant ihr jetzt etwa, Weinkühler zu produzieren?“

„Weingummis. Eine Mischung aus Chardonnay und tropischen Früchten.“

Brenna tat so, als müsste sie würgen. „Das ist ja widerlich. Nicht mal du würdest so etwas tun.“

„Aber sicher, wenn wir damit Gewinn machen.“

„Also bitte. Deine Vorfahren würden sich im Grab umdrehen. Aber eigentlich rufe ich auch gar nicht an, um mit dir über deine dubiosen Geschäftspraktiken zu sprechen.“

Verdammt. „Gut zu wissen. Worum geht es dann?“

„Interessante Frage.“ Sie räusperte sich. „Ich, also, ich habe dir ja von dieser Verlobungsparty erzählt. Für meine Schwestern. Und wenn du Samstag noch nichts vorhast, wollte ich fragen, ob du vielleicht mit mir hingehen willst. Nicht als ein Date oder so. Einfach nur als … ich weiß auch nicht. Als ein Freund. Oder so ähnlich.“

Nic setzte sich auf einen der Stühle und starrte das Telefon an. Konnte es sein, dass Brenna ihn gerade zu einer Familienfeier einlud? Zu einer Party? Unglaublich. Nie im Leben hätte er gedacht, dass sie ihre Meinung ändern würde.

„Nic?“

„Ich bin noch hier. Das kam nur gerade etwas überraschend.“

„Verstehe. Es ist nur …“ Sie seufzte. „Ich kann das nicht erklären. Sag mir einfach, ob du kommen willst oder nicht.“

„Klar.“ Warum auch nicht? Auf diese Weise würde er sich den Betrieb endlich mal aus der Nähe ansehen können. Brenna führte ihn bestimmt gern herum. Und sie beide würden einen Abend zusammen verbringen. Es gab Schlimmeres im Leben.

„Ich würde sehr gerne mit dir hingehen."

„Super."

Nic war nicht ganz sicher, ob sie eher erleichtert oder schockiert klang.

„Um wie viel Uhr?"

„So gegen halb sieben. Aber ich hole dich ab. Es könnte gefährlich werden, wenn du dich ganz alleine auf Marcelli-Terrain wagst."

Er lachte. „Ich nehme an, ich werde sofort erschossen?"

„Du würdest um einen schnellen Tod betteln. Also dann: Wir sehen uns am Samstag."

„Ich freue mich schon."

Komisch, dachte Nic, während er auflegte. *Das tue ich tatsächlich.*

10. KAPITEL

Eigentlich war Brenna gar nicht nervös. Na ja, vielleicht ein kleines bisschen, irgendwie zitterten ihr die Knie. Nicht ganz ideal, wenn man ein Auto fuhr. Aber zum Glück war es ein Automatik, und Brenna musste sich nicht auch noch Sorgen um die Gangschaltung machen.

„Was, zum Teufel, habe ich mir nur dabei gedacht?“, murmelte sie, während sie den Highway entlangfuhr. „Wahrscheinlich gar nichts. Oder besser gesagt: Ich habe mir was gedacht. Nur mit dem falschen Teil meines Gehirns.“

Im Grunde gab es keine Entschuldigung für das, was sie getan hatte. Schließlich war sie eine Frau und konnte sich daher dummerweise auch nicht auf diese „Schwanzgesteuert-Nummer“ rausreden. Nein, sie ganz allein war schuld an diesem idiotischen Plan. Und jetzt bekam sie die Quittung dafür: Der Abend würde ein komplettes Desaster werden.

Sie hatte Nic zu der Party eingeladen, weil sie sich schuldig fühlte. Und weil ihr Großvater sie einfach in den Wahnsinn trieb. Höchste Zeit, dem alten Mann mal zu zeigen, dass nicht jeder nach seiner Pfeife tanzte! Außerdem hatte sie einfach Lust, einen Abend in Nics Gesellschaft zu verbringen. War das so schlimm? Sie wusste es einfach nicht.

Und was war mit ihrer Familie? Brenna seufzte. Hätte sie ihre Eltern warnen sollen? Wahrscheinlich schon, aber jetzt war es zu spät. Ihre Schwestern wussten natürlich Bescheid. Alle drei hatten sie unterstützt. Am allerbegeistertsten war mal wieder Mia gewesen, obwohl Brenna die Bemerkungen über Nics heißen Körper so langsam wirklich zum Hals raushingen. Verdammt! Jetzt fing auch noch ihr Magen an, so komisch zu grummeln. Sie musste sich wirklich mal zusammenreißen. So ging es nicht weiter!

Immerhin sehe ich gar nicht so schlecht aus, dachte Brenna auf der verzweifelten Suche nach einem Lichtblick. In den vergangenen zwei Wochen hatte sie so viel zu tun gehabt, dass sie nicht mehr richtig zum Essen gekommen war. Und – Wunder über Wunder – sie hatte doch tatsächlich ein paar Pfund abgenommen. Zu ihrer eigenen Überraschung war das ärmellose schwarze Kleid vorhin problemlos über ihre Hüften geglitten. Ermutigt von diesem Erfolg, hatte Brenna sich ein Paar schwarze Schnürsandaletten mit schwindelerregend hohem Absatz aus der Sammlung ihrer Mutter geborgt. So richtig bequem waren die Dinger nicht. Aber eine Frau musste eben Prioritäten setzen! Auch ihre Haare sahen ausnahmsweise mal ziemlich gut aus. Mia hatte ihre gesamte Kollektion von Bürsten, Gel, Haarspray und Mousse angeschleppt, und am Ende war dabei wirklich so eine Art Frisur herausgekommen. Ein Hauch Make-up, ein Spritzer Parfum – und der Abend konnte beginnen.

Wenn da nur nicht dieses mulmige Gefühl gewesen wäre, das Brenna immer wieder aufs Neue beschlich.

Schließlich verließ sie den Highway und bog auf die Auffahrt zum *Wild Sea*-Weingut. Warum fühlte sich das hier wie ein Date an? War es denn ein Date? Irgendwie schon.

Schneller als gehofft fand Brenna sich plötzlich vor Nics Haus wieder. Jetzt gab es keine Ausrede mehr! Im Auto sitzen zu bleiben war einfach nur peinlich. Also zwang sie sich dazu, auszusteigen und zur Haustür zu gehen. Sie zitterte und atmete viel zu schnell. Was, zum Teufel, hatte sie sich nur bei der ganzen Sache gedacht?

Brenna klopfte einmal kurz und versuchte dann, sich irgendwie zu beruhigen: Ich bin eine erwachsene Frau. Ich kann damit umgehen. Ich …

Nic öffnete die Tür und lächelte sie an. Ein winziges Lächeln, und schon schien sich ihr Gehirn von „al dente“ in „total zerkocht“ zu verwandeln. Plötzlich konnte Brenna nicht mehr denken, nicht mehr sprechen und wahrscheinlich auch nicht mehr atmen. Aber wen kümmerte das schon? Dieser Mann sah einfach fantastisch aus.

Dunkle Hosen, schwarzes Hemd, frisch rasiertes Kinn und ein gefährliches Funkeln in den braunen Augen. Italienischer Sex-Appeal vom Allerfeinsten!

Während Brenna noch immer versuchte, ihre Synapsen erneut

zum Arbeiten zu überreden, beugte Nic sich vor und küsste sie auf die Wange. „Du siehst großartig aus."

Sie schluckte. Und lächelte. Irgendwie. „Danke. Du auch."

Er hielt ihr die Tür auf und trat zur Seite.

„Ich bin leider etwas zu früh dran", murmelte sie und verschränkte die Hände hinter dem Rücken. „Aber ich war schon fertig und wollte nicht noch länger warten. Außerdem musste ich so schnell wie möglich weg. Bei uns herrscht das totale Chaos: Meine Mutter arrangiert die Blumen um, die Grannies kochen wie wild, weil eine Cateringfirma eine Beleidigung für die Familienehre wäre, und Grandpa Lorenzo möchte jetzt doch einen anderen Wein servieren. Also habe ich mich so schnell wie möglich aus dem Staub gemacht." Sie holte tief Luft und sah sich im Wohnzimmer um. „Hier hat sich nichts verändert, oder?"

„Nicht wirklich."

Brenna sah sich weiter um. Natürlich hatte es nichts zu bedeuten, dass Nic und sie jetzt hier allein waren. Ja, da gab es diese Erinnerungen. Sie hatten sich damals endlich auch mal in einem richtigen Bett lieben wollen. Und dann waren sie hierhergekommen, und alle Lampen im Wohnzimmer hatten hell gebrannt, und sie … Aber das führte doch zu nichts. Und außerdem war es lange her.

Denk nicht daran, befahl sie sich. Die sichere Variante war, jetzt einfach die Möbel noch ein wenig länger anzustarren. Und möglichst gelassen dabei auszusehen. Wie eine erwachsene Frau, die mit einem Mann zu einer Party ging. Was war denn schon dabei?

Nic beobachtete, wie Brenna den Blick wild im Raum umherschweifen ließ. Sie wirkte schrecklich nervös. Und das war noch untertrieben. Wahrscheinlich bekam sie gleich einen Herzinfarkt.

„Du hast ihnen nicht gesagt, dass ich komme, oder?", fragte er.

Brenna zuckte zusammen. „Meine Schwestern wissen es. Sie freuen sich schon sehr darauf, dich zu treffen." Sie lächelte. „Weißt du, mit deinem Motorrad, dieser schwarzen Lederjacke, der rebellischen Jugend und deinem Ruf als superharter Geschäftsmann bist du so eine Art Legende hier in der Gegend."

„Wie schmeichelhaft."

Er führte sie zur Couch. Während Brenna sich setzte, ging er hinüber zu dem Tisch und schenkte zwei Gläser Cabernet ein.

„Wein?", krächzte Brenna, als sie ihr Glas entgegennahm. Sie sprang wieder auf. „Na ja. Ist ja auch nicht weiter schlimm."

„Wirst du jetzt den ganzen Abend so sein?"

„Wie denn? Etwas angespannt? Ist das ein Problem?"

Nic betrachtete ihre großen Augen und den vollen Mund. Dann ließ er seinen Blick etwas tiefer gleiten, zu dem simplen schwarzen Kleid, das ihre Kurven effektvoll betonte. Er war noch nicht mal bei ihren nackten Beinen angelangt, als das Verlangen ihn mit gewohnter Wucht erwischte.

„Überhaupt kein Problem." Er stieß mit seinem Glas gegen ihres. „Auf deine Schwestern."

„Und darauf, dass mir nicht übel wird. Besonders nicht, wenn irgendwelche Gäste in der Nähe sind."

„Denkst du, dass das wirklich passieren könnte?"

„Ich hoffe nicht."

Brenna hielt ihr Glas ins Licht und studierte die Farbe des Weins. Dann atmete sie tief ein, um das Bouquet zu testen. Nachdem sie den Wein ein paarmal im Glas hatte kreisen lassen, roch sie erneut an ihrem Glas.

„Brenna, nun trink das verdammte Zeug endlich!"

„Was?" Von ihrem Glas sah sie zu ihm hinüber. „Oh, sorry." Sie nahm einen Schluck. „Gut. Er ist wirklich sehr gut."

„Jetzt weiß ich, dass du echt nervös bist. Unter normalen Umständen würdest du nie so positiv über einen meiner Weine sprechen."

„Ich weiß. Sollte ich wahrscheinlich öfter mal. Manche von ihnen sind wirklich ganz nett."

Er stöhnte. „Ganz nett, was? Vielleicht würdest du gerne unsere Pressesprecherin werden?"

Sie stellte ihr Glas auf dem Couchtisch ab. „Es tut mir leid, Nic. Ich weiß ja, dass eigentlich alles okay ist. Und ich bin wirklich froh, dass wir heute Abend zusammen zu dieser Party gehen."

Nic lehnte sich zurück und wartete auf das „Aber", das sicher gleich folgen würde.

Brenna seufzte. „Aber ich bin trotzdem nervös. Ganz schön blöd, oder?"

„Verständlich irgendwie."

„Macht es dir etwas aus, wenn ich noch ein wenig herumlaufe?"

Er grinste. „Tu dir keinen Zwang an."

„Danke."

Sie zog die Schuhe aus und begann dann, barfuß im Wohnzimmer auf und ab zu tigern. „Ich bin erwachsen. Ich treffe meine eigenen Entscheidungen. Meinen Eltern wird das überhaupt nichts ausmachen. Wir werden eine wundervolle Zeit haben."

„Wen willst du eigentlich überzeugen?"

Sie blieb stehen und warf ihm einen leicht entnervten Blick zu. „Tja. Du scheinst dir keine Sorgen zu machen. Also halte ich diese Rede wohl für mich selbst."

Grinsend sah Nic ihr zu, wie sie auf dem Absatz kehrtmachte und ihre Wanderung quer durch das Wohnzimmer wieder aufnahm. Besonders gut gefiel ihm die Sache mit den Armen: Alle zwei Minuten verschränkte Brenna sie vor der Brust, nur um sie dann bemüht locker wieder hängen zu lassen. Irgendwann war sie des Wanderns offenbar müde und stellte sich vor das Fenster, um blicklos hinaus in die Dunkelheit zu starren.

Nachdenklich betrachtete Nic die stille Gestalt. Brennas Anspannung erstaunte ihn nicht. Nur seine eigene Reaktion darauf. Eigentlich hätte ihn ihre Angst erfreuen sollen. Dieser Abend war immerhin ein Teil seines großen Plans. Aber stattdessen fühlte er sich irgendwie schlecht. Fast tat es ihm leid, dass er sie in diese Situation gebracht hatte.

„Brenna, ich muss ja nicht unbedingt zu dieser Party gehen", sagte er, bevor er sich zurückhalten konnte.

Erstaunt drehte sie sich um und blickte ihn an. „Aber ja, das musst du. Ich habe mich dazu entschlossen, zusammen mit dir die Höhle des Löwen zu betreten. Mein Großvater muss endlich lernen, dass ich keine Angst vor ihm habe. Was mit meinen Eltern ist, weiß ich nicht so genau. Aber meine Schwestern freuen sich schon seit Tagen auf die große Show. Also machen wir das jetzt auch. Ich habe mir stundenlang irgendeinen Kram ins Haar geschmiert, nur damit ich einigermaßen nett aussehe. Und noch dazu trage ich Schuhe, die mich zum Krüppel machen. Glaubst du wirklich, ich habe all das getan, nur damit du in letzter Minute kneifst? Du wirst heute Abend mit mir zu dieser Party gehen, Nic Giovanni. Und wenn ich dich an den Ohren packen und hinzerren muss."

Er musste lachen. „Gut, gut. Eine so reizende Einladung würde ich nie im Leben ausschlagen."

Brenna verengte die Augen. „Du findest das alles ziemlich lustig, oder?"

„Ich denke auf jeden Fall, dass es nicht so schlimm wie Pest oder Krieg ist." Er stellte sein Weinglas ab. „Entspann dich, Brenna."

„Würde ich ja gerne. Aber es klappt einfach nicht." Sie streckte eine Hand aus und beobachtete, wie sie zitterte. „Vielleicht habe ich Schüttelfrost?"

Nic stand auf, ging zu ihr hinüber und griff nach ihrer zitternden Hand. Nachdem er die eiskalten Finger warm gerieben hatte, beugte er sich hinunter und küsste Brennas Handgelenk. An seinen Lippen konnte er ihren rasend schnellen Pulsschlag spüren.

„Vielleicht sollten wir dir etwas anderes zum Nachdenken geben", sagte er.

Ihre Augen wurden plötzlich riesengroß. „Nic, ich …"

Verdammt, was tat er hier? Das gehörte nicht zum Plan. Sein Ziel war doch eigentlich nur gewesen, zu dieser Party zu gehen und sich *Marcelli Wines* aus der Nähe anzusehen. Natürlich musste er dazu einen Abend mit Brenna verbringen. Aber das war nur eine Art Bonus. Zumindest hatte er das bisher gedacht. Doch jetzt stand sie vor ihm, und ihr Duft hüllte ihn ein. Und plötzlich schien es für ihn nichts Wichtigeres mehr zu geben, als dabei zuzusehen, wie ihre Brüste sich mit jedem Atemzug hoben und senkten. Brenna war schon immer eine sehr attraktive Frau gewesen. Aber an diesem Abend war sie mehr als das: Sie war wunderschön. Weich, verletzlich, ganz Frau. Und einfach höllisch sexy.

Er konnte Brenna hassen, er konnte sie ignorieren, er konnte versuchen, sie zu vergessen. Nur sein Verlangen nach ihr, das konnte er offenbar nicht in den Griff bekommen. Ihre bloße Nähe reichte aus, um ihn hart werden zu lassen. Während sich das Blut in seiner Körpermitte sammelte, trat er unwillkürlich einen Schritt näher an sie heran. Sie wich ihm nicht aus, nicht einmal, als er den Kopf senkte und sie küsste.

Nics Lippen schmeckten nach Wein. Und nach Versuchung. Das ideale Aroma, dachte Brenna. Und leider eine Mischung, der sie unmöglich widerstehen konnte.

Als der Druck seiner Lippen stärker wurde, entzog sie ihm die Hand und legte ihm den Arm um den Nacken. Okay, das war vielleicht nicht die allerklügste Idee. Aber sich an Nic zu lehnen, ihn zu küssen, ihn zu *wollen*, das fühlte sich einfach unglaublich gut an.

Sie öffnete die Lippen, und sofort ergriff Nic Besitz von ihrem Mund. In der Sekunde, in der sie seine Zunge spürte, setzte ihr Verstand komplett aus. Die Hitze, die sich zwischen ihnen ausbreitete, schien sie zu verbrennen. Nic hatte schon immer die Fähigkeit besessen, dieses Feuer in ihr zu entzünden. Und dieser Abend bildete da keine Ausnahme.

Sie schmiegte sich noch enger an ihn, um ihm so nahe wie möglich zu sein. Gleichzeitig wollte sie ihn erforschen, sich an all diese unglaublichen Dinge erinnern, die nur mit ihm möglich waren. Als Nic seinen Kuss vertiefte, ließ sie die Hände über seine Schultern hinab zu seinem Rücken gleiten. Sein Körper war breiter, als sie ihn in Erinnerung hatte. Stärker. Und trotzdem reagierten seine Muskeln noch immer auf die kleinste Berührung von ihr. Mit beiden Händen strich Brenna über Nics schmale Taille, seine Hüften, um dann seinen Hintern zu umfassen. Als sie den Druck verstärkte, drängte Nic sich ihr entgegen, und sie spürte, wie erregt er war.

Endlich! Er war hart, heiß und so unglaublich vertraut. Ihr Slip war schon ganz feucht, die Brüste waren geschwollen. Warum nur hatten Nic und sie noch immer so viel an?

Mit beiden Händen umfasste er ihr Gesicht und beendete den Kuss. Brenna wollte gerade protestieren, als sie seine Lippen plötzlich auf ihrer Wange spürte. Von dort glitten sie zu ihren Augenlidern, zu ihrem Kinn und dann – ja! – zu der empfindlichen Stelle hinter ihrem Ohr. Brenna erschauerte.

Quälend langsam ließ Nic die Lippen zu ihrem Hals gleiten, verweilte kurz bei der kleinen Vertiefung unterhalb ihrer Kehle, um dann endlich Kuss für Kuss ihr Dekolleté zu erforschen.

Als Brenna spürte, dass der Reißverschluss ihres Kleides geöffnet wurde, griff sie eilig nach Nics Hemdknöpfen. Es gelang ihr immerhin, drei zu öffnen, bevor sie die Arme sinken lassen musste, damit Nic ihr das Kleid über die Schultern ziehen konnte. Raschelnd fiel der Seidenstoff zu Boden. Und plötzlich trug Brenna nichts weiter als ihren Slip und den Spitzen-BH.

Nic wandte sich wieder ihrem Mund zu. Diesmal war sein Kuss härter, fordernder. Der erotische Tanz seiner Zunge ließ Brenna in Sekundenschnelle dahinschmelzen. Selbst wenn sie gewollt hätte, hätte sie sich jetzt nicht mehr über ihren spärlich bekleideten Zustand beklagen können. Dazu war sie viel zu sehr mit anderen Dingen beschäftigt. Aber – hey – sie wollte sich ja auch gar nicht beklagen. Nicht solange sie fühlte, wie Nic seine warmen Hände von ihrer Taille aufwärtsgleiten ließ. Nicht solange er ihre Brüste durch den Spitzenstoff des BHs hindurch streichelte und mit dem Daumen ihre aufgerichteten Brustwarzen reizte.

Verlangen durchflutete ihren Körper. Brenna hielt die Luft an, während sie auf die nächste Bewegung von Nics Fingern wartete. Und die nächste. Hatte es jemals etwas gegeben, das sich so gut anfühlte? Das Pochen zwischen ihren Beinen wurde stärker. Ungeduldig griff sie nach dem BH-Verschluss und mühte sich mit den Haken ab. Als es ihr endlich gelungen war, die verdammten Dinger zu öffnen, zog sie den BH hastig aus. Dann schnappte sie sich Nics Hände und legte sie dahin, wo sie hingehörten.

Warme Haut an warmer Haut. Es war ein unglaubliches Gefühl. Brenna zitterte am ganzen Körper und stöhnte laut auf. Nic hielt ihre Brüste mit den Händen umfasst und massierte sie zärtlich. Vorsichtig erforschte er die empfindliche Haut, um sich dann endlich wieder Brennas Brustwarzen zuzuwenden. Irgendwie schien dieser Mann genau zu wissen, wie sie angefasst werden wollte, wie schnell, wie hart, wie … alles.

Diesmal wusste Brenna, was kam, als Nic den Kuss unterbrach. Sie hielt dic Luft an. Und tatsächlich – er senkte den Kopf und presste den Mund auf einer ihrer Brüste.

Sie war umgeben von feuchter, seidiger Hitze. Er ließ seine Zunge ein paarmal kreisen, bevor er endlich, endlich begann, an ihrer Brustspitze zu saugen. Brenna umfasste Nics Kopf und zog ihn noch dichter zu sich heran. Fast hätte sie vergessen zu atmen, während sie sich ganz den wohligen Schauern hingab, die sie überliefen. Als sein Mund zu ihrer anderen Brustwarze hinüberwechselte, schloss Brenna laut stöhnend die Augen und spürte, wie Nic sein Hemd auszog.

Erst als er einen Schritt zurücktrat und sich aufrichtete, öffnete sie die Augen wieder. Was für ein Anblick! Vor ihr stand ein Mann, der bis zu den Hüften nackt war. Sein Haar war zerzaust, die Augenlider schwer vor Verlangen. Als er nach dem Gürtel griff, streifte Brenna sich den Slip ab. Nic knöpfte seine Hose auf. Dann nahm er ihre Hand und führte Brenna zu der Couch.

Es setzte sich und streifte sich geschickt Hosen und Boxershorts ab. Brenna sog scharf die Luft ein, als ihr Blick auf seine steil aufgerichtete Erektion fiel. Es hatte eine Zeit gegeben, da hatte sie Nics Körper so gut gekannt wie ihren eigenen. Sie hatte genau gewusst, was er mochte, wovon er träumte – und wie sie ihn in weniger als fünfzehn Sekunden dazu bringen konnte zu kommen. Und natürlich war es auch umgekehrt so gewesen.

Sie war gern auf ihm geritten, hatte es geliebt, wenn er ihre Brüste liebkoste, während er in ihr war. Und vor allem hatte sie es geliebt, wenn beim Sex all ihre animalischen Instinkte erwacht waren. Hatte Nic sich etwa daran erinnert? Oder waren seine Liebkosungen rein zufällig?

Er griff nach ihrer Hand und führte sie zu seinem Mund. Doch statt die Finger oder ihr Handgelenk zu küssen, biss er in das weiche Fleisch unterhalb ihres Daumens. Eine unscheinbar wirkende Geste. Aber genau solche Kleinigkeiten hatten Brenna schon immer völlig wild gemacht. Wellen der Lust überliefen sie. Verdammt! Er erinnerte sich an alles.

Ohne den Blick von ihr zu wenden, ließ er ihre Hand los und umfasste Brennas Taille. Willig folgte sie dem Druck seiner Hände und kniete sich auf die Couch. Über ihn. Träumte sie? Oder geschah das hier wirklich? Brenna sah Nic tief in die Augen. Und dann ließ sie sich langsam auf ihn hinabsinken.

Sie war feucht und mehr als bereit. Er war steinhart. Und ziemlich groß. Einen Moment fragte sich Brenna, ob sie ihn wirklich ganz in sich aufnehmen konnte. Doch die Frage beantwortete sich von selbst, als Nic langsam in sie eindrang. Verlangend drängte sie sich ihm entgegen und öffnete sich ihm ganz. Und bevor Nic auch nur begonnen hatte, sich zu bewegen, verspürte Brenna die ersten Wellen der Erlösung heranrollen. So viel also zum Thema Selbstbeherrschung! Der einzige Trost war, dass auch Nic mit sich zu kämpfen schien. Seine Pupillen waren riesengroß, die Kiefer fest aufeinandergepresst.

Während sie ihm weiter in die Augen sah, veränderte Brenna leicht ihre Position, sodass sie sich auf und ab bewegen konnte. Nic umfasste ihre Brüste und strich über die Nippel. Das hier war das Paradies!

Die Spannung in ihr breitete sich schneller und schneller aus. Brenna legte die Hände auf Nics Schultern, die ungefähr so hart waren wie der Rest von ihm. Ihr Körper hob und senkte sich, verfiel wie von selbst in diesen altvertrauten Rhythmus, der sich so unglaublich gut anfühlte. Jede ihrer Bewegungen parierte Nic augenblicklich, indem er immer heftiger zustieß. Als ihr Verlangen den Höhepunkt erreichte, versuchte Brenna, den Kopf abzuwenden. Aber irgendetwas hinderte sie daran. Nicht einmal, als die ersten Muskelkontraktionen die endgültige Erlösung ankündigten, konnte sie den Blick von Nic lösen.

Noch nicht! Nur einen Moment länger! Nur noch …

Die Intensität ihres Orgasmus ließ sie laut aufschreien. Sie bewegte sich schneller, ihr ganzer Körper verspannte sich. Mehr! Da war noch so viel mehr. Seine Hände auf ihren Hüften trieben sie weiter an. Schneller! Nics Körper bewegte sich im absoluten Einklang mit ihr, bewegte sich schneller und schneller. Bis irgendwann die letzten Wellen ihres Höhepunkts abgeebbt waren.

Erst in diesem Moment verstärkte Nic den Griff. Er stöhnte laut auf. Brenna sah, wie er erbebte und die Augen schloss. Und dann war er ganz still.

Sie holte tief Luft. Ein unglaubliches Glücksgefühl durchströmte ihren Körper. Starke Arme umschlossen sie, zogen sie noch dichter zu ihm heran. Seufzend ließ Brenna den Kopf auf Nics nackte Brust sinken. Seine Wärme und sein Duft umgaben sie. Zärtlich streichelte er ihr den Rücken, strich von ihren Schultern das Rückgrat entlang und wieder zurück. Brenna lächelte. Wenn das hier kein Wunder war. Wenn das nicht …

Oh … mein … Gott.

Sie richtete sich auf und starrte Nic an, der äußerst zufrieden wirkte. Als er ihren Blick bemerkte, verzog er amüsiert den Mund.

„Unerwartet. Aber sehr nett“, sagte er lächelnd.

Nett? Nett. Himmel noch mal! Was hatte sie sich nur dabei gedacht? Nic und sie hatten gerade Sex gehabt. Sex!

Brenna schloss die Augen und glitt hastig von seinem Schoß. Dann kauerte sie sich splitterfasernackt auf der Couch zusammen und bedeckte ihr Gesicht mit den Händen.

„Erschieß mich bitte“, murmelte sie. Verdammt! Wie hatten die Dinge nur so schnell außer Kontrolle geraten können?

Nic legte ihr die Hand auf die Hüfte. „Du musst das positiv sehen“, riet er ihr. „Zumindest denkst du jetzt nicht mehr daran, was deine Familie sagen wird, wenn du mit mir auf der Party aufkreuzt.“

Irgendwie hatte er ja recht. Na super. Unsicher, ob sie lieber weinen oder in hysterisches Gelächter ausbrechen sollte, schmiegte Brenna sich enger an die Couch. Vielleicht konnte sie ja darin verschwinden. Und zwar auf Nimmerwiedersehen.

Falls das nicht klappte, war Plan B, sich einfach nicht von der Stelle zu rühren. Nie wieder. Eigentlich kein schlechter Plan, dachte sie. Bis Nic sich plötzlich zu ihr hinabbeugte und ihr ins

Ohr flüsterte: „Es ist zehn vor sieben. Willst du dich anziehen und zur Party gehen? Oder sollen wir hierbleiben und es gleich noch mal machen?"

Aus irgendeinem idiotischen Grund hatte sie die Party gewählt. Brenna saß auf dem Beifahrersitz von Nics Jaguar und strich sich das Kleid glatt. Als ob das noch was ändern könnte!

Fünf Minuten in Nics luxuriösem Badezimmer hatten gereicht, um ihr Make-up aufzufrischen und sich die Haare zu glätten. Nicht einmal ihr Kleid war allzu sehr verknittert. Eigentlich hätte sie genauso aussehen sollen wie eine Stunde zuvor. Aber irgendetwas war anders. Vielleicht war es dieser zufriedene, leicht idiotische Ausdruck in ihren Augen. Oder ihre Lippen, die noch immer von Nics Küssen geschwollen waren. Oder es lag doch an ihrer Aura, die giftgrün vor Dummheit und Schuld schimmerte.

Schade, dass der Jaguar ein Armaturenbrett aus derart weichem Leder hatte. Nur zu gern hätte Brenna ihren Kopf fest dagegen gehauen. Und zwar so lange, bis der ganze Schwachsinn endlich aus ihrem Gehirn raus war. Sex mit Nic? Ging es noch impulsiver? Sie war doch kein naiver Teenager mehr, der an die ewige Liebe glaubte. Sie war eine erwachsene Frau mit einem Plan. Ein Plan, der auf gar keinen Fall beinhaltete, Sex mit dem wichtigsten Geschäftspartner zu haben.

Brenna holte tief Luft. Ommm. Sie war ganz ruhig. Sie war eins mit dem Universum, auch wenn sie einen feuchten Slip hatte und da noch immer dieses Ziehen in ihrem Unterleib war.

Ob man ihr wohl ansehen konnte, was gerade passiert war?

„Geht's dir gut?", erkundigte sich Nic.

„Ja."

„Wirklich?"

„Nein."

Sie sah zu ihm hinüber. Er wirkte ruhig und zufrieden. Typisch Mann!

„Möchtest du darüber reden?", fragte er.

Brenna schüttelte den Kopf. Was gab es da schon zu sagen? Dass sie es bereute, die Kontrolle verloren und dem Verlangen nachgegeben zu haben? Natürlich bereute sie das ... na ja, zumindest zum Teil.

Im selben Moment bog Nic auf die Auffahrt zur Hazienda ab, und Brennas Herz begann plötzlich, wie wild zu schlagen. Sex hin oder her. Sie hatte gerade den Feind mit nach Hause gebracht.

Nic stellte seinen Wagen neben einem silbernen BMW ab. Mehrere Dutzend Autos parkten gleich hinter dem Eingangstor. Die Bäume waren mit weißen Lampions dekoriert, die den Fußweg zur Hazienda wiesen.

Er war nur wenige Meilen entfernt von hier aufgewachsen. Und dennoch hätte seine Welt nicht unterschiedlicher sein können. Schon immer hatte er dieses Haus geliebt. Wie oft hatte er sich nach dem Abendessen rausgeschlichen und in diesen Büschen versteckt? Wie viele Nächte hatte er damit verbracht, durch die hell erleuchteten Fenster die Marcellis zu beobachten? Sie waren eine Familie, sie gehörten zusammen. Und für einen Jungen, der niemanden mehr hatte, hatte das das perfekte Leben symbolisiert.

Schluss jetzt mit den Erinnerungen! Er war nicht mehr dieser Junge. Er war ein erfolgreicher Geschäftsmann, dem all das hier wahrscheinlich schon bald gehören würde. Nicht das Haus – das war ihm inzwischen nicht mehr wichtig –, aber das Land. Und der Name.

„Mir ist so komisch. Jetzt würde ich auch gerne mal einen Rosenkranz beten“, murmelte Brenna. Dann drehte sie sich zu ihm um. „Bereit?“

Er nickte und stieg aus dem Wagen.

Schon von Weitem konnte man das große Zelt erkennen. An den Seiten war die Plane hochgerollt worden, damit der Abendwind für etwas Abkühlung sorgen konnte. Winzige Lichter waren überall im Garten platziert, wo die Gäste in kleinen Gruppen beisammenstanden, sich unterhielten, lachten – und mit dem allerbesten Marcelli-Wein auf die beiden glücklichen Paare anstießen.

„Das wird toll. Ganz bestimmt“, sagte Brenna, als er zu ihr herüberkam. Sie warf ihm einen Blick zu und lächelte dann schwach. „Wenn du magst, kann ich dich später noch herumführen und dir alles zeigen."

„Inklusive deines Schlafzimmers?"

„Sehr witzig." Sie holte tief Luft. „Also los."

Er folgte ihr, als sie auf das Zelt zuging. Plötzlich war Musik zu hören, und neben dem Haus entdeckte er eine Tanzfläche. Die meisten Gäste waren Fremde, aber Nic erkannte Brennas Schwestern – Katie und Francesca.

Eine junge Frau in Uniform servierte Getränke. Brenna nahm hastig ein Glas Champagner von dem Tablett, reichte es ihm und schnappte sich ein zweites Glas.

„Wenn das hier eine Feier im engsten Familienkreis ist", bemerkte er, „wie sieht dann eine richtige Party bei euch aus?"

In einem Zug leerte Brenna ihr halbes Champagnerglas. „Ich weiß. Meine Mutter hält leider nichts davon, halbe Sachen zu machen. Und diesmal ist es ganz besonders schlimm, weil Katie ja auch noch Eventplanerin ist. Die beiden zusammen sind eine fatale Kombination. Das Essen wird schätzungsweise fünfundsiebzig Gänge haben."

„Dann werde ich mich wohl bei den Horsd'œuvres zurückhalten."

Brenna trank ihr Glas aus und stellte es in einen Blumentopf. Nic nahm den ersten Schluck. Bevor er jetzt doch noch nervös wurde, war es besser, sich auf die Arbeit zu konzentrieren. Der Champagner war tatsächlich gar nicht schlecht. Er perlte gleichmäßig, hatte eine schöne Farbe und einen feinherben Geschmack. Die Produktion musste unbedingt verdoppelt werden, sobald *Marcelli Wines* erst ihm gehörte.

Suchend sah Brenna sich in der Menge um. „Komm mit", sagte sie dann. „Wir fangen mit dem leichten Teil an und machen von da aus weiter."

Er folgte ihrem Blick und entdeckte Brennas Mutter, die sich mit einem älteren Paar unterhielt. Als sie näher kamen, blickte Colleen O'Shea Marcelli auf, bemerkte ihre Tochter und lächelte. Dann fiel ihr Blick auf Nic, und sie erstarrte.

Ihre Augen wurden groß, der Mund öffnete sich leicht, und etwas Wein schwappte aus ihrem Glas. In der nächsten Sekunde hatte sie sich wieder gefasst. Colleen entschuldigte sich bei dem Ehepaar und kam zu ihnen hinüber.

„Oh, Gott, oh, Gott", flüsterte Brenna. „Bleib ganz ruhig. Bleib einfach ganz ruhig."

Nic war nicht ganz sicher, ob dieser Hinweis ihm galt oder ihr selbst. Aber auf jeden Fall war es keine schlechte Idee.

„Brenna", sagte Colleen. „Du siehst bezaubernd aus."

Brenna räusperte sich. „Danke. Äh, Mom, das ist …"

„Ich denke, ich kenne deinen Freund schon."

Nic machte sich bereit für die Attacke, die unweigerlich folgen würde. Colleen reichte Brenna ihr Weinglas, nahm seine Hand in ihre und betrachtete ihn. „Ich sehe eine ganze Menge von deinem Großvater in dir", stellte sie fest. „Und von deinem Vater. Soll ich dich Nicholas oder Nic nennen?"

Diese Frage hatte er nicht erwartet. „Nic."

Sie lächelte. „Wie schön, dass du heute hier bist, Nic."

Ehe er sich fassen konnte, beugte sie sich vor, stellte sich auf die Zehenspitzen und gab ihm einen Kuss auf die Wange. „Willkommen."

Jetzt musste er sich räuspern. „Vielen Dank, Mrs Marcelli. Ich möchte Ihnen versichern, dass ich als Brennas Gast hier bin. Nicht um Ärger zu machen."

„Colleen, bitte", erwiderte sie. „An Ärger habe ich gar nicht gedacht." Sie runzelte leicht die Stirn. „Diese Fehde ist sowieso ziemlich albern, finde ich. Auch wenn mein Schwiegervater das anders sehen würde. Aber da du jetzt schon mal hier bist, Nic, kann ich nur sagen, es ist Jahre zu spät. Und das tut mir leid."

„Kein Problem."

Sie klang so, als ob es ihr tatsächlich leidtäte. Brenna hatte immer behauptet, dass ihre Mutter ein warmer, fürsorglicher Mensch war. Bis gerade eben hatte Nic das für ein Märchen gehalten.

Colleen sah sich um. „Wo steckt denn nur mein Mann?"

Während ihre Mutter die Leute vor dem Zelt musterte, trank

Brenna hastig den Champagner aus.

„Eine haben wir. Bleibt nur noch der Rest des Clans“, murmelte sie. „Natürlich wird Mom später eine Erklärung wollen. Irgendeine Idee, was ich ihr sagen kann?“

„Dass du heiß auf mich bist und nur daran denkst, mich sofort wieder zu verführen?“

„Du kannst mich mal, Nic.“

Er grinste. „Wann und wo?“

Brennas Augen funkelten vor Wut, aber bevor sie Nic die Meinung sagen konnte, griff Colleen nach seiner Hand. „Da ist Marco. Komm mit, ich stelle euch vor.“ Sie lächelte Brenna an. „Keine Sorge. Ich werde ihn dir nur kurz abspenstig machen.“

Brenna winkte ab. „Gerne auch länger. Das macht mir nichts aus.“

Nic drehte sich um und flüsterte: „Lügnerin“, während er Colleen zu den anderen Gästen folgte.

Marco Marcelli verbarg seine Überraschung besser als seine Frau. Aber auch er war überaus freundlich. Einige der Nachbarn waren offensichtlich geschockt, Nic auf dieser Party zu sehen. Aber sie gaben sich immerhin Mühe, höflich zu lächeln. Da werden die Telefondrähte heute Abend aber noch heiß laufen, dachte Nic spöttisch.

Brennas Großmütter reagierten zurückhaltend, ganz besonders Tessa Marcelli. Trotzdem hieß auch sie ihn freundlich willkommen. Nic fragte sich, wie sie wohl reagiert hätte, wenn Brenna und er damals tatsächlich durchgebrannt wären. Aber daraus war ja nie etwas geworden. Kein Grund also, jetzt darüber nachzudenken.

Eines war jedenfalls sicher: All die Freundlichkeit würde wie weggeblasen sein, wenn sein Plan bekannt wurde. Was verständlich war. Im umgekehrten Fall wäre er auch stinkwütend gewesen.

Im Laufe des Abends lernte Nic die meisten Marcellis kennen. Sein Großvater war besessen von dieser Familie gewesen. Aber abgesehen von Brenna hatte Nic noch nie mit einem der Familienmitglieder gesprochen. Natürlich hatte er sie immer mal wieder aus der Ferne gesehen. Doch der uralte Streit verbot jeden weiteren Kontakt. Und jetzt? Jetzt akzeptierten ihn die Marcellis plötzlich in ihren Kreisen.

Bisher waren sie immer nur der Feind gewesen. Kalt und skrupellos. Aber wenn man sie näher kennenlernte, schienen sie ganz normale Menschen zu sein.

„Ich bin Mia“, hauchte eine junge Frau und drängelte sich zwischen Nic und Colleen. „Die jüngste, die schlauste und die witzigste der berühmten Marcelli-Schwestern. Und du bist Nic Giovanni.“

„Ich weiß.“

Mia grinste. Blonde Strähnen zierten ihr dunkles Haar. Sie trug High Heels in Höhe des Eiffelturms und ein trägerloses Kleid, das gerade mal so ihren Hintern bedeckte. Unmengen von Make-up betonten ihre großen Augen und den vollen Mund. Lolita, im Alter von achtzehn Jahren.

Mia griff nach seinen Händen und legte sie sich auf die Hüften. „Alle reden über dich. Aber ich nehme mal an, das weißt du.“

„Es ist nicht direkt eine Überraschung.“

„Du sorgst wohl gerne für Aufregung.“

Er dachte an die Aufregung, für die Brenna und er etwas früher am Abend gesorgt hatten. „Manchmal.“

Kokett lächelnd legte Mia ihm die Hand auf die Brust. „Alle meine Schwestern waren als Teenager scharf auf dich. Ich auch. Aber natürlich bin ich mal wieder die Einzige, die das zugibt.“

„Ich fühle mich geehrt.“

Die Lachfältchen um ihre Augen vertieften sich. „Aber es überrascht dich nicht.“

„Nein.“

„Und du bist also heiß auf Brenna?“

Bevor Nic sich eine politisch korrekte Antwort überlegen konnte, hörte er plötzlich ein Raunen hinter sich. Er löste sich aus Mias Umklammerung und drehte sich um. Vor ihm stand Lorenzo Marcelli.

„Wer hat dich reingelassen?“, fragte der alte Mann. Jedes seiner Worte war scharf wie ein Messer.

Im selben Augenblick eilte Marco herbei. „Nic ist unser Gast."

Drohend trat Lorenzo einen Schritt vor. „Er ist nicht eingeladen. Er ist ein Giovanni."

„Nic ist mit Brenna hier."

An Lorenzos Wange begann ein Nerv zu zucken. Er murmelte ein paar Worte auf Italienisch. Dann drehte er sich um und ging davon.

Marco legte eine Hand auf Nics Schulter. „Du musst meinen Vater entschuldigen. Er ist ein alter Mann. Und leider sehr stur. Für ihn wird diese Familienfehde niemals enden."

Nic sah Lorenzo nach, der sich einen Weg durch die Menge bahnte. Dann drehte er sich wieder zu Marco um. „Ich bin froh, dass du nicht dieser Ansicht bist."

Marco lächelte. „Die ganze Sache hat sich vor mehr als sechzig Jahren abgespielt. Ich bin inzwischen auch nicht mehr der Jüngste. Da bin ich froh, wenn ich mich erinnern kann, was gestern passiert ist." Er nahm seine Hand von Nics Schulter und breitete die Arme aus. „Hier kommt dein Date."

Nic entdeckte Brenna, die auf sie zueilte.

„Ich habe das Donnergrollen quer durch den ganzen Garten gehört", erklärte sie. „Hat er etwas Schlimmes gesagt? Oder etwas ganz Schlimmes?"

„Das, was man erwarten konnte", sagte Nic. „Für ihn bin ich ein Eindringling."

„Du bist unser Gast", protestierte Marco. „Bald wird das Dinner serviert. Du wirst essen, du wirst reden, du wirst genießen."

Brenna lächelte ihren Vater an. „Du hörst dich an wie Grandma Tessa."

Marco grinste. „Ich klinge wie eine alte Frau? Hast du denn keinen Respekt vor deinem Vater, Brenna?" Er küsste sie auf die Wange und ging weiter.

Brenna zog Nic an den Rand der Menge. „Ist es sehr schlimm?"

„Alle sind nett."

„Außer meinem Großvater."

„Das war doch klar."

„Ja, du hast recht. Ich bin mal gespannt, ob er mich feuert."

Erstaunt zog Nic die Augenbrauen hoch. „Ernsthaft?"

„Nein." Brenna ließ sich auf den nächstbesten Stuhl sinken. „Er wird ein paar Tage lang grantig sein. Aber das war's dann auch. Mom hat dich den anderen vorgestellt, oder?"

„Deine Mutter ist sehr nett." Nic setzte sich neben sie. „Deine kleine Schwester übrigens auch. Sie meinte, dass ihr als Teenager alle in mich verknallt wart."

Brenna verdrehte die Augen. „Na toll. Als ob dein Ego nicht schon groß genug wäre. Ich verrate dir mal ein Geheimnis: So heiß bist du nun auch wieder nicht, Nic."

Er beugte sich zu ihr hinüber. „Klar bin ich das. Oder hast du vergessen, wie wir vorhin …"

Kopfschüttelnd schnitt sie ihm das Wort ab. „Schhh. Die Grannies könnten dich hören. Kannst du dir vorstellen, wie gruselig das wäre?"

„Okay. Nicht dass die alten Ladys rote Ohren bekommen."

Brenna sah ihn an. „Findest du das alles sehr seltsam hier? Ich meine, ich habe dich ja noch nie vorher eingeladen."

Vorher. Zehn Jahre zuvor. Als sie sich wirklich geliebt hatten. Als es ihm wichtig gewesen wäre dazuzugehören.

„Es ist anders, als ich angenommen habe", gab er zu. „Ich hätte nicht gedacht, dass ich deine Familie mögen würde."

„Aber jetzt magst du sie?"

„Die meisten von ihnen."

Nicht, dass diese Gefühle etwas an seinem Plan ändern würden. Gefühle spielten keine Rolle, wenn es ums Geschäftliche ging.

Katie und ihr Verlobter gesellten sich zu ihnen. Nic hörte den Gesprächen schweigend und nur mit halbem Ohr zu. Seine Aufmerksamkeit galt vor allem dem Land um ihn herum. Die Sonne war längst untergegangen, aber zwischen den nächtlichen Schatten konnte er gerade noch die langen Reihen von Rebstöcken erkennen. Links von ihm entdeckte er die Kelterei und den Verkaufsraum. *Marcelli Wines* war kleiner als *Wild Sea*. Kleiner, aber viel prestigereicher. Sobald der Vertrag unterschrieben war, hatte er sein Ziel erreicht. Dann war er der Beste. Vor ihm lag eine goldene Zukunft. Er musste nur noch danach greifen.

Das Essen dauerte endlos. Ein Gericht folgte dem nächsten, genau wie Brenna es vorhergesagt hatte. Colleen hatte die Sitzordnung umgestellt, sodass Nic jetzt zu ihrer Rechten saß und Brenna neben ihm. Lorenzo war an einen anderen Tisch platziert worden, mit dem Rücken zu ihnen.

Brenna beugte sich zu ihm und flüsterte ihm ins Ohr: „Lass noch etwas Platz für das Dessert. Die Grannies haben sich mit ihrer Torte diesmal selbst übertroffen. Wahrscheinlich ist die Cremefüllung illegal, sonst könnte sie nie im Leben so gut schmecken." Sie seufzte. „Ich wohne hier jetzt seit März. Und seitdem habe ich mich auch nicht mehr getraut, meinen Cholesterinspiegel zu checken. Und was meine Diät betrifft – vergiss es."

Diät? Nic ließ den Blick zu Brennas Brüsten gleiten. Nur zu gut konnte er sich daran erinnern, wie sie sich vorhin angefühlt hatten. Freundlicherweise fügte sein Gedächtnis gleich noch ein weiteres Bild hinzu: Brennas Körper auf seinem, warm und feucht vor Lust, das perfekte Spiel ihrer Muskeln, wenn sie sich auf und ab bewegte und ihn immer weiter der Erlösung entgegentrieb. Nein! An diesem Körper gab es nichts zu bemängeln. Außer den verdammten Klamotten, die ihn verhüllten.

Hastig griff er nach seinem Weinglas. Leider half der Cabernet auch nicht dabei, ihn abzukühlen. Drei Sekunden später begann Nic, unbehaglich auf seinem Stuhl hin und her zu rutschen.

So richtig klar war ihm die ganze Sache noch nicht. Wie passte der Sex eigentlich mit seinem Plan zusammen? Zuerst hatte er gedacht, dass es großartig gewesen war, mit Brenna zu schlafen, aber nie wieder vorkommen durfte. Doch vielleicht …

Er griff nach ihrer Hand und legte sie sich auf den Oberschenkel. Und dann noch ein Stück weiter nach rechts. Brenna blickte ihn an, die Augen weit aufgerissen und die vollen Lippen leicht geöffnet.

„Was tust du da?", flüsterte sie.

Er legte die Lippen an ihr Ohr. „Ich denke an deinen kleinen Ausritt vorhin."

Sie schluckte und entzog ihm ruckartig die Hand. „Lass das! Meine Mutter sitzt direkt neben uns."

„Ich weiß. Das macht es ja so aufregend."

Brenna griff nach ihrem Wasserglas. „Du provozierst gerne, oder?"

Er beugte sich noch dichter zu ihr hinüber. „Sag mir, dass du nicht feucht bist. Dann höre ich sofort auf."

Sie nahm einen Schluck Wasser, wandte sich ab und begann eine Unterhaltung mit ihrem Tischpartner zur Linken. Nic grinste. Während Brenna so tat, als wäre er Luft, strich er ihr mit dem Daumen über den Nacken. Ja! Voller Erfolg. Brenna erschauerte, und auf ihrem Arm war plötzlich Gänsehaut zu erkennen.

Eine Stunde später, als die letzten Teller endlich abgeräumt waren, erhob sich Marco. Das Gemurmel verebbte. Er griff nach einem der Mikrofone, die hinter dem Tisch bereitstanden, und trat in die Mitte des Zelts.

„Guten Abend! Zuerst möchte ich euch allen danken, dass ihr gekommen seid, um gemeinsam mit uns zu feiern. Verlobungen und Hochzeiten sind immer ganz besondere Momente im Leben einer Familie. Aber italienische Hochzeiten …", er grinste, „… sind ein echtes Spektakel."

Die Menge lachte.

„Die Marcelli-Familie hat eine lange Geschichte."

Gespannt hörte Nic, wie Marco die Gründung des Weinguts beschrieb. Weder die Giovannis noch die Familienfehde wurden dabei erwähnt. War das gut oder schlecht? Er wusste es nicht.

Nic wandte sich um und beobachtete die anderen Gäste. Lorenzo hatte seinen Stuhl gedreht, um Marco besser zu sehen. An Nic verschwendete der alte Mann keinen Blick. Was man von Mia nicht behaupten konnte. Kaum sah Nic in ihre Richtung, winkte sie ihm wild zu. Auch Katie lächelte ihm zu. Und sogar Großmutter Tessa erhob das Glas in seine Richtung.

Sein Plan war zehn Jahre zuvor entstanden. Alle Marcellis – mal abgesehen von Brenna – waren damals Unbekannte für ihn gewesen. Die Feinde auf der anderen Seite des Zauns. Er hatte nie damit gerechnet, sie irgendwann kennenzulernen.

Verdammt! Jetzt nur nicht schwach werden! Hier hatte sich

gar nichts geändert. Na und, dann hatte er die Marcellis eben getroffen. Das war ja wohl kein Grund, plötzlich alles über den Haufen zu werfen. Doch nicht wegen einer einzigen Party. Er war ein Mann, der sich stets nahm, was er wollte. Und jetzt wollte er *Marcellis Wines*. Punktum.

Und trotzdem, dachte Nic. So ganz wohl ist mir bei der Sache nicht. Irgendetwas hatte sich geändert. Etwas, das er nicht benennen oder erklären konnte.

Er schüttelte den Gedanken ab und zwang sich, Marco zuzuhören.

„Also erhebe ich mein Glas auf meine Töchter, Katie und Francesca. Und auf die beiden wundervollen Männer, die sie heiraten werden. Liebe Freunde, lasst uns gemeinsam trinken auf …“

Colleens Aufschrei unterbrach ihn mitten im Satz. Nic spürte, wie Brenna neben ihm zusammenzuckte.

Er drehte sich um und sah einen Mann durch den Garten auf sie zukommen. Er war groß, lässig gekleidet und trug einen Seesack über der Schulter.

Brenna sprang auf und ging auf den Fremden zu. Stirnrunzelnd erhob sich Nic und folgte ihr. Was war das denn? Der Seesack-Typ blieb unter einem der Lampions stehen. Nic hatte ihn noch nie zuvor gesehen, aber irgendwie kamen ihm die Gesichtszüge bekannt vor.

„Schlechtes Timing, schätze ich mal“, sagte der Unbekannte zu Brenna, als sie vor ihm stehen blieb.

„Na ja … für einen dramatischen Auftritt war das Timing ziemlich gut.“

Brennas Lächeln hätte Nic beinah dazu gebracht, laut zu fluchen. Wer, zum Teufel, war dieser Typ? Und woher kannte er Brenna?

11. KAPITEL

Brenna hatte sich geirrt. Nach dem Intermezzo auf Nics Couch und dem Auftritt ihres Großvaters war sie eigentlich sicher gewesen, dass jetzt der ruhige Teil des Abends begann. Doch so schnell nahm der Spaß wohl kein Ende. Nun tauchte also auch noch der verlorene Sohn auf der Party auf.

Joe Larson löste ein Gefühlschaos in Brenna aus, wie sie es selten erlebt hatte. Dieser Mann stand für das Ende all ihrer Träume und Hoffnungen. Dafür hätte sie ihn eigentlich hassen müssen. Aber das tat sie nicht. Im Gegenteil: Auf eine merkwürdige, völlig verdrehte Weise freute sie sich sogar, ihn zu sehen.

„Hattest du Probleme, uns zu finden?"

„Nö."

„Und jetzt willst du das Geld?"

Joe grinste. „Du bist eine Frau, die gleich zur Sache kommt. Das gefällt mir. Aber vielleicht interessiert mich ja meine neue Familie mehr als irgendein Erbe."

„Und, tut sie das?"

Er warf einen Blick auf die Menge vor ihm. „Tja. Mit ganz so viel Familie hatte ich auch wieder nicht gerechnet."

„Das ist die Verlobungsparty für meine … für unsere beiden Schwestern. Francesca hast du ja schon mal getroffen. Und Katie wird auch heiraten."

„Wie viele gehören hier eigentlich zur Familie?"

„Mehr, als du denkst. Aber der Vorteil ist, dass du sie jetzt alle auf einmal kennenlernen kannst."

Joe Larson, ein breitschultriger Navy SEAL mit langer Kampferfahrung, trat hastig einen Schritt zurück. „Großartig."

„Du kannst die ganze Familie treffen. Und ihre vielen Freunde noch dazu."

„Danke. Jetzt fühle ich mich echt gut."

„Schlimmer als ein nächtlicher Kampfeinsatz wird es kaum sein."

Prüfend betrachtete Joe sie. Zwar verzog er dabei keine

Miene, aber Brenna meinte dennoch, so etwas wie Skepsis in seinem Blick zu erkennen. Dann grinste er plötzlich. „Wollen wir wetten?"

„Vielleicht lieber nicht." Hastig drehte sie sich zu den versammelten Gästen um. „Das hier ist Joe."

Ein Raunen ging durch die Menge. Einige Gäste wussten nicht, wer Joe war. Aber Brennas Eltern kannten ihn. Und ihre Schwestern und die Großeltern. Mit einem dramatischen kleinen Aufschrei ließ Mia die Katze aus dem Sack. „Mein Bruder ist da", rief sie und sprang auf. „Wie cool ist das denn!"

„Das ist Mia, deine jüngste Schwester", erklärte Brenna Joe. „Sie ist eine furchtbare Nervensäge, und wir lieben sie alle schrecklich. Francesca kennst du ja, und der Mann neben ihr ist Sam, ihr Verlobter. Grandpa Lorenzo ist der alte Mann mit der Gewittermine da drüben. Grandma Tessa, seine Frau, sitzt neben ihm. Und da hinten hat sich Granny M mit ihrem Date versteckt."

Bevor Joe etwas erwidern konnte, hatte sich die komplette Marcelli-Familie erhoben und kam zu ihnen hinüber. Colleens Augen waren voller Tränen, Marco wirkte geschockt. Brenna konnte das gut verstehen. Solche Dinge passierten sonst ja auch nur in Seifenopern.

Sie räusperte sich. „Also, Leute, das hier ist Joe. Joe, das sind meine ... unsere Eltern. Colleen und Marco Marcelli."

Einen unbehaglichen Moment lang rührte sich niemand. Dann trat Joe einen Schritt vor und streckte die Hand aus. Marco ergriff sie. Colleen schluchzte laut auf, und Joe warf ihr einen beunruhigten Blick zu.

„Geht es Ihnen gut, Ma'am?"

Colleen blinzelte mehrmals, stellte sich dann auf die Zehenspitzen und legte eine Hand an seine Wange. „Bist du das? Bist du es wirklich?"

Joe sah ziemlich unbehaglich drein. „Ja, ich bin Joe Larson."

Inzwischen waren auch die Großmütter und Lorenzo bei der kleinen Gruppe angekommen. Grandma Tessa hielt den Rosenkranz in ihrer zitternden Hand.

„Gott hat unsere Familie gesegnet", flüsterte sie.

Lorenzo drängelte sich an ihr vorbei und packte Joe bei den Schultern. „Du ähnelst meinem Vater."

Brenna warf Joe einen Blick zu und murmelte: „Keine Ahnung, ob das ein Kompliment ist. Vermutlich hatte er einen Vollbart."

Lorenzo ignorierte sie. „Willkommen, Joe." Er runzelte die Stirn. „Joe. Was ist das eigentlich für ein Name? Du solltest doch Antonio heißen, nach meinem Vater."

Joe zuckte zusammen. „Wohl noch mal Glück gehabt, was?"

Für einige Sekunden herrschte Schweigen. Dann brachen alle in Gelächter aus. Grandma Tessa schob ihren Mann zur Seite, um Joe in die Wange zu kneifen. Brenna musste grinsen, als sie sah, wie ihr Macho-Bruder zusammenzuckte. Ja, ja. Ihre Großmutter war nicht zu unterschätzen.

Während Granny M Halt suchend nach dem Arm ihrer Tochter griff, wollten nun auch Katie und Mia ihren Bruder kennenlernen. Colleen deutete auf Joe, brach dann aber sofort wieder in Tränen aus. Marco stand daneben und lächelte stumm seinen Erstgeborenen an.

Brenna trat einen Schritt zurück, um das Spektakel in Ruhe zu betrachten. Sie mochte ihren Bruder. Trotz allem. Und die übrigen Marcellis mochten ihn offenbar auch.

Kein Wunder, dachte sie und beobachtete, wie Grandpa Lorenzo mit gesenkter Stimme auf Joe einsprach. Wahrscheinlich ging es um das Weingut. Man musste schon ein kompletter Idiot sein, um solch ein Erbe auszuschlagen. Und Joe wirkte ganz und gar nicht wie ein Idiot. Na gut, dann war es jetzt eben so weit: Sie würde alles verlieren. Das hatte man nun davon, wenn man keinen Penis besaß.

„Wir wollten dich nie weggeben", erklärte ihre Mutter gerade. Alle drei Sekunden fasste Colleen nach Joes Arm. Offenbar konnte sie es noch gar nicht glauben, dass er wirklich hier war. Auch die Großeltern wichen nicht von seiner Seite, und Brenna entdeckte einen Anflug von Panik in Joes Augen. Wahrscheinlich fühlte er sich wie ein Tier in der Falle. Höchste Zeit für eine Rettungsaktion!

„Okay, das reicht jetzt“, sagte sie und trat zwischen Joe und seinen neuen Fanclub. „Der arme Mann muss kurz mal Luft holen. Ich werde Joe jetzt das Haus zeigen und ihm ein Zimmer geben. So lange könntet ihr euch um unsere Gäste kümmern. Die platzen ja schon fast vor Neugier.“

Colleen zögerte, und Brenna legte den Arm um sie: „Ich werde nicht zulassen, dass er verschwindet. Aber das ist einfach zu viel für ein erstes Treffen, Mom.“

Ihre Mutter nickte. „Wir freuen uns so, dass du hier bist, Joe“, sagte sie noch einmal und wischte eine weitere Träne fort.

Joe nickte. „Vielen Dank.“

Diesmal verkniff er sich das „Ma'am“. Dennoch fragte Brenna sich, ob er Colleen wohl jemals als seine Mutter betrachten würde.

„Ich kann ja morgen früh noch mal wiederkommen“, sagte Joe. „Dann können wir uns, ähm, weiter unterhalten.“

„Wiederkommen?“, stieß Lorenzo hervor. „Wo willst du denn hin?“

„Zu diesem Motel. Ich habe es auf dem Weg hierher gesehen.“

Brenna seufzte. „Das hättest du nicht sagen sollen.“

Sie hatte ihren Satz kaum beendet, als ein wahrer Sturm der Empörung losbrach.

„Du musst bleiben“, sagte Grandma Tessa gebieterisch. „Du gehörst zur Familie.“

„Ja, bleib doch. Das ist überhaupt kein Problem“, informierte ihn Granny M.

„Dass du abhaust, kommt gar nicht infrage“, sagte Mia grinsend.

Brenna sah Joe an und zuckte mit den Schultern. „Manchmal ist es besser, einfach nachzugeben, sonst hören sie nie auf.“

„Klar. Ich könnte auch noch eine Weile bleiben.“

„Kluge Entscheidung“, murmelte sie.

Joe nahm seinen Seesack. Brenna sah sich nach Nic um und überlegte kurz, ob sie ihm sagen sollte, dass sie gleich zurück war. Aber dann folgte sie eilig Joe, der bereits einige Schritte vorausgegangen war.

In der Küche drängten sich die Aushilfskellner. Brenna schnappte sich einen Teller mit Pasta, eine Flasche Wein und zwei Gläser. Dann führte sie Joe ins Esszimmer.

„Mach es dir gemütlich“, sagte sie und deutete mit dem Kopf in Richtung Tisch.

Joe stellte den Seesack ab und zog einen Stuhl hervor. Lächelnd reichte ihm Brenna den Teller mit Essen und das Besteck.

„Ist die ganze Flasche Wein für mich?“

Sie lachte. „Mach dir keine Sorgen. Ich will dich nicht betrunken machen. Obwohl es vielleicht ganz gut gegen den Stress wäre. Aber im Ernst. Das Weingut gehört zu deinem Erbe. Also solltest du lieber so schnell wie möglich mit der Ausbildung beginnen. Das hier ist jetzt quasi die erste Lektion.“

Joe ignorierte ihre Bemerkung. „Gibt es kein Bier?“

„Bauer“, murmelte Brenna, während sie die Flasche entkorkte. Dann goss sie jedem von ihnen ein Glas Cabernet ein und setzte sich zu Joe an den Tisch.

„Geht es dir gut?“, fragte sie.

Er nahm einen Bissen, kaute und schluckte. „Klar.“

„Du siehst ein wenig eingeschüchtert aus.“

„Unsinn!“, erwiderte er scharf.

Brenna grinste. „Oh, da ist wohl jemand empfindlich. Hat das vielleicht was mit deinem Ruf als furchtloser Navy SEAL zu tun? Wie ist das eigentlich: Könntest du mich wirklich auf fünfundsiebzig verschiedene Arten töten?“

Joe kaute und schwieg, während Brenna an ihrem Wein nippte und ihn betrachtete. Er hatte mehr von den italienischen als von den irischen Vorfahren der Familie abbekommen. Trotzdem gab es auch eine gewisse Ähnlichkeit zu den O'Sheas.

„Und? Bereust du es schon, dass du gekommen bist?“

„Nö.“ Er hob sein Glas und betrachtete stirnrunzelnd den Inhalt.

„Zuerst mal musst du die Farbe bewundern“, teilte ihm Brenna mit. „Das hier ist eine sehr gelungene Mischung aus Violett- und Rottönen. Als Nächstes kommt das Bouquet dran. Du musst am Wein riechen.“ Sie führte es ihm vor. „Kirschen, Schokolade und ein Hauch von Pflaume. Wirklich sehr gut.“

Er hielt die Nase ans Glas. „Riecht nach Wein.“

Brenna seufzte. „Okay. Koste jetzt mal. Nur einen kleinen Schluck. Die Flüssigkeit muss einen Moment lang auf der Zunge bleiben und dann in der Mundhöhle …“

Joe leerte ein Drittel des Glases mit einem Schluck und zuckte mit den Schultern. „Nicht übel.“

„Der *Wine Spectator* hat diesem Wein zweiundneunzig von hundert Punkten gegeben“, erwiderte Brenna leise. „Er war fast sofort ausverkauft. Ich habe eine Goldmedaille für diesen Wein bekommen.“

„Ja. Er ist ganz gut.“

„Besten Dank.“ Sie lehnte sich auf ihrem Stuhl zurück und verschränkte die Arme.

Ihr Großvater wollte diesem Mann also tatsächlich *Marcelli Wines* vererben? Das war so traurig, dass es fast schon wieder lustig war. Eines Tages würde sie darüber bestimmt auch lachen können. Nur jetzt gerade nicht.

Die Tür zur Küche öffnete sich. „Hey, Joe“, hauchte Mia und kam hereingetänzelt.

Er warf ihr einen vorsichtigen Blick zu.

Mia blieb vor ihm stehen, lehnte sich mit der Hüfte gegen den Tisch und beugte sich vor. „Du bist also so ein richtiger Kerl, Joe. Auf dieser komischen Basis, gibt es da eigentlich noch mehr von deiner Sorte?“

Joe streckte den Arm aus und sah auf die Uhr. „Musst du nicht ins Bett, kleines Fräulein?“

Mia grinste. „Ich bin achtzehn und kann so lange aufbleiben, wie ich will.“

Brenna deutete mit der Hand auf die Tür. „Du kannst Joe morgen weiterfoltern. Er ist heute Abend schon nervös genug.“

„Was hast du gesagt?“ Mit seinen dunklen Augen fixierte er sie.

„Dass du etwas unsicher bist. Ist doch ganz normal unter den Umständen.“

Mia zog eine Schnute. „Aber ich wollte mit Joe über seine Freunde sprechen.“

„Später“, sagte Brenna.

Ihre kleine Schwester ignorierte den Hinweis. „Also, Joe. Wenn du nicht über dich selbst sprechen willst, was ist dann mit uns? Siehst du uns schon als deine Familie?“

Er zuckte mit den Schultern. „Nein. Tut mir leid.“

„Aber Brenna sagt, dass Grandpa dir alles vererben will. Das ist doch bestimmt sehr aufregend.“

Joe verzog keine Miene. „Na ja.“

Mia schenkte ihm einen gekonnten Augenaufschlag. „Mach dir keine Sorgen: Mir ist ganz egal, wer den alten Schuppen hier bekommt. Wenn du erbst, gibt uns Großvater Geld. Und ich bin sehr gut im Geldausgeben. Aber trotzdem: Für dich ist es doch bestimmt eine große Sache.“

„Genauer gesagt, eine vierzig Millionen Dollar große Sache“, murmelte Brenna. Da war es plötzlich wieder, dieses Stechen in ihrem Magen.

Joe runzelte die Stirn. „Aber der alte Mann kennt mich doch gar nicht.“

„Kein Problem“, teilte Brenna ihm mit. „Das muss er auch gar nicht. Er ist ein italienischer Großvater, und die hinterlassen alles ihren Enkelsöhnen. So ist das eben mit der Tradition.“

„Wirst du dein Erbe annehmen?“, fragte Mia, ohne auf die warnenden Blicke ihrer Schwester zu achten. „Also ich würde das. Du kannst ja verkaufen oder Brenna die Leitung übertragen.“

„Vielen Dank für die Unterstützung“, erwiderte Brenna.

Am liebsten wäre sie aus dem Zimmer gerannt. Es war, als würde man bei einem Autounfall zusehen: Sie konnte sich nicht abwenden, obwohl das schlimme Ende schon in Sicht war.

„Ich würde wahrscheinlich nicht Nein sagen“, gab Joe zu. „Aber bisher ist das ja noch kein Thema.“

Brenna holte tief Luft. „Das kommt vielleicht schneller, als du denkst.“

Mia stieß sich vom Tisch ab. „Okay, ich werde jetzt mal gehen. Aber morgen sehen wir uns wieder, Brüderchen. Dann können wir uns kennenlernen, und ich erfahre alles über deine sexy Freunde.“

„Ich kann es kaum erwarten", gab Joe zurück. Dann wandte er seine Aufmerksamkeit wieder dem Essen zu.

Brenna war dankbar für die kurze Verschnaufpause. Sie musste sich erst mal sammeln und überlegen, wie es jetzt weitergehen sollte. Klar, das hier war nicht neu. Dass Joe irgendwann die Familie treffen wollte, war zu erwarten gewesen. Und wenn er und Lorenzo erst mal längere Zeit zusammen verbrachten …

Aber vielleicht würde ihr Großvater Joe ja gar nicht alles geben. Vielleicht kam der alte Mann ja doch noch zur Vernunft. Vielleicht …

Sie seufzte. Vielleicht sollte sie sich einfach mal daran gewöhnen, dass der Traum, *Marcelli Wines* irgendwann einmal zu leiten, ausgeträumt war. Sie würde nie die Geschäftsführerin werden – Schluss, aus, vorbei. Aber dafür hatte sie jetzt ja ihren eigenen Plan. Und der war gut. Besser als gut sogar. Er war einfach großartig.

Fünf Minuten später war Joe fertig mit dem Essen. Brenna führte ihn hinauf in den ersten Stock zum Gästezimmer am Ende des Flurs.

„Du hast dein eigenes Badezimmer", erklärte sie und öffnete die Tür. „Schlaf ruhig, solange du willst." Sie grinste. „Oder kommst du noch mal mit zur Party?"

„Nein danke."

Joe ließ seinen Seesack auf den Boden fallen und ging hinüber zu dem großen Fenster. Von dort aus konnte er die Partygäste sehen, die zwischen den Lampions umherspazierten.

„Sauer, dass ich hier bin?", fragte er Brenna, ohne sie anzusehen.

„Nein. Wieso?"

„Könnte sich einiges für dich ändern."

Brenna seufzte. „Weißt du, er ist ja auch dein Großvater. Wir kennen uns noch nicht lange, aber trotzdem sind wir eine Familie." Sie hielt kurz inne. War das auch wirklich wahr? Aber ja, es stimmte, was sie da gerade gesagt hatte. „Ich kann doch nicht bereuen, dass du geboren wurdest, Joe."

Er grinste. „Vielen Dank."

„Gern geschehen." Brenna folgte ihm zum Fenster und stellte sich neben ihn. „Das ist jetzt wahrscheinlich alles etwas viel für dich. Aber mit der Zeit wirst du dich schon noch an uns gewöhnen."

„Wäre schon froh, die Namen nicht mehr zu verwechseln."

Brenna betrachtete Joe aus dem Augenwinkel. Er war groß und breitschultrig. Und wahrscheinlich kannte er tatsächlich fünfundsiebzig Wege, sie zu töten. Dennoch war er für sie ein Fremder und ganz allein.

„Hast du früher mal versucht, dir deine echte Familie vorzustellen?"

„Manchmal." Er schloss die Vorhänge. „Aber auf so was war ich nicht gefasst."

„Klar. Die Marcellis kann sich auch kein normaler Mensch vorstellen." Sie berührte seinen Arm. „Ich muss zurück zur Party. Soll ich später noch mal nach dir sehen?"

Er machte ein finsteres Gesicht. „Nein."

Brenna grinste. „Okay. Dann bis morgen früh."

Sie ging zur Tür. Dort blieb sie stehen und fragte: „Du bist dann noch da, oder?"

„Was denkst du?"

„Dass du kein Feigling bist."

„Nett von dir."

Sie öffnete die Tür und trat hinaus in den Flur. „Egal, was jetzt passiert: Ich bin froh, dass du heute gekommen bist, Joe. Gute Nacht."

Die Gerüchteküche brodelte: Der verlorene Sohn war zurückgekehrt! Nic hatte einen Moment gebraucht, um zu kapieren, wer der Fremde war. Normalerweise war er nicht so begriffsstutzig. Aber irgendetwas hatte ihn aus dem Konzept gebracht.

Nachdem sich sämtliche Marcellis stundenlang umarmt hatten, kehrte Marco schließlich zum Mikrofon zurück. Er wirkte benommen, aber glücklich.

„Liebe Freunde, ihr habt es vielleicht schon bemerkt: Wir haben überraschend Besuch bekommen." Er stockte kurz. „Nach vielen Jahren ist unser erstgeborenes Kind, unser Sohn, zu uns zurückgekehrt." Das Gemurmel der Menge schwoll an, und Marco hatte Mühe, sich Gehör zu verschaffen. „Joe wird einige Tage bei uns bleiben. Die meisten von euch können ihn also später noch kennenlernen. Aber jetzt möchte ich gerne, dass wir noch einmal die Gläser auf die beiden Damen erheben, die der Grund für diese Feier sind. Bitte stoßt mit mir auf die Verlobung meiner beiden wunderschönen Töchter Katie und Francesca an."

Nic hob das Glas. Brenna war mit ihrem Bruder im Haus verschwunden und noch immer nicht zurück. Natürlich machte ihm das nichts aus, warum auch? Trotzdem ließ er den Blick aus irgendeinem Grund immer wieder zur Haustür schweifen. Verdammt noch mal! Er hatte einen ganz schönen Schock bekommen, als sie vorhin so freudig auf diesen Fremden zugelaufen war. Aber das war bestimmt nur der Überraschungseffekt. Brenna und er waren schließlich nicht zusammen. Sie waren Geschäftspartner. Und deshalb war er auch nicht eifersüchtig. Oder doch?

Sein Verstand sagte Nic, dass es eine logische Erklärung geben musste. Wahrscheinlich lag das Problem darin, dass sie miteinander geschlafen hatten. Der Sex war fantastisch gewesen. Und jetzt wollte er, Nic, mehr. Was also tun? Am besten, er dachte weiter an seinen Plan und an die Zukunft seiner Firma. Denn nur darum ging es ihm. Nicht um irgendwelche Gefühle oder persönlichen Dinge.

Doch selbst den Plan hatte dieser verdammte Seesack-Typ in Gefahr gebracht … Ein männlicher Erbe konnte die Dinge grundlegend verändern. Lorenzo Marcelli war unglaublich altmodisch. Und altmodische italienische Patriarchen hinterließen ihr Erbe dem erstgeborenen Sohn. Hieß das am Ende vielleicht, dass *Marcelli Wines* nicht mehr zum Verkauf stand? Nicht unbedingt. Aber auf jeden Fall hieß es, dass Nic erst mal abwarten musste. Um dann im richtigen Moment zuzuschlagen.

Joe Larson schien kein Mann zu sein, der sich für Wein interessierte. Bestimmt wäre er froh, die Leitung der Firma schnell wieder abgeben zu können. Wahrscheinlich musste man ihm einfach nur genug Geld anbieten. Und dann packte dieser Typ hoffentlich seinen Seesack und verschwand – ganz weit weg.

Nic starrte weiter auf die Haustür, bis ihm plötzlich jemand die Sicht versperrte. Na, das hatte ihm gerade noch gefehlt! Lorenzo Marcelli war zurück. Der alte Mann baute sich vor ihm auf und warf ihm einen finsteren Blick zu.

„Kein Giovanni ist hier willkommen."

Nic steckte die Hände in die Hosentaschen. „Na so was. Das ist ja eine Überraschung." Er schüttelte den Kopf. „Wird man eigentlich nicht irgendwann müde, immer nur über die Vergangenheit nachzudenken? Vorbei ist vorbei. Es interessiert doch niemanden mehr, was vor so vielen Jahren passiert ist."

„Mich interessiert es." Lorenzo zog die buschigen Augenbrauen zusammen. „Ich kenne die Wahrheit."

„Ach ja, die Wahrheit. Ist die Wahrheit nicht, dass Antonio Marcelli es einfach verbockt hat? Irgendetwas ist mit seinem Wein schiefgegangen, und anstatt das einfach zuzugeben, hat er lieber meinen Großvater beschuldigt. Antonio war neidisch auf den Erfolg seines besten Freundes. So einfach ist das."

Lorenzo starrte ihn lange an. „Du denkst, du weißt alles", erwiderte er schließlich missmutig. „Die neuen Wege sind immer besser als die alten. Aber es gab einen Grund, warum die Dinge so gelaufen sind. Du behauptest, dass deiner Familie Unrecht angetan wurde, dass ihr für etwas beschuldigt wurdet, das ihr nicht getan habt. Wie kannst du da so sicher sein? Schließlich warst du nicht dabei. Woher willst du wissen, was die Wahrheit ist?"

Wie aus dem Nichts tauchte Mia plötzlich neben Lorenzo auf. Sie legte ihm die Hand auf den Arm und lächelte den alten Mann unschuldig an.

„Quälst du unseren Gast, Großvater?"

„Wir sprechen über die Vergangenheit."

In gespielter Empörung verdrehte sie die Augen. „Grandpa, das hier ist eine Party. Da muss man Spaß haben. Warum schnappst du dir nicht mal Grandma Tessa und drehst mit ihr eine Runde auf der Tanzfläche? Bestimmt kann sie eine Abwechslung gebrauchen."

„Jetzt nicht. Dieser Mann hier …“ Er trat einen weiteren Schritt auf Nic zu.

„Du willst einen Kampf, Lorenzo?“, fragte Nic. „Gib dir keine Mühe. Ich werde meine Fäuste nicht gebrauchen.“

„Vielleicht nicht. Aber irgendetwas führst du im Schilde.“ Lorenzos Augen wurden ganz schmal. „Was hast du mit meiner Enkeltochter vor?“

Mia seufzte. „Grandpa, das ist doch eine superblöde Frage. Ich meine, was tust du, wenn Nic sie dir beantwortet?“

Der alte Mann trat einen Schritt zurück. „Jetzt ist nicht der richtige Zeitpunkt. Wir haben Gäste hier, um die wir uns kümmern müssen. Aber glaub mir, mein Junge, du und ich, wir sind noch nicht fertig miteinander.“

Nic hatte Herausforderungen schon immer geliebt. „Dann freue ich mich auf unser nächstes Treffen.“

Lorenzo murmelte etwas auf Italienisch und stapfte dann davon. Mia sah ihm nach und grinste.

„Soll ich das übersetzen?“

„Nein.“

„Auch gut. Es war sowieso nicht sehr nett.“ Sie hakte sich bei Nic ein. „Ist das nicht eine wahnsinnig tolle Party? Hätte ich gar nicht erwartet, dass es *so* gut wird. Erst tauchst du auf, dann Joe, und jetzt hätte es beinahe noch einen Kampf mit Großvater gegeben. Also, was hältst du von meinem großen Bruder? Ist er nicht süß? Süß, aber irgendwie nervig. Er wollte mir einfach nicht glauben, dass ich kein Kind mehr bin. Das ist doch lächerlich! Oder findest du es auch so schlimm, dass ich gerne mal seine SEAL-Freunde treffen würde?“

„Ich bin gerade sehr dankbar, dass ich keine kleinen Schwestern habe.“

Mia stieß einen verächtlichen Laut aus. „Also bitte! Ich bin eine wundervolle Schwester. Aber ich bin gerade wieder Single, und das College fängt erst in ein paar Wochen an. Jetzt ist genau der richtige Zeitpunkt, um sich mal richtig locker zu machen und das Leben zu genießen. Später muss ich ja wieder erwachsen und so was sein.“ Sie holte tief Luft. „Mal ’ne andere Frage: Wenn das mit den SEALS nicht klappen sollte, nimmst du mich dann auf deinem Motorrad mit?"

Er schob ihre Hand von seinem Arm. „Du sagst zu mir, ich würde für Ärger sorgen. Dabei bist du diejenige, auf die man dringend ein Auge haben sollte."

Ihre Lippen verzogen sich zu einem sexy Lächeln. „Wirklich? Bist du jemand, der gerne zuschaut?"

Hastig trat Nic einen Schritt zurück. „Das reicht jetzt, Mia. Ich bin ganz bestimmt nicht der richtige Mann für dich."

„Und bist du der richtige Mann für Brenna?" Sie sah ihn an und kicherte. „Vergiss es. Ich weiß schon, dass du die Frage nicht beantworten wirst. Also los! Wir gehen jetzt und tanzen, bis meine Schwester zurückkommt und dich rettet."

Er warf einen Blick auf die Paare, die sich bereits auf der Tanzfläche versammelt hatten. Und dann einen zweiten Blick auf die kleine Lolita vor ihm. „Kein Engtanz. Ist das klar?"

Sie seufzte schwer. „Klar. Was ist nur mit euch älteren Männern los? Warum seid ihr alle so verklemmt?"

„Weil wir Angst haben. Große Angst."

Brenna schlüpfte aus ihren Schuhen und setzte sich auf die oberste Stufe von Nics Veranda. Es war schon nach zwei Uhr, und sie musste dringend mal nach Hause. Eigentlich hatte sie Nic nur kurz zurückbringen wollen, aber jetzt hatte sie keine Lust zu gehen. Bleiben wollte sie allerdings auch nicht. Nic machte sie viel zu nervös.

Seufzend lehnte sie sich zurück und sah zum nächtlichen Himmel hinauf. Sie waren weit weg von einer großen Stadt, und die Sterne waren gut sichtbar. Tausende kleine Diamanten funkelten vor dem samtschwarzen Hintergrund.

„Mia braucht dringend einen Aufseher", murmelte Nic.

Brenna grinste. „Wahrscheinlich. Vorhin hat sie Joe völlig aus der Fassung gebracht."

„Sie hat mir gesagt, dass sie unbedingt seine Freunde treffen möchte. Die Kleine ist gerade mal achtzehn, verdammt."

„Mia war schon immer etwas frühreif. Du darfst nicht vergessen, dass sie im College lebt, seit sie sechzehn ist. Und sie hat bereits eine Verlobung hinter sich. Meine kleine Schwester weiß viel mehr von der Welt, als ich in ihrem Alter wusste."

„Eines Tages wird sich irgendjemand ihre Sprüche anhören und sie beim Wort nehmen. Und was dann?"

Brenna drehte sich um und betrachtete den Mann neben sich. „Dann wird sie schätzungsweise mit ihm im Bett landen."

Nic zuckte zusammen. „Wir sprechen hier von deiner jüngsten Schwester."

„Und? Dass sie die Jüngste ist, heißt doch nicht, dass sie keinen Sex haben darf."

Er runzelte die Stirn. „Geht es dir gut?"

„Wieso? Wegen Mia?"

„Wegen Joe."

„Ach, das. Ich weiß nicht, ob ich darüber sprechen will. Ist das okay?"

„Klar."

Natürlich musste Brenna jetzt doch darüber nachdenken, was passiert war. Sie holte tief Luft. „Dass er gekommen ist, ändert alles. Er ist an dem Erbe interessiert. Und wer wäre das nicht. Es geht immerhin um einen Haufen Geld."

„Bisher hat dein Großvater ja noch nichts unternommen. Vielleicht solltest du mit der Panikattacke noch etwas warten."

Sie sah ihn an und verdrehte die Augen. „Aber sicher. Immer schön vernünftig bleiben. Das ist mal wieder typisch Mann!"

Er zuckte mit den Schultern. „Im Ernst, Brenna. Lorenzo ist vielleicht etwas altmodisch, aber er ist kein Idiot. Warum sollte er ein erfolgreiches Unternehmen an jemanden übergeben, der davon absolut keine Ahnung hat?"

Nur zu gern wollte sie Nic glauben. Vielleicht hatte er ja recht? Auf jeden Fall hoffte sie das. „Okay, ich werde mich wieder abregen."

„Gut."

Brenna seufzte. „Mia hat mir erzählt, dass mein Großvater dich angegriffen hat."

„Na ja, du kennst sie doch. Sie übertreibt."

„Tut mir trotzdem leid."

„Braucht es nicht. Wir haben uns über die Vergangenheit unterhalten und hatten natürlich unterschiedliche Ansichten. Aber so schlimm war das nicht. Ich kann schon selbst auf mich aufpassen."

Das kannst du ganz bestimmt, dachte Brenna. Sich Nic zum Feind zu machen war wahrscheinlich keine besonders kluge Idee.

„Interessanter Abend", sagte sie und legte den Kopf auf die Knie. „Wie fandest du es denn? Deine erste Marcelli-Party und so?"

„Sehr unterhaltsam. Der Auftritt deines Bruders war auf jeden Fall filmreif."

Sie grinste. „Das kann man so sagen. Hoffentlich gibt es bei der Hochzeit nicht noch mehr Überraschungen."

Sie saßen dicht nebeneinander, sodass Nics Schulter bei jeder Bewegung ihre berührte. Plötzlich bekam sie eine Gänsehaut.

„Wir müssen darüber reden", unterbrach er ihre Träumereien.

Was? Oh nein! Das mussten sie ganz bestimmt nicht. „Jetzt? Ich bin wirklich ziemlich müde und kaputt."

„Wir haben nicht verhütet."

Es waren nur vier kleine Worte. Aber sie lösten eine wahre Explosion in Brennas Gehirn aus. Quatsch! Das konnte doch nicht sein! Natürlich war es so. Unmöglich! Was hatte sie getan? Sie war ein verantwortungsvoller Mensch. Noch nie in ihrem Leben, nicht mal als völlig verknallter Teenager, hatte sie das Thema Verhütung einfach komplett *vergessen*.

Sie setzte sich aufrecht hin. So schnell konnte es gehen. Eben noch hätte sie sich fast in Nics Arme geschmiegt. Und jetzt wäre sie am liebsten davongelaufen.

„Ich nehme die Pille", erwiderte sie und klang dabei ein wenig hysterisch. Warum blieb Nic eigentlich so ruhig? Sie an seiner Stelle hätte da ganz anders reagiert. „Nach der Trennung von Jeff wollte ich sie eigentlich absetzen", fuhr sie hastig fort. „Aber dann ist so viel dazwischengekommen, die ganze Sache mit dem Darlehen und die ewigen Streitereien mit meinem Großvater. Da fand ich es besser, meinen Hormonhaushalt nicht noch mehr durcheinanderzubringen."

Ernst sah er sie an. „Du musst dich nicht dafür rechtfertigen, dass du die Pille nimmst. Ich bin nicht in der Position, um mich deswegen zu beschweren."

„Nein, wahrscheinlich nicht."

Gern hätte sie es verhindert, aber ganz plötzlich tauchten die Bilder von Nic und seiner dummen Couch wieder vor ihrem inneren Auge auf. Wie blitzschnell das alles gegangen war. In der einen Sekunde hatten sie noch geredet. Und in der nächsten ... In der nächsten Sekunde waren die Klamotten geflogen, und sie hatten plötzlich die unglaublichsten Dinge getrieben. Offenbar hatte Brennas Körper noch immer nicht genug, denn auch das vertraute Prickeln war plötzlich wieder da.

„Wir hatten schon immer diese Wirkung aufeinander", sagte sie, ohne ihn anzusehen. „Obwohl ich eigentlich dachte, wir wären darüber hinweg."

„Scheinbar nicht."

Sein Tonfall verriet nichts. Fand Nic das jetzt gut oder schlecht?

„Normalerweise bemühe ich mich, Geschäftliches und Privates zu trennen", fuhr er fort.

Brenna räusperte sich. „Wir haben ja eine ziemlich lange Geschichte. Und jetzt hat uns die Arbeit wieder zusammengebracht. Vielleicht musste das einfach mal passieren. Damit die Atmosphäre gereinigt wird oder so."

„Ja, wahrscheinlich."

Verdammt! Das war *nicht* die Antwort, auf die sie gehofft hatte. Sie wollte, dass ihr Zusammensein eine ganz besondere Bedeutung für ihn hatte. Denn wenn die Leidenschaft nach all diesen Jahren noch da war – konnten dann nicht auch die anderen Gefühle wiederbelebt werden?

Stopp! Plötzlich schrillte eine Alarmglocke in ihrem Kopf. Was dachte sie denn da? Wollte sie das überhaupt?

„Frauen betrachten mich häufig als eine Art Sexobjekt. Insofern hat mich der heutige Abend nicht besonders überrascht", vernahm sie Nics Stimme durch das schrille Klingeln hindurch.

Brenna musste lachen. „Entschuldigung?"
„Ich bin eben sehr begehrt", erklärte er grinsend.
„Wie soll ich das denn verstehen? Jeden Tag, wenn du von der Arbeit kommst, lauert schone eine Horde Frauen vor deiner Haustür?"
„Und die Frauen bei der Arbeit erst. Sie finden alle, dass ich einen tollen Hintern habe. Das hat mir Maggie verraten."
„Passen dein aufgeblasenes Ego und du eigentlich noch in dasselbe Zimmer?"
„Hey, ich habe das nicht erfunden. Ich leite dir diese Information nur weiter."
„Herzlichen Dank! Aber weißt du, ich hasse es, Schlange zu stehen. Deshalb werde ich in Zukunft dafür sorgen, dass ich meine niederen Instinkte besser unter Kontrolle habe."
„Tu dir keinen Zwang an. Ich mag deine Instinkte. Besonders die niederen."
Sollte das eine Aufforderung sein? Brenna wusste es nicht. Aber eigentlich war das auch ganz egal. Sie hatte an diesem Abend schon einmal mit dem Feuer gespielt. Eine kluge Frau würde jetzt ihrem Schutzengel danken, dass sie doch noch so leicht davongekommen war. Und dann würde sie die Beine in die Hand nehmen und ganz schnell losrennen.
Langsam stand Brenna auf. „Zeit, nach Hause zu gehen. Dann kannst du noch in Ruhe weiter über deinen Fanclub nachdenken."
„Du könntest die Vorsitzende werden."
„Da müsste das Gehalt schon sehr hoch sein. Eine Million Dollar wären gut. Dann könnte ich dir das Darlehen gleich zurückzahlen."
Nic erhob sich und begleitete sie zum Wagen. Brenna stieg ein, schloss die Tür und kurbelte dann das Fenster herunter.
Er beugte sich zu ihr hinab und berührte ihre Wange. „Es ist einfach passiert", sagte er. „Wir sind erwachsen. Wir können damit umgehen."
Sie nickte, obwohl sie sich da überhaupt nicht so sicher war. Aber ihr blieb ja keine andere Wahl.

Nic grinste. „Das war wirklich ein sehr interessanter Abend."

„Ich weiß eben, wie man einen Mann gut unterhält." Sie startete den Motor. „Bis dann, Nic."

„Fahr vorsichtig."

Er richtete sich auf und trat einen Schritt zurück. Brenna legte den Gang ein und fuhr langsam die Auffahrt hinunter. Nach Hause. Endlich! jubilierte eine innere Stimme.

Doch warum wäre Brenna dann am liebsten bei Nic geblieben?

12. KAPITEL

Brenna ging zu dem Lastwagen und stellte sich auf die Zehenspitzen. Dann angelte sie sich ein paar Chardonnay-Trauben aus einem der großen Körbe und inspizierte sie. Ja! Die Farbe war perfekt, und alle Trauben hatten den richtigen Reifegrad. Genüsslich biss Brenna in eines ihrer Wunderfrüchtchen.

Interessiert beobachtete der Vorarbeiter des Ernteteams Brenna. Sie wartete einen Moment, bis der Geschmack sich voll auf ihrer Zunge entfaltet hatte. Dann schluckte sie.

„Genau richtig."

Ramón lächelte. „Habe ich gesagt. Nur noch ein Tag. Dann sind Trauben perfekt."

Brenna grinste. „Du wolltest einen Tag länger warten, weil ihr noch mit der Ernte auf *Wild Sea Vineyards* beschäftigt wart. Gib's doch zu, Ramón!"

Er zuckte mit den Schultern. „Mr Giovanni, er wollte plötzlich mehr Trauben gepflückt mit Hand."

Sieh an. Das war ja interessant! Nur zu gern hätte Brenna geglaubt, dass das an ihrem Einfluss lag. Aber irgendwie zweifelte sie daran. Nic war ein Sturkopf. Seiner Meinung nach war es wichtig, alles mit Maschinen machen zu können. Das ersparte nicht nur Zeit, sondern auch Arbeitskräfte. Sein großer Traum war wahrscheinlich eine komplette Weinproduktion ohne einen einzigen Mitarbeiter. Vom Pflücken bis zum Etikettieren der Flaschen – alles nur noch grell blinkende Technik.

Natürlich würde Brenna ihm das so nicht sagen. Vorläufig jedenfalls nicht. Dazu war sie Nic noch immer viel zu dankbar für seine tröstenden Worte auf der Party. Immer wenn sie unsicher wurde, hörte sie seine Stimme, die ihr versicherte, dass ihr Großvater kein Dummkopf war. Und dass er deshalb auch nicht alles an irgendeinen Fremden vererben würde.

Nic war ein erfolgreicher Geschäftsmann. Er wusste, wovon er sprach. Deshalb klammerte sich Brenna an seine Worte wie an eine Rettungsleine, und bisher hatte es auch funktioniert: Sie hatte sich immerhin so weit beruhigt, dass sie ihr Leben weiterleben konnte. Etwas anderes blieb ihr ja auch gar nicht übrig.

Mit einer Handbewegung bedeutete sie dem Fahrer, wo er den Lastwagen abstellen sollte. Vor dem Gebäude standen schon einige Dutzend Hilfsarbeiter bereit, um die Trauben zu entladen. Während sie mit Ramón über den Ertrag pro Quadratmeter sprach, machte sich Brenna gleichzeitig Notizen. Die Sonne stand hoch am Himmel, es war warm, aber nicht zu heiß. Perfekte Bedingungen für eine perfekte Ernte! Und laut Vorhersage sollte es die nächsten sieben Tage auch so bleiben. Wenn das stimmte, konnten sie bis Mittwoch mit der kompletten Cabernet-Ernte fertig sein. Die Weingötter meinten es dieses Jahr wirklich gut mit ihr!

Munter vor sich hin summend, schob Brenna einige Körbe zur Seite. Dann kletterte sie auf die Ladefläche des Wagens und sah sich auch die restlichen Trauben genauer an. Das intensive Rot der Früchte ließ sie entzückt lächeln. Ramón und seine Crew verstanden wirklich etwas von ihrer Arbeit.

„Dieser Mann, du bezahlst ihm einfach viel zu viel", ertönte plötzlich eine barsche Stimme. Bitte nicht! dachte Brenna. Aber da kam auch schon ihr Großvater um die Ecke gebogen.

Hastig sprang sie vom Wagen hinunter. Es war das erste Mal seit der Party am Samstag, dass sie den alten Mann wiedersah. Sie war ihm nicht absichtlich aus dem Weg gegangen. Nicht wirklich. Es hatte einfach nur so viel zu tun gegeben.

Stirnrunzelnd griff ihr Großvater nach ein paar Trauben. Automatisch machte Brenna sich bereit für die Kritik, die gleich folgen würde. Zu den Arbeitern war Lorenzo meistens freundlich. Aber Brenna ließ sich nicht so leicht hinters Licht führen. Sie wusste, dass es nur eine Frage von Sekunden war, bis die ersten negativen Kommentare auf sie niederprasseln würden.

„Gute Ernte", sagte ihr Großvater milde.

Sie nickte.

„Wahrscheinlich werden wir dieses Jahr sehr viel verkaufen."

Erneut nickte sie.

„Du hast Schande über die Familie gebracht. Letzten Samstag

wollten wir die Verlobung deiner Schwestern feiern. Aber du hast dich mit dem Feind verbündet. Und all das nur, damit du im Mittelpunkt stehst."

Was gab es dazu noch zu sagen? Brenna schluckte. Die Anschuldigungen waren so unfair, dass es ihr die Sprache verschlug. Aber das war dem alten Mann offenbar nur recht. Denn er war noch lange nicht mit ihr fertig.

„Ist dir eigentlich klar, wer dieser Junge ist? Weißt du, was seine Familie uns angetan hat?"

Nic, ein Junge? Einen Moment lang war Brenna abgelenkt. Doch dann wurde ihr klar, was ihr Großvater da gerade gesagt hatte. Sie ließ das Clipboard fallen und stemmte die Hände in die Hüften.

„Ich weiß ganz genau, wer Nicholas Giovanni ist, Großvater. Erstens bin ich mit ihm zusammen aufgewachsen. Und zweitens hast du uns die Geschichte von der Familienfehde so oft erzählt, dass ich sie auswendig kann. Wort für Wort. Aber der alte Kram interessiert mich einfach nicht."

Lorenzo zuckte zusammen.

Brenna holte tief Luft. „Und es gibt noch etwas, das du wissen solltest. Vor zehn Jahren habe ich mich in Nic verliebt. Ja, du hörst richtig. Eine deiner Enkelinnen, dein eigen Fleisch und Blut, hatte Gefühle für einen Giovanni. Und zwar ziemlich tiefe Gefühle. Wir haben uns getroffen, Nic und ich. Immer wieder."

Sie zögerte kurz. Eigentlich war sie gerade so richtig in Fahrt. Aber vielleicht war es doch nicht so klug, jetzt noch die Sache mit dem Sex zu erwähnen. Manche Dinge behielt man besser für sich. Lorenzo erzählte ihr ja auch nicht von seinen Schäferstündchen mit Grandma Tessa. Gott sei Dank!

„Ich habe mich mit Nic über Wein und viele andere Dinge unterhalten. Ich wollte ihn heiraten, Großvater. Und weißt du was? Der Himmel ist nicht eingestürzt. Diese verdammte Familienfehde ist längst vorbei. Und es ist Zeit, dass wir alle endlich mal darüber hinwegkommen."

Lorenzos Augen funkelten vor Wut. „Du wagst es, mir so etwas zu sagen?", polterte er los. „Hinter meinem Rücken triffst du dich mit dem Spross unserer Feinde? Bedeutet dir deine Familie so wenig?“

Brenna ließ die Arme sinken. „Verstehst du es nicht? Niemand außer dir interessiert sich noch dafür.“

„Ich respektiere die Traditionen und höre auf den Rat von Menschen, die weiser sind als ich. Daran solltest du dir ein Beispiel nehmen. Du hast schon einen Ehemann, der dich verlassen hat. Siebenundzwanzig Jahre bist du jetzt alt – und was hast du im Leben erreicht?“

Seine Worte trafen sie wie eine Ohrfeige. Brenna trat einen Schritt zurück. Aber noch immer war Lorenzo nicht mit ihr fertig.

„Du bist eine Enttäuschung, Brenna. Ich wollte stolz auf dich sein. Aber du gibst mir keinen Grund dazu. Schon lange nicht mehr.“

Das ist doch billig. Einfach nur billig, versuchte Brenna sich selbst zu beruhigen. Aber deshalb tat es nicht weniger weh. Ihr brannten die Augen, und sie hatte einen Kloß im Hals. Jetzt nur nicht weinen! Wann war man eigentlich alt genug, um so etwas zu hören und sich nicht im Bett verkriechen zu wollen?

Tieftraurig hob Brenna das Clipboard auf und ging zum Haus hinüber.

„Wo willst du hin?“, fragte ihr Großvater.

„Weg. Nur weg von dir.“

„Nein. Du wirst bleiben. Ich habe mit Joe besprochen, dass er herkommt, um sich die Trauben anzusehen. Ah, da ist er schon.“

Brenna sah auf und entdeckte ihren Bruder, der gerade auf dem Weg zu ihnen war. Joe blickte von ihr zu Lorenzo, als würde er die Spannung spüren.

„Und? Wie läuft's?“, erkundigte er sich.

„Großartig“, antwortete ihr Großvater. „Die Cabernet-Trauben sind gerade reif geworden. Wir werden einen sehr guten Wein daraus machen.“

„Ich habe heute einige der Pflücker auf den Feldern gesehen“, sagte Joe. „Das scheint eine ganz schön harte Arbeit zu sein.“

„Ist es auch“, erwiderte Brenna. „Möchtest du vielleicht gerne ein paar Stunden bei der Ernte mithelfen?“

„Nicht unbedingt. Ich habe Urlaub.“

Lorenzo deutete auf die Felder, die sich hinter der Weinkellerei erstreckten. „Komm. Wir gehen dorthin. Ich zeige dir, wie die Ernte funktioniert und wie wir den besten Wein in der ganzen Gegend machen. Brenna, du kommst mit.“

War das jetzt eine weitere Strafe oder eine Art Friedensangebot? Brenna wusste es nicht. Ganz sicher wusste sie aber, dass sie nichts falsch gemacht hatte. Deshalb fand sie beide Möglichkeiten ziemlich dumm.

Sie gingen auf die Cabernet-Felder zu. Dort war die Ernte noch immer in vollem Gange.

„Siehst du“, sagte Lorenzo. „Wir pflücken unsere besten Trauben noch immer von Hand. Den Rest der Ernte erledigen Maschinen. Früher haben wir das anders gemacht, aber inzwischen sind die Lohnkosten zu sehr gestiegen.“ Er zuckte mit den Schultern. „Manchmal muss man eben kompromissbereit sein.“

Brenna biss die Zähne so fest zusammen, dass es schmerzte. Na klar. Bei Joe waren das Kompromisse. Und bei ihr Betrug.

„Woher weiß man, welche Trauben von Hand geerntet werden sollen?“

„Es geht um die Qualität“, beantwortete ihr Großvater Joes Frage. „Die Geschichte des Weins. Um die Erfahrungen, die wir gemacht haben.“

„Da spielen verschiedene Faktoren eine Rolle“, ergriff Brenna das Wort. „Wichtig ist beispielsweise der Ertrag. Einige Trauben ergeben mehr Saft, manche Sorten sind süßer, einige haben festere Früchte. Dann kommt es auch noch darauf an, ob später verschiedene Trauben gemischt werden sollen oder ob der Wein aus einer einzigen Sorte gemacht wird. Das kann sich alles von Jahr zu Jahr ändern. Aber die Rebstöcke mit den besten Trauben werden am vorsichtigsten behandelt. Aus ihren Früchten machen wir unseren Premium-Wein. Wenn man den Wein von Hand pflückt, nimmt man nur die besten, wirklich reifen Trauben. Die Maschinen können nicht unterscheiden, sie schnappen sich einfach alles. Da ist die Qualität dann natürlich nicht so hoch.“

Joe nestelte an dem Ausschnitt seines weißen T-Shirts herum. „Ganz schön heiß heute", sagte er. „Ist das gut?"

„Warm und trocken." Brenna deutete mit dem Fuß auf die staubige Erde. „Während der Ernte beten alle für so ein Wetter. Vorher kommt es auf die richtige Mischung an. Gibt es zu wenig Sonne, reifen die Trauben nicht. Gibt es zu viel, dann verbrennen sie, werden zu schnell reif oder zu süß. Wir brauchen Regen für die Bewässerung, aber es darf nicht zu viel sein, damit die Früchte nicht verschimmeln."

Joe blickte sich auf dem Feld um. „Das ist ganz schön viel Arbeit. Ehrlich gesagt, kapiere ich das alles noch nicht so ganz. Ich bin auch eher ein Biertrinker."

Brenna musste grinsen, als der Mund ihres Großvaters zu einer schmalen Linie wurde.

„Du wirst lernen, die geschmacklichen Feinheiten des Weins zu schätzen."

Joe zuckte mit den Schultern. „Ich bin nicht so ein Fan von Feinheiten. Ein gutes Steak und ein Bier, das ist ganz nach *meinem* Geschmack."

Lorenzo schien das nicht amüsant zu finden. „Vor dir liegt all das, was wir erschaffen haben. Spürst du nicht die Verbindung mit der Erde, auf der wir stehen? Hier gehörst du hin, Joe. Das ist dein Erbe. Du musst nur die Hand ausstrecken, und all das gehört dir."

Brenna erstarrte. Nic hatte sich geirrt – ihr Großvater war doch verrückt.

Der Schmerz, den sie bei dieser Erkenntnis verspürte, war unglaublich. Sie hatte gewusst, dass das passieren würde. Tief in ihrem Inneren hatte sie es immer gewusst. Deshalb hatte sie ja auch *Four Sisters* gegründet. Aber trotzdem: Dass ihr Großvater das einfach so aussprach – vor ihr –, übertraf all ihre Befürchtungen. Der alte Mann hatte ihr gerade das Herz aus dem Leib gerissen. Und offenbar war es ihm völlig egal.

Am Boden zerstört, drehte sie sich um und ging. Ihr Großvater rief sie nicht zurück. Mit Joe an seiner Seite hatte er ihre Abwesenheit wahrscheinlich gar nicht bemerkt.

Lorenzo wandte sich um und sah Brenna hinterher. Ihr Gang war steif, so als müsste sie sich mühsam aufrecht halten. Er hatte den Schmerz in ihrem Gesicht gesehen, als er über Joes Erbe sprach. Er hatte ihn gesehen, gefühlt und bedauert. Aber ihm blieb keine Wahl.

Sein Enkel steckte die Hände in die Hosentaschen. „Du willst mir das also alles geben. Einfach so?"

„Nein, nicht einfach so. Du müsstest schon ein gewisses Interesse zeigen."

„Brenna meinte, dass das Weingut vierzig Millionen Dollar wert ist."

Lorenzo hob die Schultern und ließ sie dann wieder sinken. „Vielleicht etwas mehr. Vielleicht etwas weniger."

„Das ist verdammt viel Geld." Joe starrte auf die Weinreben.

„Du bist also interessiert?"

„Und was ist mit deinen Enkeltöchtern?"

„Für sie wäre gesorgt. Sie bekommen eine schöne Abfindung."

„Aber das hier bekommen sie nicht."

„Nein."

Joe wandte sich zu ihm um. Lorenzo versuchte, in seinem Gesicht zu lesen, aber die Miene des jungen Mannes war völlig ausdruckslos.

„Liegt Brenna nichts an *Marcelli Wines*?"

Mit einer abwehrenden Handbewegung fegte Lorenzo den Einwand beiseite. „Sie ist eine Frau. Dieses Land, dieses Vermächtnis, muss in den Händen eines Mannes liegen."

Joe prustete los. „Du weißt aber schon, in welchem Jahrhundert wir gerade leben?"

Lorenzo lächelte. „Mir ist sehr bewusst, wie die Zeit verstreicht. Das ist ja das Problem." Das Lächeln wich von seinem Gesicht, während er Brennas Gestalt beobachtete, die sich weiter und weiter entfernte.

„Frauen kann man nicht vertrauen", sagte er mehr zu sich selbst als zu seinem Enkel. „Sie heiraten. Sie ziehen weg. Sie vergessen alles, was wichtig ist."

„Du sprichst nicht über Brenna, oder? Sie liebt all das hier. Das ist nur allzu offensichtlich.“

„Jetzt vielleicht. Aber vorher?“ Der alte Mann zuckte mit den Schultern. „Sie ist gegangen, als ob wir ihr nichts bedeuten würden. Und wofür?“

Sie war verschwunden. Einfach so, als ob es sie nie gegeben hätte. Er hatte gewartet. Und gehofft, dass sie irgendwann merken würde, dass der Wein das Blut in ihren Adern war. Dass sie eins mit dem Land ihrer Vorfahren war. Aber nein. Stattdessen hatte sie sich ganz diesem nutzlosen Ehemann gewidmet. Und dann hatte sie in der vergangenen Woche auch noch einen Giovanni hier angeschleppt. Lorenzo seufzte schwer. Ein Giovanni? Hier? Sein Vater hätte das nie im Leben zugelassen. Und nun hatte Lorenzo selbst Antonios Angedenken beschmutzt, weil er diesen Jungen nicht verjagt hatte. Weil er zugelassen hatte, dass ein Giovanni sich mit ihnen an einen Tisch setzte und feierte.

„Du kennst dich vielleicht mit Wein aus“, sagte Joe. „Aber ich weiß, wie man überlebt. Die eigenen Ressourcen zu ignorieren ist sehr gefährlich. Brenna ist das Beste, was du hast. Wenn du sie gehen lässt, bist du ein Dummkopf.“

Lorenzo zögerte und nickte dann. „Vielleicht hast du recht. Vielleicht auch nicht.“ Er zuckte mit den Schultern. „Es ist ja nicht so, als ob ich noch nie eine Dummheit begangen hätte. Aber komm jetzt. Ich will dir zeigen, was alles dir gehören könnte.“

Als Nic aus seinem Meeting kam, war Max nirgendwo zu sehen. Irgendwann in der letzten Stunde musste der Welpe aus seinem Körbchen geklettert und weggelaufen sein. Der kleine Kerl war sehr aufgeschlossen. Aber normalerweise gab es nur eine Person, für die er seinen Platz in Nics Büro verließ.

Brenna.

Nic sah auf die Uhr. Es war noch nicht einmal zwei. Brenna kam eigentlich immer erst ziemlich spät. Aber wenn der Hund nicht hier war, wo steckte er dann?

Seufzend machte sich Nic auf die Suche nach Max. Zehn Minuten später hatte er ihn gefunden. Er lag auf Brennas Schoß, im Schatten eines Zitronenbaums hinter dem Haus. Nic zögerte, als er die beiden sah. Brenna saß auf dem Boden. Ihre hängenden Schultern ließen darauf schließen, dass das kein guter Tag für sie war. Auch Max schien das zu merken. Eifrig leckte er ihr die Hand. Nic war sich einen Moment lang unschlüssig, ob er ein guter Freund sein sollte oder seinen männlichen Instinkten folgen und weglaufen sollte. Das hier roch förmlich nach Problemen.

Als er näher kam, wischte sich Brenna über das Gesicht und versuchte zu lächeln. Max ignorierte ihn völlig, von einem winzigen Schwanzwedeln mal abgesehen.

„Möchtest du darüber reden?“, fragte Nic und setzte sich neben sie.

Sie schniefte. „Der gute Teil ist, dass du dich geirrt hast. Der schlechte Teil kommt gleich. Aber dann fange ich bestimmt wieder an zu heulen, und dein Hemd wird ganz nass.“

„Ich irre mich nie“, sagte er leichthin. „Was ist passiert?“

„Alles. Nichts. Ich meine, ich hab es ja gewusst. Das ist jetzt keine Überraschung.“

„Kannst du das übersetzen?“

Sie strich Max über den Kopf. „Mein Großvater hat Joe gesagt, dass er *Marcelli Wines* haben kann. Einfach so. Er braucht keinerlei Ausbildung, und es gibt keine Diskussionen oder Vorträge über Traditionen. Nein, Joe muss einfach nur die Hand ausstrecken. Und dann gehört alles ihm.“ Sie zuckte mit den Schultern. „Dieses ganze Theater um einen männlichen Erben ist doch Quatsch. Was wäre denn so verdammt anders, wenn ich einen Penis hätte?“

„Ähm, einiges“, erwiderte Nic überrascht. Damit hatte er nun wirklich nicht gerechnet, dass Lorenzo seine Karten so schnell ausspielen würde.

„Du weißt genau, was ich meine“, entgegnete Brenna ungeduldig. „Mit einem zusätzlichen Stück Fleisch zwischen den Beinen wäre ich doch auch nicht mehr an unserem Wein interessiert. Und ich wäre auch nicht klüger oder würde meinen Job besser machen.“

Da stimmte natürlich. Nic lehnte sich zurück. In seinem Rücken spürte er die raue Rinde des Baumstamms, und auch seine

Gedanken waren nicht gerade angenehm. Was sollte das denn jetzt? Wollte Lorenzo allen Ernstes das Weingut einem völlig Fremden vererben? Wenn ja, musste sein Plan neu überdacht werden. Und auf jeden Fall würde sich die ganze Sache verzögern.

Brenna sah ihn an. Ihr Gesicht wirkte plötzlich schmal, und die Augen darin schienen riesig. „Das wäre jetzt die Stelle, an der du mich trösten könntest."

Er erwiderte ihren Blick. „Ich glaube nicht, dass dein Großvater *Marcelli Wines* jemandem vermacht, den er kaum kennt. Joe kann doch das eine Ende der Flasche nicht vom anderen unterscheiden."

„Das kriegt er wahrscheinlich gerade noch hin." Sie lächelte. Nur ganz leicht, aber immerhin. „Joe trinkt gerne Bier. Jedenfalls hat er das meinem Großvater gesagt."

Nic beugte sich vor und flüsterte: „Auch ich habe in meinem Leben ein oder zwei Bier getrunken. Es hat ganz gut geschmeckt. Aber verrate das bitte niemandem."

„Na endlich. Jetzt weiß ich, womit ich dich erpressen kann."

Ihr Lächeln wurde breiter, war aber im nächsten Moment bereits wieder verschwunden. Tränen liefen ihr über die Wangen.

„Das ist der totale Albtraum", sagte sie und schlug die Hände vors Gesicht. „Nie kann ich ihm etwas recht machen. Immer ist alles falsch, immer gibt es Streit mit ihm. Was soll ich denn nur tun?"

Sie redete weiter, aber die Worte wurden immer unverständlicher, je mehr Brenna weinte. Irgendwann konnte Nic sie gar nicht mehr verstehen.

Er streckte die Hand nach ihr aus. Dann ließ er sie hastig wieder sinken. Was war das nur mit weinenden Frauen? Irgendwie fühlte man sich in ihrer Gegenwart so hilflos. „Ganz so schlimm ist es doch nicht, oder?"

Mit dem Handrücken wischte sie sich über die Wange. „Ich ... gerade habe ich gedacht, alles wird besser. Und dann geht alles kaputt. Er hat gesagt, dass er total enttäuscht von mir ist. Ich hasse das. Ich bin eine erwachsene Frau. Eigentlich könnte mir das völlig egal sein, ist es aber nicht."

Die letzten Worte gingen in ein herzerweichendes Schluchzen über. Max hob den Kopf und sah Nic auffordernd an. Offensichtlich musste man jetzt etwas tun. Toll! Aber was? Er war ganz bestimmt nicht der Richtige für so eine Situation.

Vorsichtig legte Nic den Arm um Brenna. Er fühlte sich wie ein totaler Idiot, aber was sollte er machen? Dann zog er sie näher an sich heran, bettete ihren Kopf an seine Schulter und strich ihr über das Haar. Max sprang von Brennas Schoß und begann, an ihren Schuhen zu schnüffeln.

„T...tut mir leid", flüsterte Brenna.

„Ist schon gut. Ich bin ja hier."

Ich bin hier? Was war das denn? So was hatte er noch nie zu einer Frau gesagt. Wann hatte er eigentlich zum letzten Mal jemanden in den Arm genommen und getröstet? Die Situation zwischen Brenna und ihm war ziemlich kompliziert. Aber darum konnte er sich jetzt nicht kümmern. In diesem Moment war Brenna nicht der Feind. Sie war einfach nur Brenna und todtraurig noch dazu.

Langsam ebbte ihr Schluchzen ab. Die Tränen flossen weniger, und sie atmete wieder regelmäßig. Nic strich ihr weiter über das Haar. Verdammt! Dieses Shampoo roch ziemlich gut. Und er mochte auch die Art, wie sich Brenna an ihn schmiegte. Das fühlte sich so ... vertraut an.

Als Brenna sich schließlich aufrichtete, war ihr Gesicht verschmiert, und die Augen waren verquollen. Nic ließ die Arme sinken.

„Sorry", flüsterte Brenna. Sie hielt den Blick gesenkt und wischte sich mit den Händen über das Gesicht. „Ich wollte nicht so durchdrehen."

„Kein Problem."

Er reichte ihr ein Taschentuch, und sie wischte damit die letzten Tränen fort. Brennas Mund war geschwollen. Als ob sie gerade jemanden geküsst hätte. Als ob sie *ihn* geküsst hätte.

Kaum war der Gedanke da, wurde Nic ihn nicht mehr los. Plötzlich wirbelten ihm diese Bilder durch den Kopf. Und in der nächsten Sekunde beugte er sich zu Brenna hinüber und verschloss ihre Lippen mit einem Kuss.

Sie schmeckten salzig. Brennas Haut war feucht und roch nach einer Mischung aus Grapefruit und Sommer. Wieder legte er die Arme um sie. Doch diesmal war es anders. Diesmal erwachte das Verlangen, das eben noch geschlummert hatte, in Sekundenschnelle. Nic ignorierte die Hitze und das Pochen zwischen seinen Beinen. Stattdessen vertiefte er den Kuss. Dann lehnte er sich zurück und blickte Brenna in die Augen.

„Du bist überhaupt nicht unfähig“, sagte er. „Du bist sogar ziemlich begabt. Ich bewundere dich dafür, was du mit Wein alles machen kannst. Und wenn dein Großvater das nicht erkennt, dann ist er ein alter Dummkopf.“ Er strich ihr eine feuchte Haarsträhne aus dem Gesicht. „Falls es dich interessiert: Du hast mich schon immer höllisch beeindruckt.“

Er hörte seine eigenen Worte. Und plötzlich wurde ihm klar, dass es stimmte. Als er Brenna das Darlehen gegeben hatte, hatte er nicht wissen können, was passieren würde. Aber inzwischen war ihm klar, dass *Four Sisters* sehr erfolgreich werden konnte. Wenn er es zuließ. Ironischerweise waren Lorenzo und er die beiden Männer, die Brennas Schicksal in Händen hielten.

Ihre Mundwinkel verzogen sich. „Du bist ganz schön gut darin, einer Frau den Kopf zu verdrehen, Nic Giovanni.“

„Ich sage nur die Wahrheit. Vielleicht ist Lorenzo deshalb so hart zu dir. Weil er genau weiß, dass du besser bist als er. Und das kann er nicht ertragen.“

„Vielleicht. Aber es wäre doch ziemlich dumm, deswegen alles Joe zu geben oder an jemand anderen zu verkaufen.“ Ihr Blick verdüsterte sich. „Du denkst doch nicht, dass Großvater *Marcelli Wines* wirklich verkauft, oder?“

„Darüber haben wir doch schon gesprochen.“ Er stand auf und streckte die Hand nach Brenna aus. „Komm jetzt. Du kannst mir bei meinen Hausaufgaben helfen. Das wird dich von deinen Grübeleien ablenken.“

Sie ergriff seine Hand. „Was für Hausaufgaben denn?“

„Erinnerst du dich noch an Sophias Tagebuch?“

Sie nickte.

„Ich bin nur drei Seiten weitergekommen. Aber du hast ja Italienisch auf der Highschool gehabt. Vielleicht kannst du mir helfen. Wir machen das zusammen."

„Ich habe bestimmt alles vergessen", entgegnete Brenna. „Aber versuchen können wir es ja mal. Also los."

Eine Stunde später musste Nic zugeben, dass Brenna etwas von Wein verstand. Aber Italienisch war nicht so ihre starke Seite. Mit vereinten Kräften hatten sie gerade mal eine halbe Seite geschafft, und ihre Übersetzung klang eher wirr.

Brenna seufzte und blätterte durch die vergilbten Seiten. „Wenn wir so weitermachen, sitzen wir hier noch bis zu unserem Lebensende. Willst du Italienisch lernen, oder ist es dir wichtiger, den Text zu verstehen?"

„Habe ich eine Wahl?"

„Klar. Mia ist die Sprachexpertin in unserer Familie. Ihr Italienisch ist wirklich gut. Wahrscheinlich könnte sie das alles in kürzester Zeit übersetzen."

„Magst du sie darum bitten?"

Sichtlich erleichtert klappte Brenna das Tagebuch zu. „Ja. Aber falls sie Hinweise auf eine Goldmine findet, bin ich nicht so sicher, ob sie die Beute mit dir teilt."

„Das Risiko gehe ich ein."

Lächelnd steckte Brenna das Tagebuch in ihre Handtasche. Nic nahm an, dass sie jetzt gehen würde. Aber sie lehnte sich auf ihrem Stuhl zurück, zögerte kurz und sagte dann: „Ich habe meinem Großvater von uns erzählt."

Aha. Das erklärte einiges. Nic war sich nur nicht sicher, was genau „von uns" eigentlich bedeuten sollte. Meinte Brenna damit das Darlehen? Oder den Abend, den sie auf seiner Couch verbracht hatten? Oder sollte das etwas bedeuten … Nein. Das hatte sie nicht getan. Auf keinen Fall.

„Ich habe ihm gesagt, dass wir uns schon seit zehn Jahren kennen", fuhr sie fort. „Außerdem habe ich ihm erklärt, dass wir uns damals immer wieder getroffen haben und dass du eine sehr wichtige Rolle in meinem Leben gespielt hast."

„Du überraschst mich."

„Ich habe mich selbst überrascht." Sie zuckte mit den Schultern. „Er hat mir schreckliche Vorwürfe gemacht, weil ich dich zu der Party mitgebracht habe. Ob ich nicht wüsste, wer du bist. Ob mir nicht klar ist, was deine Familie getan hat. Bla, bla, bla. Und dann hat es mir einfach gereicht. Also habe ich ihm gesagt, dass wir uns getroffen haben und der Himmel trotzdem nicht eingestürzt ist."

„Das hat ihn wohl kaum beeindruckt."

„Hat es auch nicht. Er macht mich wahnsinnig, aber das ist ja nichts Neues. Leider wird er immer besser darin. Diese Sache mit Joe ..." Sie seufzte. „Manchmal würde ich meinen Bruder gerne hassen. Aber das kann ich nicht. An seiner Stelle würde ich genauso handeln. Na ja. Dafür hat er jetzt Mia am Hals. Als ich gegangen bin, hat sie ihn gerade wieder über seine Freunde ausgefragt."

„Und das amüsiert dich?"

Brenna grinste. „Natürlich." Sie sah auf die Uhr. „Mist, ich muss dringend zurück." Sie stand auf und legte die Hand auf seinen Arm. „Danke fürs Zuhören. Und dass ich dein Hemd nass machen durfte."

Dann beugte sie sich zu ihm hinunter, küsste ihn und ging.

Er blieb sitzen und starrte auf die Tür. Brenna hatte das Haus schon verlassen, aber sein Körper schien das noch nicht mitgekriegt zu haben. Jedenfalls reagierte er prompt.

Hastig fuhr Nic sich mit dem Handrücken über den Mund. Aber das eigentliche Problem konnte er damit nicht wegwischen. Warum war Brenna plötzlich so wichtig? Das konnte nicht sein. Das durfte nicht sein. Und trotzdem ...

Die Dinge hatten sich geändert. Er konnte nicht erklären, wie das passiert war. Aber er spürte es ganz genau. Nur hatte der alte Lorenzo mit seiner Frage leider gar nicht so unrecht: Wusste Brenna wirklich, wer er war?

Nein, das tat sie nicht. Für sie war er einfach nur Nic, ihr Nachbar, ihr Exliebhaber, der Mann, der ihr die Realisierung ihres großen Traums ermöglichte. Aber er war auch ein Unternehmer mit einem Businessplan. Und von diesem Plan wusste Brenna nichts. Sie war brillant, wenn es um Wein ging. Aber im Gegensatz zu Lorenzo hatte sie die wichtigste Regel im Geschäftsleben übersehen: Kenne deinen Feind!

Natürlich wusste auch Lorenzo nichts von dem Plan. Niemand wusste davon, nur die drei Strohmänner waren eingeweiht. Und Maggie. Maggie, der das alles nicht gefiel. Seit ungefähr acht Jahren war diese Frau so etwas wie sein Gewissen. Und nun würde er sie das erste Mal enttäuschen.

13. KAPITEL

Brenna war gerade auf die Hazienda zurückgekehrt. Jetzt stand sie vor Mias Tür und klopfte, erhielt jedoch keine Antwort. Sie klopfte lauter. Wieder nichts. Schließlich hämmerte sie mit beiden Händen gegen das alte Eichenholz. Die Tür ging auf, und Mia grinste breit. Ungläubig starrte Brenna sie an: Ihre kleine Schwester trug Kopfhörer und tanzte wild zu einem Rhythmus, den nur sie hören konnte. Ausnahmsweise trug Mia einmal kein Make-up, und auch ihre Kleidung ließ die übliche Dramatik vermissen. In dem schlichten Tanktop und den Shorts wirkte sie plötzlich wie eine Fünfzehnjährige.

„Du machst mir Angst", bemerkte Brenna und betrat das Zimmer. Mia schaltete ihren MP3-Player aus und legte die Kopfhörer auf den Schreibtisch.

„Quatsch. Du bist nur neidisch, weil ich Rhythmus im Blut habe." Sie führte einige Tanzschritte vor, die vor allem aus Sprüngen und wilden Ruderbewegungen bestanden.

„Was du hast, ist nicht Rhythmus, sondern ein epileptischer Anfall."

Mia streckte ihr die Zunge raus und ließ sich auf das ungemachte Bett plumpsen. Das Zimmer wirkte, als hätte gerade eine Bombe eingeschlagen. Überall lagen aufgeschlagene Bücher herum. Das Bett, der Ankleidetisch und der Sessel waren unter den Kleiderstapeln kaum noch zu erkennen, jeder weitere freie Fleck war von Musikmagazinen bedeckt.

Brenna nahm zwei BHs, einen Rock und drei T-Shirts vom Sessel. Dann warf sie sie in Mias Richtung und setzte sich.

„Ich habe dich im College besucht. Dein Zimmer dort ist ziemlich ordentlich. Warum sieht es hier eigentlich immer so wild aus?"

„Ich habe einen Rückfall." Mia drückte sich das Kopfkissen an die Brust. „Im normalen Leben bin ich schon erwachsen. Aber wenn ich zurück auf die Hazienda komme, verwandle ich mich ruck, zuck wieder in eine Zwölfjährige. Keine Ahnung, warum."

Wohlweislich verkniff sich Brenna sämtliche Bemerkungen,

die ihr auf der Zunge lagen. Sie brauchte Mias Hilfe. Jetzt war nicht der richtige Zeitpunkt für irgendwelche Witze. Vorsichtig nahm sie das Tagebuch aus der Tasche und streckte es ihrer Schwester entgegen.

„Was ist das?", fragte Mia.

„Das sind die Aufzeichnungen von Sophia Giovanni." Nic hat versucht, sie zu übersetzen, aber sein Italienisch ist genauso schlecht wie meins. Vielleicht willst du ja mal einen Blick draufwerfen. Es eilt auch nicht."

Mia griff nach dem Tagebuch, blätterte in den vergilbten Seiten und begann dann, Brenna daraus vorzulesen: „Manchmal gehe ich am Meer spazieren und spüre die Gischt auf meinem Gesicht. Ich stelle mir vor, dass ich mich auf einem Schiff befinde. Und dieses Schiff wird mich bis an den Rand der Welt tragen."

Brenna starrte sie an. „Das gibt's doch nicht!"

Mia blickte auf. „Wieso? Kannst du nicht glauben, dass Sophia das wirklich geschrieben hat oder dass ich es übersetzt habe?"

„Beides." Sie seufzte. „Egal. Du kennst dich eben mit Sprachen aus. Und ich verstehe dafür mehr von Wein. Das muss ich mir nur manchmal in Erinnerung rufen."

Mia stieß einen verächtlichen Laut aus. „Na klar. Weil du ja sooo neidisch auf mich bist."

„Ich bin nicht neidisch. Nicht wirklich." Manchmal war Mia so brillant, dass es fast beängstigend war. Aber das würde Brenna ihrer Schwester natürlich nicht verraten.

Mia ließ das Tagebuch sinken, schlug die Beine übereinander und lehnte sich zurück. „Okay, ich habe vielleicht kein Problem mit Sprachen. Aber dafür verpasse ich immer alle interessanten Dinge. Zum Beispiel die Sache mit Nic. Als er zwanzig war, war ich sieben oder acht. Kein Wunder, dass er mich nicht ernst nimmt."

„Als du sieben warst, hast du dich auch noch nicht für Männer interessiert."

„Ich weiß. Aber jetzt tue ich es." Sie seufzte dramatisch. „Hier bin ich, in der Blüte meiner Weiblichkeit. Und Nic hat nur Augen für dich."

Brenna wusste nicht, was absurder war: Mias „Blüte der Weiblichkeit“ oder der Gedanke, dass Nic nur Augen für sie hatte. Wenn es doch nur so wäre. Aber leider war Nic …

Sie hatte keine Ahnung, was er war. Am besten dachte sie gar nicht weiter darüber nach. Das würde nur zu neuen Problemen führen.

„Wir haben eine Geschäftsbeziehung“, sagte sie steif.

Mia schüttelte den Kopf. „*No way.* Vielleicht war das am Anfang so, als er dir das Darlehen gegeben hat. Aber dann hast du ihn zu der Verlobungsparty mitgebracht, und so was macht man nicht mit Geschäftspartnern.“

„Er wollte gerne eingeladen werden.“

„Warum das denn?“

Brenna zuckte mit den Schultern. Wahrscheinlich hatte es etwas mit ihrer Vergangenheit zu tun. Aber das würde sie Mia jetzt ganz bestimmt nicht auf die vorwitzige kleine Nase binden.

„Ich weiß nicht. Vielleicht wollte ich mich einfach nur an Grandpa Lorenzo rächen. Dafür, dass er mir das Leben zur Hölle macht. Und dass er Joe alles vererbt.“

Mia presste die Lippen aufeinander. „Ich wünschte, ich könnte da etwas tun. Soll ich mal mit Grandpa reden?“

„Das kannst du vergessen, er würde nicht auf dich hören. Aber danke trotzdem.“

„Vielleicht sollten wir Joe einfach kidnappen. Wenn er nicht mehr bei seiner komischen Einheit auftaucht, müssen die Jungs kommen und ihn retten. Das wäre doch ideal! Grandpa Lorenzo hält Joe dann für unzuverlässig und enterbt ihn. Und ich lerne auf einen Schlag ganz viele süße Typen kennen.“

Brenna lachte. „Guter Plan. Jetzt müssen wir nur noch die Details besprechen.“

Begeistert riss Mia die Arme hoch. „Okay. Zuallererst zu den wichtigen Punkten: Wie kriegen wir Joes Chef dazu, dass er nur die wirklich gut aussehenden Jungs schickt? Ach ja, Single sollten sie natürlich auch noch sein.“

„Seit du mit David Schluss gemacht hast, denkst du an nichts anderes als an Männer. Warum eigentlich? Ich dachte, du hättest dir in Washington D. C. schon die Hörner abgestoßen?“

„Habe ich ja auch, aber jetzt will ich mehr. Tief in meinem Inneren bin ich eben sehr romantisch veranlagt. Deshalb würde ich ja auch so gerne Joes Freunde treffen. Aber leider ist er völlig unkooperativ.“

„Wer ist unkooperativ?“

Wenn man vom Teufel spricht! Brenna sah auf und entdeckte Joe, der in der Tür stand und sich stirnrunzelnd umblickte.

„Wie sieht es denn hier aus?!“

Kokett klimperte Mia mit den Wimpern. „Ach, weißt du. Das gehört zu meinem Charme.“

„Du bist chaotisch.“

„Vielleicht. Aber trotzdem so attraktiv, dass dir die Worte fehlen.“

„Ein paar Worte würden mir da schon einfallen.“ Er sah zu Brenna hinüber. „Hey.“

„Hallo.“

„Geht es dir gut?“, erkundigte er sich.

„Ja.“

Warum musste das nur so schwierig sein? Brenna hasste solche Momente. Aber was sollte sie tun? Ihr Verstand sagte ihr, dass Joe nichts für die ganze Situation konnte. Ja, klar. Er hätte sein Erbe ablehnen können. Aber dann wäre er reif für die Irrenanstalt gewesen. Tatsache war: Ihr Bruder hatte einfach Glück gehabt und die große Erben-Lotterie gewonnen.

Also gab es keinen Grund, ihn zu hassen oder Pläne für seine Entführung zu schmieden. Nur war da ein Teil von ihr leider ganz anderer Meinung.

„Setz dich.“ Einladend deutete Mia auf ihre Matratze.

Joe ging zum Bett, schnappte sich eine Handvoll Klamotten und legte sie über die Sessellehne. Dann nahm er auf der Matratze Platz, weit weg von Mia.

„Wir haben gerade über Dates gesprochen. Ich brauche dringend ein paar bedeutungslose Treffen mit Männern“, erklärte ihm seine jüngste Schwester.

„Fang deine Fische in einem anderen Teich!“

Sie runzelte die Stirn. „Ist das eine Metapher, Joe? Meinst du damit, dass du gar nicht willst, dass ich deine Freunde kennenlerne?"

„Genau."

„Ich hätte nie gedacht, dass Brüder so verklemmte Machos sind." Sie blickte zu Brenna. „War er schon so, als ihr euch das erste Mal getroffen habt?"

„Na ja. Im Gegensatz zu dir habe ich ihn nicht gleich gefoltert."

Erneut sah Mia Joe an. „Es ist wirklich süß von dir, dass du mich beschützen willst. Aber weißt du, ich bin gar keine Jungfrau mehr. Schon lange nicht mehr."

Joe zuckte zusammen. „Das wollte ich gar nicht wissen."

Unwillkürlich musste Brenna grinsen. „Den Kampf verlierst du. In diesem Zimmer sind die Frauen in der Überzahl."

„Ich weiß, leider."

„Beschwer dich nicht. Du liebst uns doch", entgegnete Mia.

Da war sich Brenna nicht so sicher. „Das ist ja noch eine ganz neue Situation für Joe", wandte sie ein. „So eine große Familie ist immer anstrengend. Und ob man sich jemals an die Marcellis gewöhnen kann, weiß ich auch nicht."

„Nicht so schnell jedenfalls", gab Joe zu. „Ihr habt mich zwar allen vorgestellt, als ich angekommen bin. Aber ich konnte einfach nicht glauben, dass all diese Leute wirklich in einem Haus leben."

Er beugte sich vor und legte die Arme auf die Oberschenkel. „Ich weiß gar nicht, wann ich erfahren habe, dass ich adoptiert wurde. Irgendwie wusste ich es einfach schon immer. Bis meine Eltern gestorben sind, hat mich meine echte Familie auch nicht interessiert. Warum auch? Ich dachte, dass Colleen mich weggegeben hat, weil sie mich nicht wollte."

Brenna streckte die Hand aus und berührte seine. „Aber das stimmt nicht. Mom und Dad waren einfach zu jung, um sich gegen ihre Eltern durchzusetzen. Sie hatten auch keine große Wahl. Inzwischen ist das anders, aber vor dreißig Jahren konnten zwei Minderjährige nicht so einfach ihr Baby behalten."

Er nickte.

„Ich habe noch nie darüber nachgedacht, wie es sich anfühlt, eine völlig unbekannte Familie zu haben“, fuhr Brenna nachdenklich fort. „Du bist wahrscheinlich ganz schön durcheinander, oder?“

Ohne eine Miene zu verziehen, erwiderte er: „Ich bin ein SEAL. Ich habe keine Gefühle.“

Brenna lachte. Nach einem kurzen Moment verzogen sich auch Joes Mundwinkel. Übermütig gab Mia ihm einen Klaps auf den Arm.

Suchend blickte Joe sich um. „Ist hier irgendwo eine Fliege? Ich glaube, sie ist gerade auf meinem Arm gelandet.“

Mia gab ihm einen Stoß. Joes Körper bewegte sich keinen Millimeter. Seine Schwester seufzte lauf auf und legte dann den Kopf an seine Schulter.

„Du musst uns doch wenigstens ein bisschen mögen“, sagte sie.

„Einige mehr als andere.“

Mia verdrehte die Augen. „Egal, was passiert: Ich bin auf jeden Fall froh, dass du gekommen bist. Auch wenn du etwas kooperativer sein könntest.“

Joe legte den Arm um sie. „Du gibst nicht auf, oder?“

„Natürlich nicht.“ Plötzlich wirkte sie ernst. „Irgendwie ist es ziemlich cool, mit dir zusammenzuleben. Schade, dass Mom und Dad dich nicht behalten durften. Später haben sie ja sowieso geheiratet. Wenn sie das früher gemacht hätten, wärst du von Anfang an einer von uns gewesen. Hätte dir das nicht gefallen?“

„Weiß ich nicht“, erwiderte Joe. „Für mich sind Colleen und Marco nicht meine Eltern. Und daran wird sich wohl auch nichts ändern. Wenn ich hier aufgewachsen wäre …“ Er zuckte mit den Schultern.

Brenna verstand seine gemischten Gefühle nur zu gut. Wenn Joe bei ihnen gelebt hätte, wäre auch ihr Leben komplett anders verlaufen. Sie hätte von Anfang an gewusst, dass er der Erbe war. Wahrscheinlich hätte sie sich trotzdem immer für Wein interessiert. Aber der Druck, der auf ihr lastete, wäre vielleicht nicht so groß gewesen. Hätte sie sich dann getraut, zu ihrer Beziehung mit Nic zu stehen? Hätte sie es gewagt, die Missbilligung ihrer Familie herauszufordern?

„Wenn du hier aufgewachsen wärst, wäre ich nie geboren worden“, sagte Mia.

Brenna schüttelte den Kopf. „Das ist nicht wahr.“

Mia verzog den Mund. „Ist es doch. Aber es macht mir nichts aus. Du weißt genau so gut wie ich, dass Mom keine Kinder mehr bekommen sollte, nachdem Francesca und du geboren wurdet. Der Arzt hat ihr davon abgeraten, aber sie hat es trotzdem noch mal versucht. Es war gefährlich, aber sie wollten ja alle unbedingt einen männlichen Erben. Wenn Joe hier gewesen wäre, wäre das nicht passiert.“

Brenna konnte sich nicht vorstellen, wie ein Leben ohne Mia aussehen sollte. Und sie wollte es auch gar nicht.

„Lorenzo sollte mal über Gleichberechtigung nachdenken“, murmelte Joe.

„Das findet Brenna auch“, erwiderte Mia. „Wir machen unser Geld mit Wein und nicht mit einer Hundezucht. Also warum dieses ganze Theater um einen Penis?“

Brenna zuckte zusammen. „So habe ich das nicht gesagt.“

„Aber so ähnlich.“

Joe zerzauste Mia das Haar. „Kind, du bist eine Nervensäge.“

„Und du liebst mich.“

„Vielleicht.“

Er sah zu Brenna hinüber. „Wegen der Sache mit dem Erbe …“, setzte er an.

Brenna unterbrach ihn kopfschüttelnd. „Wir müssen nicht darüber sprechen. Was geschehen wird, wird geschehen. Wenn Grandpa *Marcelli Wines* nicht dir vermacht, kann es gut sein, dass er verkauft. Ich kann nicht …“ Sie schluckte. „Ich muss meine eigenen Pläne machen.“ Und das hatte sie ja schon. Ja, das alles tat noch immer weh. Aber irgendwann würde es besser werden.

„Alle sagen, dass du unglaublich gut bist.“

Wow! Ein Kompliment. „Das spielt keine Rolle. Du bist trotzdem der männliche Erbe, Joe“, antwortete Brenna.

„Ich habe nicht geahnt, dass mein Erscheinen solche Auswirkungen haben würde.“

„So ist das Familienleben. Viel Liebe und viel Ärger.“

Mia zog eine Flunsch. „Entschuldigung, aber ich bin auch noch hier. Ich möchte, dass wir auch mal über mich sprechen.“

„Wirklich?“, fragte Joe. „Aber was gibt es denn da zu besprechen? Du interessierst dich doch nur für Dates mit irgendwelchen Männern.“

„Genauer gesagt, interessiert sie sich nur für Sex“, erklärte ihm Brenna.

Joe zögerte einen Moment. „Was ist mit euch beiden eigentlich los?“

Brenna zog die Augenbrauen hoch. „Nichts. Wir sind nur zwei ganz normale Frauen, die sich nach Liebe sehnen.“ Sie beugte sich vor. „Wahrscheinlich sollte ich dir sagen, dass ich auch keine Jungfrau mehr bin.“

Er sprang auf. „Ich bin so was von raus aus diesem Zimmer.“

Mia hob die Hand, Brenna schlug ein, und beide Schwestern kicherten, während Joe stöhnend die Augen verdrehte.

Brenna kam als Letzte im Restaurant an. Sie entdeckte ihre Schwestern an einem Tisch auf der Veranda. Ein großer Sonnenschirm spendete ihnen Schatten, und die drei waren in eine muntere Unterhaltung vertieft. Brenna selbst war nicht ganz so gut drauf. Die Arbeit für ihren Großvater und die langen Nächte auf *Wild Sea Vineyards* hinterließen ihre Spuren. Dass Mia ein Treffen zum Lunch einberufen hatte, war Brenna deshalb nicht sehr recht gewesen. Aber als sie auf den Tisch zuging, merkte sie, wie sehr sie sich dennoch freute. Es war lange her, dass alle vier Marcelli-Schwestern etwas gemeinsam unternommen hatten.

„Da bist du ja“, sagte Francesca und deutete auf den Stuhl neben sich. „Dann müssen wir jetzt leider aufhören, über dich zu lästern.“

„Wieso denn?“, meinte Mia und klimperte mit den Wimpern. „Ist doch viel besser, über Leute zu reden, wenn sie dabei sind. Dann bekommt man gleich eine Reaktion.“

„Nervt euch die Kleine auch so, oder macht sie das nur bei mir?“, fragte Brenna.

Katie reichte ihr die Karte. „Sie treibt uns alle in den Wahnsinn. Also, Brenna. Will ich wissen, wie es dir geht?"

Brenna schüttelte den Kopf. „Willst du nicht."

„Alles klar."

Der Kellner kam an den Tisch, um ihre Bestellung aufzunehmen. Er war Anfang zwanzig und besaß den gebräunten, durchtrainierten Körper eines Surfers. „Haben sich die Ladys schon entschieden?"

Brenna warf einen Blick auf die Karte und nickte. Katie bestellte. Alle vier Schwestern entschieden sich für Salat und die hausgemachte Limonade. Nur Mia bestand auf eine Extraportion Pommes frites. Der Kellner notierte ihre Wünsche. Kaum war er verschwunden, setzte sich Mia aufrecht hin und räusperte sich.

„Ihr fragt euch vielleicht, warum ich dieses Treffen einberufen habe", begann sie.

Brenna hielt das für eine lustige Bemerkung, bis sie ihre Schwester ansah und bemerkte, dass Mia ziemlich ernst aussah.

„Was ist los?", wollte Katie wissen.

„Nichts Spezielles", erwiderte Mia. „Aber alles in unserer Familie verändert sich gerade. Irgendwie fühle ich mich schon seit einiger Zeit etwas unwohl, und ich habe mich gefragt, woher das kommt. Vielleicht liegt das an meiner Trennung oder an Brennas Scheidung. Aber ich glaube, es ist mehr als das. Nichts ist mehr so, wie es war, Katie. Du und Francesca, ihr werdet bald heiraten. Brenna macht jetzt ihren eigenen Wein. Und ich werde gerade erwachsen."

„Du wirst erwachsen? Bist du dir da auch wirklich sicher?", fragte Francesca.

Mia grinste. „Nein." Dann verschwand das Lächeln von ihrem Gesicht. „Ich wollte, dass wir uns noch einmal treffen, bevor jede von uns einen anderen Weg einschlägt."

Plötzlich hatte Brenna einen Kloß im Hals. „Gute Idee, Kleine."

„Danke."

Francesca und Katie nickten stumm.

Mia warf sich in Positur. „Ihr behauptet ja immer, dass ich so schlau bin. Aber trotzdem hört ihr nie auf mich. Es ist euch ganz egal, was ich sage. Ich hatte schon so viele gute Pläne in den letzten Jahren, nur wolltet ihr nie mitmachen."

Der Kellner brachte die Getränke. Eilig griff Katie nach ihrem Glas.

„Das gibt Ärger", warnte sie.

Mia ignorierte das. „Ist doch wahr! Zum Beispiel war es meine Idee, dass wir Granny M zum Geburtstag einen Gutschein für ein Dating-Portal schenken. Ihr fandet das mal wieder doof. Und was ist passiert? Sie trifft sich jetzt mit Gabriel und ist wirklich glücklich."

„Die beiden hätten sich nie im Leben in einem Dating-Portal kennengelernt", entgegnete Francesca.

„Nein, aber vielleicht hätte Granny jemand anderen getroffen. Der Punkt ist ..."

Brenna lachte. „Wir kapieren schon, was du denkst. Nur sind wir leider nicht deiner Meinung."

Mia schmollte. „Es ist doch immer das Gleiche: Ihr drei gegen mich. Egal, was ich sage, ihr nehmt es nicht ernst, weil ich die Jüngste bin."

„Das stimmt doch gar nicht", warf Francesca ein.

Brenna war sich da nicht so sicher. Irgendwie stimmte es schon. Mia war zehn Jahre jünger als Katie, und zwischen ihr und der kleinen Nervensäge lagen auch neun Jahre.

Wohlmeinend tätschelte sie Mia die Schulter. „Wir lieben dich trotzdem."

„Weiß ich, aber dennoch wünsche ich mir manchmal mehr Respekt." Sie grinste. „Obwohl es natürlich cool ist, dass ihr schon so alt seid und ich mein Leben noch vor mir habe."

„Vielen Dank", murmelte Katie.

Mia erhob ihr Glas. „Wie auch immer. Jedenfalls wollte ich, dass wir uns heute treffen, um mal wieder ein bisschen zu quatschen."

Brenna blickte Francesca an. „Manchmal hat das Baby auch ziemlich gute Ideen."

Francesca nickte.

Katie wirkte nicht ganz so überzeugt.

„Was ist?", fragte Mia seufzend. „Du hast wieder diesen

schrecklich mütterlichen Ausdruck in den Augen."

Katie zuckte mit den Schultern. „Ich frage mich nur, ob es dir wirklich gut geht. Bereust du es, dass du die Verlobung mit David gelöst hast?"

Mia stellte ihr Glas wieder ab. „Nein. David und ich, wir haben uns ziemlich gut verstanden. Aber wir waren so mit uns selbst beschäftigt, dass wir gar nicht überlegt haben, was eine Ehe eigentlich bedeutet. Er war zum ersten Mal in seinem Leben allein, und ich wollte es unbedingt der Familie recht machen. Das musste ja schiefgehen. Aber zum Glück sind wir Freunde geblieben."

Der Kellner brachte ihnen Brot. Ungeduldig schnappte sich Mia den ganzen Korb, nahm ein Stück und reichte den Rest dann großzügig an Brenna weiter.

„Natürlich muss ich zugeben, dass ich den Sex vermisse", meinte sie, während sie sich ein ziemlich großes Stück Butter abschnitt.

„Verständlich", erwiderte Katie.

Francesca sah Brenna an. „Hast du das gerade auch gehört? Hat Miss Ich-bin-so-vernünftig tatsächlich ihr Interesse an Sex bekundet?"

Brenna grinste. „Wahrscheinlich ist Zach so gut, dass sie endlich auch kapiert hat, um was es geht."

„Das habe ich schon immer gewusst", warf Katie ungehalten ein.

„Umso schlimmer", erwiderte Brenna und wandte sich an Mia. „Wir beide sind also die Einzigen, die momentan komplett auf dem Trockenen sitzen. Das nervt."

„Und wie", bekräftigte Mia. „Wenn ich wieder auf dem College bin, werde ich mir sofort einen süßen kleinen Toyboy suchen."

„Sei bitte vorsichtig", sagte Katie. „Wenn du weiterhin die Weltherrschaft anstrebst, musst du sowieso damit rechnen, Single zu bleiben."

„Ich weiß." Mia zog eine Grimasse. „Aber Single zu sein bedeutet ja nicht automatisch, keinen Sex zu haben."

Francesca trank einen Schluck Limonade. „Und wie geht es

dir jetzt wirklich, Brenna? Es war ja schon stressig genug, für Großvater zu arbeiten und dein eigenes Ding zu machen. Aber jetzt ist auch noch Joe auf der Bildfläche erschienen."

Es überraschte Brenna nicht, dass ihre Zwillingsschwester dieses Thema anschnitt. Und vielleicht half es ja wirklich, darüber zu reden.

„Ich mag ihn", sagte sie langsam. „Aber ich hasse den Gedanken, dass er alles erben wird. Also freue ich mich einerseits, dass Joe hier ist. Und andererseits wünschte ich, er wäre nie geboren worden. Ziemlich mies, oder?"

„Überhaupt nicht", entgegnete Katie. „Das kann ich sehr gut verstehen."

Francesca nahm ihre Hand. „Ich wäre da auch hin- und hergerissen."

„Auf jeden Fall bist du ziemlich tapfer", mischte sich Mia ein. „An deiner Stelle hätte ich den Kidnapping-Plan schon längst in die Tat umgesetzt."

„Den *was*?", fragte Katie.

Bereitwillig erläuterte ihr Mia ihre Idee.

„Leider ist er im Nahkampf ausgebildet", murmelte Brenna. „Das könnte ein kleines Problem geben. Ganz so einfach wird er nicht zu überwältigen sein."

„Ganz schön peinlich für ihn, wenn wir es trotzdem schaffen würden", sagte Mia und kicherte.

„Vielleicht sehen wir auch viel zu schwarz", wandte Katie ein. „Kann doch sein, dass das alles nur eine Einschüchterungstaktik von Grandpa ist."

„Das glaube ich nicht", erwiderte Brenna. Hoffentlich sahen ihr die anderen jetzt nicht an, wie sehr sie das immer noch verletzte. „Er hat Joe ganz direkt gesagt, dass alles ihm gehören könnte. Und Joe war mehr als interessiert."

„Was bedeutet, dass es sehr klug von dir war, deine eigene Weinproduktion zu starten", sagte Francesca.

„Stimmt. Jetzt muss die ganze Sache nur noch ein Erfolg werden. Aber das wird sie auch. Gott sei Dank hat Nic mir ja das Geld gegeben."

Er hat dich gerettet, dachte Brenna. Ohne ihn wärst du jetzt völlig am Ende.

Der Kellner erschien mit ihren Salaten, und sie griff nach der Gabel. Dann blickte Brenna auf und bemerkte, dass alle ihre Schwestern sie anstarrten.

„Was?", fragte sie.

„Du hast Nic wirklich mit zur Party gebracht", sagte ihre Zwillingsschwester.

Brenna nickte. „Ich habe Katie und dich vorher gefragt. Ihr habt beide gemeint, dass es okay wäre."

Katie blickte zu Francesca. „Klar, aber wir haben nicht gedacht, dass du es wirklich tun würdest."

„Okay, aber ich habe es getan." Brenna spießte ein Salatblatt auf. „Und vielleicht könntet ihr jetzt mal anfangen zu essen."

Ihre Schwestern ignorierten sie.

„Da ist irgendwas im Busch", stellte Francesca fest.

„Ist das deine professionelle Einschätzung?", fragte Brenna und kaute etwas heftiger als nötig auf ihrem Salat herum.

„Die Frage ist nur, was", sagte Katie.

„Jetzt komm mal auf den Punkt." Mia nahm Brenna ins Visier. „Hattet ihr schon Sex?"

Der Salat blieb Brenna im Hals stecken. Sie hustete und trank eilig einen Schluck Limonade. Wenigstens waren die anderen jetzt kurz abgelenkt.

Die Frage hatte sie eiskalt erwischt. Und natürlich wollte sie ihre Schwestern nicht anlügen. Die Wahrheit wollte sie aber auch nicht preisgeben.

Sie räusperte sich noch einmal. „Sorry, da ist was schiefgelaufen. Mit meinem Salat." Sie deutete auf die unberührten Teller. „Fangt ihr jetzt endlich mal an?"

Mia sah zu Francesca und Katie hinüber. „Ich glaub's ja nicht!", flüsterte sie.

Francesca legte die Hand auf Brennas Arm. „Sag uns, dass das nicht wahr ist."

War sie hier auf der Polizeistation gelandet? So langsam verging ihr der Spaß an diesem Verhör. „Was soll nicht wahr sein?“, fragte Brenna.

„Dass du mit Nic geschlafen hast“, wisperte Katie.

Sie holte tief Luft. „Habe ich auch nicht.“

Mist! Das hatte irgendwie nicht so überzeugend geklungen.

Mia seufzte. „Du lügst!“

Entnervt legte Brenna die Gabel zur Seite. „Kapiert es doch endlich: Nic und ich arbeiten zusammen. Ja, wir haben mal etwas füreinander empfunden. Und deshalb haben wir eine Vergangenheit, mit der wir klarkommen müssen. Nicht mehr und nicht weniger.“

„Das nennt man Psycho-Geschwafel“, erläuterte Katie.

Mia griff nach ihren Pommes. „Warum bin ich hier eigentlich die Einzige, die niemand flachlegen will?“

„Es war doch nur ein einziges Mal“, verteidigte sich Brenna. „Das hatte doch nichts zu bedeuten.“

„Bist du da sicher?“, fragte Francesca streng.

„Ja. Wirklich, ich schwöre es.“

„Mhm.“ Katie begann, ihren Salat in Angriff zu nehmen.

Mia grinste zufrieden.

Francesca legte die Hände in den Schoß. Sie schwieg, aber es war auch gar nicht nötig, dass sie etwas sagte. Ihr wissender Blick reichte schon, um Brenna auf die Palme zu bringen.

„Fang jetzt bloß nicht wieder damit an, dass alles seinen Grund hat. Dieser ganze Kosmoskram macht mich wahnsinnig. Hier ging es einfach nur um verrücktspielende Hormone. Und wenn man bedenkt, was Nic und ich für eine Vergangenheit haben, dann war das eigentlich unvermeidbar. Aber es hatte trotzdem nichts zu bedeuten.“

„Dein Fehler war es also nicht?“, fragte Mia unschuldig.

„Genau.“

„Sei vorsichtig“, warnte sie Francesca.

„Wieso sollte ich? Wir arbeiten einfach zusammen.“

„Und zwischendurch habt ihr Sex“, sagte Mia. „War er gut?“

„Diese Frage beantworte ich nicht.“

„Also ja“, stellte Katie fest.

Am liebsten hätte Brenna laut aufgeschrien. „Warum hört ihr

mir nicht zu?“

„Weil du nicht ehrlich bist. Weder zu dir noch zu uns“, erklärte Francesca. „Nic ist auf vielen verschiedenen Ebenen attraktiv für dich. Ihr arbeitet zusammen. Es gibt da diese Chemie zwischen euch. Das ist eine explosive Mischung.“

„Denkt ihr, dass sie ihn wirklich mag?“, erkundigte sich Katie bei ihren Schwestern.

Francesca überlegte kurz. „Ich bin mir da nicht sicher.“

„Hallo“, stieß Brenna wütend hervor. „Ich sitze noch immer an diesem Tisch.“

Mia deutete auf die Avocado. „Isst du die noch?“

Brenna schlug ihr auf die Finger. „Ja.“

„Und magst du ihn jetzt oder nicht?“, wollte Francesca wissen.

„Keine Ahnung.“

Und das war die Wahrheit. Natürlich gab es eine Menge Gefühle, die Nic in ihr auslöste. Aber mochte sie ihn? Ja, entschied Brenna, das tue ich. Und über diese anderen, gefährlicheren Gefühle musste sie jetzt ja nicht nachdenken.

„Er hat viel für mich getan“, sagte sie zögernd. „Ich bin ihm wirklich sehr dankbar. Ohne ihn würde es *Four Sisters* nicht geben.“

„Er war ziemlich cool auf der Party“, stellte Mia fest. „Grandpa Lorenzo hat ihn so richtig in die Mangel genommen, aber er ist immer höflich geblieben. Gar nicht eingeschnappt oder so. Wahrscheinlich interessiert sich Mr Sexy nicht so für die Vergangenheit. Jedenfalls nicht für diese doofe Familienfehde.“

„Und eure Vergangenheit? Ist er darüber auch hinweg?“, fragte Francesca.

Brenna überlegte einen Moment. „Ja, so ziemlich.“ Wenn auch nicht ganz. Aber das ging ihre Schwester nun wirklich nichts an.

„Vergiss nicht das Tagebuch“, rief Mia begeistert aus. „Das finde ich auch gut von ihm.“

„Welches Tagebuch?“ Katie blickte sie fragend an.

„Das von Sophia Giovanni. Nic hat es gefunden und versucht es zu übersetzen. Er ist nicht so weit gekommen. Aber das ist alles ganz schön interessant. Bevor Sophia mit Salvatore Giovanni verheiratet wurde, war sie in Antonio verliebt."

Katies Augen wurden groß. „Unser Antonio? Unser Urgroßvater?"

„Genau der. Sophia und er kannten sich schon aus der Zeit in Italien."

„Spannend", kommentierte Francesca. „Aber das kann ja wohl nicht der Grund für die Fehde gewesen sein. Zu dem großen Streit kam es doch erst fünfzehn Jahre später oder so. Es sei denn, sie waren da immer noch verliebt."

Mia schüttelte den Kopf. „Da waren sie doch schon längst mit anderen verheiratet. So lange halten sich Gefühle nicht. Liebe braucht Nähe, sonst geht sie kaputt."

Katie lachte. „Und woher hast du diese Weisheit?"

„Ist doch so. Ohne Nahrung stirbt die Liebe."

Leider hatte sie recht, das wusste Brenna nur zu gut. Damals war sie sich ganz sicher gewesen, dass sie Nic immer lieben würde. Aber das hatte sie nicht. Die Zeit und ein neues Leben hatten die Dinge verändert. Vielleicht waren ihre Gefühle auch ganz von selbst verblasst. Eben noch war alles so intensiv gewesen. Und kurz darauf war plötzlich alles vorbei.

„Du musst uns unbedingt erzählen, wenn du etwas Interessantes in dem Tagebuch findest", meinte Francesca.

„Mach ich." Mia griff nach ihrer Limonade. „Habt ihr zwei Turteltäubchen eigentlich schon herausgefunden, wo ihr die Flitterwochen verbringt?"

Francesca murmelte etwas von Hawaii, und Katie sprach von einer Kreuzfahrt.

Brenna hörte ihnen nur mit halbem Ohr zu. Sie konnte nicht aufhören, über die Vergangenheit nachzudenken. Nic und sie hatten darüber gesprochen. Aber noch nie war es darum gegangen, was damals wirklich passiert war. Dieses Schreckgespenst lauerte noch immer in seiner gut verschlossenen Kiste.

War es an der Zeit, das zu ändern?

14. KAPITEL

Nic verließ das Büro kurz nach zehn. Das Gebäude war still und dunkel, bis auf die Lichter im Flur, die die Putzfrauen für ihn angelassen hatten. Er trat aus der Tür und schloss hinter sich ab.

Die Nacht war kühl, der Himmel klar. Jenseits des Zauns waren die schwarzen Silhouetten der Weinreben zu sehen. Irgendwo schrie eine Eule. Das Haus war dunkel, kein Fenster erleuchtet. Niemand, der auf ihn wartete. Er fühlte sich wie der letzte Mensch auf Erden.

Allein, aber nicht einsam. So hatte er seinen Zustand immer beschrieben. Das Schicksal hatte dafür gesorgt, dass Nic schon früh auf sich selbst gestellt war. Und irgendwann hatte er sich daran gewöhnt. Er traf seine eigenen Entscheidungen, er ging seinen eigenen Weg. Freundschaft war wichtig, aber nicht alles. Und was die Liebe betraf …

Liebe wurde völlig überbewertet.

Er steckte die Schlüssel in die Tasche und ging auf das Haus zu. Kurz bevor er es erreicht hatte, entdeckte er einen Wagen. Brennas Wagen.

Es war spät, er war müde, und am folgenden Morgen hatte er bereits um sieben Uhr ein wichtiges Meeting mit seinen Managern. Ja, er hatte Brenna seit Tagen nicht gesehen. Aber jetzt war ihm ganz und gar nicht danach, mit ihr zu sprechen. Warum also ging er dann trotzdem gerade in Richtung Scheune? Nic hatte keine Ahnung. Langsam öffnete er die schwere Eichentür und trat ein.

Brenna kniete neben einem der Stahlcontainer. Sie kontrollierte die Temperatur, richtete sich auf und ging zum nächsten Container. Ihr Gesicht wirkte angespannt, sie war völlig versunken in ihre Arbeit. Plötzlich blieb sie stehen und atmete tief ein, so als ob sie riechen könnte, ob alles glattlief.

Nic erinnerte sich noch genau an ihr erstes Treffen. Er hatte Brenna dabei erwischt, wie sie heimlich seine Weine probierte. Statt Angst zu bekommen oder auch nur verlegen zu sein, hatte sie noch die Dreistigkeit besessen, alles zu kritisieren, was er und sein Großvater auf *Wild Sea Vineyards* taten. Und das Schlimme war: Sie hatte völlig recht gehabt.

Er hatte ihr zugehört, wie sie über den Wein gesprochen hatte. Und noch immer konnte er genau vor sich sehen, wie das Sonnenlicht durch die Fenster hereingefallen war und Brennas dunklen Haaren einen rötlichen Schimmer verliehen hatte. Sie war hübsch, ein Großmaul und arrogant. Und er hatte sie begehrt, wie er noch nie zuvor eine Frau begehrt hatte.

Nic lehnte sich an die Wand und verschränkte die Arme vor der Brust. Brenna stand jetzt neben dem Container und notierte etwas auf ihrem Clipboard. Sie war so konzentriert, dass sie sein Kommen noch gar nicht bemerkt hatte.

Damals war sie genauso begeistert gewesen. Aber aus anderen Gründen. Sie hatte wilde Diskussionen mit ihm geführt, ihn geneckt, herausgefordert und tief in seinem Inneren ein Glücksgefühl ausgelöst, das er so nicht gekannt hatte. Wochenlang hatte er sich vorgehalten, dass sie erst siebzehn war. All seine Träume waren nicht nur unangemessen, sie waren illegal. Aber er hatte ihr einfach nicht widerstehen können. Ihr erster Kuss war pure Magie gewesen.

Das Ganze hatte sich hier abgespielt, genau in diesem Raum. Auch damals hatte der Geruch des Weins sie umhüllt, und die Nacht war ähnlich still gewesen. Brenna hatte Shorts und ein T-Shirt getragen. Ihre Haare waren zu einem Pferdeschwanz zusammengebunden gewesen, der bei jeder Bewegung auf und ab wippte. Sie sprach über Trauben und Wein, denn darüber sprach sie ja immer. Irgendwann hatte es ihm gereicht, und er hatte einfach ihr Gesicht mit beiden Händen umfasst und sie geküsst. Noch sehr gut konnte er sich daran erinnern, wie sie die Luft angehalten hatte, als seine Lippen zum ersten Mal ihre berührten.

„Die Trauben gären auch dann, wenn du sie nicht alle fünfzehn Minuten kontrollierst“, sagte er leise.

Brenna zuckte zusammen und ließ ihr Clipboard fallen. Dann wirbelte sie herum und presste sich die Hand auf die Brust.

„Mann, hast du mich erschreckt!“, stieß sie hervor. „Ich bin schon alt, ich könnte einen Herzinfarkt bekommen."

Er stieß sich von der Wand ab und steckte die Hände in die Hosentaschen. „Ich denke, die Gefahr besteht noch nicht."

„Nein, vielleicht nicht." Sie hob das Clipboard auf. „Wo ist Max?"

„Der schnarcht schon selig vor sich hin."

Brenna blickte auf die Uhr. „Mist! Ist es schon so spät? Ich bin um sieben hierhergekommen und wollte eigentlich nur ein paar Stunden bleiben."

„Das passiert doch jedes Mal."

Sie nickte. „Wie läuft's bei dir?"

„Gut. Und bei dir? Treibt Lorenzo dich immer noch in den Wahnsinn?"

„Natürlich, und er wird immer besser darin. Wie kann man nur so stur sein!"

Nic trat einen Schritt auf sie zu. „Warum kündigst du nicht einfach?"

„Nein. Das habe ich schon mal versucht. Aber diesmal werde ich bis zum bitteren Ende durchhalten."

„Das wäre ja mal was Neues."

Er hatte das nicht sagen wollen. Die Worte waren ihm einfach so herausgerutscht und standen jetzt zwischen ihnen. Würde Brenna sie ignorieren oder die Herausforderung annehmen?

„Komisch, dass du das jetzt erwähnst", erwiderte sie leise. „Ich habe in letzter Zeit viel über uns nachgedacht." Sie lächelte gequält. „Über dieses ‚uns' von damals. Nicht das von heute."

Er war wirklich zu müde, um über die Vergangenheit zu diskutieren. Und was die Zukunft brachte, würde sich zeigen. „Vergiss es!", sagte er. „Das war einfach nur ein dummer Spruch von mir."

„War es nicht. Aber man muss über die Dinge sprechen, um sie zu ändern."

„Das spielt doch alles keine Rolle mehr."

Sie starrte ihn an. „Für mich spielt es eine Rolle. Eine ziemlich große sogar. Und *ich* werde darüber sprechen. Wenn du jetzt gehen möchtest – bitte schön! Dann unterhalte ich mich eben mit mir selbst."

Die Versuchung war groß. Wenn er jetzt ging, konnte er sich dieses verdammte Gespräch ersparen. Aber er blieb. Bestimmt gab es tausend gute Gründe dafür. Nur leider fiel ihm gerade kein einziger ein.

„Also los", forderte er sie auf.

Sie marschierte hinüber zu den Klappstühlen bei dem kleinen Tisch. Nic überlegte kurz, einfach im Schatten der Fässer stehen zu bleiben. Er hatte keine Lust auf dieses Gespräch oder darauf, irgendetwas zu fühlen. Nicht schon wieder. Angeblich heilte die Zeit doch alle Wunden. Hoffentlich galt das auch für diese hier.

Schweigen erfüllte den großen Raum. Irgendwann gab er auf und folgte Brenna zu ihrem idiotischen Konferenztisch. Missmutig zog er den anderen Klappstuhl heran und setzte sich. Brenna sah ihn an. Und dann blickte sie zu Boden.

„Ich war so in dich verliebt", sagte sie.

Der erste Satz ... und gleich ein linker Haken. „Wirklich? Das ist ja interessant."

Brenna nickte. „Ich weiß, dass du mir nicht glaubst." Sie seufzte. „Das habe ich auch gar nicht erwartet. Obwohl ich es vielleicht trotzdem irgendwie gehofft habe. Aber was immer du jetzt auch glauben willst: Ich habe dich damals sehr geliebt. Mehr, als ich je für möglich gehalten hätte. Du warst mein ganzes Leben."

Eisige Kälte breitete sich in seinem Inneren aus. „Immerhin habe ich Platz drei auf deiner persönlichen Hitliste erreicht. Auf Platz eins war deine Familie, und der Wein war Nummer zwei. Du warst nicht bereit, irgendetwas davon aufzugeben. Aber mich zu verlassen, das war kein Problem."

Sie hob den Kopf. „Das ist nicht fair."

„Das ist, was ich damals gedacht habe."

„Du warst so unglaublich wichtig für mich. Aber meine Familie ... sie haben alles so schwierig gemacht. Ich wollte sie nicht enttäuschen, und ich hatte Angst, sie zu verärgern. Für meinen Großvater gab es schon immer nur Schwarz oder Weiß."

Schöne Rede. Übersetzt hieß das wohl, dass sie nicht bereit

gewesen war, den Preis für ihre Liebe zu zahlen. „Denkst du, mein Großvater war da anders?“, fragte Nic.

„Nein.“ Ihre Worte waren nur ein Flüstern. „Ich weiß, dass er böse auf dich war.“

Böse? Das beschrieb nicht mal annähernd Emilios Zustand, nachdem Nic sein Geständnis abgelegt hatte. Wenn man böse war, schrie man vielleicht oder warf mit Dingen um sich. Emilio hatte sich einfach abgewandt und Nic das einzige Zuhause genommen, das er je besessen hatte.

Brenna wisperte: „Ich war jung, ich war verängstigt. Und am Ende konnte ich es einfach nicht. Ich konnte nicht weggehen, ich konnte meine Familie nicht im Stich lassen.“

In Nic begann es zu brodeln. Genau deshalb hatte er dieses Gespräch nicht gewollt. Solange nicht in der Vergangenheit rumgestochert wurde, konnte er seine Gefühle unter Kontrolle halten. Aber jetzt drohte sein mühsam aufgebauter Schutzwall einzubrechen. Er beherrschte sich mit aller Kraft. Aber es war schon zu spät: Die Risse in den Mauern weiteten sich aus, wurden größer und größer.

„Du hast dich mit ihm getroffen“, stieß er hervor. „Die ganze Zeit, während ich unsere Flucht geplant habe, bist du mit diesem Trottel ins Bett gestiegen. Sag mal, Brenna: Hast du es eigentlich mit uns beiden am selben Tag getrieben? Oder hast du jedes Mal eine kleine Pause eingelegt?“

Sie sprang auf. Ihr Gesicht war leichenblass. „Das ist nicht wahr! Und das weißt du ganz genau. Ich hatte nie dieselben Gefühle für Jeff wie für dich. Und ich habe auch nicht mit ihm geschlafen.“

„Nicht mal in eurer Hochzeitsnacht?“

Sie wandte sich ab. „Dieses Gespräch war ein Fehler.“

„Und zwar ganz allein deiner.“

Abwartend sah er sie an. Würde sie gehen? Oder hatte sie den Mumm zu bleiben? Eigentlich war die Antwort klar. Brenna hasste Konfrontationen. Es sei denn, es ging um ihren geliebten Wein. In spätestens drei Sekunden würde sie wahrscheinlich zur Tür rennen.

Brenna drehte sich um und ging zurück zu ihrem Stuhl. „Ich habe Jeff getroffen, als Francesca und ich in Los Angeles waren. Sie war mit Todd verlobt, und wir sind mit ein paar Leuten auf eine Party gegangen. Einer von Todds Freunden hatte seinen Bruder dabei. Und das war Jeff. Ich habe mich nicht für ihn interessiert. Ich habe ihn sofort wieder vergessen. Ich wollte nur nach Hause, zu dir."

Nic verschränkte die Arme vor der Brust. Auf Brenna wirkte das hoffentlich wie eine lässige Geste. Auch wenn es in Wahrheit eher ein Schutzmechanismus war. All diese Jahre, und noch immer wollte er nicht hören, was jetzt kam.

„Meine Eltern wussten nichts von uns. Also dachten sie, dass ich keinen Freund habe. Irgendwann haben sie angefangen, sich deswegen Sorgen zu machen. Sie lagen mir ständig in den Ohren – und dann hat Francesca Jeff erwähnt, und plötzlich waren alle glücklich. Ich auch, weil ich dich so einfacher treffen konnte. Als Jeff dann vorbeigekommen ist, um mit mir auszugehen, habe ich Ja gesagt. Das schien die beste Lösung zu sein."

Sie zuckte mit den Schultern. „Ich weiß, was du denkst. Wenn ich die Wahrheit gesagt hätte, wäre Jeff nie ein Teil meines Lebens geworden. Jetzt ist mir das auch klar. Aber damals wollte ich einfach nur einem Streit aus dem Weg gehen."

Sie wusste keineswegs, was er dachte. Und das war auch gut so. Teile der Geschichte waren ihm neu, andere hatte Nic sich selbst zusammengereimt. Er hatte damals gewusst, dass sie zur Tarnung mit irgendeinem Typen ausging. Nur hatte er leider so getan, als ob ihm das gar nichts ausmachte. Selbst dann nicht, als ihn der Schmerz über ihren Verrat fast umgebracht hatte.

Was, zum Teufel, war los mit ihm? Warum machten ihn diese alten Geschichten noch immer fertig? Er befahl sich, aufzustehen und zu gehen. Aber er tat es nicht. Er wollte das alles nicht hören. Aber irgendwie konnte er das Gespräch auch nicht beenden.

„Ich bin ein paarmal mit ihm ausgegangen", fuhr Brenna fort und verschränkte die Finger. „Aber ich wollte nur mit dir zusammen sein. Als Jeff dann verschwand, um mit seiner Familie Urlaub in Europa zu machen, war ich nur froh, dass er weg war. Weil ich dringend mal nachdenken musste. Mir war schon klar, dass das alles total daneben war. Aber irgendwie habe ich immer noch gehofft, dass sich die Dinge schon wieder einrenken würden. Und dann hast du mich gefragt, ob ich mit dir weglaufen will."

Er lächelte müde. „Ich habe dich gefragt, ob du mich heiraten willst. Das ist ein kleiner, aber feiner Unterschied."

Brenna wirkte, als wäre ihr ziemlich elend zumute. Schon komisch. Eigentlich hätte Nic gedacht, dass dieser Anblick ihn erfreuen würde. Aber so war es nicht.

„Ich … ich wollte so gerne Ja sagen", sprach sie stockend weiter. „Tief in meinem Herzen wollte ich es so sehr. Ich kann mich noch genau daran erinnern, was du gesagt hast: dass wir wie Romeo und Julia sind. Nur mit einem Happy End."

Wumms. Seine letzte Schutzmauer fiel in sich zusammen, und die Vergangenheit wurde zur Gegenwart. Ja, an diese Worte erinnerte sich auch Nic noch sehr genau. Und nicht nur an sie. Er hatte damals einen Ring gekauft. Bei Sonnenuntergang war er mit Brenna an den Stand gegangen und hatte sie gebeten, ihn zu heiraten. Er war jung und bis über beide Ohren verliebt gewesen. Vor allem aber war er davon überzeugt gewesen, dass sie gemeinsam jedes Hindernis meistern würden. Wenn ihre Familien sie verstießen, dann war das eben so. Sie würden es auch allein schaffen. Er und Brenna. Für immer zusammen. Für immer vereint, durch ihre Liebe.

„Du konntest deinem Herzen dann ja doch noch widerstehen", entgegnete er bitter. „Kluges Mädchen. Ich war leider dumm genug, *meinem* Herzen zu folgen."

Tränen standen in ihren Augen, aber Brenna sagte kein Wort.

Diesmal war es Nic, der aufstand. Adrenalin schoss durch seinen Körper, trieb ihn an. Aber zu was: Kampf oder Flucht? Er ging zu den Fässern hinüber, kam zurück und umklammerte die Stuhllehne mit beiden Händen.

„Warum hast du mir nicht einfach gesagt, dass du nur spielen willst?", fragte er mit vor Wut verzerrter Stimme. „Dass nichts davon jemals echt war?“

„Aber das war es“, widersprach Brenna. Tränen liefen ihr über die Wangen, und sie wischte sie weg. „Ich hatte einfach Angst. Ist das so unverzeihlich? Ich war achtzehn und habe mich davor gefürchtet, was meine Eltern und meine Großeltern tun würden, wenn sie es herausfinden.“

Nics Augen verengten sich zu zwei schmalen Schlitzen. „Tja, was hätten sie wohl getan? Vielleicht hätten sie dich vor die Wahl gestellt?“

Sie zuckte zusammen, als hätte er sie geschlagen.

Bevor sie zu einer Antwort ansetzen konnte, fuhr er fort: „Ich habe es meinem Großvater gesagt. Ich habe ihm gesagt, dass ich dich liebe und dich heiraten will. Er hat mir geantwortet, dass er das nicht zulassen wird. Dass ich alles verliere, wenn ich mich für dich entscheide. Meinen Namen in der Weinbranche, meine Verbindung zur Familie, das Land, alles. Ich habe dich gewählt, Brenna. Da musste ich gar nicht lange überlegen, habe einfach meine Taschen gepackt und bin gegangen. Ich war bereit, mit dir bis ans Ende der Welt zu gehen, und du warst zu feige. Ich habe dir einen Heiratsantrag gemacht, und du hast mich im Stich gelassen.“

Brenna nickte. Ihr Gesicht war tränenüberströmt. „Es tut mir so leid.“

„Es tut dir leid?“, schrie er sie an. „Du leidest? Was glaubst du, wie ich gelitten habe. Mein Großvater hat mich enterbt. Ich bin mit nichts in den Taschen gegangen. Und du hast Jeff geheiratet.“

Brenna wollte weglaufen. Einfach raus, hinaus in die Nacht. Wenn sie schnell genug rannte, konnte sie diesen Worten vielleicht entkommen. Dann würde es nicht so wehtun. Aber sie musste bleiben. Sie hatte diese Sache angefangen, und jetzt musste sie sie bis zum bitteren Ende durchstehen. Das schuldete sie Nic. Und vielleicht auch sich selbst.

„Es hat mir das Herz gebrochen“, sagte sie. „Nie im Leben hätte ich gedacht, dass Emilio dich wirklich wegschickt. Ich wollte dir folgen.“

Er starrte sie an, ohne ein Wort zu sagen. Brenna wusste, dass er sich fragte, warum sie es dann nicht getan hatte. Warum sie einfach zugelassen hatte, dass er, Nic, aus ihrem Leben verschwand.

Das hatte sie sich auch gefragt. Immer und immer wieder. Ihre Erinnerung an jene Tage und Wochen war verschwommen. Es war alles ein einziges Chaos gewesen. Klar und deutlich war nur der Schmerz.

Nic schüttelte den Kopf. „Komm schon, Brenna. Mach dir nichts vor. Du hättest niemals deine Familie oder den Wein für mich aufs Spiel gesetzt. Deshalb bist du mir auch nicht gefolgt. Das ist doch klar."

All die Wut schien plötzlich aus seiner Stimme gewichen zu sein. Nic wirkte müde und völlig ausgelaugt. Ein Mann, der kapitulierte, weil ihm die Kraft für alles andere fehlte. Er löste die Hände von der Lehne und setzte sich wieder auf seinen Stuhl.

„Und Jeff hat also schon gewartet", sagte er ruhig.

„So ungefähr." Brenna stützte die Ellbogen auf die Knie und legte den Kopf in die Hände. „Es ist alles total verworren in meiner Erinnerung. Jedenfalls kam Jeff zurück von seiner Europareise und hat viel Zeit auf der Hazienda verbracht. Später habe ich rausgefunden, dass er dachte, ich wäre ziemlich reich. Muss eine ganz schöne Enttäuschung gewesen sein, als er rausfand, dass das alles Großvater gehörte. Und dass der alte Mann sein Geld schön zusammenhielt."

Sie rieb sich die pochenden Schläfen. Diese Tage hatten zu den schlimmsten ihres Lebens gehört. Sie hatte Nic so unglaublich vermisst.

„Wir waren einfach nur Freunde", fuhr sie fort. „Ich war total schockiert, als er mir einen Antrag gemacht hat. Und natürlich habe ich Nein gesagt. Leider haben meine Eltern aber irgendwie von diesem Antrag erfahren. Sie haben es meinen Großeltern gesagt, und die haben es dann allen anderen erzählt. Und plötzlich hat mir die ganze Familie dazu gratuliert, dass ich einen angehenden Mediziner heiraten würde. Du warst weg, Nic. Ich war ganz allein." Sie schluckte und zwang sich, ihm ins Gesicht zu sehen. „Ich habe den einfachen Ausweg genommen. Jeff war so eine Art Rettungsanker. Jedenfalls kam mir das damals so vor."

Nics Miene zeigte deutlich, wie sehr ihn das alles anwiderte. Eisige Kälte breitete sich im ganzen Raum aus und durchdrang Brennas Körper. Sie wollte protestieren, wollte Nic daran erinnern, dass sie damals erst achtzehn gewesen war und noch ziemlich unerfahren. Dass sie bis dahin immer ein braves Mädchen gewesen war, das getan hatte, was seine Eltern von ihm verlangten. Sie wollte Nic eine Menge Dinge sagen. Aber es war sinnlos, denn es interessierte ihn nicht. Nicht mehr.

Er wandte den Blick ab. Dann lehnte er sich auf seinem Stuhl zurück. „Schon merkwürdig: Du konntest euer Weingut für mich nicht aufgeben. Aber für Jeff konntest du es."

„Ich habe es nicht aufgegeben. Ich habe es verloren. Irgendwann musste ich einsehen, dass zwei Jobs und die langen Fahrzeiten einfach zu viel waren. Ich konnte nicht Jeff und mich ernähren und gleichzeitig mein altes Leben weiterleben. Aber ich wollte ganz bestimmt nicht, dass es so endet. Das kannst du mir glauben."

Sie richtete sich auf und hob den Kopf. „Es klingt immer so, als ob nur du gelitten hast. Aber in Wahrheit haben wir beide etwas Wichtiges verloren. Ja, du musstest einen hohen Preis bezahlen. Dein Großvater hat dich verstoßen, und du hast im Exil gelebt. Aber ich habe auch bezahlt. Diese Ehe war ein totales Desaster. Und natürlich bin ich freiwillig vor den Altar getreten. Aber das werde ich auch immer bereuen. Ich habe zehn Jahre meines Lebens verloren. Ich habe keine Kinder. Und ich werde *Marcelli Wines* verlieren, weil mein Großvater mir nicht mehr traut. Du bist zurück, Nic. Du hast euer Weingut geerbt. Am Ende hast du alles bekommen, was du dir immer gewünscht hast. Du hast auf der ganzen Linie gesiegt."

Nic warf ihr einen kurzen Blick zu. Dann sah er wieder weg. Für einen Moment war da auf seinem Gesicht etwas zu sehen gewesen, irgendein Gefühl. Aber im nächsten Augenblick war es wieder verschwunden.

„Mein Großvater war die einzige Familie, die ich jemals hatte", erwiderte er. „Als ich aus Frankreich zurückkam, war Emilio ein Fremder für mich. Wir haben uns nie versöhnt. Das würde ich nicht unbedingt als Sieg bezeichnen."

Brenna bezweifelte nicht, dass das eine schreckliche Zeit für Nic gewesen war. Sein Großvater hatte ihn weggeschickt, und er musste sich ganz allein in Frankreich durchschlagen. Aber er hatte dort viel gelernt. Und als Emilio bei ihm aufgetaucht war, hatte er sich in einer ziemlich guten Verhandlungsposition befunden.

„Er ist zu dir gekommen und hat dich angefleht zurückzukehren", sagte sie. „Er hat seinen Fehler zugegeben und dir gesagt, dass er dich braucht. Mein Großvater hätte das nie im Leben getan. Er hätte mich einfach gehen lassen."

Nics Mund verzog sich zu einem bitteren Lächeln. „Bullshit. Deine Großmütter wären sofort zur Stelle gewesen, um Lorenzo Feuer unter dem Hintern zu machen. Spätestens nach einem Tag hätte er um Gnade gebettelt. Kein Marcelli würde sein eigen Fleisch und Blut gehen lassen. Die Familie ist alles für euch."

Brenna runzelte die Stirn. Etwas in Nics Stimme, in seinem Tonfall, löste eine Erinnerung in ihr aus. Hatte er nicht schon früher immer über ihre Familie sprechen wollen? Auf jeden Fall hatte er sehr genau zugehört, wenn sie ihm von den Festen, den Streitereien und den lautstarken Sonntagsessen erzählte. Einmal hatte sie ihn angesehen und gedacht, dass er fast hungrig nach diesen Geschichten wirkte.

War das eine Art Ersatzleben für ihn gewesen? Und die Marcellis die Familie, die er sich immer gewünscht hatte? War er deshalb zur Verlobungsparty mitgekommen? Nicht um seine Überlegenheit zu beweisen, sondern um die eine Sache zu erleben, die er niemals haben konnte?

„Ich bin mir nie sicher, ob du meine Familie hasst oder ob du sie liebst", meinte Brenna nachdenklich.

Seine Antwort überraschte sie. „Beides."

„Im Ernst?"

Er zuckte mit den Schultern. „Hassen wäre zu viel gesagt. Ich mochte es nicht, dass sie solch einen Einfluss auf dich hatten. Ich wollte, dass du dich für mich entscheidest, aber du hast dich für sie entschieden. Na ja, jetzt spielt das keine Rolle mehr."

Tat es nicht? Hatte Nic die Vergangenheit wirklich hinter sich gelassen? Brenna bezweifelte das. All diese Energie, dieser Ärger und der Schmerz mussten ja irgendwoher rühren.

„Es tut mir leid", versuchte sie es noch einmal. „Ich bereue, was ich getan habe. Dass du alles riskiert hast und ich dich im Stich gelassen habe. Ich bereue, mich für Jeff und gegen die wirklich wichtigen Dinge in meinem Leben entschieden zu haben. Und am meisten bereue ich, dass du meinetwegen weggeschickt wurdest."

Sie hätte diese Liste noch ewig fortsetzen können. Aber irgendwann wurde es auch mal langweilig. Also hörte sie lieber auf.

„Nic, ich weiß nicht, was ich noch sagen soll."

„Ich auch nicht."

Vielleicht gab es ja nichts mehr zu sagen. Und nichts mehr zu tun. Vielleicht war das das Ende.

„Nein", flüsterte sie unwillkürlich. „Da muss doch irgendwas übrig sein."

Nics Augen schienen sich zu verdunkeln. „Natürlich ist da was übrig."

Sie blinzelte. Was meinte er damit? Etwa ... Wohl kaum. Oder doch? Sex? Diese letzte Verbindung, die immer noch zwischen ihnen bestand. Weil das Verlangen nicht zu leugnen war ...

Nic stand auf und kam zu ihr hinüber. Hastig erhob sich auch Brenna und trat einen Schritt zurück. „Nein", wisperte sie. „Nicht jetzt. Nicht so."

Er zuckte mit den Schultern. „Dann geh doch."

Plötzlich glich er einem Raubtier. Einem Jäger, der seine Beute fixierte. Trotzdem hatte Brenna keine Angst. Nicht wirklich. Denn – verdammt noch mal – sie wollte ja gar nicht fliehen.

Ihre Haut begann zu prickeln. Jetzt war ein guter Zeitpunkt, um zu gehen. Alles andere wäre Wahnsinn. Ja, sie würde jetzt gehen. Noch in dieser Sekunde.

Um sich zu beruhigen, holte sie ein paarmal tief Luft. Doch das war ein Fehler. Der Geruch nach neuem Wein stieg ihr in die Nase und erinnerte sie an all die vielen Male, die Nic und sie sich geliebt hatten. Einmal sogar hier, genau in diesem Raum. Noch immer schienen ihre leidenschaftlichen Schreie von den Mauern widerzuhallen. Und plötzlich war jeder Gedanke an Flucht vergessen.

Einer von ihnen ging auf den anderen zu. Brenna hätte gern gedacht, dass es Nic war. Aber es hätte genauso gut sie sein können. Leidenschaftlich sah er sie an.

„Das hier ist nur eine Art Überreaktion, weißt du. Weil diese Diskussion eben so aufwühlend war“, erklärte sie hastig.

Er nickte. „Oder Chemie. Diese Chemie, die es schon immer zwischen uns gab.“

„Mhm.“

Diesmal bestand kein Zweifel daran, wer von ihnen sich bewegte. Denn Brenna war viel zu geschockt, um auch nur einen Schritt zu tun. Nervös befeuchtete sie sich die trockenen Lippen. Langsam ließ Nic den Blick von ihrem Gesicht tiefer gleiten.

Zu gern hätte Brenna sich das T-Shirt ausgezogen. Sie wollte nackt sein, jetzt, sofort, sehnte sich danach, Nics Hände überall auf ihrem Körper zu spüren, seine Zunge in ihrem Mund. Und vor allem wollte sie, dass er sie nahm. Schnell und hart, gleich hier, an der Wand.

Aber gab es da nicht noch etwas, was sie tun *sollte*? Ach ja, ganz schnell gehen. Oder Nein sagen.

Sie räusperte sich. „Denkst du nicht …“

„Nein“, sagte Nic.

„Sollten wir dann nicht …“

„Auf jeden Fall.“

Konnte es sein, dass sie hier gerade über unterschiedliche Dinge sprachen?

Zärtlich berührte er ihr Gesicht, und Brenna war verloren.

Vielleicht hätte sie ihm widerstehen können, wenn Nic fordernder gewesen wäre, wenn er sie einfach nur gepackt und an sich gezogen hätte. Starke Gefühle waren plötzlich gar nicht mehr ihr Ding. Doch leider schien Nic das zu spüren, denn er forderte nicht und nahm nicht. Stattdessen strich er einfach nur ganz sanft über ihre Wangen. Seine dunklen Augen glänzten vor Leidenschaft, und dennoch bewegte er sich, als hätte er alle Zeit der Welt. Als ob dieser Moment unglaublich kostbar war und für die Ewigkeit bestimmt.

Brenna schloss die Augen. Ein schwarzes Nichts umgab sie und zwang sie dazu, sich ganz auf ihre anderen Sinne zu konzentrieren.

Leise hörte sie Nics Atem, das Geräusch seiner Schuhe auf dem Betonfußboden, als er noch näher kam. Jetzt konnte sie seinen ganz speziellen Duft wahrnehmen, der sich mit dem Geruch des Weins vermischte. Seine Finger lagen warm auf ihrer Haut. Langsam ließ er sie von den Wangen zu ihrem Kinn gleiten, bevor er ihre Kehle sanft mit dem Daumen liebkoste.

Ihr Herzschlag beschleunigte sich. Das Blut pulsierte durch ihren Körper, und Brenna wurde ganz heiß. Reglos hielt sie dem Sturm in ihrem Inneren stand, während sie auf das Unvermeidliche wartete: den ersten Kuss. Der Anfang ihres …

Urplötzlich presste Nic den Mund auf ihren. Der Kuss erwischte sie völlig unvorbereitet. Brenna zuckte zusammen, legte Nic aber im nächsten Moment die Arme um den Nacken. Eng umschlungen standen sie einen Moment einfach nur da. Dann verstärkte Nic den Druck seiner Lippen, und Brenna drängte sich ihm noch weiter entgegen. Es war alles so vertraut, so natürlich, wie ein Sommertag in Kalifornien, wie der Wein auf den Feldern, wie das Ein- und Ausatmen.

Eben noch hatte Brenna Sex gewollt – hart, schnell und dicht am Rande des Wahnsinns. Doch Nics Berührung zeigte ihr, dass das ein Irrtum war. Sie wollte keinen Sex. Sie wollte ihn lieben. Vielleicht lag es an der eben geführten Diskussion, die all diese Gefühle aufgewühlt hatte. Vielleicht lag es an den vielen Stunden und Tagen, die sie zusammen verbracht hatten. Vielleicht war es angesichts ihrer gemeinsamen Vergangenheit aber auch einfach unvermeidbar.

Brenna hielt die Augen fest geschlossen und gab sich ganz hin – dem Mann und dem Moment. Als Nics Zunge über ihre Unterlippe glitt, öffnete sie bereitwillig den Mund. Bei ihrem letzten Zusammentreffen hatte die Hitze der Leidenschaft sie fast versengt. Und auch jetzt loderte dieses Feuer in ihr, das

Brennas Brüste schmerzen und ihre Knie zittern ließ. Aber diesmal wollte sie keine Explosion der Gefühle. Diesmal sehnte sie sich danach, verführt zu werden. Langsam, zärtlich. Und Nic war entweder ein verdammter Gedankenleser, oder er hatte dasselbe Bedürfnis wie sie.

Statt ihren Mund begierig zu erobern, ließ er seine Zunge ganz sanft in sie gleiten. Sie küssten sich lange und tief. Mit jeder Bewegung ihrer Lippen kehrten längst vergessene Erinnerungen zurück, und alte Wünsche erwachten zu neuem Leben. Seufzend vergrub Brenna die Finger in den seidigen Strähnen von Nics dichtem Haar. Er streichelte erst ihre Taille, dann den Rücken und ließ dann genüsslich die Handflächen kreisen, was Brenna erschauern ließ.

So vertraut … so ganz anders, dachte Brenna träumerisch, als Nic sich von ihr löste. Noch bevor seine Lippen ihre Kehle berührten, hatte sie bereits den Kopf zurückgeworfen und bot ihm ihren Hals dar. Begierig ließ er die Hände zu ihren Brüsten gleiten, während Brenna Halt suchend seine Oberarme umklammerte. Sie wusste, was jetzt kam, und stöhnte laut auf, als er begann, mit ihren Brustwarzen zu spielen.

Ihr stockte der Atem. Das köstliche Gefühl, das Nic in ihr auslöste, brachte sie fast um den Verstand. Hitzewellen durchliefen ihren Körper, und Brenna wurde feucht. Sie war bereit. Bereit für Nic.

„Schau mich an", forderte er sie auf.

Sie öffnete die Augen und blinzelte, als wäre sie gerade aus einem Traum erwacht. Nics Gesicht wirkte angespannt vor Verlangen. Während sich ihre Blicke trafen, begann ein Muskel in seiner Wange zu zucken. Eigentlich sah der Mann ihr gegenüber noch genauso aus wie zehn Minuten zuvor. Wenn da nicht dieses verlangende Funkeln in seinen Augen gewesen wäre.

Und noch etwas ist anders, dachte Brenna. Aber was? Konnte es sein, dass der Junge von damals plötzlich in dem Mann von heute sichtbar wurde?

Offenbar hatte sie ihre Arme sinken lassen, denn gerade griff Nic nach ihrer rechten Hand und führte sie an den Mund. Ohne den Blick abzuwenden, leckte er über ihre Handfläche. Und dann tat er es wieder: Zärtlich biss er ihr in die empfindsame Stelle unterhalb des Daumens.

Brenna bekam eine Gänsehaut und zitterte am ganzen Körper. Dieses Spiel kannte sie nur zu gut. Es war ihr absolutes Lieblingsspiel!

Als Nic ihre Hand sinken ließ, griff sie nach seiner. Doch statt sie an den Mund zu führen, drehte Brenna nur die Handfläche nach außen. Sie griff nach dem Ärmel von Nics T-Shirt. Und dann ließ sie ihre Fingernägel ganz langsam tiefer gleiten, entlang der weichen Haut auf der Innenseite seines Arms. Nic rührte sich nicht. Er stand ganz still und schien kaum zu atmen. Selbst als sie seine Handfläche erreicht hatte und dort kleine Kreise beschrieb, zuckte er nicht zusammen.

Er verlor erst die Beherrschung, als sie seine Hand anhob und den Zeigefinger in den Mund nahm. Brenna schloss die Lippen und begann, leicht daran zu saugen. Laut stöhnte Nic auf.

Jetzt war er am Zug. Brenna wappnete sich für alles, was da kommen mochte. Doch als Nic nach ihrer Bluse griff, wusste sie, dass sie in Schwierigkeiten steckte. Rasch zog er ihr den leichten Baumwollstoff über den Kopf, und in der nächsten Sekunde war sie auch ihren BH los.

Die kühle Nachtluft ließ sie erschauern, obwohl sie nicht fror, denn gleichzeitig schien Nics Blick sie zu versengen. Jetzt hätte Brenna gern die Augen geschlossen. Doch laut Spielregeln war das streng verboten. Sie musste ihn ansehen.

Mit demselben Zeigefinger, an dem sie eben noch gesaugt hatte, begann Nic nun, ihre Brustwarze zu liebkosen, was Brenna nach Luft schnappen ließ. Das war so unglaublich gut! Wenn jetzt noch … Oh! Nic hob die andere Hand an die Lippen und befeuchtete sich die Finger. Quälend langsam näherte er sich ihrer zweiten Brustwarze, bis Brenna die Spannung kaum noch ertrug. Und dann umschloss er ihre steil aufgerichtete Brustspitze und begann sie zu reiben.

Es fühlte sich so gut an, dass Brenna sich kaum noch auf den Beinen halten konnte. Es war viel zu viel und doch nicht genug.

Brenna nahm Nics Hände und presste sie gegen ihre Brüste. Als er sie endlich ganz umfing, beugte sie sich vor und küsste ihn.

Diesmal war nichts von zärtlicher Zurückhaltung zu spüren. Das Verlangen trieb sie beide an. Während Nic begierig in ihren Mund eindrang, zerrte Brenna an seinem T-Shirt. Sie ließ beide Hände unter den weichen Stoff gleiten, hob ihn an und drängte sich eng an Nics muskulösen Oberkörper.

Er trat einen Schritt zurück und zog sie mit sich.

Brenna hielt sich an ihm fest, erforschte begierig seinen Rücken und die breiten Schultern. Erneut machte Nic einen Schritt, und plötzlich wurde ihr klar, wo sie gleich landen würden. Der Gedanke daran machte sie noch ungeduldiger. Sie griff nach Nics Jeans. Er hatte definitiv noch immer viel zu viel an.

Der Knopf stellte kein Problem dar. Mit dem Reißverschluss war das schon eine andere Sache. Nics Erregung war so groß, dass sie Mühe hatte, den Verschluss nach unten zu ziehen. Und er schien nicht bereit, ihr zu helfen.

Nic tat einen letzten Schritt. Dann waren sie bei der Treppe angekommen, die zum oberen Stockwerk der alten Scheune führte. Langsam ließ Nic die Hand sinken. Einen Moment lang war Brenna enttäuscht, doch dann spürte sie, wie er ihre Brustspitze mit den Lippen umschloss. Als er sacht daran zu saugen begann, schrie Brenna laut auf. Sofort ließ sie vom Reißverschluss ab, umfasste Nics Kopf und hielt ihn fest. Genau da sollte er bleiben. Am besten die ganzen nächsten Tage.

Doch das Spiel hatte gerade erst begonnen. Als Nic sich ihrer anderen Brust zuwandte, wurde das Gefühl noch intensiver. Er saugte an der empfindsamen Spitze, und augenblicklich verspürte Brenna ein eindeutiges Ziehen im Schoß. Schnell griff Nic nach dem Bund ihrer Jeans, und im Gegensatz zu ihm war sie ein sehr hilfsbereiter Mensch. Hastig trat sie einen halben Schritt zurück, öffnete den Knopf und zerrte den Reißverschluss hinunter. Dann schlüpfte sie aus ihren Sandalen und zog die Jeans aus. Fehlte noch der Slip. Sekunden später war sie bereit.

Das war Nic offenbar auch. Während Brenna sich ihrer Kleider entledigte, hatte er sein T-Shirt abgestreift und – dem Himmel sei Dank – das Reißverschlussproblem gelöst. Er zog seine Boxershorts aus und richtete sich auf.

Nackt standen sie voreinander und sahen sich an. Genau wie früher, dachte Brenna. Sie hatten es beide schon immer geliebt, den Körper des anderen zu betrachten. Nic war fasziniert gewesen von ihren Kurven und Rundungen und hatte jede einzelne davon erforscht. Und sie hatte nicht genug kriegen können von seinen starken Muskeln.

Und jetzt? Was hatte sich geändert? Sie begann bei den Füßen und ließ den Blick aufwärtsgleiten. Beim letzten Mal war alles so schnell gegangen, dass Brenna die Veränderungen gar nicht hatte registrieren können. Doch diesmal ließ sie sich Zeit. Nics Körper kam ihr noch muskulöser vor, kräftiger. Als sie bei seinem Gesicht angelangt war, hob er fragend die Augenbrauen. Gefällt dir, was du siehst? schien er wissen zu wollen.

Die Antwort fiel ihr leicht. Brenna streckte die Hand aus und schloss die Finger um seine Erektion. Dann begann sie, ihn zu streicheln und die Hand auf und ab zu bewegen.

Ihm stockte der Atem. Dann stöhnte Nic laut auf. Brenna setzte zum zweiten Streich an, doch auch Nic wusste, wie man dieses Spiel spielte. Er fand den äußerst sensiblen Punkt zwischen ihren Beinen, und diesmal war es Brenna, die stöhnte. Gemeinsam bewegten sie sich im Takt der Leidenschaft. Ihr Atem ging schneller und schneller. Sie waren kurz davor, ganz kurz davor. Und dann trat Nic einen Schritt zurück.

Brenna hob den Kopf und sah ihn an. Seine Pupillen waren deutlich geweitet. Jede Wette: Ihre sahen bestimmt nicht anders aus. Täuschte sie sich, oder war es in diesem Raum wirklich so heiß? In ihrem Körper pochte wild das Verlangen und drängte nach Erlösung.

„Hier drüben“, sagte Nic und zog sie mit sich zur Treppe.

Er drehte sich um, hob sein T-Shirt auf und legte es auf die vierte Stufe. Ohne das geringste Zögern folgte Brenna seiner unausgesprochenen Aufforderung. Sie setzte sich an den Rand der Stufe und spreizte die Beine.

Gleich würde Nic sich zu ihr hinunterbeugen und sie mit Lippen und Zunge in eine andere Dimension katapultieren. Gleich würde sie die Kontrolle verlieren, würde ihr Körper ein Eigenleben entwickeln und ihr Verlangen nur noch auf das Kommando von Nic hören. Gleich … Er senkte den Kopf.

Brenna stieß einen kleinen Schrei aus. Sie hatte gewusst, was kommen würde. Und trotzdem war sie auf dieses Gefühl nicht vorbereitet gewesen.

Mit Zunge und Lippen reizte Nic gekonnt ihre empfindsamste Stelle. Brenna warf den Kopf zurück und spreizte die Beine noch weiter. Es war kaum noch auszuhalten. Und jetzt begann Nic auch noch, ganz sanft an ihr zu saugen. Er ließ einen Finger in sie gleiten und zog ihn zurück. Dann waren es zwei Finger. Und das war eindeutig zu viel für sie, denn im selben Moment kam sie auch schon.

Der Orgasmus ließ ihren ganzen Körper erbeben. Jeder Muskel in ihr zog sich zusammen, entspannte sich, um sich erneut zusammenzuziehen. Brenna konnte nicht atmen, nicht denken, konnte nichts tun, als sich ganz diesem überwältigenden Gefühl hinzugeben.

Und Nic … machte einfach weiter. Kaum war ihr Herzschlag etwas langsamer geworden, setzten seine Finger und sein Mund die süße Folter fort. Brenna hätte es nicht für möglich gehalten, doch in Sekundenschnelle waren das Verlangen und die Anspannung zurückgekehrt. Verflixt! Dieser Mann wusste genau, was er tun musste, um sie um den Verstand zu bringen.

Sie kam, wieder und wieder, bis sie nur noch nach Luft ringen und seinen Namen flüstern konnte.

Irgendwann hob Nic den Kopf. Brenna öffnete die Augen und sah, dass er sie anblickte. Sie versuchte, sich zu entspannen, doch es war zu spät. Nic war gerade dabei, das Spiel zu gewinnen. Er hatte ihren Körper voll und ganz im Griff. Und das hörte hoffentlich – bitte, bitte, lieber Gott – so schnell auch nicht wieder auf.

Während Nic ihr tief in die Augen blickte, ließ er seine Finger erneut in sie gleiten. Verdammt, das kann doch nicht so einfach sein, dachte Brenna. Aber natürlich war es das. Sie versuchte, es mit aller Macht zu verhindern, doch ein erneuter Höhepunkt kündigte sich bereits an. Gleich darauf spürte sie, wie sie erschauerte. Leider hatte auch Nic das gespürt – zumindest ließ sein selbstzufriedener Gesichtsausdruck darauf schließen.

Er lächelte und begann sein aufreizendes Spiel von Neuem. Als er plötzlich innehielt, hob Brenna erstaunt den Kopf. Einen Moment lang verharrte er völlig reglos, um dann zwei oder drei Treppenstufen nach unten zu gehen. Langsam zog er die Finger zurück. Und dann brachte er sich in Position, stieß zu und drang tief in sie ein.

Brenna konnte nicht anders, als laut aufzuschreien. Nic schlang die Arme um sie und zog sie an sich. Willig folgte sie jeder seiner Bewegungen. Obwohl ihr Körper vor Erregung zitterte, gelang es ihr irgendwie, die Beine um Nics Hüften zu schlingen. Sie wollte ihm nahe sein, so nahe wie überhaupt möglich.

Sie hielten einander fest, während sie sich dort auf der alten Holztreppe liebten. Keiner von ihnen schloss die Augen, keiner senkte den Blick. Sie waren nackt und einander völlig ausgeliefert. Trotzdem war es weder beschämend noch peinlich. Es fühlte sich einfach nur richtig an.

Plötzlich spürte Brenna, wie Nic sich verspannte. Er zog sie noch enger an sich, stöhnte auf und drang ein letztes Mal tief in sie ein. Und dann waren sie beide ganz still.

15. KAPITEL

Die Rückkehr in die Realität war hart. Langsam ließ Brenna die Füße auf die Treppe sinken. Der erste klare Gedanke, der ihr durch den Kopf ging, war: Haben wir das wirklich gerade getan?

Bestimmt würde Nic sich gleich von ihr abwenden. Aber das tat er nicht. Stattdessen streichelte er ihr sanft das Gesicht. So hatte die ganze Sache angefangen. Und jetzt?

„Geht es dir gut?“, fragte er.

„Ja. Nur mein Herz flattert noch wie ein Kolibri.“

„Dann lass uns mal den Schaden begutachten.“

Er zog sich zurück und richtete sich auf. Brenna versuchte, die Beine zu strecken. Sie schmerzten höllisch.

„Autsch.“

Nic rieb sich den Rücken. „Genau“, sagte er. Dann reichte er Brenna die Hand.

Sie griff danach und ließ sich auf die Füße ziehen. Plötzlich musste Brenna laut lachen.

„Hey, wir sind nicht mehr die Jüngsten“, sagte sie. „Vor zehn Jahren hätten wir das locker weggesteckt. Heute sind wir definitiv zu alt für solch extravagante Stellungen.“

Nic verzog das Gesicht. Dann schüttelte er den Kopf und begann zu grinsen. Er legte die Arme um Brenna. Sie schmiegte sich an ihn und spürte, wie seine Lippen ihre Stirn streiften.

„Sprich nur für dich selbst“, murmelte er. „Ich bin noch jung.“

„Ha! Wahrscheinlich wirst du morgen den ganzen Tag humpeln.“

Eindringlich musterte er sie. „Du wirst morgen wahrscheinlich auch ziemlich steif sein.“

Brenna ignorierte die Hitze, die ihr in die Wangen stieg. Und auch Nics selbstzufriedenem Lächeln schenkte sie keine weitere Beachtung.

Er reichte ihr BH und Slip, dann hob er ihre Hose und die Bluse auf. Während Brenna noch mit den Kleidungsstücken und ihren steifen Beinen kämpfte, schlüpfte er in seine Jeans. Das

T-Shirt warf er sich einfach über die Schulter.

Sie schwiegen, als sie gemeinsam das Gebäude verließen. Brenna schaltete das Licht aus, und Nic schloss die Tür. Dann brachte er sie zu ihrem Wagen.

Neben dem zerbeulten alten Toyota blieben sie stehen. Nic drehte sich zu ihr um, strich ihr das Haar aus dem Gesicht und küsste sie. Brenna hielt ihn ganz fest umschlungen, drückte ihn an sich, bis sie sich irgendwann nicht länger traute. Seufzend trat sie einen Schritt zurück.

„Ich sollte gehen", brachte sie mühsam hervor.

„Okay."

Tja, dachte Brenna. Scheinbar werde ich die Nacht nicht hier verbringen. Obwohl ein Teil von ihr sich nichts sehnlicher wünschte, als in Nics Armen einzuschlafen. Und dann genau dort wieder aufzuwachen. Aber andererseits war das gar nicht möglich. Wenn ihr Wagen am Morgen nicht zu Hause vor der Garage stand, würden die Grannies vermutlich das FBI einschalten.

Sie verzog den Mund. Wann würde sie endlich erwachsen werden? So erwachsen, dass ihr die Meinung der Familie egal war?

„Worüber lachst du?", fragte Nic.

„Über mich. Ich schätze, ich brauche eine Therapie." Sie stellte sich auf die Zehenspitzen und küsste ihn ein letztes Mal. „Schlaf gut."

„Schlaf besser."

Sie lächelte und stieg in den Wagen. Nic blieb stehen und sah ihr zu, wie sie davonfuhr. Als Brenna auf den Highway abbog, warf sie einen Blick in den Rückspiegel. Nic stand noch immer da. Als ob er sichergehen wollte, dass sie heil nach Hause kam. War es tatsächlich so, oder wünschte sie sich das bloß?

Lorenzo beendete den Satz und legte den Stift zur Seite. Er rieb sich die Hand. Seit er siebzig geworden war, litt er unter Arthritis. Zuerst hatten ihn die Schmerzen nur in den Knien geplagt, dann in den Hüften, und inzwischen waren sie in den Fingern angelangt. Brenna behauptete, dass ein Computer ihm die Arbeit erleichtern würde. Angeblich sollte dieses Rumgetippe auf den Tasten nicht so schmerzhaft sein. Aber bisher konnte Lorenzo das nicht bestätigen. Denn obwohl eine dieser Höllenmaschinen im Büro installiert worden war und seine Sekretärin den hässlichen Kasten auch jeden Morgen anschaltete, nutzte er die Kiste vor allem, um sein Jackett darauf abzulegen. Dieser ganze neumodische Kram war eben nichts für ihn. Er war zu alt, um sich noch an die Vorzüge der Technik zu gewöhnen.

Tessa, mit der er seit über fünfzig Jahren verheiratet war, sah das anders. Sie liebte die neue Technologie. Als Mia in Washington gewesen war, hatte sie ihr jeden Tag eine E-Mail geschrieben. Die Antwort hatte sie dann ausgedruckt, um sie ihm abends, bevor sie ins Bett gingen, vorzulesen.

Frauen kamen mit Veränderungen einfach besser zurecht. Er gab das ungern zu, aber so war es nun mal. Vielleicht weil sie schon mit dem Wissen geboren wurden, dass die Zeit nicht stillstand. Frauen gebaren Babys, die irgendwann erwachsen wurden und weggingen. Frauen wussten, dass Herzen gebrochen wurden und dann wieder heilten. Für Frauen bestand die Welt aus Grautönen. Für Männer war alles schwarz oder weiß.

Lorenzo schrieb noch ein paar Sätze. Dann löste er die Seite vorsichtig aus dem Block. Seine Sekretärin würde den Brief morgen abtippen und losschicken. Wobei sie ihm natürlich erst wieder eine kleine Standpauke halten würde, dass er wenigstens ein Diktiergerät benutzen konnte, wenn er schon den Computer verschmähte. Bisher hatte Lorenzo sich noch nicht getraut, ihr zu sagen, dass er mit dem winzigen Gerät einen schiefen Tisch stabilisiert hatte. Das Ganze hatte auch hervorragend funktioniert, bis Mia sich dann auf genau diesen Tisch gesetzt hatte. Jetzt war das heilige Diktiergerät leider nur noch ein Haufen Schrott.

Er las den Brief noch einmal durch und legte ihn dann in den Ausgangskorb. Nachdem das erledigt war, konnte er die oberste Schreibtischschublade öffnen und eine der Schmerztabletten nehmen, die er dort aufbewahrte. In seinem Alter waren Tabletten der beste Zeitmesser. Eine Stunde – das hieß eine weitere Tablette, ein weiteres Glas Wasser und ein weiterer Nachgeschmack auf der Zunge. Tessa sah das nicht so negativ. Wenn er sich beschwerte, erinnerte sie ihn nur daran, dass die Alternative darin bestand, keine Tabletten zu nehmen und dafür einen Haufen dunkle Erde über sich zu haben. Dann zog sie ihren Rosenkranz hervor und betete schnell ein Ave-Maria, weil sie gerade den Tod erwähnt hatte. Und der sollte sich durch seine Erwähnung nur ja nicht eingeladen fühlen.

Lorenzo lächelte beim Gedanken an seine Ehefrau. Er war jetzt ein alter Mann, aber seine Liebe war noch immer dieselbe. Nein, das stimmte nicht, denn eigentlich wurde sie immer intensiver und größer. Mittlerweile liebte er Tessa viel mehr als an jenem Tag, als sie gemeinsam vor den Altar getreten waren. Ja, Gott hatte ihn in vielerlei Hinsicht gesegnet. Er hatte ihm einen Sohn geschenkt, Enkelkinder und das Land, auf dem sie alle lebten.

Was dachte er da nur? Lorenzo schüttelte den Kopf. Wurde er jetzt vielleicht schon senil? Ein Tattergreis, der in seinem Schaukelstuhl rührselig über das eigene Glück philosophierte? Nein, so einer war er nicht! Sein Arzt hatte ihm versichert, dass er trotz der Beschwerden noch viele Jahre vor sich hatte. Genug Zeit also, um die Menschen ein wenig zu ärgern, die er am meisten liebte.

Ein Klopfen an der Bürotür unterbrach seine Gedanken. Lorenzo blickte auf. „Herein“, rief er.

Die Tür öffnete sich, und Joe betrat den Raum.

Joe, was für ein lächerlicher Name! Dabei hätte Marcos Erstgeborener doch Antonio heißen sollen, nach seinem Urgroßvater. Wir haben alle so sehr auf dieses Kind gewartet, dachte Lorenzo wehmütig. Es hatte so viele Hoffnungen gegeben, so viele Pläne. Und dann war alles ganz anders gekommen.

„Du willst mich sprechen“, sagte er zu seinem Enkel.

Joe ging zum Schreibtisch hinüber und nahm sich einen Stuhl. Er bewegte sich vorsichtig und zugleich zielstrebig. Der Junge war ein echter Kämpfer, und das gefiel Lorenzo. Natürlich musste Joe über Wein noch so manches lernen. Aber eines Tages würde er die Geschicke der Marcellis lenken können.

Ja, dachte Lorenzo zufrieden. Hier ist er endlich, mein Erbe.

„Ich bin hier, um mich zu verabschieden", sagte Joe und setzte sich. „Jetzt habe ich die Familie ja kennengelernt."

Lorenzo runzelte die Stirn. „Was? Du willst gehen? Das kannst du nicht. Dein Leben ist jetzt hier, mit uns und mit dem Wein."

Joe schüttelte den Kopf. „Ist nicht mein Ding. Ich habe dir ja gesagt, dass ich ein Biertrinker bin."

„Aber was ist mit *Marcelli Wines*? Mit alldem hier?" Weit breitete Lorenzo die Arme aus und sah seinen Enkel fragend an. „Verstehst du nicht, was ich dir geben kann?"

Joe lachte. „Ich verstehe sehr gut. Aber mal ehrlich: Das ist doch kein Geschenk. Du gibst mir ja nicht einfach einen Scheck. Nein, du willst etwas von mir. Ich soll in diese ganze Marcelli-Sache einsteigen. Und da muss ich dir leider sagen: Tut mir leid, aber das ist nicht drin. Ist mir einfach viel zu viel Verantwortung."

„Nein. Du musst bleiben. Ich bestehe darauf."

„Kannst du gar nicht." Joe beugte sich vor, bis sein Gesicht dicht vor Lorenzos war. „Du spielst mit uns allen deine Spielchen. Ganz speziell mit Brenna. Und da mache ich einfach nicht mit."

„Spiele? Es gibt hier keine Spiele." Mühsam kam Lorenzo auf die Beine und ging hinüber zu der Wand am anderen Ende des Raums. Joe folgte ihm. Als sie nebeneinander hergingen, bemerkte Lorenzo, dass der Junge ihn um Haupteslänge überragte. Umso besser! Jede neue Generation musste größer und stärker als die letzte sein. Das war der Lauf der Dinge. Gute Gene waren wichtig für den Fortbestand der Familie.

Er deutete auf die große Karte an der Wand. Sie war inzwischen fast hundert Jahre alt, die handgezeichneten Linien an manchen Stellen verblasst. In der Mitte war das Land der Marcellis zu sehen, inmitten der Täler, Berge und Nebelküsten Kaliforniens.

„Aus alten Tagen", erklärte Lorenzo. „Mein Vater, dein Urgroßvater, hat sie selbst gezeichnet. Das ist, was wir sind." Er berührte das vergilbte Papier. „Das ist, was für uns wichtig ist."

Joe studierte die Zeichnung. „Wurde das vor der Fehde gemacht?“

„Ja. Viele Jahre vorher. Damals waren die Dinge noch einfach.“ Lorenzo seufzte. Ja, damals waren Freunde noch Freunde. Und dann wurden aus Freunden Feinde. Und plötzlich war alles so verworren.

Er betrachtete Joe. Marcos Sohn, seinen Enkel. Er war ein Fremder. Damals war er sich so sicher gewesen, das Richtige zu tun. Er hatte sich gegen seine Frau und seinen Sohn durchgesetzt. Tessa hatte ihn gewarnt, aber er hatte nicht auf sie gehört. Das hier war sein Fehler, seine Schuld.

„Du wirst bleiben“, beharrte er. „Du gehörst zur Familie.“

„Nein, tue ich nicht“, entgegnete Joe leise. „Meine Familie ist mein SEAL-Team. Ihr seid nett. Und ich bedanke mich sehr für eure Gastfreundschaft. Aber für mich ist es Zeit zu gehen.“

Lorenzo wollte ihm widersprechen. Er hatte doch Pläne! Der junge Mann musste hierbleiben, lernen, den Familiennamen annehmen. Wiederholte sich jetzt die Geschichte? Würde erneut alles schiefgehen?

Er legte die Hand auf Joes Arm. „Ich war das“, sagte er zu seinem Enkel. „Deine Großmutter wollte, dass wir Marco heiraten lassen, obwohl er noch so jung war. Colleens Eltern, sie wussten nicht, was sie wollten. Aber ich habe sie überzeugt. Mein Sohn, deine Mutter …“ Er zuckte mit den Schultern. „Sie haben sich geliebt. Sie wollten heiraten, und sie wollten dich. Ich habe dafür gesorgt, dass du weggeschickt wurdest. Es war mein Fehler. Ich möchte, dass du das weißt.“

Joe hielt den Blick auf ihn gerichtet. Sein Gesicht zeigte keine Regung. Lorenzo hätte die halbe Chardonnay-Ernte dafür gegeben, um zu erfahren, was der Junge dachte. Aber sein Enkel war unmöglich zu durchschauen. Er behielt seine Gefühle für sich.

„Das spielt jetzt keine Rolle mehr“, erwiderte Joe. „Was geschehen ist, ist geschehen.“

Möglich. Aber Lorenzo konnte es nicht ertragen. „Wenn du hier aufgewachsen wärst, hättest du unser Leben gelebt. Du würdest dich mit Wein auskennen. Der Wein läge dir im Blut. Das tut er auch jetzt, er rauscht durch deine Adern und singt sein uraltes Lied. Du kannst es hören, du musst es nur wollen."

„Hätte vielleicht schon einen Unterschied gemacht", sagte Joe. „Oder auch nicht. Das werden wir nie wissen. Aber so wie es jetzt ist, interessiere ich mich nicht für das Weingut. Ein für alle Mal: Ich will es nicht."

„Aber warum nicht? Das Geld …"

„Ja, sicher. Das Geld. Als ob da nicht zig Bedingungen dran geknüpft wären. Ich weiß nicht, was du vorhast, alter Mann. Ich kann dir nur sagen: Ich bin nicht interessiert. Du hast versucht, mich gegen Brenna auszuspielen. Warum, weiß ich nicht. Und ich will es auch gar nicht wissen. Aber wenn du mir nicht zuhörst und mir trotzdem alles vererbst, sei gewarnt! Dann gebe ich alles Brenna."

Lorenzo runzelte die Stirn. „Du gibst es ihr? Du verkaufst es nicht?"

Joe lächelte. „Du hast mich schon verstanden. Ich habe keine Lust darauf, dass du mich zum Bauern in deinem kleinen Schachspiel machst."

Lorenzo zog die buschigen Augenbrauen hoch. „Vielleicht habe ich das ja schon."

Joe schüttelte den Kopf. „Du bist ein Fuchs, Grandpa. Sei vorsichtig. Wenn du es zu weit treibst, wirst du die verletzen, die du liebst."

Grandpa. Wie selbstverständlich Joe dieses Wort gebraucht hatte. Lorenzo spürte einen Stich mitten ins Herz. Langsam stand er auf und breitete die Arme aus. Sein großer, starker Enkelsohn trat einen Schritt vor und umarmte ihn.

„Du bist ein guter Junge", sagte er und ließ die Arme sinken. „Komm wieder zu mir. Ich werde dir zeigen, dass du dich irrst. Wir sind deine Familie. Du gehörst hierher, zu uns."

„Mal sehen."

Mit beiden Händen umfasste Lorenzo Joes Gesicht. „Ich weiß, dass deine Arbeit sehr gefährlich ist. Bitte sei vorsichtig. Du hast jetzt eine Familie, die auf dich wartet."

Sein Enkel schwieg. Aber Lorenzo hatte auch keine Antwort

erwartet. Sie gaben sich die Hände, dann drehte sich der junge Mann um und ging.

Als er wieder alleine war, berührte Lorenzo noch einmal die Karte an der Wand. Nachdenklich fuhr er mit dem Finger die Grenzen von *Marcelli Wines* entlang. Joe hatte ihm vorgeworfen, ein Spiel zu spielen. Aber es gab kein Spiel. Vielleicht einen Plan, aber das war etwas völlig anderes.

Brenna stand zwischen den Weinreben und beobachtete, wie die riesige Maschine die Cabernet-Trauben von den Stängeln riss. Es war bereits der dritte Tag, und noch immer war die Ernte nicht vorüber. Die Früchte türmten sich hoch in den Behältern, und ständig kamen neue hinzu. Auch dieses Jahr würde *Marcelli Wines* wieder mehr als zehntausend Kisten Wein produzieren. Ganz im Gegensatz zu *Four Sisters*. Da waren es vermutlich gerade mal ein paar Hundert.

Aber es ist ein Anfang, sagte sich Brenna. Der Gedanke daran ließ sie vor Stolz fast ein wenig erröten. Ja! Sie hatte getan, wovon sie immer geträumt hatte. Und alles war gut gegangen. Jetzt musste sie nur noch warten, bis die Zeit und die chemischen Prozesse ihr Wunder wirkten.

Sie beugte sich hinunter und berührte eine der Pflanzen. Das hier waren keine Premium-Trauben. Trotzdem hasste es Brenna, wie die Maschine an ihnen zerrte und dabei tiefe Spuren in der Erde hinterließ. Natürlich war ihr klar, dass alles andere viel zu teuer gewesen wäre. Aber sie hätte sich dennoch gewünscht, dass die Rebstöcke von behutsamen Händen abgeerntet würden.

„Okay, Mädchen. Du hast einen Sonnenstich“, murmelte sie und richtete sich auf. Philosophische Gedanken über die Ernte waren definitiv kein gutes Zeichen. Als Nächstes würde sie wahrscheinlich noch Gedichte über die abgefallenen Blätter verfassen. Andererseits lenkte sie diese neue Leidenschaft von Nic ab. Schon den ganzen Morgen hatte sie nicht an ihn gedacht. Und wenn man bedachte, wie ihr letztes Zusammentreffen abgelaufen war, war das ein ganz hervorragendes Zeichen.

Nic. Schon beim Klang seines Namens musste Brenna lächeln.

Noch immer begriff sie nicht ganz, was in dieser Nacht eigentlich passiert war. Und was es bedeuten sollte – darüber wollte sie lieber gar nicht erst nachdenken. Inzwischen waren drei Tage vergangen. Und noch immer erschauerte sie, wenn sie nur an Nics Berührungen dachte. Konnte Sex wirklich so gut sein? Wenn ja, sollte das Drogengesetz dringend neu geregelt werden.

Seltsame Gefühle durchströmten sie. Irgendetwas war passiert, als Nic und sie endlich über die Vergangenheit gesprochen hatten. Vielleicht so eine Art reinigendes Gewitter. Aber das traf es auch nicht ganz. Egal, jetzt war nicht der richtige Moment, um darüber nachzudenken. Irgendwann würde sie es allerdings tun müssen. Und was dann geschah ... Tja, das wusste keiner. Sie jedenfalls ganz bestimmt nicht.

„Worüber freust du dich so?"

Brenna zuckte zusammen und schrie auf. Jemand stand direkt hinter ihr! Sie wirbelte herum und sah direkt in Joes Gesicht.

„Erschrick mich doch nicht so! Was ist nur mit den Männern hier in der Gegend los? Habt ihr keine anderen Hobbys? Erst Nic – und jetzt auch noch du." Sie schlug sich mit der Hand vor den Mund. „Oops. Vergiss das bitte wieder."

„Das mit Nic? Zu spät. Die Grannies haben mir schon gesagt, dass du den Feind zur Party mitgebracht hast. Sie waren ganz schön schockiert."

„Das glaube ich. Zum Glück bist du dann ja gekommen und hast für etwas Ablenkung gesorgt. Habe ich dir eigentlich schon dafür gedankt?"

„Stets zu Diensten, Ma'am. Und wo wir gerade davon sprechen." Er sah sich auf dem Feld um. „Ich wollte dir sagen, dass ich gleich aufbreche."

„Was?" Fassungslos starrte sie ihn an. „Soll das heißen, du gehst?"

„Das soll es heißen. Ich muss zurück an die Arbeit. War ein schöner Urlaub und so. Aber ich brauche mal eine längere Pause von den Marcellis."

Er ging? „Aber ... aber d...das kannst du doch nicht tun", stammelte Brenna. „Wenn du gehst ... Du wirst doch alles erben. Was ist denn mit dem Geld?“

Joe grinste. „Wach endlich auf, Brenna! Lorenzo hat mit uns beiden nur gespielt. Das ganze Gerede hatte nichts zu bedeuten.“

„Da irrst du dich. Er will dich unbedingt als Erben.“

„Und was heißt das? Dass ich das Weingut kriege, obwohl ich nichts davon verstehe? Wohl kaum! Lorenzo ist ein gerissener alter Fuchs. Er würde Verträge über Verträge machen. Und am Ende dürfte ich nicht mal eine Flasche Wein aus meinem eigenen Keller trinken. Mit diesem angeblichen Erbe will er mich bestechen und dich bestrafen. Ich weiß nicht, warum. Aber es scheint zu klappen.“

Sie bekam keine Luft. Unter ihr schien der Boden zu schwanken. Aber Brenna war sich ziemlich sicher, dass das kein Erdbeben war. Konnte es sein? Hatte Joe recht? War das alles wirklich nur ein Spiel?

„Was hast du ihm gesagt?“, fragte sie aufgeregt.

„Dass ich ihn durchschaue. Und dass er mich mit seinem Erbe in Ruhe lassen soll, weil ich sonst alles dir gebe. Hat ihm nicht gefallen.“

„Das kann ich mir vorstellen.“

Ihr Hirn musste den Dienst quittiert haben. Brenna konnte einfach keinen klaren Gedanken fassen. Passierte das gerade wirklich? War Joe keine Bedrohung mehr?

Sie legte ihm die Hand auf den Arm. „Bleib noch etwas. Bitte.“

„Na klar. Jetzt willst du mich plötzlich hierhaben.“

„Das wollte ich auch schon vorher.“

„Ich weiß.“ Er warf noch einmal einen Blick auf die Weinreben. „Es war schön, aber ich gehöre hier nicht her. Noch nicht jedenfalls.“

„Was soll das heißen? Dass du wiederkommst? Oder ist dir die Familie zu viel?“

„Manchmal.“

„Das verstehe ich“, sagte Brenna. Die Marcellis konnten einem wirklich den letzten Nerv rauben. Und sie musste es ja wissen.

„Bist du froh, dass du gekommen bist?“, fragte sie.

Unverwandt sah er sie an. „Ja.“

„Ich weiß, dass meine Eltern unglaublich froh waren, dich kennenzulernen. Genau wie meine Großeltern. Alle eigentlich."

„Du auch?"

„Ich ganz besonders."

„Gut. Um dich mache ich mir auch am meisten Sorgen."

„Wieso das denn?"

„Ist einfach so."

Sie seufzte. „Ich mache mir genauso Sorgen um dich, Joe. Du bist derjenige, der sein Leben aufs Spiel setzt."

„Ich bin ein Profi und weiß, was ich tue."

Brenna wollte noch mehr sagen. Nur was? „Danke" war vielleicht ein bisschen wenig.

„Du hättest alles haben können", wiederholte sie hilflos.

„Bestimmt nicht. Der alte Mann hätte mich einfach nur um den Verstand gebracht. Du bist die Einzige, die mit ihm umgehen kann."

„Das würde ich so nicht sagen."

„Joe! Joe!"

Brenna sah sich um und entdeckte Mia, die auf sie zugerannt kam. Ungeduldig drängelte sich ihre jüngste Schwester zwischen den Rebstöcken hindurch.

„Lauf gefälligst *zwischen* den Reihen!", rief Brenna. Doch ohne Erfolg.

Mia lief unbeirrt weiter, strich sich ein paar Blätter aus dem Gesicht und kam dann laut keuchend vor Joe zum Stehen.

„Sag, dass es nicht wahr ist", stieß sie hervor.

Tränen schimmerten in ihren großen Augen.

Joe räusperte sich. „Du meinst, weil ich jetzt g…"

Bevor er den Satz beenden konnte, hatte Mia sich ihm auch schon an den Hals geworfen. „Du kannst nicht gehen. Ich hatte noch nie, nie, nie einen großen Bruder. Das ist so cool. Geh nicht!"

Joe stand einen Moment stocksteif da. Dann tätschelte er Mia vorsichtig den Rücken. Sie wirkte winzig klein in seinen Armen. Das Kätzchen und der Bär. Nachdenklich beobachtete Brenna die beiden. Über Joes Gesicht huschte ein merkwürdiger Ausdruck. Bedauern? Das konnte nicht sein – oder doch?

„Ich muss gehen“, sagte er sanft. „Ich habe einen Job.“

„Einen gefährlichen Job.“ Mia ließ ihn los, trat einen Schritt zurück und stemmte die Hände in die Hüften. „Wag es ja nicht, zu sterben. Das würde mich echt ankotzen.“

„Ich werde mein Bestes tun.“

Mias Augen wurden schmal. „Ich schwöre dir: Wenn du nicht zurückkommst, werde ich alle deine Freunde aufspüren. Und dann werde ich mit jedem Einzelnen von ihnen Sex haben, während die anderen dabei zuschauen dürfen.“

Joe zuckte zusammen. „Okay, jetzt bin ich total motiviert. Ich werde auf jeden Fall am Leben bleiben.“

„Das will ich hoffen.“

Er wandte sich zu Brenna um. „Dann mache ich mich wohl mal auf den Weg.“

Sie nickte und trat einen Schritt auf ihn zu. Er umarmte sie fest. „Sei tapfer“, flüsterte er ihr ins Ohr. „Alles wird gut.“

Hoffentlich hatte er recht. „Du musst wirklich wiederkommen“, entgegnete sie. „Mia macht ihre Drohungen meistens wahr. Und das würden deine Freunde nicht verkraften. Außerdem sind wir jetzt deine Familie. Dass wir dich in den Wahnsinn treiben, ist noch lange keine Entschuldigung dafür, einfach wegzubleiben.“

„Verstanden.“

Mia schmiegte sich an Brenna, und Joe umarmte beide Schwestern. Dann beugte er sich hinunter, um sie auf die Wange zu küssen. Ein letztes Winken, und weg war er.

Brenna sah ihm hinterher. Sie würde ihn tatsächlich vermissen.

„Das geht bestimmt ganz schnell“, tröstete sie ihre Schwester. „Dann ist er wieder zurück, hängt hier rum und geht uns total auf die Nerven.“

Mia schniefte. „Du bist eine verdammt schlechte Lügnerin.“

„Ich weiß“, erwiderte Brenna seufzend.

Nic verließ das Büro. Er war noch ganz in Gedanken versunken. Überrascht sah er auf, als plötzlich ein unbekannter Geländewagen vor ihm auf dem Parkplatz hielt. Die Tür öffnete sich, und ein großer, breitschultriger Mann stieg aus.

Wer war das denn? Ach ja, Brennas Bruder, der verlorene Sohn.

Max hob den Kopf und raste dann auf den Besucher zu. Energisch verteidigte der Welpe sein Revier: Er wedelte wild mit dem Schwanz, leckte dem Fremden die Hände und sprang begeistert an ihm hoch. Dann ließ er sich auf den Rücken fallen und streckte erwartungsvoll den Bauch raus. Gleich würde er gekrault werden, oder?

Joe bückte sich und kam seiner Pflicht nach.

„Toller Wachhund“, sagte er.

Nic ging zu den beiden hinüber. „Wenn er erwachsen ist, wird er ganz böse und gefährlich.“

„Da würde ich mir keine Hoffnung machen.“

Max sprang auf die Füße, leckte Joe ein letztes Mal liebevoll übers Gesicht und rannte dann davon.

Joe stand auf, und Nic streckte ihm die Hand entgegen. „Wir sind uns noch nicht vorgestellt worden. Ich bin Nic Giovanni.“ Er grinste. „Wenn du den alten Mann kennst, weißt du ja auch, was das heißt. Ich bin der Teufel persönlich.“

„Habe ich schon gehört.“ Joe schüttelte ihm die Hand. „Joe Larson.“ Er ließ den Blick schweifen. „Nett hier.“

Nic lächelte, ohne etwas darauf zu erwidern. Es musste doch einen Grund geben, dass Brennas Bruder plötzlich hier auftauchte. Nur welchen?

Joe lehnte sich gegen die Motorhaube seines Jeeps. „Lorenzo hat mir von dieser Familienfehde erzählt. Echt absurd. Klingt wie bei Shakespeare.“

Nic zuckte mit den Schultern. „Der alte Mann lebt in der Vergangenheit. Aber der Rest von uns würde gern positiv in die Zukunft schauen.“

Joe nickte. „Die Zeiten ändern sich. Man muss sich nach vorn orientieren.“ Mit dem Kopf deutete er auf den Wagen. „Mache ich übrigens auch gerade. Ich gehe zurück.“

Hätte Joe plötzlich Wiener Walzer getanzt, wäre Nic auch

nicht überraschter gewesen. Er ging? Hieß das, dass er nicht erben würde? Dann war *Marcelli Wines* also noch zu haben!

Mühsam kontrollierte er seine Erregung. Jetzt ganz cool bleiben. Der Kerl durfte auf keinen Fall merken, wie wichtig diese Information war.

„Brenna hat mir erzählt, dass du ein SEAL bist", sagte er.

„Stimmt. Ich habe ziemlich viel Kampferfahrung." Joe schwieg einen Moment. Dann blickte er Nic gerade in die Augen. „Ist vielleicht unfair, eine Lieblingsschwester zu haben. Ich mag sie alle. Aber um Brenna mache ich mir am meisten Sorgen. Ich will nicht, dass ihr irgendwas zustößt. Etwas, das sie … verletzen würde."

Nic wusste nicht, ob er lachen oder sich für eine Prügelei wappnen sollte. Wahrscheinlich fischte Joe im Trüben und klopfte nur auf den Busch. Aber ganz sicher konnte man da nicht sein. Hatte er vielleicht irgendwo etwas aufgeschnappt?

„Drohst du mir?"

„Klar. Wenn es nötig ist."

Verdammt! Das war ja wirklich lächerlich. Trotzdem war Nic froh, dass endlich jemand an Brennas Seite kämpfte. Leider war der Typ echt nicht ungefährlich. Wahrscheinlich konnte er seine Feinde mit einem Stück Zahnseide töten.

„Brenna ist erwachsen", erwiderte er. „Also misch dich lieber nicht ein."

„Sagt wer?"

Nic grinste. „Brenna zum Beispiel. Erzähl ihr lieber nicht, dass du hier warst. Sonst bist du gleich mal einen Kopf kürzer."

Joe zuckte mit den Schultern. „So hoch kommt sie nicht."

Irgendwie mochte Nic den Kerl. „Brenna wehzutun ist nicht mein Plan."

„Und was ist dein Plan? Verrätst du mir das?"

„Nein."

„Okay. Wird sie trotzdem verletzt werden?"

Nic überlegte kurz. Würde der Kauf von *Marcelli Wines* Brenna wehtun? Einfache Frage. Einfache Antwort.

Joe stieß sich von der Motorhaube ab. „Stimmt wahrscheinlich. Ich kann Brenna nicht beschützen – auch wenn ich das gerne möchte. Aber ich glaube, du kannst es. Also denk mal drüber nach."

„Okay, Mann." Nic trat einen Schritt zurück.

Joe stieg in den Wagen und fuhr davon.

Nic sah ihm nach, drehte sich dann um und bemerkte Maggie, die auf ihn zukam. „Wer war denn dieser hübsche Junge?"

„Ich dachte, du bist glücklich verheiratet."

„Bin ich auch. Aber meine Augen funktionieren trotzdem noch sehr gut." Sie blieb vor ihm stehen. „Also, verrätst du mir, wer das war?"

„Nein. Ist das Angebot für die Marcelli-Übernahme fertig?"

Sie nickte. „Alles bereit. Lorenzo Marcelli muss nur noch seine Unterschrift druntersetzen. Aber ich dachte, er will gar nicht mehr verkaufen."

„Das hat sich gerade geändert."

Maggie schüttelte den Kopf. „Überleg es dir noch mal, Nic. Ich finde das alles nicht gut. Du machst einen großen Fehler."

„Ich habe dich nicht um deine Meinung gebeten. Mach einfach deinen Job, denn den machst du gut."

„Alles klar, Boss."

Maggie wirkte ganz ruhig. Nur ihre großen grünen Augen waren plötzlich dunkler geworden.

„Ich lege dir das Angebot dann auf den Tisch", sagte sie.

„Danke."

Sie ging zurück in Richtung Büro. Dann blieb sie noch einmal stehen und warf ihm über die Schulter einen Blick zu. „Du warst einer der guten Jungs, Nic. Warum musste sich das ändern?"

Er suchte nach einer Antwort. Aber bevor er sie gefunden hatte, war Maggie bereits im Gebäude verschwunden.

Schulterzuckend machte Nic sich auf den Heimweg. Einer der guten Jungs? Was sollte das denn heißen? Sie war einfach …

Er blieb stehen. Rechts von ihm war das Gebäude, in dem Brenna ihren Wein lagerte. Ein paar Nächte zuvor hatte sie ihn gezwungen, der Vergangenheit ins Auge zu sehen. Zum ersten Mal seit langer Zeit hatte er wieder diese Wut und den Schmerz gespürt. Und es hatte ihn nicht umgebracht. Nein, ganz im Gegenteil. Es war irgendwie befreiend gewesen. Jetzt war alles anders.

War es das? Ja, sie hatten sich geliebt. Schon komisch: Erst hatten sie sich gestritten, und eine Menge harte Worte waren gefallen. Und im nächsten Moment hatten sie sich in den Armen gelegen. Er kannte Brennas Körper gut. Aber noch nie war der Sex mit ihr so aufregend, so erschreckend intensiv gewesen. Etwas hatte sich in dieser Nacht verändert.

Nein, rief sich Nic zur Ordnung. Nichts hatte sich geändert. Die Vergangenheit war vorbei. Was geschehen war, war geschehen. Und mit der Zukunft hatte das alles nicht das Geringste zu tun. Brenna und er, das war eine alte Geschichte. Was jetzt zählte, war nur sein Plan. Und an dem würde er festhalten. Egal um welchen Preis.

16. KAPITEL

Brenna nahm einen Schluck von ihrem Mocha Latte. Vor dem Starbucks-Gebäude waren Tische und Stühle aufgestellt, und tatsächlich gab es da noch einen Platz im Schatten! Erleichternd seufzend setzte sie sich.

Am frühen Nachmittag waren nur wenige Leute auf der Straße, und alles war ruhig. Die Hitze wurde von einer leichten Brise gemildert, trotzdem fühlte sich Brenna schläfrig. Jetzt war ein Kaffee genau das Richtige.

Der September war vorüber, die Ernte beendet. Nun konnten die Winzer eine Zeit lang durchatmen. Natürlich gab es immer noch die üblichen Aufgaben zu erledigen: Neue Fässer mussten bestellt werden und die Setzlinge für das nächste Jahr. Die Felder wurden kontrolliert und die kranken Pflanzen herausgerissen. Und alle warteten gespannt auf den Moment, in dem man die ersten Fässer öffnen und den Wein probieren konnte.

Manchmal wünschte sich Brenna, sie hätte einen anderen Job. Aber nicht an diesem Tag. Ihr Leben war einfach perfekt. Alle Trauben waren an Ort und Stelle, die Mikroben und die Zeit taten ihre Arbeit. Und schon bald würde *Four Sisters* den ersten Wein auf den Markt bringen. Selbst zu Hause war die Stimmung gut. Nicht einmal ihr Großvater konnte ihr die gute Laune vermiesen. Natürlich tat er mal wieder sein Bestes, widersprach ihr, beharrte auf seiner Meinung und ignorierte alle Ratschläge. Aber außer Brenna gab es niemanden, mit dem der alte Mann über Wein sprechen konnte. Ihre Schwestern interessierte das nicht. Und Joe war weg.

„Jemand sollte ihm einen Orden verleihen“, murmelte Brenna und trank genüsslich einen weiteren Schluck Latte. Joe hatte sein Erbe ausgeschlagen. Und damit war der Weg frei für sie.

Es sei denn, ihr Großvater verkaufte *Marcelli Wines*.

„Fang gar nicht erst damit an“, sagte sie zu sich selbst. „Nicht ausgerechnet heute.“ Die Sonne schien, die Luft war mild, und überhaupt war gerade alles, wie es sein sollte.

Sie hatte dem Sturm getrotzt und überlebt. Und wenn ein

neuer Sturm kam, dann würde sie den auch überleben, ebenso wie den nächsten und den übernächsten. Manchmal würde sie die Haltung bewahren, und manchmal würde sie die Fassung verlieren. Aber das war okay und ganz normal.

Du bist so weit gekommen, dachte sie. Vor einem Jahr hatte sie noch zwei Jobs gehabt, die sie beide hasste. Und dazu einen Ehemann, den sie nicht wirklich liebte. Das war traurig und bemitleidenswert gewesen. Jetzt war sie glücklich, ihr großer Traum hatte sich erfüllt, und sie …

Brenna setzte sich aufrecht hin. Konnte das sein? Ja, tatsächlich! Es war Anfang Oktober, ihre Scheidung war durch. Und sie hatte es gar nicht bemerkt.

Jetzt, da sie darüber nachdachte, erinnerte sie sich plötzlich auch wieder an diesen dicken Briefumschlag. Der war irgendwann in den letzten Wochen mit der Post gekommen. Aber wegen der Ernte, der Sache mit ihrem Großvater, Nic, Joe und all den anderen Dingen hatte sie den Kopf so voll gehabt, dass sie ihn einfach ungeöffnet in ihr Zimmer geschmissen hatte. Garantiert waren da die Scheidungspapiere drin. Sie war eine freie Frau! Endlich! Und was noch besser war: Der liebe Jeff würde ihr die nächsten drei Jahre jeden Monat ein nettes Sümmchen auf das Konto überweisen müssen. Geschah dem Bastard ganz recht. Schließlich hatte sie ihm das Studium finanziert und all die teuren Zusatzausbildungen.

Sie war jetzt nicht reich. Das leider nicht. Für andere Menschen mochte es ein bloßes Tröpfeln sein, aber für sie war es ein wahrer Geldregen, der in den nächsten Monaten auf sie herabprasseln würde. Und die große Fünftausend-Dollar-im-Monat-Frage war jetzt nur: Was sollte sie mit dem Geld anfangen? Ein neues Auto kaufen? Ihr Darlehen abbezahlen?

Brenna warf einen Blick auf ihren klapprigen Toyota, der an der Ecke parkte. Wahrscheinlich musste sie ihn einmal komplett überholen lassen und ein paar neue Reifen kaufen. Aber sonst? Wahrscheinlich würde ihr treuer alter Begleiter ohne Probleme noch ein paar Jahre durchhalten.

Ein Geräusch ließ sie auffahren. Ein vertrautes Geräusch, das lauter und lauter wurde. Beim Gedanken an das Geld hatte ihr Herz eben schneller geschlagen. Aber jetzt schien es ihr aus der Brust hüpfen zu wollen. Brenna sprang auf und schirmte die Augen vor der Sonne ab, während sie die Straße entlangblickte. Und da war er auch schon: der Sexgott höchstpersönlich. Auf seinem Motorrad.

Was war das nur mit Männern und ihren Lederjacken? James Dean hatte schon nicht mehr gelebt, als sie geboren wurde. Aber Brenna hatte die Filme gesehen. Und jetzt sah sie Nic, der sein Motorrad neben ihrem Auto abstellte und zu ihr herüberkam.

Keiner von ihnen sagte etwas. Sie hatten sich seit jener Nacht nicht mehr gesehen, also wurde es jetzt wahrscheinlich peinlich. Bestimmt würde sie gleich weglaufen wollen. Stattdessen erwischte Brenna sich dabei, wie sie Nic einfach nur anlächelte.

Er trug noch den Helm, und eine dunkle Sonnenbrille verdeckte seine Augen. Unmöglich zu erkennen, was er gerade dachte. Aber das war wahrscheinlich besser so. Sie wusste ja leider auch nicht, was sie dachte. Dank des kleinen Intermezzos in der vergangenen Woche war die Situation jetzt noch komplizierter. Rein verstandesmäßig wusste sie natürlich, dass das nicht besonders klug gewesen war. Aber was sie fühlte, war etwas ganz anderes: Sie war noch nie in ihrem Leben so glücklich gewesen. Tja, offenbar führen meine beiden Hirnhälften gerade Krieg, dachte Brenna. Vielleicht konnte sie sich ja mal einen Termin bei ihrer Psychologen-Schwester geben lassen. Oder bei der Pharmaindustrie anfragen, ob es nicht eine Pille für solche Fälle gab. Doch stattdessen trank sie einfach weiter Kaffee.

Nic nahm die Sonnenbrille ab. „Du siehst aus wie eine Frau, der viel durch den Kopf geht."

„Tut es ja auch."

„Dann muss ich wohl für Abhilfe sorgen."

Er griff hinter sich und löste den zweiten Helm von seiner Befestigung am Sitz. Dann streckte er ihn Brenna entgegen.

Sie zögerte keine Sekunde. Ihr Leben lief super, und das hier war das Sahnehäubchen auf der Torte. Den Kaffee brauchte sie jetzt wohl nicht mehr. Eilig warf sie den Becher in den nächstbesten Papierkorb und überquerte den Gehweg. Nachdem sie den Helm aufgesetzt hatte, stieg sie hinter Nic auf die Maschine und legte die Arme fest um seine Taille.

„Fahr schnell", rief sie.

Er grinste und nickte.

In der Innenstadt hielt Nic sich noch an das Tempolimit. Doch als sie endlich den Highway erreichten, gab er Gas. Brenna hatte das Gefühl zu fliegen. Kühle Luft blies ihr ins Gesicht, doch Nics Körper wärmte sie. Und dieses Gefühl von ihren Schenkeln an seinen – das war einfach wunderbar.

Sie fuhren Richtung Norden und verließen Santa Barbara. Links und rechts von ihnen glitten die kleinen Städtchen vorbei, die den Highway säumten. Als sie schließlich einen einsamen Strandabschnitt erreichten, bog Nic ab. Er brachte die Maschine zum Stehen und schaltete den Motor aus.

Mit leicht wackeligen Beinen glitt Brenna zu Boden. Sie setzte den Helm ab und fuhr sich durchs Haar. Nic zog seine Jacke aus und verstaute die Helme unter dem Sitz. Dann drehten sie sich beide um – und vor ihnen lag das Meer.

Seite an Seite liefen sie durch den kühlen, feuchten Sand. Es war Ebbe, und die Möwen glitten auf der Suche nach Futter über ihren Köpfen dahin. Zwei oder drei kleine Wolken hoben sich blendend weiß gegen das Blau des Himmels ab. Brenna atmete tief die salzige Luft ein.

Ab und zu berührten sich ihre Schultern, und irgendwann griff Nic nach ihrer Hand.

Die Zeit war stehen geblieben, zumindest kam es Brenna so vor. Es war nicht jetzt, es war nicht damals, sondern einfach nur ein völlig losgelöster Moment, ohne Druck, ohne Erwartungen. Sie hob ihr Gesicht der Sonne entgegen. Wenn Nic und sie nur für immer hierbleiben könnten.

Eine Möwe landete vor ihnen und pickte im Sand herum. Als sie näher kamen, flatterte der große Vogel mit den Flügeln und rannte dann ein Stück weiter den Strand hinauf.

„Max würde das lieben", beendete Brenna das Schweigen.

„Er ist kein Motorradfan."

„Stimmt. Hatte ich vergessen."

Nic blieb stehen. Er zog Brenna an sich und drehte sie herum, sodass sie mit dem Rücken zu ihm stand. Dann legte er ihr die Arme um die Taille. Seufzend schmiegte sie sich an ihn und legte die Hände auf seine.

Vor ihnen erstreckte sich die endlose, glitzernde Weite des Ozeans. Und dahinter der Horizont.

„Wolltest du auch schon mal lossegeln und nachsehen, was da noch kommt?", fragte Brenna.

„Wenn du einen südwestlichen Kurs einschlägst, kommt Hawaii."

„Klingt gut."

Faule Tage am weißen Strand. Und ein Hotelpage, der ihr Cocktails brachte. Natürlich mit diesen kleinen Schirmchen drin.

„Dein Bruder hat mir einen Besuch abgestattet."

Nics Worte passten so gar nicht zu ihren Gedanken. Brenna brauchte einen Moment, um zu kapieren, was er da überhaupt gesagt hatte.

„Joe ist doch weg. Er ist wieder bei seiner Einheit."

Nic legte die Wange an ihr Haar. „Ich weiß. Aber auf dem Weg zurück hat er einen kurzen Zwischenstopp bei mir eingelegt."

Brenna wollte sich umdrehen, aber Nic hielt sie fest. „Warum das denn?"

„Er wollte mich warnen. Falls ich dir wehtue, reißt er mir den Kopf ab."

„Quatsch." Brenna war fassungslos.

„Er hat mir gesagt, dass er Nahkampfexperte ist. Und dass dir besser nichts zustößt, sonst wendet er sein Training gerne an."

„Ich … er." Brenna schloss den Mund, öffnete ihn und schloss ihn dann wieder. „Nicht im Ernst, oder?"

„Doch."

Sie wusste nicht, was sie sagen sollte. Joe? Drohte Nic? Typisch Mann. Sie drehte sich zu Nic um.

„Er hat noch mehr getan", erklärte sie lächelnd. „Er hat sein Erbe ausgeschlagen."

„Ich dachte mir schon so was."

„Hat er wirklich getan. Großvater war völlig außer sich. Aber Joe hatte wohl keine Lust drauf, *Marcelli Wines* zu übernehmen. Als ihm klar wurde, dass er nicht einfach einen Scheck bekommt, hat er dankend abgelehnt. Er meinte, dass ihm das alles viel zu viel Verantwortung ist."

Brenna schüttelte den Kopf. Noch immer konnte sie es kaum glauben.

Nic streichelte ihr Gesicht. „Dann hast du bekommen, was du wolltest."

„Das hoffe ich. Natürlich kann es immer noch sein, dass Großvater verkaufen will. Aber darüber mache ich mir jetzt erst mal keine Sorgen. Nach diesem ganzen Mist ist mein Leben endlich mal perfekt. Und jetzt werde ich es so richtig genießen."

„Gut für dich."

„Ja. Gut für mich."

Brenna wandte sich um und blickte wieder auf das Meer. Nic hielt sie in seinen Armen, ihr Rücken schmiegte sich an seine Brust. Das fühlte sich alles so unglaublich richtig an. In mehr als einer Hinsicht.

„Kommt Joe noch mal zurück?", erkundigte sich Nic.

„Ich glaube schon. Unsere Familie hat ihn beim ersten Mal etwas überfordert. Aber letztendlich wird er uns nicht entkommen. Er hat Mom versprochen, mit ihr in Kontakt zu bleiben. Und sie und Dad werden ihn nächsten Monat besuchen. Die Marcellis kann man wahrscheinlich einfach nur in kleinen Dosen genießen."

Nic schwieg. Brenna wollte ihn fragen, was er gerade dachte. Aber dann entschied sie sich, dass sie das doch lieber nicht wissen wollte. Es war ein wunderschöner Moment. Und den würde sie jetzt nicht ruinieren – nicht durch die Gegenwart, nicht durch die Zukunft und ganz bestimmt nicht durch die Vergangenheit.

Obwohl es mehr als genug Stolperfallen gab. So viele Fehler. So viel Schmerz.

Im Nachhinein war man natürlich immer schlauer. Sie hätte Nic damals heiraten sollen, das war ihr jetzt klar. Wie wäre mein Leben wohl verlaufen, wenn ich einfach auf die Meinung der

Familie gepfiffen hätte und mit ihm nach Frankreich gegangen wäre? fragte sich Brenna.

Egal, sie hatte es nicht getan, weil sie feige gewesen war, und Nic und sie hatten alles verloren.

Ob *Wild Sea Vineyards* ihn wohl für seinen Verlust entschädigte? Brenna hatte Nic das noch nie gefragt. Wahrscheinlich weil sie einfach zu große Angst vor der Antwort hatte. Wenn er Nein sagte, würde sie sich ziemlich schlecht fühlen. Er hatte sehr gelitten. Und schuld daran waren ausgerechnet die Menschen, die ihm am nächsten standen.

Seine Eltern. Sein Großvater. Und sie.

Alle, die Nic liebte, hatten ihn im Stich gelassen.

Tiefes Bedauern erfüllte sie. Für den Mann, dem sie wehgetan hatte, und den einsamen kleinen Jungen.

Sie wollte etwas sagen. Aber was? Sie wollte …

Er drehte sie zu sich um und küsste sie. Der sanfte Druck seines Munds ließ Brenna die Augen schließen. Sie hob die Arme und schlang sie ihm um den Nacken.

Ja, dachte sie verschwommen und öffnete die Lippen. Das war es, was sie wollte. Sie wollte mit Nic zusammen sein, an diesem sonnigen Herbsttag, wenn die Luft so lau und voller Versprechen war.

Er legte den Kopf in den Nacken und blickte sie an. Brenna sah in seine dunklen Augen und durch sie hindurch bis tief in die Seele jenes Mannes, der ein so wichtiger Teil ihres Lebens war. Langsam hob sie die Hand und berührte zart seine Wange und dann seinen Mundwinkel.

„Lass uns einfach hierbleiben“, flüsterte sie. „Wir gehen nie mehr zurück.“

„Und was passiert, wenn die Flut kommt?“

„Klären wir dann.“

„Ich bin versucht.“

Er sollte mehr als nur versucht sein. Er sollte …

Sie lieben.

Schockiert hielt Brenna die Luft an. Neben ihr donnerten die riesigen Wellen des Pazifiks an den Strand, und offenbar hatte eine davon sie erwischt. So fühlte sich also die Wahrheit an! Sie konnte es nicht länger leugnen: Sie wollte, dass Nic sich daran erinnerte, wie gut es gewesen war. Dass er begriff, dass sie das alles wiederhaben konnten, nur diesmal als reife Erwachsene. Sie wollte, dass er sie in die Arme zog und ihr sagte, dass er sie liebte, an sie dachte und sie brauchte. Und dass es schon immer so gewesen war, weil – oh, mein Gott – auch sie ihn schon immer geliebt hatte.

„Brenna? Geht es dir gut?"

„Ja, ja", erwiderte sie benommen. „Du hast recht. Wie sollten vielleicht besser zurückgehen."

Sie drehte sich um und lief wie ferngesteuert über den Strand. Als sie beim Motorrad angekommen waren, reichte Nic ihr den Helm, und Brenna setzte ihn auf. Sie schloss den Riemen, in Gedanken war sie jedoch ganz woanders. Konnte das wirklich sein? Hatte sie sich zehn Jahre lang selbst belogen? Hatte sie wirklich nie aufgehört, Nic zu lieben? Oder hatte sie ihr Herz gerade aufs Neue an ihn verloren?

Es war kurz vor zehn. Lorenzo öffnete die Tür und betrat das kleine Restaurant. Er wusste zwar nicht, wie die Männer aussahen, die er gleich treffen würde, aber er kannte ihre Namen und ihren Ruf. Und er wusste genau, was sie von ihm wollten.

Der Kellner, der gerade die Tische deckte, sah zu ihm hinüber. „Es tut mir leid, Sir. Aber wir haben noch nicht geöffnet."

„Ich bin Lorenzo Marcelli. Hier findet ein Meeting statt."

„Oh. Natürlich." Der Kellner richtete sich auf. „Hier entlang, bitte."

Er führte Lorenzo zu einem Hinterzimmer, in dem sich ein langer Tisch befand. Hier gab es keine Teller und Servietten. Stattdessen lagen überall dicke Papierstapel herum. Zwei Männer erhoben sich von ihren Stühlen.

„Mr Marcelli, vielen Dank, dass Sie gekommen sind. Mein Name ist Bill Freeman. Und das hier ist mein Partner Roger White. Bitte nehmen Sie doch Platz."

Schwerfällig setzte sich Lorenzo auf einen der Stühle. Die beiden Männer nahmen auf der anderen Tischseite Platz. Lorenzo wusste, worum es ging. Und er wäre jetzt gern zur Sache gekommen. Trotzdem wartete er schweigend ab, während die Männer ihm ein Glas Wasser einschenkten und ihm Kaffee anboten, den er allerdings dankend ablehnte.

„Wie Sie sich vielleicht denken können, interessieren wir uns sehr für Ihr Weingut", sagte Bill Freeman.

„Ich habe ja sonst nicht viel, das Leute wie Sie interessieren würde", entgegnete Lorenzo. „Ich bin ein alter Mann. Sie wollen mir wahrscheinlich kaum einen Job in Ihrem Unternehmen anbieten."

Die Männer lachten. „Wären Sie denn interessiert?", fragte Freeman.

Lorenzo zuckte mit den Schultern. „Wahrscheinlich nicht."

„Dann geht es wohl doch um *Marcelli Wines.*"

Der Mann schilderte die lange Firmengeschichte, als ob Lorenzo noch nie davon gehört hätte. Freeman war höflich und gut informiert. Und als er dann die Zahlen nannte, war selbst Lorenzo beeindruckt.

Der Strom der Worte floss weiter und weiter: Alle Angestellten würden ihre Jobs für mindestens zwei Jahre behalten. Den Marcellis sollte es an nichts fehlen. Der Familiensitz würde nicht angerührt werden, und Lorenzo konnte natürlich einige Felder rund um das Haus ganz nach seinem Belieben nutzen.

Was hätte Vater zu alldem gesagt? fragte sich Lorenzo. Dann lächelte er schief. Antonio hätte die Faust gen Himmel erhoben und sie dann den Männern auf die Nase krachen lassen. Ein Marcelli war nicht käuflich.

Aber Antonio war schon lange tot. Und vieles hatte sich geändert. Einst hatte Lorenzo gehofft, eine Dynastie gründen zu können. Er hatte von einem Haufen Söhne geträumt, die sein Werk weiterführten. Und Marco war ja auch ein guter Sohn, aber er war sein einziger, und es gab keine Enkelsöhne. Tessa behauptete, dass das Gottes Strafe war, weil er Marco und Colleen gezwungen hatte, ihr Baby wegzugeben. Lorenzo hatte sich jahrelang geweigert, diesen Quatsch zu glauben. Aber inzwischen war er sich nicht mehr so sicher.

Und jetzt boten ihm diese Männer, diese Fremden, eine unglaubliche Menge Geld für das Weingut an. Mehr Geld, als sich Lorenzo je hätte träumen lassen. Weshalb er sich fragte, was eigentlich dahintersteckte.

Er hörte sich ihre Reden an, und mit jedem Wort wuchs sein Misstrauen weiter. Diese beiden interessierten sich nicht für Wein. Sie vertraten einen seelenlosen Konzern. Es war eine Kunst, Wein zu machen. Eine Kunst, die man im Blut haben musste. Wer also steckte dahinter? Wer wollte *Marcelli Wines* kaufen?

Als die beiden mit ihrem Vortrag am Ende angelangt waren, erhob sich Lorenzo. „Ich werde Ihr Angebot überdenken", sagte er. „Dann melde ich mich bei Ihnen."

Er ging, wie er gekommen war – allein und mit dem schrecklichen Gefühl, sehr alt zu sein.

Brenna warf einen Blick auf die neuen Etiketten für den Chardonnay. Natürlich würden sie ihrem Großvater mal wieder nicht gefallen. Trotzdem war es ihr Job, dem alten Mann die Entwürfe vorzuführen – und dann geduldig der Dinge zu harren, die da kommen mochten. Seit der gestrigen Motorradfahrt mit Nic konnte sie sowieso nichts mehr schocken. Also auf in die Höhle des Löwen.

Ein munteres Liedchen auf den Lippen, verließ sie ihr Büro und ging den Flur entlang zu seinem. Die Tür stand offen, und Brenna trat ein, ohne vorher anzuklopfen.

„Hallo, Grandpa", rief sie fröhlich. „Hier sind die neuen Etiketten. Du wirst sie lieben."

Die Antwort ihres Großvaters war ein leises Grummeln. Kein verheißungsvoller Anfang, aber trotzdem musste man positiv denken. Sie legte die Ausdrucke vor ihm auf den Tisch.

„Ich habe ihnen erklärt, was dir letztes Mal gefallen hat. Und was dir nicht gefallen hat", sagte sie. „Daran haben sie sich orientiert."

„Ich kann mich nicht daran erinnern, dass mir irgendwas gefallen hat", entgegnete er und blätterte durch die Entwürfe.

Brenna ignorierte diese Bemerkung und setzte sich auf die Tischecke. Der alte Mann hasste es, wenn sie das tat. „Du hast die letzten beiden super gefunden“, sagte sie und kreuzte schnell die Finger hinter dem Rücken. Nicht dass ihre Lüge noch größere kosmische Schwingungen in Bewegung setzte!

Erneut grummelte er vor sich hin.

Brenna grinste. Plötzlich fiel ihr auf, wie ihr Großvater gekleidet war. Während er normalerweise ein langärmliges Hemd und die Alte-Männer-Variante von Docks trug, saß er heute in Anzug und Krawatte vor ihr.

„Wenn du mal kein schicker Mann bist, Grandpa“, meinte sie. „Was ist denn der Anlass? Warst du mit Grandma Tessa zu einem romantischen Essen verabredet?“

„Du hast gute Laune“, erwiderte er knapp.

„Ja, hin und wieder kommt einfach meine sonnige Natur durch. Also warst du jetzt mit Grandma essen?“

„Nein. Ich habe ein paar Geschäftsleute getroffen. Sie wollen *Marcelli Wines* kaufen.“

Es war wie dieser Moment am Meer. Erneut hörte Brenna den Donnerhall der Wellen. Das Geräusch wurde lauter und lauter, bis es alles andere übertönte. Sie bekam keine Luft mehr, als würde sie ertrinken.

Die Temperatur im Zimmer schien plötzlich unter null zu fallen. Brenna fror, ihr ganzer Körper fühlte sich taub an. Und dann wurde ihr plötzlich sehr, sehr schlecht.

Nein. Nein. Das war nicht wahr. Er konnte nicht verkaufen. Das ging nicht. Sie hatte doch gerade erst die Joe-Krise überstanden. Das konnte er einfach nicht tun.

Sie schloss die Augen und akzeptierte die Wahrheit. *Marcelli Wines* gehörte ihrem Großvater. Er konnte damit tun und lassen, was er wollte.

Brenna schüttelte den Kopf, dann sprang sie auf die Füße. Irgendwie schaffte sie es aus dem Büro hinaus, und dann rannte sie. Und rannte. Durch die abgeernteten Weinfelder, den kleinen Hügel hinauf, bis zu dem Zaun, der ihr Land begrenzte. Sie sprang darüber hinweg und rannte weiter. Sie rannte, bis sie Seitenstiche bekam. Und auch dann hielt sie nicht an. Ihr brannten die Augen, sie konnte nicht atmen, konnte nicht sprechen. Sie konnte nur immer weiterlaufen.

Irgendwann sah sie ein paar Gebäude vor sich und ging darauf zu. Die Stimme in ihrem Kopf schrie immer weiter „Nein“. Ihr Körper erbebte unter ihrem Schluchzen. Es war so unfair, so unglaublich unfair! Alle ihre Hoffnungen und Pläne umsonst.

Als sie das Gebäude erreicht hatte, stieß sie die Tür auf und stolperte ins Büro. Es war mitten am Tag, und die meisten Mitarbeiter saßen vor ihren Computern.

Brenna spürte die neugierigen Blicke in ihrem Rücken, hörte die geflüsterten Fragen. Sollte man diese Frau stoppen? Wer war das denn? Aber es war ihr egal, sie ging einfach weiter. Bis sie irgendwann die richtige Tür erreicht hatte und sie öffnete.

Nic telefonierte. Er sah auf und entdeckte sie. Sein verblüffter Gesichtsausdruck verwandelte sich in Anspannung.

„Ich rufe gleich zurück“, sagte er und sprang auf. Dann war er bei ihr.

„Was ist passiert?“, fragte er. „Bist du verletzt? Gab es einen Unfall?“

Sie schüttelte den Kopf, bekam aber nicht genug Luft, um zu sprechen. Tränen strömten ihr über die Wangen.

Nic legte ihr den Arm um die Schulter. „Lass uns nach Hause gehen.“

Als Brenna den kurzen Weg vom Büro zu seinem Haus geschafft hatte und mit einer Decke auf dem Sofa lag, brachte er ihr ein Glas Brandy. Dann kniete er sich neben sie und nahm ihre freie Hand in seine.

„Was ist passiert?“

Der Kloß in ihrem Hals war so groß, dass Brenna Mühe hatte zu sprechen. Aber irgendwie gelang es ihr, die Worte hervorzustoßen.

„Mein Großvater wird das Weingut verkaufen.“

Nic hatte angenommen, dass jemand gestorben war. Vielleicht Joe oder eine der Großmütter. Mit ihren weit aufgerissenen Augen und dem kreidebleichen Gesicht wirkte Brenna, als hätte sie knapp einen Autounfall überlebt. Er hatte sich solche Sorgen um sie gemacht, dass er das Meeting an diesem Morgen völlig vergessen hatte.

„Du weißt doch nicht, ob er wirklich verkaufen wird", meinte er.

Brenna gab ein merkwürdiges Krächzen von sich und umklammerte Nics Hand. „Er hat erzählt, dass er diese Geschäftsleute getroffen hat. Er trug einen Anzug. Warum sollte er sich die Mühe machen, wenn er keine ernsten Absichten hat?" Sie stieß einen unwilligen Laut aus. „Joe. Joe wollte das Erbe nicht. Er hat gesagt, dass er alles an mich weitergibt, was er bekommt. Deshalb macht Großvater das jetzt. Ohne Joe gibt es keinen männlichen Nachfolger. Also denkt er, dass er keine Wahl hat."

Sie zitterte so sehr, dass ein Großteil des Brandys auf dem Boden landete. Nic nahm ihr das Glas aus der Hand und stellte es auf den Tisch. Dann setzte er sich neben Brenna und zog sie in die Arme.

„Alles wird gut", murmelte er. „Ganz bestimmt."

„Nein", flüsterte sie. „Das wird es nicht."

Sie barg ihr Gesicht an seiner Brust. Nic strich ihr über das Haar und murmelte weiter beruhigende Worte. Gleichzeitig rasten seine Gedanken. Hatte Brenna recht? Würde Lorenzo verkaufen? Trotz all seiner wohldurchdachten Pläne war Nic sich nicht sicher gewesen, ob der alte Mann den Köder wirklich schluckte. War es jetzt so weit? War er endlich am Ziel angekommen?

„Brenna", begann er und hielt dann inne. Was sollte er sagen? Die Wahrheit? Oder vielleicht nur einen Teil davon?

Sie hob den Kopf. Der Schmerz spiegelte sich in ihren Augen wider. „Alles wird sich ändern. Mia hatte ganz recht. Deshalb haben wir vier uns neulich in einem Restaurant getroffen. Weil bald nichts mehr so ist, wie es war. Alle gehen, alle haben neue Leben. Und ich werde *Marcelli Wines* verlieren."

Sag es ihr jetzt, dachte er. Sag ihr die Wahrheit.

Sie seufzte. „Oh, Nic. Was würde ich nur ohne dich tun? Du hast mir das Darlehen gegeben, damit ich meinen eigenen Wein machen kann. Und das will ich ja auch. Aber trotzdem habe ich immer irgendwie geglaubt, dass Großvater seine Meinung ändert. Ich dachte, er macht meine Schwestern und mich zu vier gleichberechtigten Teilhabern. Ich würde dann die Geschäfte führen, und die drei könnten sich um andere Dinge kümmern. *Four Sisters* habe ich nur gegründet, um wirklich auf Nummer sicher zu gehen." Sie wischte sich die Tränen vom Gesicht. „Jetzt ist es alles, was mir bleibt. Und das habe ich dir zu verdanken. Du warst so großzügig und hast an mich geglaubt. Ich bin dir so unglaublich dankbar."

Nic holte tief Luft. „Brenna, so war das nicht."

Ihre Lippen zitterten, aber sie lächelte. „Doch, Nic. Genau so war es. Vor zehn Jahren habe ich dich im Stich gelassen. Ich habe dich geliebt, aber ich hatte Angst vor meiner Familie. Und du hattest die Kraft, mir zu verzeihen."

Nic war unklar, wo das alles hinführen sollte. Aber eines war sicher: Er musste Brenna stoppen. Jetzt, sofort. Bevor sie etwas sagte, das sie beide später bitter bereuen würden.

„Du bist sehr aufgeregt. Das ist ja auch verständlich", versuchte er sie zu beruhigen. „Jetzt musst du dich erst mal von dem Schock erholen."

„Muss ich das? Vielleicht gibt mir der Schock ja den Mut, es dir endlich zu sagen." Sie beugte sich vor und küsste ihn. „Nic, ich habe es immer bereut, dass ich dich nicht geheiratet habe. Ich wollte Jeff lieben, aber ich konnte es nicht. Ich habe zehn Jahre meines Lebens verschwendet, weil ich so ein schlechtes Gewissen hatte. Jeff hat mein Geld bekommen, weil ich ihm mein Herz einfach nicht geben konnte. Mein Herz hat dir gehört. Und das tut es noch immer."

Das konnte nicht sein! Nic sprang auf und ging zum Fenster hinüber. Dann drehte er sich wieder zu Brenna um.

„Du weißt nicht, was du da sagst."

Sie zuckte mit den Schultern. „Mein Timing war schon immer lausig. Und das ist wohl der Beweis." Sie stand auf. „Es ist okay, Nic. Du brauchst nichts zu sagen. Ich erwarte nicht, dass du mir deine unsterbliche Liebe gestehst oder einen Antrag machst oder so." Nach einer kurzen Pause fuhr sie fort: „Tja, es wäre natürlich schön gewesen. Aber mir ist schon klar, dass sich vieles geändert hat. Vielleicht haben sich deine Gefühle ja geändert. Ich wollte auch nur, dass du es weißt. Ich liebe dich noch immer. Das ist dann wohl ein Sieg auf der ganzen Linie für dich."

Ein Sieg? Die Ironie des Ganzen hätte Nic beinahe laut auflachen lassen. Wie hatte das nur passieren können? Wie kam es, dass die Situation so völlig außer Kontrolle geraten war? Er wollte nicht, dass Brenna ihn liebte. Nicht jetzt, nicht so.

Nicht nach dem, was er getan hatte.

„Brenna, du verstehst nicht", stieß er hervor.

„Hey, Leute! Seid ihr hier drin? Nic, Brenna?"

Nic stieß einen lauten Fluch aus.

„Mia?", fragte Brenna. „Bist du das?"

Die Tür zum Wohnzimmer flog auf, und Mia marschierte herein. „Brenna, geht's dir gut? Ich habe dich vorhin durch die Weinfelder rennen sehen und war mir nicht sicher, ob du total irre geworden bist. Aber ich dachte mir schon, dass du hierherläufst. Also habe ich das Auto genommen und bin dir hinterhergefahren. Erst war ich im Büro, aber die haben mich gleich weitergeschickt." Sie hob den Arm und wedelte wild mit Sophias Tagebuch durch die Luft. „Ihr werdet nie erraten, was ich rausgefunden habe."

Nic ballte die Hände zu Fäusten. „Mia, das ist jetzt kein guter Zeitpunkt. Deine Schwester und ich …"

„Das wollt ihr bestimmt hören. Also, ich habe das Tagebuch übersetzt. Und das ist echt ein Hammer! Erst konnte ich es gar nicht glauben. Deshalb habe ich euch auch nichts gesagt. Ich musste erst alles fertig übersetzen, um ganz sicher zu sein."

Am liebsten hätte Nic sie am Kragen gepackt und aus dem Zimmer geschmissen. Er musste jetzt mit Brenna allein sein und die Dinge zwischen ihnen klären. Aber Mia hatte nur dieses verdammte Tagebuch im Kopf und war einfach nicht abzuschütteln.

„Es ist unglaublich", sagte sie und grinste Nic an. „Halt dich fest! Grandpa Lorenzo hat die ganze Zeit recht gehabt. Salvatore hat *wirklich* die Weinpflanzen vergiftet. Und ihr werdet nie erraten, wieso."

17. KAPITEL

Wovon sprichst du?", fragte Brenna. Ihr war ganz schwindelig. Nach all dem, was eben vorgefallen war, konnte sie jetzt wirklich keinen weiteren Schock mehr verkraften.

Mia zog mehrere gefaltete Blätter aus der Tasche ihrer Shorts. „Als mir klar wurde, was da abgeht, habe ich mir Notizen gemacht. Es ist echt irre."

Sie ließ sich auf einen Sessel fallen und deutete auf das Sofa. „Setzt euch doch, oder wollt ihr da ewig rumstehen?"

Brenna presste sich eine Hand auf den Magen. Dort absolvierte eine Kompanie von Schmetterlingen scheinbar gerade Flugübungen. Brennas Brust schmerzte, ihr brannten die Augen, und sie konnte kaum glauben, dass sie Nic eben allen Ernstes ihre Liebe gestanden hatte. Nur ein kleiner emotionaler Zusammenbruch, beruhigte sie sich. Sie hatte auf eine schlimme Situation reagiert, indem sie einfach drauflosgeplappert hatte. Dumm nur, dass sie vorher überhaupt nicht gewusst hatte, was sie da sagen würde, und dass ihr Geständnis Nic offenbar völlig kaltgelassen hatte.

Sie warf ihm einen Blick zu. Aha! Er beobachtete sie auch. Leider konnte sie seinem Gesichtsausdruck nicht entnehmen, was er gerade dachte. Es war klar, dass ihre Liebeserklärung ihn schockiert hatte. Aber auf eine gute Weise oder eine schlechte? Wartete Nic bloß darauf, dass sie endlich allein waren und er sie in die Arme nehmen konnte, um ihr ebenfalls seine Liebe zu gestehen? Oder lauerte er nur auf den richtigen Moment, in dem er sich möglichst unauffällig aus dem Staub machen konnte?

„Hallo?", rief Mia. „Interessiert das eigentlich irgendjemanden außer mir?"

Brenna ließ sich auf die Couch sinken. Was auch immer Nic und sie sich zu sagen hatten, konnte warten. Jetzt kam es auch nicht mehr darauf an. Das war wirklich ein toller Tag! Innerhalb einer Stunde hatte sie herausgefunden, dass ihr Großvater *Marcelli Wines* wirklich verkaufen wollte, und sie hatte Nic ihr Herz vor die Füße geschmissen. Leider ohne zu wissen, was *er* für *sie* fühlte. Noch schlimmer konnten Mias Neuigkeiten sie kaum treffen.

Nic ging hinüber zum Fenster und starrte nach draußen. „Dann leg mal los", forderte er Mia auf, ohne sich umzudrehen.

Mia zuckte mit den Schultern. „Okay. Nachdem ihr die ersten Seiten übersetzt habt, wisst ihr ja schon, dass Antonio und Sophia ineinander verliebt waren. Scheinbar ging das schon einige Jahre so. Aber es gab ein Problem mit Antonios Familie. Was das war, ist nicht so klar. Auf jeden Fall hielten ihn Sophias Eltern nicht für einen geeigneten Kandidaten. Als Antonio und Salvatore beschlossen, ihr Glück in Amerika zu suchen, schwor Sophia, auf ihre große Liebe zu warten. Tränenreicher Abschied und so weiter. Und jetzt überspringe ich mal sechs Jahre: Sophia ist immer noch die schönste Frau im Dorf, aber sie hat jeden Verehrer abgewiesen. Ihr Vater wird langsam ungeduldig und beginnt, sie unter Druck zu setzen. Sie bekommt einen Brief von Antonio, in dem er schreibt, dass Salvatore und er zurückkommen, um zu heiraten. Die Weingüter in Amerika werfen bereits Profit ab, in den Augen der Dorfbewohner ist er ein reicher Mann. Und jetzt wird er kommen und Sophia holen."

Mia sah von ihren Papieren auf. „Sie hat sechs Jahre auf ihn gewartet. Dumm von ihr, oder?"

Brenna kannte da Leute, die noch viel dümmer waren. „Er war eben ihre große, ihre einzig wahre Liebe."

Mia rümpfte die Nase. „Du klingst wie eine dieser Kitschpostkarten. Ich würde ja sagen: Strich drunter und sich einen Mann suchen, der zu haben ist. Aber das ist natürlich nur meine Meinung. Wie auch immer – Wochen vergehen, Sophias Familie wird immer ungeduldiger. Sophia muss ihren Eltern versprechen, dass sie am Ende des Frühjahrs heiraten wird. Und wer taucht in dieser Situation auf? Nicht der liebe Antonio, sondern Salvatore. Er ist erfolgreich, von guter Herkunft, und noch dazu hat er Geschenke dabei. Die Familie ist begeistert. Und als er um Sophias Hand anhält, nehmen sie den Antrag einfach in ihrem Namen an. Sophia ist völlig außer sich. Wo ist ihr Geliebter?"

„Ja. Wo ist er?“, fragte Nic.

„Weiß ich nicht. Das steht nicht im Tagebuch. Jedenfalls ist Sophia total panisch. Sie versucht, die Hochzeit hinauszuzögern, aber ihre Eltern machen da nicht mit. Und Antonio bleibt verschwunden. Bis zur Nacht vor der Hochzeit.“

Ungläubig schüttelte Brenna den Kopf. „Du machst Witze.“

„Keineswegs. Es gibt so ein Festessen. Und da taucht er auf. Nachdem er als Heiratskandidat nicht mehr infrage kommt, heißen ihn Sophias Eltern herzlich willkommen. Ihr bricht es natürlich das Herz. Er ist ihre große Liebe, bla, bla, bla. Sie treffen sich heimlich um Mitternacht an einem Springbrunnen. Er will, dass sie weglaufen. Aber Sophia möchte keine Schande über ihre Familie und Salvatore bringen. Die beiden streiten sich, vertragen sich wieder. Und dann haben sie Sex.“

Brenna stieß einen ungläubigen Laut aus. „Quatsch!“

Mia grinste. „Doch, doch. Sophia beschreibt das natürlich sehr blümelnd. Aber die beiden tun es, das ist ganz klar. Der gute Salvatore kriegt die Braut. Und Antonio die Jungfrau.“

„Und das löst die Fehde aus?“, fragte Nic und drehte sich zu ihr um.

„Nein. Antonio nimmt sich einfach eine andere Braut. Unsere Urgroßmutter Maria. Also gibt es noch eine Hochzeit, und dann fahren die vier gemeinsam zurück nach Amerika. War bestimmt eine sehr interessante Überfahrt! Stellt euch nur mal vor, wie die da jeden Tag zusammen am Tisch saßen. Antonio und Sophia mit traurigem Dackelblick. War garantiert eine Bombenstimmung.“

Brenna dachte an ihre eigene schreckliche Ehe. „Wie hat sie das nur ertragen?“

„Es gab genug Arbeit, um sich abzulenken. Und nach einem Jahr erwartete sie ihr erstes Baby. Das Geschäft lief immer besser, bis irgendwann der Krieg kam. Und jetzt kommt der Teil, den wir alle schon vierzig Millionen Mal gehört haben: Antonio und Salvatore gingen zusammen nach Italien. Sie wollten den Wein vor den Deutschen retten und nahmen einige Pflanzen mit. Die gediehen hier auch ganz gut, und alles war super. Bis zu dem Moment, als Salvatore einen Brief bekam, in dem stand, dass sein

Vater im Sterben lag. Also fuhr er nach Hause, und Sophia blieb hier. Mit dem Wein. Und mit Antonio."

Triumphierend schwenkte Mia ihre Papiere durch die Luft. „Macht euch bereit. Jetzt kommt der gute Teil: Es gab einen frühen Frosteinbruch – nur wenige Tage vor der Ernte. Antonio und Sophia bekamen einen Riesenschreck, arbeiteten Tag und Nacht auf den Feldern. Wo Urgroßmutter Maria bei der ganzen Sache steckte, weiß ich leider nicht. Jedenfalls gelang es den beiden, die Ernte doch noch zu retten. Und das feierten sie dann, indem sie sich gegenseitig in die Arme fielen. Dann führte eins zum anderen: Sie gestanden sich, dass sie sich noch immer liebten. Und zack, schon hatten sie eine Affäre. Sophia hat das nach zwei Wochen beendet, weil sie so ein schlechtes Gewissen hatte. Aber da war es schon zu spät. Sie war schwanger."

„Es gab ein Kind?", fragte Brenna atemlos.

„Fast. Sophia war natürlich total am Durchdrehen. Salvatore war wohl nicht der Allernetteste. Und er konnte leider auch ziemlich gut rechnen. Als er nach sechs Monaten zurückkam und seine Frau im fünften Monat schwanger vorfand, hat er sich nicht gerade gefreut. Er bedrängte Sophia, ihm den Namen ihres Liebhabers zu verraten. Und dann hat er sich von ihr abgewandt und ihr verkündet, dass er ihren Bastard einfach aussetzen würde. Musste er dann aber gar nicht. Das Baby kam tot zur Welt."

Brenna sah zu Nic hinüber. Er wirkte ebenso schockiert wie sie. „Und wie hat er rausgefunden, dass es Antonios Kind war?"

„In ihrer Trauer hat Sophia es ihm erzählt. Und zwar alles." Mia schüttelte den Kopf. „Das war der Anfang der Fehde. Einige Tage später fand sie heraus, dass Salvatore die Weinpflanzen vergiftet hat, die Antonio aus Europa mitgebracht hatte. Es war wohl irgend so ein heimtückisches Gift, das sehr langsam wirkte. Die Pflanzen begannen nach und nach zu welken, und irgendwann sind sie alle abgestorben. Sophia schreibt, dass Salvatore auch noch ziemlich stolz auf seine Tat war und vor ihr damit prahlte. Sie fühlte sich schuldig, aber sie wollte ihren Mann kein zweites Mal hintergehen, indem sie Antonio verriet, was da abgelaufen war. Die beiden Männer haben sich geprügelt. Salvatore weigerte sich, seine Tat zuzugeben, weil er fand, dass Antonio viel schlimmer gesündigt hatte. Und dann haben die Familien nie wieder miteinander gesprochen. Jedenfalls nicht, bis ihr beiden losgelegt habt."

Mia faltete die Papiere wieder zusammen. „Das ist sie also. Unsere schmutzige Vergangenheit. Vielleicht könnten wir die Story nach Hollywood verkaufen?"

„Salvatore hat den Wein wirklich vergiftet", stellte Brenna fest. „Ich habe immer gedacht, Grandpa Lorenzo wäre einfach verrückt. Aber er hatte recht."

„Das war die gerechte Strafe", erwiderte Mia grinsend. „So sind die italienischen Männer eben: Untreue Frauen treiben sie in den Wahnsinn. Und dann gibt es kein Halten mehr, dann geht es richtig ab."

Brenna traute sich nicht, Nic anzusehen. Untreue. Wahrscheinlich war ihre Beziehung zu Jeff genau das für ihn gewesen. Und so ganz unrecht hatte er da leider nicht. Aber im Gegensatz zu seinem Urgroßvater war Nic nicht durchgedreht. Er hatte ihr zugehört, sie verstanden und ihr dann vergeben, statt sich irgendeinen schrecklichen Racheplan auszudenken.

Nic ging zu Mia hinüber. „Du findest es also richtig, was Salvatore getan hat?"

„‚Richtig' würde ich nicht sagen. Aber ich kann ihn verstehen. Sein bester Freund hat seine Frau flachgelegt. Das war schon ziemlich mies. Ich meine, Sophia hätte ja in der Nacht vor der Hochzeit mit Antonio durchbrennen können. Aber das hat sie sich nicht getraut. Statt ihrer großen Liebe hat sie einfach einen Fremden geheiratet. Und dann hat sie ihren Mann betrogen, weil sie ihn nie geliebt hat. Jemand hätte dem Mädel mal ein bisschen Verstand einbläuen sollen. Sie hat sich in dieser Nacht gegen Antonio entschieden. Damit hätte sie dann eben auch leben sollen."

Kleine Schwestern waren schrecklich. Bei Mias Worten wurde Brenna ganz elend zumute. Sie wollte lieber keine Parallelen zwischen Sophia und Antonio sowie Nic und sich sehen, obwohl die leider nur allzu offensichtlich waren.

Schnell stand sie auf. „Mia, wir gehen jetzt besser. Ich möchte mit Grandpa Lorenzo über die ganze Sache sprechen."

„Wird das was ändern?", fragte Nic.

„Keine Ahnung. Wahrscheinlich nicht."

Das war jetzt auch egal. Brenna wollte einfach erst mal hier raus. Sie musste jetzt dringend allein sein und nachdenken.

Mia erhob sich und zog die Autoschlüssel aus der Tasche. „Möchtest du die Forrest-Gump-Nummer wiederholen und nach Hause rennen? Oder fährst du mit?"

„Wir fahren zusammen."

„Brenna, einen Moment noch." Nic ging auf sie zu. „Wir müssen reden."

Klar, das mussten sie. Immerhin hatte sie Nic ihre Liebe gestanden. Die Frage war nur, ob jetzt von seiner Seite etwas Ähnliches kam. Oder eine freundliche Absage. Für diesen Tag hatte sie genug schreckliche Dinge erlebt.

„Ich rufe dich an", erklärte Brenna. „Morgen oder in den nächsten Tagen."

Nic stand allein in seinem Wohnzimmer. Innerhalb der letzten Stunde war die Welt irgendwie völlig aus den Fugen geraten. Erst kam Brenna weinend zu ihm. Dann erfuhr er von ihr, dass er kurz davor war, sein großes Ziel zu erreichen. Und in der nächsten Sekunde behauptete sie, dass sie ihn liebte. Liebe? Ausgerechnet jetzt? Die Götter hatten schon einen komischen Sinn für Humor. Und dann war auch noch Mia mit ihren Neuigkeiten über seinen Urgroßvater aufgetaucht.

Bisher hatte er angenommen, dass diese Fehde ein schlechter Witz war. Bei den Marcellis war damals irgendetwas mit ihrem Wein schiefgegangen. Und dann hatten sie sich einfach einen Sündenbock gesucht. Die Giovannis waren dagegen schon immer sehr erfolgreich gewesen. Die etwas selteneren Rebsorten, die Salvatore aus Italien mitgebracht hatte, unterschieden ihren Wein von all ihren Konkurrenten. Das zahlte sich aus. Erst waren es nur ein paar Tausend Dollar gewesen. Aber inzwischen machte er mit *Wild Sea* jedes Jahr Millionen.

Als Nic endlich aus dem Exil hatte zurückkehren können, war er entschlossen gewesen, der Größte und Beste zu werden. Während der harten Arbeit auf den französischen Weinfeldern hatte er seinen Plan genau ausgearbeitet. Und der Hass und die Wut hatten ihn immer weiter angetrieben. Er würde es ihnen allen beweisen – nicht nur seinem Großvater, sondern insbesondere auch Brenna. Sie würde es schon noch bereuen, ihn so leichtfertig verlassen zu haben.

Der erste Schritt war, *Wild Sea Vineyards* so profitabel wie möglich zu machen. Und dann würde er *Marcelli Wines* kaufen. Stück für Stück würde diese Familie alles verlieren: erst ihre Felder, dann die Produktion. Und zu guter Letzt würde er ihren Namen komplett auslöschen.

In den letzten sieben Jahren hatte Nic fast alle Punkte auf seiner Liste abhaken können. Mit einer einzigen Ausnahme: *Marcelli Wines* gehörte noch immer nicht ihm.

Wild Sea verkaufte inzwischen dreimal so viel, die Verkäufe hatten sich vervierfacht. Aber darauf allein kam es nicht an. Sein Ziel war ein anderes.

Und jetzt drohte dieses Ziel plötzlich in weite Ferne zu rücken.

Nic ging zur Tür und trat hinaus. Von hier aus konnte man sie nicht sehen, aber sie befanden sich genau hinter dem Hügel, an der Grenze zum Marcelli-Land – die Stecklinge aus Italien. Mit der Zeit waren sie zu großen Weinstöcken geworden, die Jahr für Jahr die allerbesten Trauben trugen.

„Das vergiftete Erbe", murmelte Nic.

Max kam angetrottet und stupste mit der Nase gegen seine Hand. Geistesabwesend tätschelte Nic den Welpen.

Er hatte sich durch harte Arbeit rächen wollen. Indem er einfach der Bessere war. Und jetzt beruhte alles auf einer Lüge, auf Diebstahl und Verrat. Sein Erfolg war nicht mehr seiner. Er hatte ihn einem Mann zu verdanken, den sein Hass völlig skrupellos gemacht hatte. Einem Mann, dem seine Rache über alles gegangen war.

Wiederholte sich hier gerade die Geschichte?

Seit fast einer Stunde fuhr Nic die Küstenstraße entlang. Er hatte seinen Helm auf, aber die Lederjacke vergessen. Der kalte Fahrtwind erzeugte ein taubes Gefühl in seinen Armen und seiner Brust, dennoch wollte er nicht umkehren. Er konnte es nicht – nicht bevor er den Beweis gesehen hatte.

Die Abzweigung war ausgeschildert, doch danach musste Nic sich auf seine Erinnerung verlassen. Es dauerte einige Zeit, bis er den idyllisch gelegenen Friedhof auf der Klippe über dem Meer gefunden hatte. Er trat durch das schmiedeeiserne Tor und ging zu den Gräbern, die sich am äußersten Rand der Anlage befanden. Große Marmorstatuen und zahlreiche Bänke wiesen darauf hin, dass hier Menschen ruhten, die einst über viel Geld verfügt hatten. Wie auch immer sie darangekommen sein mochten.

In der Sonne war es wärmer. Der Nachmittag war ganz still, bis auf den Wind, der durch das Laub raschelte und sich in den Gräsern verfing.

Nic ging vorbei an Sophias schlichtem Gedenkstein und der riesigen Säule, die das Grab seines Urgroßvaters kennzeichnete. Selbst am Grab seiner Großmutter blieb er an diesem Tag nicht stehen. Er war gekommen, um etwas zu finden. Etwas, das ihm ein paar Jahre zuvor aufgefallen war, das er aber nicht verstanden hatte.

Auf dem kleinen Stein stand nur ein Datum. Kein Name, keine Worte der Trauer oder des Trostes. Sophias tot geborenes Kind. Antonio Marcellis Tochter oder sein Sohn. Mia hatte das Geschlecht des Babys nicht erwähnt. Vielleicht war Sophias Trauer aber auch so groß gewesen, dass sie nichts im Tagebuch darüber geschrieben hatte.

Nic beugte sich hinunter und legte seine Hand auf den Stein. Fast hatte er das Gefühl, durch die glatte Oberfläche hindurch bis tief in die Vergangenheit reichen zu können. Hinter ihm ragte drohend Salvatores Denkmal auf und warf seine dunklen Schatten. Bisher hatte Nic kaum einen Gedanken an seinen Urgroßvater verschwendet. Doch jetzt wurde ihm klar, dass er versuchen musste, diesen Mann zu verstehen. Damit er dessen Fehler nicht wiederholte.

Er setzte sich ins Gras und betrachtete den blauen Himmel über sich. Wie konnte das sein? Er war so weit gekommen. Und trotzdem hatte er so viel falsch gemacht.

In der Stille, die ihn umgab, hallte die Wahrheit umso lauter wider. Hier, an diesem abgelegenen Ort, musste Nic sich endlich eingestehen, was er bisher in den tiefsten Tiefen seiner Seele verborgen hatte.

Er wollte Lorenzos Firma nur aus einem einzigen Grund: um endlich zu beweisen, dass er gut genug war.

Bei *Wild Sea Vineyards* ging es um den geschäftlichen Erfolg. Bei *Marcelli Wines* um die Familie. Wie oft hatte er sich als kleiner Junge dort rumgetrieben und aus der Ferne den Mädchen beim Spielen zugesehen? An wie vielen Abenden hatte er sich im Schutz der Dunkelheit angeschlichen, um zu beobachten, wie sie sich im Esszimmer alle um den großen Tisch versammelten? Manchmal, im Sommer, hatten die Fenster offen gestanden, und dann waren ihre Gespräche und das Gelächter zu ihm hinausgeklungen. Und er? Er hätte alles dafür gegeben dazuzugehören.

Jahrelang hatte er hart gearbeitet, um zu beweisen, dass er gut genug war. Aber wem denn? Seinen Eltern, denen er völlig gleichgültig war? Seinem Großvater, der ihn weggeschickt hatte? Oder Brenna, die sich für einen anderen entschieden hatte?

Doch damals hatte er daran geglaubt. In der Ferne, krank vor Heimweh, hatte er sich an diesem Gedanken festgehalten: Eines Tages würde er der Beste sein. Und dann würden sie alle angekrochen kommen.

Sein Großvater war der Erste gewesen, der Abbitte geleistet hatte. Plötzlich war der alte Mann in Frankreich aufgetaucht und hatte ihn angefleht, zurückzukehren und die Firma zu leiten. Natürlich war es Emilio nur ums Geschäft gegangen. Er hatte Nic nie verziehen und nie wieder ein liebevolles Wort an ihn gerichtet.

Trotzdem, der Plan schien aufzugehen. In den folgenden Jahren war *Wild Sea* immer größer geworden und er, Nic, immer reicher und mächtiger. Bis irgendwann nur noch *Marcelli Wines* auf seiner Liste gestanden hatte.

Nic seufzte. Er hatte sieben Jahre seines Lebens damit verbracht, die Geister der Vergangenheit zu bekämpfen. Ein Kampf, den man nicht gewinnen konnte. Und selbst wenn – was hätte er dann schon gewonnen? Ein paar Hektar Land? Das Recht, ein bestimmtes Etikett auf seine Flaschen zu kleben? Ja, vielleicht. Aber trotzdem wäre er dann noch immer allein, würde mit seinen Taten leben müssen und hätte Brenna für immer verloren.

Er schloss die Augen. Nicht nur sein Großvater war angekrochen gekommen. Auch Brenna war zurückgekehrt. Sie war in seinem Büro aufgetaucht, und er war mit einem Mal dem großen Ziel ganz nahe gewesen. Natürlich hatte er ihr das Geld geliehen, um etwas gegen die Marcellis in der Hand zu haben. Aber war das wirklich der einzige Grund? Ging es nicht auch darum, dass Brenna bei ihm blieb?

Ja, dachte Nic. Genau darum ging es. Warum hatte er das nicht früher erkannt? Er wollte, dass Brenna immer bei ihm war. Diese Frau, die er niemals hatte vergessen können. Die in seinem Leben so plötzlich aufgetaucht war wie eine Sternschnuppe am Himmel. Brenna, die mit ihrem Strahlen die dunkelsten Ecken seiner Seele erhellte. Brenna. Er hatte versucht, sie zu hassen, sie zu vergessen, aber das war ihm nicht gelungen. Da war immer nur sie gewesen, die Frau, die ihm an diesem Tag ihre Liebe gestanden hatte.

Doch damit wäre es vorbei, sobald sie die Wahrheit erfahren würde.

Nic öffnete die Augen. Er musste sofort zu ihr! Seine einzige Chance war, Brenna so schnell wie möglich zu finden und ihr alles zu sagen. Er musste es ihr erklären und sich entschuldigen. Vielleicht würde sie ihn verstehen. Und vielleicht, ganz vielleicht, würde sie ihn dann noch immer lieben.

Brenna war nicht in der Stimmung, ihren Großvater zu treffen. Doch Mia war leider nicht zu bremsen. Aufgeregt rannte sie ins Haus und zog ihre große Schwester hinter sich her. Nach kurzer Suche fanden sie Lorenzo in der Bibliothek.

„Wir müssen reden!“, rief Mia. „Ich habe etwas Unglaubliches herausgefunden.“

„Auch ich habe euch etwas mitzuteilen“, sagte Lorenzo und sah Brenna ernst an.

Sie erwiderte seinen Blick, und plötzlich fiel ihr auf, wie alt ihr Großvater wirkte. Was war nur los mit ihm? Unwillkürlich begann Brenna, sich Sorgen zu machen – bis sie sich wieder ins Gedächtnis rief, dass das der Mann war, der *Marcelli Wines* verkaufen und ihr Leben zerstören wollte.

„Grandpa, es ist wichtig“, protestierte Mia.

„Das hier ist wichtiger. Es geht um den Verkauf des Weinguts.“

Mia runzelte die Stirn. „Welcher Verkauf?“ Dann stieß sie einen empörten Laut aus. „Nein! Das kannst du nicht machen. Brenna wird doch *Marcelli Wines* leiten.“

Brenna war Mia für die Unterstützung dankbar. Nur würde das ihren Großvater leider nicht weiter interessieren. Brenna zählte innerlich bis zehn. Für einen Tag hatte sie genug schlimme Dinge erlebt. Ihr ganzer Körper schmerzte, am liebsten wäre sie einfach unter die Bettdecke gekrochen und da für immer geblieben. Aber es half ja alles nichts. Noch einmal würde sie vor dem alten Mann keine Schwäche zeigen. Also holte sie tief Luft und machte sich bereit für den nächsten Schlag. So schlimm konnte es schon nicht werden, oder?

„Hast du die Papiere schon unterschrieben?“, fragte sie. Sehr schön, ihre Stimme klang kein bisschen zittrig.

„Nein. Die Männer, die mich kontaktiert haben, interessieren sich nicht für Wein. Das sind Strohmänner. Sehr respektabel, sehr großzügig. Und ihr Angebot ist so gut, dass man lange nach etwas Vergleichbarem suchen muss.“

Brenna wusste nicht, ob er sie absichtlich quälte. Wenn, dann gelang es ihm jedenfalls ganz gut. Sie schluckte den Kloß in ihrem Hals hinunter. „Und?“

„Ich bin kein Mann, der mit gesichtslosen Unternehmen verhandelt. Also habe ich die Bank angerufen, die den Verkauf abwickeln soll, und ein paar Freunde kontaktiert. Tja, und irgendwann hatte ich einen Namen.“

Vielleicht hatte sie jetzt schon Halluzinationen. Aber für einen Moment schien das Gesicht ihres Großvaters etwas weicher zu werden. Das verhieß nichts Gutes. Nein, das verhieß gar nichts Gutes.

Brenna umklammerte die Lehne des nächstbesten Stuhls. So schlimm konnte es nicht werden. Oder doch? Egal, welchen Namen er jetzt nannte, es spielte keine Rolle mehr.

Es sei denn …

Ihr Großvater nickte. „Du weißt es schon."

Brenna schüttelte den Kopf. Das konnte nicht sein.

„Nicholas Giovanni."

18. KAPITEL

„Nein!“, schrie Mia, und ihre Stimme überschlug sich beinah. „Doch nicht Nic. Das geht doch nicht. Wir haben doch gerade …“ Entsetzt ließ sie das Tagebuch fallen. „Er kann das nicht sein.“

Brenna wusste nicht, was sie denken sollte. Vielleicht konnte sie ja überhaupt nicht mehr denken. Hatte sie wirklich geglaubt, es könne nicht noch schlimmer werden? Dass der Schmerz und die Verzweiflung schon den höchsten Punkt überschritten hatten? Nic wollte *Marcelli Wines* kaufen, und das hinter ihrem Rücken.

Betrug schmeckt bitter, nahm sie verschwommen wahr. Ihr war eiskalt, und die Beine drohten unter ihr wegzusacken. Mit letzter Kraft umklammerte sie die Stuhllehne. Ein Schritt, noch einer. Und irgendwie gelang es ihr, sich hinzusetzen.

Der Raum verschwamm vor ihren Augen. Brenna bedeckte das Gesicht mit den Händen. Nein. Das konnte er doch nicht tun. In den letzten Wochen hatten sie so viel Zeit zusammen verbracht. Sie hatten geredet, gelacht und sich geliebt. Sie hatten …

Ein erstickter Aufschrei entfuhr ihr. Oh, Gott, was hatte sie getan? Sie hatte sich bei Nic entschuldigt. Und ihm gesagt, dass sie ihn *liebte*.

„Du musst dich irren, Großvater“, entgegnete sie.

„Ich irre mich nicht. Er hat das alles von langer Hand vorbereitet. Das Angebot, die Finanzierung, alles.“

Aber … das konnte nicht sein.

„Ich habe ihm vertraut“, flüsterte sie. Und das hatte sie wirklich. Sie hatte ihm alles anvertraut. Ihr Herz und ihre Träume. Ihr … Oh nein! Das Darlehen. Sie hatte ihm ihren Wein und ihre Pläne anvertraut.

„Großvater, da gibt es noch etwas.“ Brenna zwang sich, die Worte auszusprechen. Dabei wäre sie am liebsten weggerannt – und zwar für immer. „Es ist alles noch viel, viel schlimmer. Ich habe etwas getan.“

Mias Augen wurden riesengroß. „Ähm, Brenna. Vielleicht ist das jetzt …"

Brenna nickte. „Das war Teil seines Plans."

„Teil seines Plans?", hakte Lorenzo nach.

„Ich bin eine Vollidiotin", sagte sie. „Er hat es mir so leicht gemacht, und ich wollte es so sehr. Ich dachte, er ist einfach sehr nett und großzügig."

Sie fühlte sich so unglaublich hilflos und dumm. Und leider gab es niemand anderen, dem sie die Schuld geben konnte. „Ich bin zu Nic gegangen und habe ihn um ein Darlehen gebeten. Um eine Million Dollar. Der Vertrag hat eine Rückrufklausel."

Gleich würde ihr Großvater explodieren. Innerlich ging Brenna schon mal in Deckung. Aber der alte Mann seufzte nur schwer. „Ein Haufen Geld", sagte er ruhig. „Sehr klug von diesem Mann. Wenn ich dem Verkauf nicht zustimme, ruiniert er dich. Er spielt mit unseren Gefühlen. Immerhin geht es nicht nur um das Geld, sondern auch um deinen guten Ruf. Er hat wirklich an alles gedacht."

Dass sie sich in ihn verliebte, damit hatte Nic wahrscheinlich nicht gerechnet. Aber das musste ihm ja hervorragend in den Kram gepasst haben. Verdammt, dachte Brenna. Es war eine Sache, unglücklich verliebt zu sein. Sich wie eine komplette Idiotin aufzuführen war dagegen einfach nur peinlich.

„Es tut mir leid", murmelte sie.

Mia kam zu ihr und legte ihr die Hand auf die Schulter. „Ich dachte, unsere Vergangenheit ist bescheuert. Aber das hier schlägt dem Fass den Boden aus."

Lorenzo sah auf. „Was weißt du über die Vergangenheit?"

„Ziemlich viel. Jedenfalls mehr als vor ein paar Tagen." Sie hob das Tagebuch wieder auf und tätschelte es liebevoll. „Das sind die Aufzeichnungen von Sophia Giovanni. Sie beginnen vor der Hochzeit mit Salvatore und enden, kurz nachdem Sophia eine Totgeburt hatte. Sie schreibt hier drin über alles. Auch darüber, dass Salvatore den Marcelli-Wein vergiftet hat."

Ihr Großvater streckte die Hand nach dem Tagebuch aus. Er war blass, und seine Finger zitterten.

„Es steht alles da drin? Die Wahrheit?"
Mia nickte.
„Das hat so viel geändert", sagte er leise. „So viel schlechtes Blut. Und die ganzen Jahre so viel neuer Schmerz und Hass."
„Du kennst die Wahrheit?", fragte Brenna. „Du hast es die ganze Zeit gewusst und nie ein Wort gesagt?"
„Ich habe es mir über die Jahre zusammengereimt. Ein Wort hier, ein Flüstern da. Ich war noch ein kleiner Junge, als das alles passiert ist."
Brenna dachte an all die Male, als ihre Schwestern und sie den alten Mann für verrückt erklärt hatten. Als sie sich über ihn mokiert hatten, weil er diese alten Geschichten so ernst nahm. Sie schluckte. „Wenn wir gewusst hätten, dass …"
Lorenzo schüttelte den Kopf. „Was hätte das geändert? Die Jungen und die Alten haben sich schon immer gestritten. Das ist der Lauf der Dinge."
Vielleicht, dachte Brenna. Sie fror, und ihr ganzer Körper schmerzte. Ihr Herz war wie versteinert. Sie hätte jetzt gern geweint, laut geschrien oder um sich geschlagen.
Vom Flur her erklangen Schritte. „Wo seid ihr?", rief Grandma Tessa. „Das Abendessen ist fertig. Was? Mary-Margaret und ich geben uns solche Mühe. Und dann will keiner etwas essen?"
Sie betrat die Bibliothek. „Lorenzo, du kommst jetzt bitte und isst. Mia, Brenna." Sie zögerte. „Was ist? Was ist passiert?"
Ihr Mann sagte etwas auf Italienisch zu ihr. Mia konnte es wahrscheinlich verstehen, Brenna dagegen konnte nur raten. Aber das war ja auch nicht weiter schwer, da musste man ihre Großmutter nur ansehen: Mit zitternden Fingern zog Grandma Tessa den Rosenkranz hervor und begann, lautlos die Lippen zu bewegen.
Brenna wollte nur noch raus, weg, fliehen. Zu viele Gefühle kämpften in ihr. Sie konnte sie nicht alle benennen, aber eines war klar: Sie würden demnächst außer Kontrolle geraten.
Schnell stand sie auf. Ihre Großmutter eilte zu ihr und nahm sie in die Arme. „Meine arme Kleine. Komm mit. Wir legen dich ins Bett, und morgen sieht die Welt schon ganz anders aus. Alles

wird gut. Vielleicht etwas Pasta? Um deinen Magen zu füllen?"

Brenna drückte Grandma Tessa fest an sich. Dann trat sie einen Schritt zurück. Sie wollte keine Pasta. Sie wollte Rache. Verflucht sei dieser verdammte Nic! Wie konnte er es nur wagen, mit ihr zu spielen? Sie zu benutzen? Sie hatte ihm ihren Körper geschenkt ... und ihr Herz.

„Ich hasse ihn", flüsterte sie.

„Wen?", fragte ihre Großmutter. „Hass ist eine Sünde, Brenna."

„Sei still, Tessa", befahl Lorenzo. „Lass das Mädchen in Frieden."

Ein winziger Teil von Brennas Hirn nahm überrascht zur Kenntnis, dass ihr Großvater ihr zu helfen versuchte. Aber darum konnte sie sich jetzt nicht kümmern. Sie war so wütend, dass sie jeden Moment explodieren würde.

Sie musste etwas tun, sich bewegen. Mit großen Schritten ging Brenna auf die Tür zu. Doch plötzlich blieb sie stocksteif stehen, weil sie ein nur allzu bekanntes Geräusch vernommen hatte. Konnte das sein? Irgendwo da draußen fuhr ein Motorrad. Nics Motorrad.

Ihre Wut erreichte die Stärke eines Orkans.

„Ich bringe ihn um", stieß sie hervor.

„Jetzt benimmst du dich aber sehr italienisch", erwiderte Mia und packte sie am Arm. „Ich bin ja sehr dafür, dass du Nic die Meinung sagst. Aber vielleicht nicht gerade jetzt. Du bist noch viel zu aufgewühlt."

„Bin ich nicht. Ich will nur den Kopf dieses Mistkerls im Staub rollen sehen."

„Nettes Bild, Brenna."

Mia zog sie am Arm. „Los, Schwesterherz. Komm mit. Du musst jetzt ganz schnell einen Drink nehmen."

„Ich werde ihn fertigmachen."

„Später. Grandma Tessa regelt das schon."

Brenna wollte protestieren. Doch etwas Merkwürdiges geschah, als Mia und sie in der Küche ankamen. Sie setzte sich auf einen Stuhl. Und plötzlich konnte sie nicht mehr aufstehen. Ihr ganzer Körper zitterte wie Espenlaub. Und dann waren da auf einmal Tränen, und sie begann, heftig zu schluchzen.

„Oh, Mia", stöhnte sie.

Ihre kleine Schwester legte die Arme um sie.

„Es tut so weh", stieß Brenna hervor. „Oh, Gott, es tut so weh."

„Ich weiß, Schätzchen. Ich weiß."

„Ich habe ihn geliebt."

Mia schwieg und hielt sie ganz fest.

Brenna war dankbar, dass ihre Schwester nicht versuchte, sie zu trösten. Es gab sowieso keine Worte mehr, die ihr noch helfen konnten. Es war, wie es war. Sie hatte Nic ihre Träume und ihr Herz anvertraut, und er hatte kein Interesse daran gehabt. Denn ihm ging es nur um eines: sie und ihre Familie zu zerstören.

Wie konnte man sich nur derart in einem Menschen täuschen?

Wie konnte man nur so dumm sein?

Kurz vor Mitternacht sagte sich Brenna, dass sie jetzt wirklich genug geweint hatte. Irgendwann würden die Tränen versiegen. Obwohl es momentan noch nicht danach aussah. Sie fühlte sich ausgelaugt, verquollen und tat sich ziemlich leid. Alle zwanzig Minuten oder so brandete eine neue Welle der Wut in ihr auf und versorgte sie mit Energie. Aber dann kam die Traurigkeit und saugte die ganze Energie in sich auf. Und Brenna blieb wieder leer und zerschlagen zurück.

In den letzten zwei Stunden hatte sie versucht, herauszufinden, was schlimmer war – ihre Dummheit oder Nics Betrug. Bisher lagen sie gleich auf. Wie hatte sie nur so blind sein können? Hatte sie denn gar nichts aus der Ehe mit Jeff, diesem Betrüger, gelernt? Und wie hatte Nic sich in so einen unglaublichen Scheißkerl verwandeln können? Schlimmer noch: in einen Scheißkerl, der leider ziemlich gut im Bett war?

Ihr Leben war ein Scherbenhaufen. Und sie war nicht nur ein Schwachkopf. Nein, nein. Sie war ein Schwachkopf, der eine Million Dollar Schulden hatte.

Es klopfte, und Mia steckte den Kopf zur Tür rein. „Ich weiß, du willst das nicht. Aber die Grannies sind so außer sich, dass ich dir lieber das Tablett hier bringe."

Brenna nickte. „Danke. Stell es einfach auf meinen Nachttisch.“ Sie schniefte und setzte sich in ihrem Bett auf. „Was machen die Grannies denn?“

„Sie sorgen sich schrecklich.“ Mia stellte das Tablett ab. „Wir machen uns alle Sorgen um dich.“

Brenna griff nach einem neuen Taschentuch und wischte sich das Gesicht ab. „Das ist lieb, aber das müsst ihr nicht. Ich habe rausgefunden, dass ich jetzt doch noch nicht sterbe. Jedenfalls nicht wegen Nic. Ich kann vielleicht nicht schlafen, ich kann auch nicht essen. Aber das geht vorbei. Und, hey, womöglich verliere ich zehn Pfund bei der ganzen Sache.“

Mia setzte sich zu ihr. „Es tut mir so leid, Brenna. Soll ich Joe anrufen, damit er sein Haus bombardiert?“

„Vielleicht.“ Brenna schnäuzte sich. „Keine schlechte Idee. Aber ich möchte nicht, dass Max verletzt wird. Nein. Ich muss mir irgendwas anderes ausdenken, um mich an dem Mistkerl zu rächen. Am liebsten würde ich *Four Sisters* so richtig erfolgreich machen. Das würde ihm recht geschehen, wenn ich lauter Medaillen gewinnen würde und der Liebling der Weinkritiker werde. Aber daraus wird wohl leider nichts.“

„Wieso denn nicht?“, fragte Mia.

„Ich bin ziemlich sicher, dass ich morgen Besuch von einem Anwalt bekomme. Nic wird sein Geld zurückwollen.“ Und sie hatte keinen müden Cent in der Tasche.

Erneute schnäuzte Brenna sich. „Ich habe ihm gesagt, dass ich ihn liebe. Kurz bevor du gekommen bist, habe ich ihm das gesagt. Ganz schön lausiges Timing, oder? Und noch dazu habe ich einen echt lausigen Geschmack, was Männer angeht.“

Mia verzog den Mund. „Ich hätte nie gedacht, dass er so ein Bastard ist.“

„Ich auch nicht. Ich hasse ihn.“

Es klopfte wieder an der Tür. Brenna rief „Herein“ und traute ihren Augen kaum, als Lorenzo das Zimmer betrat.

„Schläft denn hier keiner heute Nacht?“, fragte sie.

„Ich habe Tessa und Mary-Margaret zu Bett geschickt. Mia, es ist Zeit, dass du auch schlafen gehst.“

Ihre kleine Schwester verdrehte die Augen und gab Brenna einen Kuss auf die Wange. „Wenn du später noch jemand zum Reden brauchst, komm einfach vorbei. Ich hör dir gerne zu."

„Danke."

Mia stand auf und ging, während Lorenzo sich zu Brenna aufs Bett setzte. Er nahm ihre Hand in seine und tätschelte sie.

„Du hast geweint", stellte er fest.

Brenna rang sich ein Lächeln ab. „Ja, das stimmt."

„Über den Jungen oder über das Geld?"

„Beides." Wenn sie ehrlich war, dann eigentlich mehr über den Jungen. Aber das zeigte ja nur mal wieder, wie blöd sie war. Vernünftige Menschen hätten sich jetzt Sorgen um das Darlehen gemacht.

„Eine Million Dollar sind ein guter Grund, um zu weinen. Was hast du mit dem Geld gemacht? Ich weiß, dass du kein neues Auto davon gekauft hast."

Jetzt musste Brenna tatsächlich lachen. Und im nächsten Moment standen ihr die Tränen in den Augen. „Ich wollte meinen eigenen Wein machen", flüsterte sie. „Albern, was?" Sie wappnete sich für seinen Wutausbruch.

Aber statt zu schreien, zuckte ihr Großvater nur mit den Schultern. „Nicht albern. Es überrascht mich nicht. Wie weit bist du gekommen?"

Damit hatte sie jetzt wirklich nicht gerechnet. Brenna blinzelte die Tränen fort. „Ziemlich weit. Ich habe dieses Land für den Pinot gekauft. Und dann habe ich mir Trauben liefern lassen. Ich mache eine Cuvée, einen Chardonnay, den Pinot und einen Cabernet."

„Nicht gerade wenig."

„Mein Plan war, dass *Four Sisters* nach zwei Jahren auf eigenen Beinen steht. Ich kenne ja die ganzen Händler, aber erst mal musste ich ihnen was anbieten können. Natürlich hätte es am Anfang ein paar magere Jahre gegeben. Aber sobald die vorbei wären, wollte ich expandieren."

Unverwandt sah Lorenzo sie an. „*Four Sisters?*"

Sie nickte.

„Wo ist dein Wein?"

„Bei Nic", erwiderte Brenna seufzend. „Er hat mir alles geliehen: die Maschinen, die Räume, ein Lager. Er war so großzügig – jedenfalls habe ich das gedacht. Wie kann man nur so dumm sein. Ich hätte merken sollen, was er im Schilde führt."

„Wie denn? Er ist ein kluger Junge. Ehrgeizig und mit allen Wassern gewaschen. Vielleicht war es am Anfang gar nicht sein Plan, dich zu benutzen. Aber dann bist du zu ihm gekommen, und er konnte der Gelegenheit nicht widerstehen."

Ja, dachte Brenna. Sie hatte es ihm wirklich leicht gemacht. Im Bett und außerhalb.

„Hast du versucht, ein Darlehen von der Bank zu bekommen?", fragte ihr Großvater.

Sie nickte. „Und von den kleineren Genossenschaften. Aber ich hatte keine Sicherheiten und keinen tollen Uni-Abschluss oder so. Sie waren alle nicht besonders beeindruckt."

„Was ist mit deinem Vater? Marco hat doch das Geld aus seinem Erbe. Er hätte es dir leihen können."

Sie hätte mit ihrem Vater sprechen sollen. Im Nachhinein war Brenna das klar. „Ich dachte …" Sie räusperte sich. „Ich wollte nicht, dass Dad sich zwischen dir und mir entscheiden muss. Es gab so schon genug Streit. Und ich wusste, dass du ziemlich wütend werden würdest."

„Sehe ich wütend aus?"

Sie betrachtete ihn. „Nein. Eigentlich siehst du ganz okay aus."

„Siehst du. So ein böser Mensch bin ich gar nicht."

„Ich habe nie gedacht, dass du ein böser Mensch bist."

„Einfach nur stur und altmodisch?"

Trotz allem musste sie lächeln. „So ähnlich."

Lorenzo drückte ihre Hand. „Ich verstehe." Er beugte sich zu ihr und küsste sie auf die Stirn. „Jetzt schläfst du. Und morgen wird alles besser."

Brenna bezweifelte das. Aber sie wollte jetzt dringend allein sein und widersprach deshalb nicht. Stattdessen legte sie sich einfach hin und schloss die Augen. Ihr Großvater löschte das Licht, als er leise das Zimmer verließ.

Kaum war sie allein, öffnete Brenna die Augen und starrte in die Dunkelheit. Gar nichts würde besser werden. Auch den folgenden Tag würde sie irgendwie überleben müssen. Aber so war das eben. Wenn Idioten sich verliebten, was wollte man da schon erwarten?

Nic wartete bis zum nächsten Morgen. Um neun Uhr hielt er es nicht länger aus und griff zum Telefon. Am Vortag hatte Grandma Tessa ihn weggeschickt, weil Brenna krank war. Er fragte sich, ob das etwas mit dem Tagebuch zu tun hatte. Aber so sehr konnte diese alte Geschichte sie ja wohl auch nicht schockiert haben, dass Brenna jetzt das Bett hüten musste. Oder hing das vielleicht mit ihrem Großvater zusammen und seiner Entscheidung, *Marcelli Wines* zu verkaufen? Aber so leicht ließ Brenna sich doch eigentlich nicht kleinkriegen.

Er musste mit ihr sprechen, und das so schnell wie möglich! Die ganze Nacht lang hatte er kein Auge zugetan. Er hatte sich hingelegt und war dann wieder aufgestanden, um doch noch zu ihr rüberzugehen. Und dann hatte er sich wieder hingelegt, weil so ein nächtlicher Auftritt vor der gesammelten Familie wahrscheinlich nicht so gut ankam. Aber jetzt konnte er nicht länger warten. Er musste Brenna die Wahrheit sagen, ihr erklären, was passiert war und warum.

Es klingelte. Ungeduldig lief Nic auf und ab. Und dann ging endlich jemand ran.

„*Marcelli Wines.*“

Das war nicht Brenna. „Mia?“, fragte er vorsichtig.

„Ja.“

„Hier ist Nic. Ich würde gerne mit Brenna sprechen. Als ich gestern vorbeigekommen bin, hat eure Großmutter gemeint, dass sie krank ist.“

„Ist sie nicht.“

Er runzelte die Stirn. „Hat sie sich den Magen verdorben?“

„Nein. Aber es ist trotzdem zum Kotzen. Und das ist ja auch kein Wunder. Es geht ja immerhin um einen Kotzbrocken.“

Plötzlich hatte Nic so ein komisches Gefühl. „Wovon sprichst du?“

„Von dir, Nic. Dem charmanten, erfolgreichen Nicholas Giovanni. Ich hätte nicht gedacht, dass du so was nötig hast – mit all deinem Land und all deinem Geld. Aber so kann man sich eben täuschen. Na ja, du bist ja auch der Urenkel dieses miesen Typen. Warum solltest du dann nicht auch ein mieser Betrüger sein.“

Shit! „Ihr habt es rausbekommen.“

„Dass du mithilfe deiner lächerlichen Strohmänner *Marcelli Wines* kaufen willst? Weil mein Großvater an jemanden wie dich nie freiwillig verkaufen würde? Ganz recht, das haben wir rausgekriegt. Wir *alle*. Mir ist das ja egal, aber Brenna geht es nicht so toll. Warte mal – könnte das vielleicht damit zusammenhängen, dass sie sich irgendwie betrogen und hintergangen fühlt?“

Es hätte ihn nicht überraschen sollen. Natürlich hatte Lorenzo die Kontakte, um herauszufinden, wer der Käufer war. „Ich muss mit Brenna sprechen. Ich muss ihr erklären …“

„Erklären?“, unterbrach Mia ihn. „Du kannst dir deine Erklärungen sonst wo hinstecken. Das interessiert hier niemanden.“ Sie holte tief Luft. „Du bist zu uns gekommen, Nic. Wir haben dich willkommen geheißen. Du warst einer von uns, und trotzdem wolltest du uns fertigmachen. Nur darum ging es dir. Ich habe das mit der Fehde nie verstanden, aber jetzt tue ich es. Ich wünsche dir alles Schlechte. Und was Brenna dir wünscht, solltest du dir lieber gar nicht erst vorstellen.“

„Mia, du musst mir zuhören. Ich weiß, dass …“

„Fahr zur Hölle, Nic. Ohne dich wäre die Welt ein besserer Ort.“

Klick. Und damit hatte sie aufgelegt.

Vorsichtig legte er den Hörer zurück. Wenn er sich ganz behutsam bewegte, würde sein Leben vielleicht nicht in tausend Scherben zerspringen. Doch das war leider längst geschehen.

Er hatte verloren.

Jahrelang war die Übernahme von *Marcelli Wines* sein großes Ziel gewesen. Und jetzt hatte er die Chance verspielt. Komisch, dass ihn das kaum berührte. Was ihn letzte Nacht um den Schlaf gebracht hatte und jetzt verfolgte, war Brenna. Der Gedanke, sie verloren zu haben. Eben erst war ihm klar geworden, wie sehr er sie wollte, wie sehr er sie brauchte. Und jetzt war sie weg.

„Ich meine das wirklich nett, Nic. Aber du siehst scheiße aus."

Nic sah auf und entdeckte Maggie, die in sein Büro marschiert kam. Sie warf einige Ordner auf den Tisch und lehnte sich dann an den Türrahmen.

„Willst du darüber sprechen?", fragte sie.

Sprechen? Was gab es da schon zu sagen? Er ging seit zwei Tagen durch die Hölle. Und noch immer hatte er keine Ahnung, wie er all das in Ordnung bringen sollte, was da schiefgegangen war.

„Nic?"

Er zuckte mit den Schultern. „Brenna hat es rausgefunden."

Gleich würde Maggie versuchen, ihn zu beschwichtigen. Dabei konnte er das jetzt wirklich nicht brauchen. Es half alles nichts. Nichts konnte dieses riesige schwarze Loch in seinem Inneren vertreiben. Es gab kein Heilmittel und auch keine Lösung für diese Situation.

Maggie hob die Augenbrauen. „Und?"

Er starrte sie an. „Wie, und? Sie hat es rausgefunden und will nicht mehr mit mir sprechen. Sie weigert sich, mich zu treffen, und geht auch nicht ans Telefon."

„Und wo liegt das Problem? Du hast doch gewusst, dass das irgendwann auffliegt. Und du hast auch gewusst, dass Brenna dann durchdreht. Was genau bringt dich jetzt so aus der Fassung?"

Nic verschränkte die Arme vor der Brust. „Du bist nicht auf meiner Seite. Das verstehe ich richtig, oder?"

„Warum sollte ich? Ich habe dir gesagt, dass ich das alles für eine ganz schlechte Idee halte. Soweit ich weiß, seid ihr euch ziemlich nahegekommen. Jedenfalls habe ich noch nie gesehen, dass du dich so für eine Frau interessierst. Du wolltest sie. Aber noch lieber wolltest du gewinnen. Jetzt ist Brenna verletzt und traurig. Also frage ich dich noch mal: Wo ist da die große Überraschung?“

„Ich habe sie verloren.“

„Ich wusste gar nicht, dass du sie hattest.“

Er nickte. „Ich auch nicht. Bis es zu spät war. Der Marcelli-Deal ist auch geplatzt.“

Maggie versuchte nicht mal, Mitleid vorzutäuschen. „Ich spreche jetzt als deine Freundin und nicht als deine Angestellte: Du hast das verdient, Nic. Wenn man mit anderen Menschen spielt, dann hat das Folgen. Höchste Zeit, dass du das lernst. Du wurdest erwischt, und jetzt musst du zahlen. So ist das im Leben.“

Was war denn das? Derart negative Dinge wollte er jetzt nicht hören. Maggie sollte sagen, dass alles wieder gut werden würde. Dass Brenna ihn bestimmt verstand.

„Sie hat mir gesagt, dass sie mich liebt“, stieß er beinah trotzig hervor.

Maggie ließ die Arme sinken und starrte ihn an. „Lass mich raten: Das war, bevor sie alles herausgefunden hat.“

Er nickte.

„Du bist ganz schön krank.“

„Nein. Wenn sie mich liebt, muss sie mir doch vergeben.“ Er hasste diesen hoffnungsvollen, bettelnden Tonfall. „Oder etwa nicht?“

Maggies Gesichtszüge wurden weich. „So läuft das nicht. Hast du das noch nicht kapiert? Wenn man jemanden liebt, ist nicht automatisch alles okay. Manche Sünden sind unverzeihlich. Es tut mir wirklich leid, Nic. Aber ich glaube, du hast gerade eine davon begangen.“

19. KAPITEL

Achtundvierzig Stunden später hatte Brenna sich noch immer nicht entschieden: Sollte sie sich zusammenreißen und zur Arbeit schleppen? Oder sollte sie den Rest ihres Lebens im Bett verbringen? Da ihre Bettwäsche dringend mal in die Waschmaschine musste und sie noch viel dringender unter die Dusche, stand sie schließlich auf. Während sie im Bad war, stahl sich eine der Großmütter heimlich in ihr Zimmer und zog das Bett ab. Also blieb ihr leider nichts anderes übrig, als sich anzuziehen und sich ins Tageslicht hinauszuwagen. Und wenn sie schon mal dabei war, konnte sie ja auch gleich ins Büro gehen.

Es war ein tröstliches Gefühl, wieder an dem zerschrammten alten Schreibtisch zu sitzen. Der überquellende Postkorb und die vielen E-Mails erweckten eine Spur des alten Arbeitseifers in ihr. Trotzdem fühlte sich Brenna wie betäubt. Alles schien in Zeitlupe abzulaufen und wirkte irgendwie verzerrt. Sie sah die Mails durch. Es war keine von Nic dabei. Ob er angerufen hatte? Wahrscheinlich nicht. Oder hatte man ihr das nur nicht ausgerichtet?

Aber spielte das überhaupt noch eine Rolle? Dieser Mann hatte sie auf jede erdenkliche Weise benutzt und belogen. War es da noch wichtig, ob er anrief? War sie wirklich so schwach und hatte so wenig Rückgrat?

Ja, dachte Brenna traurig. Leider ist das so.

Aber andererseits war sie auch ziemlich wütend auf Nic.

Dieser Mann liebte sie nicht. Das musste sie wohl oder übel akzeptieren. Gefühle existierten oder eben nicht. Wenn er sie nicht wollte, war das nicht seine Schuld. Dennoch hatte er ihre Zukunft ruiniert. Und das war eine ganz andere Sache. Ohne seine Liebe blieb ihr nur der Wein. Und genau den hatte er ihr genommen. Doch so leicht gab sie nicht auf!

Leider gab es da ein kleines Problem – das Geld. In der momentanen Situation würde Nic ihr wohl kaum Zugang zu ihren Fässern gewähren. Also konnte sie keinen Wein machen und das

Geld nicht zurückzahlen. Sie saß in der Falle. Und das alles nur, weil sie Nic vertraut hatte. Verdammt!

Es gab nur eine Sache, die sie noch wütender machte: dass sie trotz allem nicht aufhören konnte, Nic Giovanni zu lieben. Oh, sie hasste ihn mit jeder Faser ihres Körpers. Aber Hass und Liebe lagen bekanntlich eng beieinander. Ihre Liebe zu ihm hatte eine zehnjährige Trennung überstanden. Dummerweise war also nicht zu erwarten, dass sie ausgerechnet jetzt starb.

Plötzlich erschien ihr Großvater an der geöffneten Bürotür. „Du bist hier", bemerkte er und trat ein. „Besser?"

„Ein bisschen."

Das war eine Lüge. Aber wenn sie ihrem Großvater erzählte, wie es ihr wirklich ging, würde er sich nur Sorgen machen.

Lorenzo setzte sich auf den Stuhl vor Brennas Schreibtisch. In seiner Hand hielt er einen Stapel Papier. „Ich möchte, dass du eine Liste für mich machst. Schreib alles auf, was dir gehört. Wie viele Fässer stehen auf *Wild Sea Vineyards*? Und was ist drin?" Er runzelte die Stirn. „Du bist schon durch mit der Gärung, oder?"

„Ich persönlich gäre noch. Aber du meinst wohl den Wein."

Ihr Großvater lächelte. „Ja. Den Wein. Außerdem brauche ich eine Kopie von dem Darlehensvertrag."

„Warum?"

„Kein Marcelli wird diesem Mann etwas schulden."

Seine Güte milderte Brennas Schmerz. „Das ist wirklich lieb von dir, Grandpa. Vielen Dank. Aber wir sprechen hier von mehr als einer Million Dollar."

„Ich weiß." Er zuckte mit den Schultern. „Du bist meine Enkelin. Die Schulden mitsamt allen Zinsen werden bezahlt. Und dann holen wir deinen Wein so schnell wie möglich hierher."

Brenna fiel fast vom Stuhl. Hätte ihr Großvater plötzlich eine kleine Arie geträllert, wäre sie auch nicht verblüffter gewesen.

„Warum?", wollte sie wissen. „Das ist wirklich wundervoll. Aber du musst dich nicht verantwortlich fühlen, Grandpa. Die ganze Sache ist meine Schuld. Nic wird den Wein wahrscheinlich einfach irgendwo auskippen. Aber das ist mir jetzt auch egal."

Streng sah er sie an. „Versündige dich nicht. Der Wein muss gerettet werden."

Ein paarmal holte Brenna tief Luft. „Es gibt einfach keinen Ausweg. Nic wird sein Geld auf die ein oder andere Weise zurückbekommen müssen. Aber ohne *Four Sisters* habe ich nicht den Hauch einer Chance, eine Million aufzubringen. Und was meine Pläne betrifft ..." Sie erwiderte seinen Blick. „Grandpa, ich liebe dich, und du warst wirklich super in dieser ganzen schrecklichen Angelegenheit. Aber mal ehrlich: Du hasst doch alles, was ich tue. Du willst mich und meine Experimente doch nicht ernsthaft hier bei dir haben?"

„Ich hasse nicht, was du tust."

Zum ersten Mal seit Tagen musste Brenna lächeln. „Nein? Und warum streiten wir uns dann über alles? Über die Trauben, den Erntebeginn, die Temperatur in den Gärtanks. Über Etiketten, Gehälter und die Frage, ob es morgen regnet."

„Was das Wetter angeht, habe ich meistens recht."

Brenna gab ein ersticktes Lachen von sich. „Du denkst, dass du mit allem recht hast. Das ist einer der Gründe, warum ich etwas Eigenes machen wollte. Ich wollte endlich mal meine eigenen Entscheidungen treffen."

„Und hat es dir gefallen, das zu tun?"

Sie dachte an die langen Nächte und die endlosen Stunden, die sie gearbeitet hatte. „Ja. Ich war noch nie in meinem Leben so glücklich."

„Dann hast du gewonnen."

„So würde ich das nicht sagen."

„Nicht mit deinem Wein. Da wird sich später zeigen, ob du erfolgreich warst. Ich meine hier. Mit mir." Er legte sich die Hand auf die Brust. „Du hast den Test bestanden."

Brenna kapierte gar nichts. „Wovon sprichst du?"

„Ich wollte ganz sicher sein. Schon als du noch ganz klein warst, wusste ich, dass du einzigartig bist. Du hast den Wein so sehr geliebt wie ich." Er senkte den Kopf. „Als du sechs warst, konntest du die Traubensorte am Geschmack erkennen. Ich war so stolz. Du hast hart gearbeitet, warst immer die Erste auf den

Feldern, speziell bei der Ernte. Als du elf warst, hast du den Arbeitern gesagt, was sie tun sollen."

Brenna konnte sich noch gut an diesen Sommer erinnern. Sie war für den Chardonnay verantwortlich gewesen. Und das hatte sich so unglaublich erwachsen angefühlt. Zuerst hatten die Vorarbeiter sie ziemlich herablassend behandelt. Bis die Männer irgendwann merkten, dass sie tatsächlich wusste, was sie tat. Von da ab war Brenna jemand gewesen, mit dem man rechnen musste.

„Als du Jeff geheiratet hast, war ich froh", fuhr ihr Großvater fort. „Ich dachte, jetzt hättest du einen guten Mann an deiner Seite, der mit dir das Land bestellen könnte."

„Aber dann bin ich weggegangen", erwiderte Brenna leise.

Lorenzo nickte. „Ich habe darauf gewartet, dass du zurückkommst. Dass du begreifst, wo du hingehörst. Aber du bist nicht gekommen. Jahr für Jahr musste ich mit ansehen, wie dieser Mann dich ausgesaugt hat. Bis die Enkeltochter, auf die ich so stolz war, irgendwann nicht mehr existierte. Dann, eines Tages, bist du nach Hause gekommen. Nicht weil du kommen wolltest, sondern weil dein Mann dich verlassen hat. Du wolltest wieder hier arbeiten. Aber ich habe mich gefragt: für wie lange?"

Mit einem Mal ging Brenna ein ganzer Kronleuchter auf. „Du wolltest wissen, ob ich wirklich bleibe."

„Ja. Also habe ich getestet, ob ich dich vertreiben kann. Ich musste sicher sein, dass du das Weingut nicht wieder aufgibst. Für nichts und niemanden."

Brenna wusste nicht, ob sie lachen oder weinen sollte. „Und was ist mit Joe? Du wolltest ihm *Marcelli Wines* geben."

„Das wollte ich, aber er hätte das Weingut nie geleitet. Ich hatte gehofft ..." Er seufzte. „Die Wünsche eines alten Mannes. Ich wollte, dass er bleibt. Ich dachte, das Erbe könnte ihn in Versuchung führen. Aber all das spielt keine Rolle mehr. Er war nie derjenige, welcher. Das warst du. Immer schon."

Wie betäubt schüttelte Brenna den Kopf. „Du wolltest gar nicht verkaufen."

„Denkst du?" Durchtrieben grinste er sie an.

Sie bedeckte das Gesicht mit den Händen. „Natürlich hättest du das nie getan. Mein Gott, ich bin eine noch größere Idiotin, als ich gedacht habe.“ Langsam legte sie die Hände wieder auf den Schreibtisch. „Wenn alles schiefgegangen wäre, hättest du *Marcelli Wines* an Dad übergeben und einen Manager eingestellt. Schließlich hätte es ja immer noch sein können, dass eine deiner Enkelinnen ein Kind bekommt, das sich für Wein interessiert.“

Der alte Mann zuckte mit den Schultern. „Vielleicht. Aber das ist nicht wichtig. Du hast dich bewiesen. Du hast für deine Überzeugung gekämpft und dir deine Chance verdient. Du wirst unsere Tradition auf deine Weise fortsetzen. Und irgendwann wirst du sie weitergeben, an die nächste Generation und die Generationen danach.“

Brenna wusste nicht, was sie sagen sollte. Also stand sie einfach auf und ging um den Tisch herum. Ihr Großvater erhob sich und breitete die Arme aus. Und dann hielt er sie ganz fest.

„*Marcelli Wines* gehört dir“, flüsterte er. „Ich werde hier sein und dir helfen. Aber du kannst anfangen, ein paar Veränderungen vorzunehmen.“

Sie konnte nicht reden, nicht atmen. Es war einfach zu viel. Sie war überwältigt.

„Natürlich werden wir ein wenig streiten“, fuhr Lorenzo fort. „Der Unterschied ist nur, dass du jetzt auch manchmal gewinnen wirst.“

„Oh, Grandpa.“

Er trat zurück und sah ihr forschend ins Gesicht. „Das macht dich glücklich?“

Brenna nickte, weil sie noch immer nicht sprechen konnte. Natürlich mussten die Einzelheiten noch geklärt werden. Sie würde die Leitung übernehmen, aber dennoch gehörte das Weingut dann allen vier Marcelli-Schwestern und ihrem Bruder Joe. Wahrscheinlich würde manchmal ein ganz schönes Chaos ausbrechen. Aber das war egal. Alles war gut. Die Zukunft von *Marcelli Wines* lag in ihren Händen.

Bittersüße Freude erfüllte Brenna, und zu ihrer Erleichterung gesellte sich der Schmerz. Sie war am Ziel. Sie hatte erreicht, was sie sich immer gewünscht hatte. Also sollte sie doch jetzt zufrieden sein, oder? Sogar glücklich. Und warum war sie es dann nicht? Die Antwort war ganz einfach. Weil sie jetzt gern zum Telefonhörer gegriffen und Nic davon erzählt hätte. Aber das konnte sie nicht. Nie wieder.

Das Heulen der schweren Motoren unterbrach Nics Meeting. Sosehr er sich auch für den Bericht des Sales-Teams interessierte, konnte er es doch nicht unterlassen, immer wieder aus dem Fenster zu schauen. Gebannt beobachtete er, wie einige große Lastwagen auf den Hof fuhren. Er sprach weiter und versuchte, den Lärm zu ignorieren. Doch einige Sekunden später musste er das Treffen unterbrechen, um hinunterzugehen und rauszufinden, was da eigentlich los war.

Als ob er das nicht wüsste! Seit dem Telefonat mit Mia hatte er so etwas erwartet. An diesem Morgen hatten sich seine Befürchtungen dann in Form eines Schecks bestätigt, den ein Kurier bei ihm abgegeben hatte. Der Betrag darauf entsprach genau dem Darlehen plus der Zinsen, die in der Zwischenzeit angefallen waren. Brenna hatte ihre Schulden beglichen.

Vermutlich hieß das, dass sie sich mit ihrem Großvater versöhnt hatte. Nic hatte nie daran gezweifelt, dass Lorenzo seine Enkeltochter über alles liebte. Da konnte Brenna über den alten Mann schimpfen, so viel sie wollte. Die Marcellis waren eine Familie. Für sie hatte dieses Wort eine Bedeutung. Da wurden Opfer gebracht und Fehler verziehen. Egal, was passierte, die Marcellis hielten zusammen.

Nic ging hinüber zu der alten Scheune. Dort luden einige Männer vorsichtig Brennas Weinfässer in die Lastwagen. Ein Marcelli-Mitarbeiter stand daneben und hakte auf einer Liste jeden einzelnen Posten ab. Er sah kurz auf, sprach aber kein Wort. Nic seufzte, wandte sich ab und wollte eben zu seinem Büro zurückgehen, als er plötzlich eine vertraute Stimme vernahm.

Brenna?

Er ging in die Richtung, aus der die Stimme gekommen war. Wirklich? War sie da? Konnte er jetzt alles erklären?

„Brenna“, rief er, während er eilig einen der Lastwagen umrundete.

Und da war sie. Sie stand neben einem Dutzend Fässer und gab den Männern Anweisungen. Noch hatte sie ihn nicht bemerkt, und Nic konnte sie einen Moment lang betrachten. Hoch aufgerichtet stand sie da und gab ihren Männern freundlich, aber bestimmt Anweisungen.

Sie sah müde aus, traurig und trotzdem wunderschön. Sie war schon immer wunderschön gewesen.

„Brenna“, wiederholte er. Und diesmal hörte sie ihn.

Sie drehte sich um und starrte ihn an. Ihr Gesicht war völlig ausdruckslos. Nic hatte keine Ahnung, was sie dachte.

„Brenna, ich …“

„Nicht“, sagte sie kalt. „Versuch nicht, dich hier rauszureden. Das interessiert mich alles auch gar nicht mehr.“

„Ich muss dir das erklären.“

„Nein. Das musst du nicht. Nichts, was du sagst, wird mich dazu bringen, dich zu verstehen oder dir zu verzeihen.“ Sie lachte bitter. „Falls du überhaupt willst, dass ich dir verzeihe. Vielleicht bist du ja auch noch stolz auf das, was du getan hast.“

Er trat einen Schritt auf sie zu. „Natürlich will ich, dass du mir verzeihst. Es tut mir so leid, Brenna. Das alles tut mir leid.“

Sie zuckte mit den Schultern. „Wie gesagt, das interessiert mich nicht mehr. Und es wird mich auch nie wieder interessieren. Scher dich zum Teufel. Mich hast du zum letzten Mal belogen, Nic.“

Mit diesen Worten drehte sie sich um und stieg in einen der Lastwagen. Der Fahrer schloss die Ladeklappe, setzte sich hinters Steuer und startete den Motor.

Nic stand da und sah sie wegfahren.

Er rührte sich nicht vom Fleck, bis die Männer das letzte Fass verluden und der letzte Wagen vom Hof fuhr.

Natürlich war es vorbei. Etwas anderes hatte er auch gar nicht erwartet. Die Schuld, die er auf sich geladen hatte, war einfach viel zu groß. Aber bis Brenna den Hof verlassen hatte, hatte er zumindest noch einen Funken Hoffnung gehegt, dass sie ihm vielleicht doch zuhören würde. Dass sie ihn verstand, wenn er ihr alles erklärte.

Blödsinn, dachte er. Darum geht es doch gar nicht. In Wahrheit war Brenna weg, weil er sie benutzt hatte. Weil er ihr nie gesagt hatte, wie wichtig sie für ihn war. Sie hatte keine Ahnung, dass sie die Frau war, die er liebte. Die er schon immer geliebt hatte.

Brenna war ein Teil von ihm, war es schon immer gewesen. Sie hatte sein Herz vor langer Zeit gestohlen. Und er würde es nie zurückbekommen.

Verzweifelt drehte er sich um und betrat die alte Scheune. Einer der beiden Klappstühle stand noch immer dort. Vorsichtig berührte Nic das zerschrammte Holz. Auf diesen Stühlen hatten sie gesessen, geredet, diskutiert. Brenna hatte ihm ihre Träume anvertraut. Und er hatte seinen Ängsten ins Auge gesehen. Gemeinsam hatten sie es geschafft, endlich Frieden mit der Vergangenheit zu schließen.

In diesem Raum hatten sie sich geliebt. Ihre Körper und ihre Herzen waren eins geworden. Und er hatte überrascht festgestellt, wie viel ihm das bedeutete. Jetzt war sein Leben ebenso leer wie diese Scheune. Es war absurd: Er hatte sich verliebt, war aber zu blind gewesen, um seine Gefühle zu erkennen. Es war ihm gelungen, die Vergangenheit zu bewältigen. Aber um welchen Preis? Die Zukunft schien verloren.

Selbstverständlich würde *Wild Sea Vineyards* auch ohne *Marcelli Wines* weiter bestehen. Seine Firma war erfolgreich und wuchs immer weiter. Den künftigen Giovannis würde es an nichts fehlen, dafür hatte er gesorgt. Aber welche Giovannis sollte es künftig geben?

Nic ließ sich auf den Klappstuhl sinken. Oh ja, er konnte verdammt stolz auf sich sein. Er hatte ein Weinimperium geschaffen, für das es keine Erben gab. Seine Familie bestand aus ihm und einem Hund. Er war allein.

Jahrelang hatte er sich eingeredet, dass ihm das gefiel. Nic Giovanni brauchte nichts und niemanden in seinem Leben. Aber er hatte sich selbst belogen. Er brauchte Brenna. Und wie er sie brauchte! Ihr Lachen, ihre Berührungen, ihr Mut und ihre Entschlossenheit, ihre *Liebe* gaben seinem Leben einen Sinn. Er hatte nie eine andere Frau als Brenna geliebt. Sie gehörten zusammen. Brenna hatte das erkannt, aber er war zu blind gewesen. Und jetzt war es zu spät.

Es war ganz allein sein Fehler. Diesmal konnte er niemand anderem die Schuld in die Schuhe schieben.

Zum ersten Mal fragte sich Nic, ob Salvatore seinen Racheakt wohl bereut hatte. Sein Urgroßvater war von seiner Frau und seinem besten Freund betrogen worden. Salvatore hatte reagiert, indem er eiskalt den Preis für diesen Betrug kalkulierte. Aber waren die Kosten vielleicht zu hoch gewesen? Hatte Salvatore mehr verloren, als er gewonnen hatte?

Seit mehr als hundert Jahren waren die Marcellis und die Giovannis miteinander verbunden. Erst durch Freundschaft und gemeinsame Träume, dann durch Hass und Zerstörungswut. Vielleicht war das alte Sprichwort ja wahr: „Wer die Vergangenheit nicht kennt, ist gezwungen, sie zu wiederholen." Nic seufzte. Er hatte es lange nicht kapiert, aber jetzt hatte er seine Lektion gelernt: Erfolg durch Gewalt und Zerstörung war kein Erfolg, sondern ein Fluch. Ein Fluch, der das Leben vieler Generationen zerstörte. Er konnte Salvatores Taten nicht rückgängig machen und auch nicht seine eigenen. Er konnte nur versuchen, Wiedergutmachung zu leisten. Vielleicht würde er dadurch Brenna nicht zurückbekommen, aber wenigstens konnte so der Fehde ein Ende gesetzt werden. Und das war immerhin etwas.

Die zwölfjährige Kelly riss die Augen auf. Dann fragte Francescas zukünftige Stieftochter fasziniert: „Dir gehört jetzt alles hier? Bist du jetzt reich?"

Mia rümpfte die Nase, während sie versuchte, einen Faden einzufädeln. „*Marcelli Wines* gehört uns allen zusammen. Aber Brenna leitet das Weingut." Sie wandte sich an Katie. „Können wir sie eigentlich feuern, wenn ihr der Erfolg zu Kopf steigt?"

„Keine Sorge", erwiderte Brenna. „Das wird nicht passieren. Ich gebe euch mein Wort."

Mia schüttelte den Kopf. „Ich bin nicht sicher, ob das reicht."

Brenna lächelte, weil Mia versuchte, lustig zu sein. Ihre drei Schwestern wollten nur nett sein. Brenna war klar, dass sie sich Sorgen machten und versuchten, ihr zu helfen. Aber ihr konnte niemand helfen. Sie musste das allein ertragen, bis der Schmerz irgendwann nachließ.

Francesca legte ihr Stück Spitze vor sich auf den Couchtisch. „Du musst das positiv sehen, Mia. Wenn Brenna abdreht, schnappen wir uns einfach ihre heiligen zwei Hektar Land. Und dann ist Schluss mit den langweiligen Pinot-Trauben. Dann bauen wir uns da eine schöne Villa hin. Stell dir mal vor, was wir für eine tolle Aussicht haben werden."

„Nur über meine Leiche", stieß Brenna zwischen zusammengebissenen Zähnen hervor.

Katie grinste. „Gute Idee. Ich werde mal mit Grandpa drüber sprechen."

Kelly sah auf Francescas Uhr. „Die fünfzehn Minuten sind um", erklärte sie. Jetzt sind die Kekse bestimmt schon abgekühlt, und ich kann sie glasieren. Darf ich mal nachsehen?"

„Na klar." Francesca lächelte Kelly an. „Spitzenklöppeln ist natürlich eine superinteressante Aufgabe. Aber ich wette, dass du trotzdem lieber zu den Keksen willst. Du kannst uns ja ein paar vorbeibringen, wenn die Glasur trocken ist."

„Okay."

Kelly stand eilig auf, ließ ihr Stück Spitze auf die Couch fallen und rannte in Richtung Küche.

Francesca sah ihr nach und grinste. Dann wandte sie sich ihrer Schwester zu und senkte die Stimme. „Wie geht es dir?"

„Gut." Brenna lächelte wieder. „Ihr müsst euch keine Sorgen machen. Es ist schon okay. Ich habe meinen Wein und meine Familie. Und ihr seid alle so süß zu mir und wollt mir helfen. Das macht mich glücklich." Sie blickte auf und sah ihre Schwestern an. Keine von ihnen wirkte überzeugt. Daher hob sie feierlich die Hand. „Ich schwöre es."

„Ich sollte mal Joe anrufen", warf Mia ein. „Der wüsste bestimmt, was zu tun ist."

Francesca schüttelte den Kopf. „Das Problem hier kann Joe auch nicht lösen."

Katie und sie tauschten einen verschwörerischen Blick. Brenna verdrehte die Augen. Die beiden hatten also mal wieder über sie gesprochen.

Sie seufzte. „Also los, raus damit."

Katie zuckte mit den Schultern, während Brennas Zwillingsschwester einen Hauch schuldbewusst wirkte.

„Wir wissen, dass du ihn immer noch liebst."

Das war ja mal ganz was Neues. Brenna versuchte, ruhig zu bleiben. „Und?"

„Und was passiert denn jetzt?"

„Was soll schon passieren? Ich muss einfach weitermachen. Ich arbeite, ich mache Pläne, ich versuche, darüber hinwegzukommen."

„Willst du ihn denn zurück?"

Typisch Francesca. Mal wieder genau auf den Punkt, auch wenn es wehtat. Brenna zögerte. Wollte sie Nic zurück? „Ja, leider", sagte sie und seufzte. „Ich meine, wie krank ist das? Der Mann betrügt mich auf schlimmste Weise. Und ich will trotzdem mit ihm zusammen sein."

„Aber das wirst du nicht, oder?", fragte Mia. „Er war ja total mies zu dir. Er hat dich benutzt, um an *Marcelli Wines* ranzukommen. Bestimmt bist du total wütend auf ihn."

Brenna nickte. „Scheiß wütend."

Francesca warf Mia einen mahnenden Blick zu. „Mit der Liebe ist das nicht so einfach. Du kannst jemanden dafür hassen, was er tut, ihn aber trotzdem lieben."

„Ich komme schon drüber weg", erwiderte Brenna. Hoffentlich war das keine Lüge.

„Du musst nicht mit den Kleidern helfen", sagte Katie. „Wenn es dir nicht gut geht, dann lass es einfach. Wir schaffen das auch ohne dich."

„Hallo? Ich bin immer noch ein Mitglied dieser Familie", erinnerte Brenna sie. „Natürlich will ich an euren Brautkleidern mitarbeiten. Und ich möchte, dass ihr beide ganz, ganz glücklich werdet. Ich freue mich für euch und kann es kaum erwarten, auf eurer Hochzeit zu tanzen. Ich brauche nur etwas Zeit."

Ihre Schwestern wirkten noch immer nicht überzeugt, aber immerhin wechselten sie endlich mal das Thema. Mia erzählte von den Kursen, die sie ab der kommenden Woche belegen würde, wenn das College wieder anfing. Und Katie brachte sie alle mit einer witzigen Geschichte über eine Firmenparty zum Lachen, bei der sie das Catering gemacht hatte. Brenna hörte zu, nickte und lachte an den Stellen, an denen es erwartet wurde. Manchmal streute sie sogar die eine oder andere Bemerkung ein. Hey! Wenn das mal keine gute Imitation von jemandem war, der die Dinge total im Griff hatte. Sie wollte einfach nicht, dass ihre Schwestern merkten, wie sehr das alles sie noch schmerzte. Gegen ihren derzeitigen Kummer war die Trennung von Jeff ein Witz gewesen. Was nur ein weiteres Indiz dafür war, wie wenig sie ihren Exmann in Wahrheit geliebt hatte – ganz im Gegensatz zu Nic. Ihn zu lieben war der reinste Höllentrip. Und trotzdem konnte sie einfach nicht damit aufhören.

Gib dir Zeit, ermahnte sie sich im Stillen. Schließlich soll die Zeit doch alle Wunden heilen.

Es war Mitte Oktober. Jetzt würden die Weinreben die wohlverdiente Winterruhe bekommen. Gemeinsam gingen Brenna und ihr Großvater über die Felder und kontrollierten die Pflanzen. Der Himmel war wolkenlos, die Nachmittagssonne sorgte für milde Temperaturen. Trotzdem fror Brenna – wie so oft in letzter Zeit. Sie schlief einfach viel zu wenig, und Essen interessierte sie noch immer nicht. Nicht einmal Grandma Tessas Kochkünste hatten sie am vergangenen Abend verlocken können. Wenn sie so weitermachte, war sie bald dünner als Francesca.

„Gestern habe ich deinen Pinot probiert", sagte Lorenzo. „Es ist noch zu früh, um sicher zu sein. Aber ich denke, dass du vielleicht recht hattest mit diesem Land, das du dir gekauft hast."

Brenna legte sich eine Hand auf die Brust. „Vorsicht, Grandpa. Noch mehr solche Schocks, und mein Herz bleibt stehen."

Er ignorierte sie. „Ich denke, wir sollten nach mehr Land an der Küste Ausschau halten. Mit dem Nebel und der salzigen Luft gibt das den Trauben einen ganz besonderen Geschmack."

Verwirrt starrte sie ihn an. „Du willst Land kaufen? Fremdes Land für den Marcelli-Wein? Was würden da nur unsere Vorfahren sagen?"

Seine Augen wurden schmal. „Du hast mir als Mädchen nie den gebührenden Respekt erwiesen. Jetzt bist du eine Frau. Aber es ist nicht besser geworden."

„Wahrscheinlich nicht, aber ist ja auch egal. Wow. Ich weiß gar nicht, was ich denken soll. Letzte Woche hast du mich die Entscheidung über die Chardonnay-Etiketten fällen lassen. Und jetzt das. Was kommt denn als Nächstes? Darf ich bald die Premium-Trauben für meine Cuvée verwenden?"

„Wenn man dir den kleinen Finger gibt ...", grummelte er.

„Ich habe ein Ziel, und das will ich erreichen."

Lorenzo grinste stolz. „Gut so, mein Mädchen."

Brenna lachte. Sie und ihr Großvater stritten sich immer noch. Aber zum Glück nicht mehr so oft wie früher. Inzwischen hörte er sich manchmal sogar ihre Argumente an und sie sich seine Reden über die Tradition. Natürlich war ein Teil von ihr immer noch wütend darüber, dass der alte Mann sie diesem Test unterzogen hatte. Trotzdem konnte sie es auch irgendwie verstehen. Veränderungen brauchten eben Zeit. Und es war ein großer Schritt für ihren Großvater, einer Frau die Leitung des Weinguts anzuvertrauen.

Er zog ein altes Buch aus seiner Jackentasche und klopfte auf den brüchigen Einband. „Ich habe das hier gelesen."

Brenna erkannte Sophias Tagebuch. Mia hatte es bei diesem schrecklichen Gespräch in der Bibliothek dabeigehabt.

Der Anblick der vergilbten Seiten ließ Brenna an Nic denken. Aber das tat sie ohnehin ständig.

„Mia hat dir doch schon erzählt, was Sophia geschrieben hat."

„Ich wollte die Wahrheit mit eigenen Augen sehen." Lorenzo steckte das Buch zurück in seine Tasche. „Wer kann schon sagen, wer Schuld hatte? Antonio liebte die Frau seines besten Freundes. Vielleicht eine Sünde. Aber die größere Sünde war, dieser

Liebe Taten folgen zu lassen. Sophia war ihrem Ehemann untreu. Salvatore hat sie gequält, um den Namen ihres Liebhabers herauszubekommen, und dann hat er beide hart bestraft. Eine Nacht der Liebe, eine Nacht voll Hass und zwei Freunde, die zu Feinden werden. Generationen sind mit dieser Fehde aufgewachsen und haben unter ihr gelitten. Die Vergangenheit umgibt uns und beeinflusst uns. Wir können sie nicht beherrschen, wir können sie einfach nur akzeptieren und aus ihr lernen."

Er sah Brenna an. „Vielleicht ist es Zeit, das Kriegsbeil zu begraben."

Fassungslos starrte sie ihn an. „Das ist nicht dein Ernst."

„Warum nicht?"

Weil ihr Großvater und diese Fehde eins gewesen waren, solange Brenna denken konnte. Weil der Hass auf die Giovannis sie zu dem Menschen gemacht hatte, der sie jetzt war. Weil diese Feindschaft zwischen den Familien sie letztendlich davon abgehalten hatte, Nic zu heiraten.

Und jetzt sollte plötzlich alles anders sein? Das kommt viel zu spät, dachte Brenna traurig. Ja, jetzt leitete sie *Marcelli Wines*. Und, ja, es war höchste Zeit, dass dieser Kampf zwischen den Familien endlich endete. Aber diesen Schmerz, den sie Tag für Tag verspürte, konnte das nicht mehr lindern.

Sie wandte sich um und wollte sich auf den Rückweg machen. Doch irgendwas stimmte hier nicht. Wo waren sie eigentlich? Irgendwann in den letzten Minuten mussten ihr Großvater und sie das Land der Marcellis verlassen und *Wild Sea*-Territorium betreten haben.

„Aber ...", stieß Brenna verdutzt hervor. „Der Zaun ist ja weg."

Sie drehte sich einmal im Kreis und sah sich suchend um. Doch die eisernen Pfosten und der Stacheldraht waren nirgends mehr zu sehen.

„Nicholas ist zu mir gekommen."

Ihr Großvater sagte das ganz sachlich. Als ob ein Besuch von Nic das Normalste der Welt wäre.

Fassungslos starrte Brenna ihn an. „Er hat *was* getan?"

„Er ist zu mir gekommen. Wir haben gesprochen." Der alte

Mann zuckte mit den Schultern. „Über die Vergangenheit und die Zukunft. Über den Schaden, den Hass anrichten kann. Nicholas wollte sich für seinen Urgroßvater entschuldigen. Und es wiedergutmachen."

Nic hatte ihren Großvater getroffen? Wann? Und wieso, in drei Teufels Namen, wusste sie mal wieder nichts davon?

„Er hat mir das für dich gegeben."

Lorenzo streckte ihr ein Blatt Papier entgegen. Brenna nahm es und versuchte zu lesen, was da stand. Aber die Buchstaben flimmerten und verschwammen dann endgültig vor ihren Augen. Sie hatte einen Kloß im Hals, und ihr Herz schlug wie verrückt.

„Ich kann …" Sie reichte ihm das Papier zurück.

Ihr Großvater lächelte. „Das Land, Brenna. Er hat dir das Land vermacht, auf dem der Wein aus der alten Heimat steht. Er konnte uns nicht zurückgeben, was sein Urgroßvater getötet hat. Aber Nicholas gibt uns das, was er hat. Dieses Land gehört dir. Dir ganz allein, Brenna."

Sie wusste nicht, was sie denken sollte. Quatsch. Sie konnte überhaupt nicht denken. In ihrem Inneren wirbelten Furcht und Hoffnung wild durcheinander. Sie musste jetzt allein sein. Sie musste …

Plötzlich sah sie eine Gestalt auf sich zukommen.

Nein. Das war jetzt wirklich zu viel. Sie würde …

Ihr Großvater gab ihr einen sanften Schubs. „Geh, und hör ihn an. Wenn du magst, was er sagt, gut. Wenn nicht, holen wir deinen Bruder, um ihm eins auf die Nase zu geben."

Brenna war sich nicht sicher, ob sie überhaupt laufen konnte. Zögerlich tat sie einen Schritt. Dann noch einen. Na ja, sie hatte es ja auch nicht so eilig. Was man von Nic offenbar nicht sagen konnte, denn er rannte beinah auf sie zu.

Und dann standen sie einander gegenüber.

Er sah schlecht aus. Unter seinen Augen lagen dunkle Schatten, und sein Gesicht war schmal geworden. Zum allerersten Mal, seit Brenna ihn kannte, entdeckte sie Unsicherheit in Nics Blick. Unsicherheit und Schmerz.

Aber da ging es ihr nicht anders. Sie war überglücklich, ihn zu sehen. Und gleichzeitig hatte sie große Angst, erneut von ihm verletzt zu werden. Sie liebte Nic, und sie verabscheute ihn. Am liebsten hätte sie ihn in die Traubenpresse geschmissen und seine Knochen zu Staub zermahlen.

„Ich hatte diese tolle Rede vorbereitet“, fing er an. „Sie war sehr logisch und differenziert. Ich wollte dir ganz genau erklären, wie alles so gekommen ist.“

„Und tauchte darin auch der Begriff ‚hinterhältiger Hundesohn‘ auf?“

„Nein. Ich habe mich für ‚gemeiner, hinterhältiger Bastard‘ entschieden.“

„Das trifft es verdammt gut, Nic.“

„Du hasst mich.“ Er klang müde und resigniert.

„Überrascht dich das?“

„Ich hatte irgendwie gehofft ...“ Er zuckte mit den Schultern. „Maggie hat mich gewarnt, dass manche Sünden unverzeihlich sind.“

„Stimmt. Du hast mich benutzt. Du hast meine Träume für deine Zwecke missbraucht. Du hast so getan, als ob du an mich glaubst, aber in Wahrheit ging es dir nur um deinen eigenen Vorteil. Du hättest mir nie im Leben die Chance gegeben, einen Erfolg aus *Four Sisters* zu machen. Du hast mich angespornt, aber im richtigen Moment hättest du mir einfach den Boden unter den Füßen weggezogen.“ Zornig starrte sie ihn an. „Und weißt du, was das Schlimmste ist? Während du dir überlegt hast, wie du mein Leben zerstören kannst, habe ich mich erneut in dich verliebt. Ich habe dir meine Zukunft und mein Herz anvertraut. Und du wolltest beides zerstören.“

Sie drehte sich um und wollte gehen. Aber er packte sie am Arm und hielt sie fest.

„Du hast recht, Brenna“, sagte er ruhig. „Das habe ich getan. Du bist in mein Büro spaziert gekommen und wolltest ein Darlehen. Und ich habe das als die große Chance gesehen. Es war nicht mein Plan, dich zu benutzen. Aber als sich die Gelegenheit bot, habe ich sie ergriffen. Ich habe dir das Geld gegeben, weil ich ein Druckmittel gegen deinen Großvater in der Hand haben wollte.

Und weil ich geglaubt habe, dass du es sowieso nicht schaffst. Ich war mir sicher, dass es schiefgeht."

„Was?" Brenna traute ihren Ohren kaum. „Du hast nicht geglaubt, dass ich das schaffe?" Sie stieß einen empörten Laut aus. Das war ja wohl die Höhe! Jetzt hatte Nic sie nicht nur verletzt, jetzt hatte er sie auch noch beleidigt.

„Natürlich nicht. Du warst jahrelang raus aus dem Geschäft. Ich habe dir sechs Monate gegeben. Maximal." Er sah ihr in die Augen. „Aber ich habe mich geirrt. Gründlich geirrt. Ich hatte vergessen, wie gut du bist und wie hart du arbeitest. Ich habe dich da beobachtet, wie du Nacht für Nacht dein Bestes gegeben hast. Und mir wurde klar, dass du den Mut und das Können hast, um es zu schaffen. Du hast dir meinen Respekt verdient."

„Na, herzlichen Dank." Brenna biss die Zähne zusammen. Jetzt ganz ruhig bleiben! Aber es half alles nichts.

„Du denkst wirklich, *dein* Respekt interessiert mich?"

„Ja, das denke ich."

„Ich nicht."

„Du lügst."

Ruckartig befreite sie ihren Arm. Verdammt noch mal! Er hatte ja recht. Trotz allem war ihr Nics Meinung immer noch wichtig.

„Na und?" Sie funkelte ihn an. „Dann hast du mich also respektiert. Super Sache! Das hat dich aber nicht davon abgehalten, mich anzulügen. Du hast mich geküsst, mich in den Armen gehalten. Und dabei wolltest du die ganze Zeit nur mich und meine Familie zerstören!"

Sie wartete darauf, dass Nic etwas erwiderte. Wahrscheinlich würde er gleich zurückbrüllen. Aber das tat er nicht. Stattdessen wandte er den Blick ab.

„Ich habe mir eingeredet, dass ich der Größte und Beste sein wollte. Aber das war es gar nicht", sagte er leise. „In Wahrheit wollte ich dazugehören. Ich wollte das haben, was du mit deiner Familie hattest. Und wenn alles andere nicht funktionierte, tja, dann musste ich mir das eben kaufen. Und es stimmt: Zum Teil wollte ich dich auch dafür bestrafen, was du getan hast."

Er hob den Kopf. „Vor zehn Jahren wollte ich dir alles geben, was ich hatte. Aber es war nicht genug. *Ich* war nicht genug."

Schlagartig löste sich Brennas Wut in Luft auf. „Das war nicht deinetwegen. Es war meinetwegen. Ich hatte zu große Angst, um meinem Herzen zu folgen."

„Inzwischen habe ich das kapiert. Aber damals …" Er zuckte mit den Schultern. „Ich war noch ein Kind."

„Das waren wir beide."

Langsam streckte er die Hand aus und streichelte ihr zärtlich die Wange. Die plötzliche Wärme ließ sie erschauern.

„Jetzt bin ich kein Kind mehr", sagte er. „Und es gibt keine Entschuldigung für das, was ich getan habe. Es war falsch. Ganz falsch. Ich hätte offen sagen müssen, dass ich *Marcelli Wines* will. Und was das Darlehen betrifft – da hast du recht. Ich habe deine Träume verraten, und das ist das Schlimmste, was ich je getan habe."

Er ließ die Hand sinken. „Ich kann verstehen, dass du mich hasst. Aber vielleicht ist das besser, als wenn du gar keine Gefühle mehr für mich hättest."

„Warum willst du mir das Land geben?"

„Weil es euch gehört." Traurig sah er sie an. „Weil ich dich liebe, Brenna. Und weil ich einfach nicht weiß, wie ich dir sonst sagen soll, dass es mit leidtut." Er griff nach einem der Weinblätter, riss es ab und drückte es ihr in die Hand. „Weil wir das hier immer gemeinsam hatten. Vielleicht, mit etwas Zeit, können die Wunden ja wieder heilen."

Blitzartig wurde Brenna klar, dass Nic genauso ein Idiot war wie die anderen Männer auf diesem Planeten. Im wichtigsten Gespräch ihres Lebens schenkte er ihr ein *Blatt*?

„Kannst du den Mittelteil noch mal wiederholen?"

„Den Mittelteil? Ich liebe dich."

„Und?"

„Und es tut mir leid, Brenna."

„Ich weiß nicht, ob das reicht, Nic. Ich habe dir vertraut. Ich habe dir mein Herz zu Füßen gelegt, und du bist einfach darauf herumgetrampelt. So ein paar Gewissensbisse und ein Blatt können das nicht einfach rückgängig machen."

Er sah sie an und holte tief Luft. „Brenna, als du mir gesagt hast, dass du mich liebst, konnte ich es kaum glauben. Das war der beste und zugleich auch der schlimmste Moment meines Lebens. Ich wollte so gern mit dir zusammen sein. Aber was ich getan hatte, stand zwischen uns. Du hast mir erzählt, dass du gerne die Uhr zurückdrehen würdest. Ich wünschte auch, ich könnte das tun. Und dann würde ich dir noch mal einen Heiratsantrag machen und dein Nein nicht einfach so hinnehmen. Ich wusste ja, dass da die Angst aus dir spricht. Aber ich war jung und dumm, und du hattest gerade meinen Stolz verletzt. Diesmal würde ich deine Hand nehmen und für dich da sein. Ich würde dir sagen, dass wir stärker sind als jede Angst. Ich würde nicht aufgeben, ich würde dich nicht gehen lassen. Ich würde einfach in der Kirche auftauchen und sagen, dass du Jeff nicht heiraten kannst. Weil du mich liebst. Und ich dich."

Er nahm ihre Hände in seine. „Ich würde dir so gerne noch mal das Darlehen geben. Aber diesmal nur, damit deine Träume wahr werden. Und dann würde ich jede freie Sekunde mit dir verbringen, und wir würden es gemeinsam schaffen. Ich liebe dich, Brenna. Ich liebe dich schon seit dem Moment, als du heimlich den Wein aus diesen verdammten Eichenfässern probiert hast. Es gab nie eine andere Frau für mich. Und es wird auch nie eine andere geben."

Oh. Jetzt musste auch Brenna schlucken. Sie hatte auf ein Geständnis gehofft. Aber sie hatte nicht damit gerechnet, dass Nic sie einfach umhauen würde – Weinblatt hin oder her.

„Deine Familie hasst mich", fuhr er fort. „Und du hasst mich jetzt auch. Aber ich hoffe trotzdem, dass da noch ein Rest Liebe ist. Ich würde alles tun, um dich zurückzubekommen. Wir gehören zusammen, Brenna. Wir haben schon immer zusammengehört. Ich möchte dich heiraten, ich möchte Kinder mit dir bekommen, und ich möchte mit dir zusammen alt werden. Eines Tages möchte ich mit dir vor dem Kamin sitzen und unsere Enkel mit den Familiengeschichten langweilen. Ich möchte mir dir zusammen Wein machen, ich möchte dich lieben und behüten. Ich möchte der eine Mensch sein, zu dem du immer kommen kannst. Bitte, Brenna, gib mir noch eine Chance."

Benommen stand Brenna da. Noch nie hatte ein Mann so etwas für sie getan. Sie konnte es kaum glauben. Nic hatte ihr nicht nur sein Herz geschenkt, sondern auch seinen Stolz. Sie musste sich diesen Moment gut einprägen. Sehr gut! Damit sie sich später immer daran erinnern konnte, wenn er sie mal wieder in den Wahnsinn trieb. Und das würde schätzungsweise schon bald der Fall sein. Nic und sie waren beide stur, hatten ihre eigenen Ideen und wollten ihre jeweiligen Standpunkte durchsetzen. Der ein oder andere Streit war da vermutlich unvermeidbar. Aber es gab niemanden, mit dem sie so gern stritt, niemanden, mit dem sie so gern die Nächte verbrachte. Niemanden, den sie so sehr und von ganzem Herzen liebte.

Sie beugte sich vor und küsste ihn.

„Wie viele Kinder?", murmelte sie.

Er grinste, zog sie in die Arme und drehte sich mit ihr im Kreis herum. „So viele du willst."

„Das mit der Heirat solltest du dir gut überlegen. Ich habe da nämlich schon ein paar Ideen für *Wild Sea*. Das ist ja alles viel zu technisch. Du könntest mehr Trauben von Hand pflücken lassen. Und diese Fässer sind wirklich …"

Weiter kam sie nicht. Nics Kuss war zärtlich, hungrig und voller Leidenschaft. In ihm lagen all die Ängste, der Schmerz und die verpassten Chancen. Plötzlich standen Brenna die Tränen in den Augen.

„Ich liebe dich, Nic", flüsterte sie. „Ich habe dich immer geliebt."

Lächelnd sah er sie an. „Und ich liebe dich."

Sie legte die Hände auf seine Schultern. „Weißt du, Nic. Die Einladungen für Francescas und Katies Feier sind wahrscheinlich noch nicht verschickt. Vielleicht ist eine Tripel-Hochzeit gar keine so blöde Idee."

„Denkst du? Wahrscheinlich wird mir dein Großvater die ganze Zeit böse Blicke zuwerfen und irgendetwas auf Italienisch murmeln."

„Wird er nicht. Er hat mir von eurem Gespräch erzählt. Die Fehde ist vorbei."

„Wenn du das gerne willst, machen wir es so."

Brenna grinste. „Meine Mutter wird einen Anfall bekommen."

„Wegen der Feier oder weil du mich heiratest?"

„Weil sie jetzt wieder von vorn anfangen muss. Mit den Einladungskarten, den Gästen und dem Menü. Aber das klappt schon. Katie und sie werden natürlich mal wieder dafür sorgen, dass das Ganze mit militärischer Präzision abläuft. Apropos militärisch: Wir müssen Joe noch anrufen und ihm sagen, dass er dich jetzt doch nicht mehr verprügeln darf."

„Da bin ich aber sehr erleichtert."

„Quatsch. Du hattest doch nicht ernsthaft Angst, oder?"

„Ich hatte Angst, dich zu verlieren."

„Tut mir leid. Aber jetzt wirst du mich nicht mehr los. Und meine Familie leider auch nicht. Mach dich bereit, Nic: Sobald du das Haus betrittst, wirst du eine Menge Küsse und Umarmungen über dich ergehen lassen müssen. Und warte nur, bis die Grannies erst mal Max gesehen haben. Dieser Hund wird so unglaublich fett werden. Mein Vater wird bestimmt mit dir über Marketing sprechen wollen. Und Grandpa interessiert sich sehr für deine neue Abfüllanlage, auch wenn er das natürlich nie so direkt zugeben würde. Und dann sind da ja auch noch meine Schwestern. Keine Ahnung, was sie tun werden, wenn sie ihren Teenie-Schwarm erst mal in die Finger bekommen. Könnte unter Umständen etwas peinlich werden."

Nic ergriff ihre Hand, und gemeinsam gingen sie auf die Hazienda zu.

Kurz bevor sie das Haus erreicht hatten, blieb Brenna noch einmal stehen. „Wenn wir verheiratet sind, wirst du ein Teil dieser völlig verrückten Marcelli-Familie sein", sagte sie. „Denkst du, dass du das die nächsten fünfzig oder sechzig Jahre ertragen kannst?"

„Ich kann es kaum erwarten."

– ENDE –

Lesen Sie auch:

Shannon Stacey

Ein bisschen Kowalski gibt es nicht

Ab Juni 2013 im Buchhandel

Band-Nr. 25670
8,99 € (D)
ISBN: 978-3-86278-726-5

Jedes Mal wenn die New England Patriots in der Tabelle aufrückten, gönnte Kevin Kowalski sich einen One-Night-Stand.

Ein Sieg für sein Team war ein Sieg für ihn. Es war zwar nicht so, dass er sonntags immer unbedingt Gesellschaft brauchte, aber es gab eben eine Menge Angebote. Kevin schob ein Glas Bier über den Holztresen der besten Sportsbar der Hauptstadt von New Hampshire – seiner Bar. Dann hob er den Kopf und bemerkte, dass eine Blondine ihn beobachtete. Die Patriots gingen gerade in Stellung, aber statt gebannt auf den Bildschirm zu schauen, sah sie ihn an. Ein sicheres Zeichen, dass heute nicht nur der Quarterback seiner Mannschaft zum Schuss kommen würde.

Seltsamerweise ließ die Blonde mit den aufgespritzten Lippen, Silikonbrüsten und anzüglichen Blicken ihn aber völlig kalt.

Das lag an der Dunkelhaarigen am Ende der Bar. Nicht unbedingt weil sie hübsch war oder sich unter ihrem Pullover und den Jeans eine tolle Figur abzeichnete. Gut, zugegeben, beides schadete auch nicht gerade.

Trotzdem gab es einen anderen Grund, aus dem Kevin sie im Auge behielt. Der Typ, mit dem sie da war, hatte mehr als genug, trank aber lustig weiter. Er mochte spießig aussehen in seinem gebügelten Hemd und den Stoffhosen, benahm sich im Moment aber einfach wie jeder betrunkene Mistkerl. Entweder hatte er schon ein paar Cocktails gekippt, bevor er in die Bar gekommen war, oder er vertrug nichts. Die paar Scotch, die er hier getrunken hatte, durften einen Mann eigentlich nicht gleich umhauen.

Jedenfalls wurde er aufdringlich, und der Dunkelhaarigen war deutlich anzumerken, dass sie am liebsten abgehauen wäre. Das war ihrem Begleiter aber offensichtlich egal, denn er versuchte schon wieder, sie zu betatschen. Sie wehrte ihn ab, und sofort ging das Spiel wieder von vorn los.

In Jasper's Bar & Grill gab es nur drei Regeln: keine Kippen, keine Handgreiflichkeiten, keine sexuelle Belästigung. Wenn eine Frau Nein sagte, meinte sie Nein. Basta.

Die Patriots machten den nächsten Punkt, und alles johlte vor Begeisterung, sodass die Gläser hinter der Bar klirrten. Die Blondine hüpfte auf ihrem Barhocker auf und ab, und ihre Brüste hüpften mit. Der betrunkene Spießer hob sein Glas und schwenkte es in Kevins Richtung, weil er mehr wollte.

Kevin ging zu ihm rüber, allerdings ohne Nachschub zu liefern. „Hör mal, Alkohol gibt es für dich nicht mehr, aber ich mache dir gern einen Kaffee oder bringe dir eine Cola."

Der Spießer wurde knallrot, und Kevin seufzte. Einer von *der* Sorte. Als der Typ den Hintern vom Barhocker schwang, nickte Kevin Paulie zu. Sie verdrehte die Augen und griff zum Telefon.

„Ich bin nicht blau, gib mir noch einen Scotch!", rief der Spießer.

Die Dunkelhaarige legte ihm eine Hand auf den Arm, damit er sich wieder hinsetzte. „Komm, Derek, lass uns einfach ..."

„Für wen hältst du dich eigentlich, dass du mir Vorschriften machen willst?", pöbelte er Kevin an.

„Mir gehört der Laden, und deshalb bestimme ich hier die Regeln."

„Beth, sag diesem Arsch, dass ich jetzt sofort einen Whisky kriege!"

Kevin schüttelte den Kopf. „Kein Stück."

Und dann ging alles sehr schnell. Der Spießer wollte ihm wohl eine verpassen, schwankte aber und stieß seine Begleitung mit dem Ellbogen fast vom Barhocker. Sie landete in den Armen des Gastes neben ihr, der offensichtlich erfreut über seinen Fang war. Kevin war dadurch kurz abgelenkt, der Spießer holte aus und traf ihn mit einem schwachen Schlag am Kinn.

Dann starrte er Kevin erschrocken an. Offenbar fiel ihm jetzt erst auf, was er da gerade getan hatte. Bevor er Reißaus nehmen konnte, hatte Kevin ihn am Kragen gepackt. Als ehemaliger Polizist hatte er mit solchen Situationen Erfahrung.

Derek zappelte wie ein Fisch am Haken. Tatsächlich hätte er es fast geschafft, sich zu befreien. Kevin reichte es nun langsam, und er riss einmal kräftig den Arm nach unten, woraufhin Dereks Nase unsanft Bekanntschaft mit dem Tresen schloss.

Er heulte auf wie ein Kleinkind ... und die anderen Gäste flippten aus. Das Stammpublikum war zwar eher zahm, aber die Männer hatten natürlich absolut nichts gegen eine gepflegte Prügelei.

Okay, okay, Prügelei war in diesem Fall stark übertrieben. Derek hielt sich die Hand unter die Nase, versuchte die Blutung zu stoppen und schrie wie am Spieß. Die Gäste zuckten zusammen, als wäre eine Sirene losgegangen.

„Ruhe jetzt, Mann, oder ich geb dir eins auf die Zwölf“, schrie Kevin ihn an, was seine Gäste natürlich weiter anstachelte.

„Ja, los, zeig’s ihm!“

„Oh Gott, seine Nase!“ Beth befreite sich aus der Umarmung des Gastes neben ihr und schnappte sich ein paar Servietten von der Bar. Die wollte sie unter Dereks Nase halten, aber der stieß sie weg.

Als in dem Moment zwei Polizisten hereinkamen, wurde es endlich still in der Bar, und das Gejohle erstarb. Derek hörte auf zu kreischen und begann stattdessen, verzweifelt zu stöhnen.

„Hey, Kowalski!“, rief der ältere der beiden Gesetzeshüter.

„Hey, Jonesy. Hat dein Vater sich über die Karten für das Spiel gefreut?“

„Machst du Witze? Zehnte Reihe, genau an der Fünfzig-Yard-Linie? Er war begeistert! Ich soll dich herzlich von ihm grüßen.“

„Hab ich gern gemacht“, sagte Kevin, ohne Dereks Kragen loszulassen. Er ließ keine Gelegenheit aus, um seine guten Beziehungen zum örtlichen Polizeirevier zu pflegen. Nicht nur weil er früher in Boston selbst für die Truppe gearbeitet hatte, sondern weil jeder kluge Barbesitzer das tat. „Ich hab hier einen Kandidaten für dich.“

„Was ist dem denn passiert?“

„Ist mit dem Gesicht auf den Tresen geknallt. Passiert immer wieder mal, du weißt ja, wie das ist.“

Kevin ließ Derek los, und bevor Jonesy seine Handgelenke packen konnte, versuchte der Idiot, aus der Bar zu fliehen.

Jonesys junger Kollege wollte ihn stoppen, stolperte aber über Beths ausgestrecktes Bein. Ob das Zufall gewesen war, durfte bezweifelt werden, aber zumindest sah es nicht zu offensichtlich nach Absicht aus. Der Polizist landete auf dem Boden. Jonesy sprang über seinen Partner hinweg und sprintete, so schnell es in seinem Alter noch ging, hinter Derek her.

Beth hyperventilierte fast.

Entschlossen warf Jonesy sich schließlich mit der vollen Wucht seiner einhundert Kilo auf Derek und brachte ihn zur Strecke, während sein Partner sich gerade wieder aufrappelte. Der zückte die Handschellen, und Applaus brandete in der Bar auf. Allerdings waren die Handschellen wohl überflüssig – es sah nicht so aus, als würde Derek noch weiter Widerstand leisten wollen.

„Warum tun Sie ihm das an?"

Kevin musterte die Dunkelhaarige, die genauso wütend zu sein schien wie ihr am Boden liegender Begleiter. „Ich tu ihm doch gar nichts! Und ansonsten scheinen Sie vergessen zu haben, dass er Sie geschlagen hat!"

„Hat er doch überhaupt nicht! Er ist nur aus dem Gleichgewicht gekommen, als er *Sie* schlagen wollte!"

Klar, das machte die Sache natürlich besser! „Aber betatscht hat er Sie, oder habe ich mir das etwa auch eingebildet?"

Jetzt verdrehte diese Frau doch tatsächlich die Augen! „Das hatte ich voll unter Kontrolle."

„Nein, unter Kontrolle ist der Kerl jetzt."

„Hören Sie mal, es ist nicht so, wie Sie … Ach, vergessen Sie's! Jedenfalls müssen Sie ihm jetzt helfen."

Kevin schaute zu Derek hinüber. Der schwergewichtige Jonesy saß auf ihm drauf, und der junge Polizist ließ gerade die Handschellen zuschnappen. Im Moment hätte Kevin nichts für den Kerl tun können, selbst wenn er gewollt hätte – was nicht der Fall war.

„Sie verklag ich! Ich nehm Ihnen den letzten Cent ab!", brüllte Derek über die Schulter hinweg. „Und du bist entlassen, du blöde Kuh!"

Ups. Kevin schaute Beth an. „Ich dachte, Sie hätten einfach nur ein mieses Date."

Sie kletterte wieder auf ihren Barhocker und ließ die Stirn geräuschvoll auf den Tresen knallen. „Sie haben mich gerade meinen Job gekostet!"

Dank jahrelanger Tresenerfahrung schaffte er es gerade noch, ihr nicht zu sagen, dass sie damit Riesenglück hatte. „Wie wäre es mit einem Bier?", fragte er stattdessen.

MIRA IST ONLINE FÜR SIE!
www.mira-taschenbuch.de
MIRA – Home
http://www.mira-taschenbuch.de/
IMPRESSUM DATENSCHUTZ AGB KONTAKT
MIRA TASCHENBUCH
BESTSELLERLISTE WIR ÜBER UNS AUTOREN HANDEL PRESSE NEWSLETTER
NEU IM AUGUST
PROGRAMM FRÜHJAHR / SOMMER 2010
PROGRAMM HERBST / WINTER 2010 / 2011
GESAMTPROGRAMM
SONDEREDITIONEN
Unser Sommer-Buchhighlight
Susan Wiggs: Am Anfang wartet das Glück
Genau das Richtige für romantische Sommerabende.
mehr
TRAILER DES MONATS
UNSERE MIRA BESTSELLER-LISTE
News & Aktuelles
Neuigkeiten bei MIRA Taschenbuch
AUF EINEN BLICK - DAS MIRA GESAMTPR
NORA ROBERTS Liebesmärchen in New York
TESS GERRITSEN SAG NIEMALS STIRB
JENNIFER SKULLY Eine magische Begegnung
CHRIS JORDAN Sektenkind
Immer aktuell:
News und Neuerscheinungen
direkt auf der Startseite!
Das gesamte
Taschenbuchprogramm
übersichtlich nach Kategorien!
MIRA TASCHENBUCH

Susan Mallery

Eine Marcelli geht aufs Ganze

Wein, Weiber und … das Versprechen, mit dem nächsten Mann ins Bett zu gehen, der ihr über den Weg läuft. So endete Francescas Mädelsabend mit ihren Schwestern. Dumm nur, dass die sich am nächsten Morgen noch an alles erinnern und sie beim Wort nehmen. Gut hingegen, dass der nächste Mann, der Francesca über den Weg läuft, ausgerechnet Sam ist. Der Sex mit ihm ist alles andere als belanglos, und sie stürzen sich Hals über Kopf in eine heiße Affäre. Die Zeit ohne Verpflichtungen endet jedoch jäh, als mit einem Mal Sams Tochter aus erster Ehe vor seiner Tür steht und bei ihm wohnen will – und Francesca zeitgleich entdeckt, dass sie und Sam mehr verbindet, als sie geahnt hatten.

Band-Nr. 25652
8,99 € (D)
ISBN: 978-3-86278-508-7
352 Seiten

Susan Mallery

Eine Marcelli gibt nicht nach

Dieser Zach Stryker ist aber auch ein … ein … Katie fehlen die Worte. Was zum einen daran liegt, dass der Staranwalt so umwerfend aussieht, dass ihr jedes Mal der Atem stockt. Zum anderen daran, dass er vor nichts zurückschreckt, um die Hochzeit zwischen seinem Sohn und Katies jüngerer Schwester zu verhindern. Er will dafür sorgen, dass Katies Firma pleitegeht, wenn die Partyplanerin nicht tut, was er sagt. Doch da hat er die Rechnung ohne das berühmte Marcelli-Temperament gemacht …

Band-Nr. 25639
8,99 € (D)
ISBN: 978-3-86278-491-2
352 Seiten

Claire Garber

Die Liebe ist ein Dieb und der Pirat der Träume

Im Namen der Liebe geben wir Lebensziele auf, vernachlässigen Freundinnen und nehmen zu – und was bleibt, wenn die Liebe dann gestorben ist? Dieser Frage geht Redakteurin Kate Winters alias Piratin Kate in ihrer vielbeachteten Rubrik der Zeitschrift „True Love" nach. Aber bis Kate erkennt, dass man wahre Liebe finden kann, sind viele Anschläge auf ihrer Computer-Tastatur und noch mehr Küsse von ihrem Jugendfreund Peter Parker nötig …

Band-Nr. 25658
8,99 € (D)
ISBN: 978-3-86278-707-4
416 Seiten

Sheila Roberts

Schokolade für dich

Samantha's „Sweet Dreams Chocolates" steht vor der Pleite. Weder mit geballtem Charme noch mit ihren süßen Kreationen kann sie den Bankdirektor Blake Preston verführen. Jedenfalls nicht zu einem Kredit. Trotzdem gibt sie nicht auf. Ein großes Schokoladen-Festival soll Geld in die leeren Kassen bringen. Erstaunlicherweise wird sie bei der Planung von Blake tatkräftig unterstützt. Logisch, dass man sich dadurch näherkommt. Aber niemals würde Sam sich in einen Banker verlieben – auch wenn er noch so sexy ist …

Band-Nr. 25653

8,99 € (D)
ISBN: 978-3-86278-509-4
eBook: 978-3-86278-594-0
400 Seiten

„… ein heißes Märchen darüber, was alles innerhalb eines Augenblickes passieren kann und was wir selber tun können, um unser Leben zu verändern.“
Romantic Times Book Reviews

Band-Nr. 25645
7,99 € (D)
ISBN: 978-3-86278-500-1
eBook: 978-3-86278-575-5
336 Seiten

Victoria Dahl
… dann klappt's auch mit der Liebe

Erotische Lektüre macht Lori Appetit – auf den knackigen Architekten Quinn Jennings. Aber der hat nur seine Baupläne im Kopf … Lori Love hat viele Autos, aber nur ein Laster: erotische Romane, die die Automechanikerin geradezu verschlingt. So viel Liebe, Lust und Leidenschaft macht auf Dauer Appetit. Zum Beispiel auf Quinn Jennings, ein Architekt mit Leib und Seele. Aber was für ein Leib! Unglaublich knackig und sexy. Genau der richtige Mann – leider nur für heiße Nächte. Denn mit Liebe hat Quinn nichts im Sinn. Erst als Lori Drohanrufe bekommt und um ihr Leben fürchtet, entwickelt er ungeahnte Beschützerinstinkte. Der coole Architekt zeigt plötzlich erstaunlich viel Gefühl …